明清现当代作品（二）

小墨香书·传世美文

纸责满堂 编
朱宝荣 绘

湖南美术出版社
·长沙·

图书在版编目（CIP）数据

传世美文·明清现当代作品 / 纸贵满堂编；朱宝荣绘.--长沙：湖南美术出版社，2025.1.--（小墨香书）.--ISBN 978-7-5746-0531-2

Ⅰ. I212.01

中国国家版本馆CIP数据核字第2024L4W904号

小墨香书

传世美文·明清现当代作品

CHUANSHI MEIWEN · MING-QING XIAN-DANGDAI ZUOPIN

出 版 人：黄　啸

编　　者：纸贵满堂

绘　　者：朱宝荣

责任编辑：范　琳

装帧设计：刘　畅

出版发行：湖南美术出版社（长沙市东二环一段622号）

印　　刷：廊坊市颖新包装装潢有限公司

开　　本：787 mm × 1092 mm　1/96

印　　张：12

版　　次：2025年1月第1版

印　　次：2025年1月第1次印刷

定　　价：60.00元（全4册）

目录

徐渭

作者简介

徐渭（1521—1593），初字文清，后改字文长，号天池山人、青藤道士等，明代中期文学家、书画家、戏曲家、军事家，山阴（今浙江绍兴）人。徐渭多才多艺，在诗文、戏剧、书画等各方面都独树一帜，与解缙、杨慎并称『明代三才子』。著有诗文集《徐文长集》等。

豁然堂记

【导读】

绍兴城隍庙的西面有一座小堂，原来只在西面凿了小窗。徐渭觉得不满意，把西面和南面两堵墙全部开成窗口，小堂为之“豁然”，故将其命名为“豁然堂”。作者由此展开议论，阐发“私一己”和“公万物”的关系。全文熔叙事、写景、议论于一炉，层次清晰，文笔晓畅。

【原文】

越中山之大者，若禹穴[1]、香炉[2]、蛾眉[3]、秦望[4]之属，以十数，而小者至不可计。至于湖，则总之称鉴湖[5]，而支流之别出者，益不可胜计矣。

【注释】

①禹穴：今浙江绍兴的宛委山。

②香炉：山峰名，位于今浙江诸暨境内。

③蛾眉：山峰名，位于今浙江杭州西湖东南。

④秦望：山名，位于今浙江杭州西南。

⑤鉴湖：即镜湖，位于今浙江绍兴西南。

【译文】

越地较大的山像禹穴、香炉、蛾

眉、秦望这样的，有上十座，而小的多到数不清。至于湖，则总称为鉴湖，其支流形成的小湖，更是不可胜数了。

【原文】

郡城隍祠，在卧龙山之臂[1]，其西有堂，当湖山环会处。语其似，大约缭青萦白[2]，髻峙[3]带澄[4]。而近俯雉堞[5]，远问村落。其间林莽田隰[6]之布错，人禽宫室之亏蔽[7]，稻黍菱蒲莲芡之产，畊[8]渔犁楫之具，纷披于坻[9]洼；烟云雪月之变，倏忽于昏旦。数十百里间，巨丽纤华，无不毕集人衿带上。或至游舫冶尊[10]，歌笑互答，若当时龟龄所称

"莲女""渔郎"者,时亦点缀其中。

【注释】

①臂:此指半山坡。

②缭青萦白:指青山白水环绕。

③髻峙:青山像发髻一样耸峙。

④带澄:指环绕着清澈的河流。

⑤雉堞(dié):城上排列如齿状的矮墙。

⑥田隰(xí):田地。

⑦亏蔽:遮掩。

⑧畊(gēng):通"耕"。

⑨坻(chí):水中的小洲或高地。

⑩冶尊:华丽的酒具。

【译文】

郡中的城隍庙坐落在卧龙山的

半山腰上，庙的西面有一座堂，正处在湖山环抱会合的地方。要说这景色像什么，大体是青山白水相间，萦绕回旋，山像女子的发髻一样高耸，水如莹洁的长绢一样澄清。近看可见山脚下的城墙，远望可看到村落。这中间草木、田地错杂分布，人群、家禽、房屋相互遮蔽，稻谷、黄米、菱角、菖蒲、莲子、芡实等物产，耕地、捕鱼用的犁和桨等器具，遍布在高低各处；忽而烟云迷蒙，忽而皓月当空，从早到晚的变化非常迅疾。方圆数十百里之间，宏大的场面与细微的美景，无不集中呈现在人的眼前。甚或至于在游船上饮酒，歌声、笑声此起彼落，就像当年诗人王十朋文中的“莲女”与“渔郎”，也常点缀其间。

【原文】

于是登斯堂，不问❶其人，即有外感中攻、抑郁无聊之事，每一流瞩❷，烦虑顿消。而官斯土者，每当宴集过客，亦往往寓庖于此。独规制无法，四蒙以辟❸，西面凿牖❹，仅容两躯。客主座必东，而既背湖山，起座一观，还则随失。是为坐斥旷明❺，而自取晦塞。

【注释】

①不问：不管。

②流瞩：环视。

③辟：通“壁”，墙壁。

④牖（yǒu）：窗户。

⑤旷明：开阔明亮。

【译文】

此时登上这座堂，不管是什么人，即使有着外来的刺激、内心的焦虑、抑郁无聊的心事，只要欣赏眼前的大好景致，烦恼和忧虑就会马上烟消云散。而在这里做官的人，每当宴请来来往往的宾客，也常常把宴会选在这里。只是这座堂修建得毫无章法，四面都被墙壁遮蔽住了，西面开的一扇小窗户，仅能容下两人。客人的主座必定朝东，已经背对湖山了，想欣赏美景只能起身离座，回到座位上景色也就随之消失。这真是白白放弃了宽广明亮，而自取晦暗闭塞。

【原文】

予病❶其然，悉取西南牖之，直辟其东一面，令客座东而西向，倚几以临即湖山，终席不去。而后向之所云诸景，若舍塞而就旷，却晦而即明。工既讫❷，拟其名，以为莫“豁然”宜。

【注释】

①病：不满。

②讫：完毕。

【译文】

我不满意这种状况，于是把西

面和南面两堵墙全部开成窗口，只留下东边一堵墙没有打通，让客人坐在东边面向西边，靠着几案就能面对湖山，直到宴席结束眼前的景色也不会消失。从此以后，刚才所说的种种景色，就像舍弃闭塞而至于开阔之境，摆脱晦暗而来到明亮之处。工程完毕，我准备给它起名，觉得没有比叫“豁然”更合适的了。

【原文】

既名矣，复思其义曰：“嗟乎，人之心一耳！当其为私所障时，仅仅知我有七尺躯，即同室之亲，痛痒❶当前，而盲然若一无所见者，

不犹向之湖山，虽近在目前，而蒙以辟者耶？及其所障既彻，即四海之疏，痛痒未必当吾前也，而灿然若无一而不婴于吾之见者，不犹今之湖山，虽远在百里，而通以牖者耶？由此观之，其豁与不豁，一间[2]耳，而私一己、公万物之几系焉。此名斯堂者与登斯堂者，不可不交相勉者也，而直为一湖山也哉？”既以名于是义，将以共于人也，次[3]而为之记。

【注释】

①痛痒：比喻疾苦。

②一间：相距极近。间：间隙。

③次：此指组织文句。

【译文】

已经命名之后，我又反复思索它的含义，说："唉，人心也和这座堂一样啊！当他被私利障蔽时，只知道自己的七尺之躯，即使同居一室的亲人遭遇利害攸关的事就发生在他面前，他却好像眼睛瞎了一样什么也看不见，这不就像原来的湖山，虽然近在眼前，却被墙遮蔽了一样吗？等到障蔽撤除，即使像四海那样遥远，痛痒未必发生在我面前，却鲜明得像无一不尽入我的视野，这不就像现在的湖山，虽然远在百里之外，而透过窗户就能够看到吗？这么说来，人心的豁达与否，相距其实很近，而只顾一己私利和以天下万物为公的细微差别，全维系在这上面。这是为这座堂命名的人和登临这座堂的人，不能不相互勉励的，又哪里只是为了这湖山的美景呢？”我既已用这样的意义来命名这座堂，就是想让大家都知道，于是写了这篇记文。

茅坤

作者简介

茅坤（1512—1601），字顺甫，号鹿门，人称『鹿门先生』，归安（今浙江湖州）人，曾官至大名兵备副使。茅坤擅长古文，曾提出『文特以道相盛衰，时非所论也』的论点，认为汉、唐、宋三代都是『道盛则文盛』的时代。其与唐顺之、王慎中、归有光一起被称为『唐宋派』。著有《白华楼藏稿》《玉芝山房稿》等。

《青霞先生文集》序

【导读】

明朝嘉靖年间，奸臣当道，朝政腐败。锦衣卫经历沈炼忧国忧民，痛恨内阁首辅严嵩贪腐专权，上疏列举其十大罪状，却被明世宗处以廷杖之刑。后来，严嵩指使其党羽诬蔑沈炼谋叛，将他逮捕处死。严嵩父子被罢官、处死后，沈炼的门生搜集其所作的诗文刊刻流传，沈炼的儿子请茅坤作序。茅坤敬佩沈炼的为人，欣然写下了这篇序文。

【原文】

青霞沈君❶，由锦衣❷经历❸上书诋❹宰执❺。宰执深疾之，方力构其罪，赖天子仁圣，特薄❻其谴，徙之塞上。当是时，君之直谏之名满天下。

【注释】

①沈君：沈炼，字纯甫，号青霞山人，曾担任锦衣卫经历。

②锦衣：锦衣卫的简称，原为皇帝的侍卫，后成为特务机构。

③经历：锦衣卫下设经历司，掌管公文出纳。

④诋（dǐ）：诋毁。此指弹劾。

⑤宰执：宰相执掌国家政柄，故称。

此指严嵩。

⑥薄：减轻。

【译文】

沈青霞先生，以锦衣卫经历的身份向皇帝上书斥责宰相。宰相因此非常忌恨他，正当宰相极力捏造罪名陷害他时，幸亏皇帝仁慈圣明，特地减轻他的罪罚，只把他贬谪到边塞。当时，沈先生直谏的声名传遍天下。

【原文】

已而，君累然❶携妻子，出家塞上。会北敌数内犯，而帅府以下，束手闭垒，以恣❷敌之出没，不及飞一镞❸以相抗。甚且及敌之退，

则割中土之战没者与野行者之馘❹以为功。而父之哭其子，妻之哭其夫，兄之哭其弟者，往往而是，无所控吁。

【注释】

①累然：不得志的样子。

②恣：放纵。

③镞（zú）：箭头。

④馘（guó）：被杀者的左耳。古时作战凭割取敌人的左耳来计功。

【译文】

不久，沈先生满怀愤懑，携带家小，迁居塞上。当时正逢北方的敌人多次进犯，而帅府以下的各级官员都束手无策，关闭城垒，任由敌人往来出没，连向敌人射一支箭来抵抗都做不到。甚至等到敌人退走以后，他们就割下阵亡的中原士兵和在郊野赶路的人的耳朵来当作军功请赏。而百姓中父亲哭儿子、妻子哭丈夫、哥哥哭弟弟的，到处都是，怨愤之情无处可诉。

【原文】

君臣上愤疆埸❶之日弛，而又下痛诸将士日菅刈❷我人民以蒙国家也，数呜咽欷歔❸，而以其所忧郁发之于诗歌文章，以泄其怀，即集中所载诸什❹是也。

【注释】

①疆埸(yì)：边境。

②菅（jiān）刈（yì）：此指像割草一样残害百姓。菅：一种小草。刈：割。

③欷（xī）歔（xū）：抽咽声。

④什：此指书篇。

【译文】

沈先生既对上愤慨于边疆防务的日益懈怠，又对下痛心于将士们肆意残害百姓，欺骗朝廷，多次为之哭泣哀叹，于是他就将满腔的悲愤表现在诗歌文章中，从而抒发自己的情怀，文集中所载录的诸篇就是他这类的作品。

【原文】

君故以直谏为重于时，而其所

著为诗歌文章，又多所讥刺，稍稍传播，上下震恐，始出死力相煽构❶，而君之祸作矣。

【注释】

①煽构：煽动罗织罪名，进行构陷。

【译文】

沈先生本来就因为敢于直谏而为当世人所敬重，而他所作诗文又常有讥刺的内容，稍一传播，上上下下当权的人都感到震惊恐慌，于是他们就竭力造谣、陷害沈先生，因此大祸就落到了沈先生头上。

【原文】

君既丧，而一时阃寄❶所相与

谗君者，寻❷且坐罪❸罢去。又未几，故宰执之仇君者亦报罢。而君之门人给谏俞君，于是裒辑❹其生平所著若干卷，刻而传之。而其子以敬，来请予序之首简❺。

【注释】

①阃（kǔn）寄：统兵在外的人。阃：外城的门槛。寄：寄托。

②寻：不久。

③坐罪：因犯法而获罪。

④裒（póu）辑：搜集、编辑。裒：聚。

⑤首简：书的开篇。

【译文】

沈先生遇害之后，那些曾身居军中要职、勾结在一起陷害沈先生的人，不久也都因罪被罢官。又不久，过去仇视沈先生的宰相也被罢官。而沈先生的门人、给事中俞君，搜集编纂了沈先生生前所作的诗文若干卷，并加以刊刻流传。沈先生的儿子沈以敬，来请我作一篇序文，放在书的前面。

【原文】

茅子[1]受读而题之曰：若君者，非古之志士之遗乎哉？孔子删《诗》[2]，自《小弁》[3]之怨亲，《巷伯》[4]之刺谗以下，其忠臣、寡妇、幽人、怼[5]士之什，并列之为“风”，疏[6]之为“雅”，不可胜数。岂皆古

之中声也哉？然孔子不遽遗[7]之者，特悯其人，矜其志，犹曰“发乎情，止乎礼义”，“言之者无罪，闻之者足以为戒”焉耳。

【注释】

①茅子：茅坤的自称。

②孔子删《诗》：据传《诗经》是孔子删选而成。

③《小弁（biàn）》：《诗经·小雅》篇名。相传西周周幽王娶申后，生太子宜臼，后又娶褒姒为妃，生子伯服，于是废掉太子宜臼。宜臼被废后，作《小弁》抒发自己被弃逐后的忧怨。

④《巷伯》：《诗经·小雅》篇名。相传巷伯因被谗而受宫刑，气愤之下

作此诗。

⑤怼(duì) 怨恨。

⑥疏：分别。

⑦遽(jù)遣：骤然删除。

【译文】

我拜读了沈先生的诗文后，题写道：像沈先生这样的人，难道不就是古代那些品行高尚的一类人吗？孔子删定《诗经》，从怨恨亲人的《小弁》、讥刺谗言的《巷伯》篇开始，那些忠臣、寡妇、隐居之士、愤世嫉俗者的作品，一概被列入“国风”，并入“小雅”，篇目多得不可胜数。难道这些都是古代的合乎中正平和的诗歌吗？然而孔子之所以不轻易删掉它们，只是怜悯那些受谗害的人的不幸遭遇，彰显他们的志向，他还说“这些诗歌都是发自真情实感，不超出礼义的规范”，“说话的人没有罪，听的人完全可以把它作为警诫”。

【原文】

予尝按次春秋以来，屈原之《骚》疑于怨，伍胥之谏疑于胁，贾谊之疏❶疑于激，叔夜之诗❷疑于愤，刘蕡之对❸疑于亢。然推孔子删《诗》之旨而裒次之，当亦未必无录之者。

【注释】

①贾谊之疏：贾谊，西汉初期杰出的文

学家、政论家。他曾多次上疏议论时政，建议削弱诸侯王势力等。后因受排挤被贬，不久抑郁而死。

②叔夜之诗：嵇康，字叔夜，三国魏文学家、思想家、音乐家。嵇康因不满司马氏专权，为司马昭所杀。《幽愤诗》是嵇康被捕后在狱中所作。

③刘蕡（fén）之对：刘蕡，唐代政治家、诗人。唐文宗时应贤良对策，秉笔直书 怒斥宦官的罪行。对：此指刘蕡所上的对策。

【译文】

我曾多次考察了自春秋以来的作品，发现屈原的《离骚》好像是在发泄怨恨，伍子胥的劝谏好像是在进行警告、威胁，贾谊的奏疏好像很激切，嵇康的诗歌好像是在抒发愤恨，刘蕡的对策好像过于刚直。然而按照孔子删定《诗经》的原则来收集、编撰，也不见得就一定不能收录它们。

【原文】

君既没，而海内之荐绅❶大夫，至今言及君，无不酸鼻而流涕。呜呼！集中所载《鸣剑》《筹边》诸什，试令后之人读之，其足以寒贼臣之胆，而跃塞垣❷战士之马，而作之忾也，固矣！他日国家采风者之使出而览观焉，其能遗之也乎？予谨识❸之。

【注释】

①荐绅：同“搢绅”“缙绅”，古代官员的装束。此指官员。

②塞垣：边塞的城垣。此指边防。

③识：记。

【译文】

沈先生虽然已经去世，然而海内的官员、士大夫们，直至现在一谈到他，没有一个不感到悲痛而流泪的。唉！文集中所载的《鸣剑》《筹边》等篇，假使让后人读了，足以使奸臣胆战心惊，令守边的将士振奋，兴起报国杀敌的义愤，这是必然的。今后，国家负责采集诗歌的官员看到这些诗文，难道会把它们遗漏掉吗？在此，我怀着一片恭谨之情记述在这里。

【原文】

至于文词之工不工，及当[1]古作者之旨与否，非所以论君之大者也，予故不著。

【注释】

①当：适合。

【译文】

至于文采辞藻精美与否，以及是否符合古代作者的宗旨，这些都不是能够说明沈先生大节的东西，所以在这里我就不论述了。

王世贞

作者简介

王世贞（1526—1590），字元美，号凤洲，又号弇州山人，太仓州（今江苏太仓市）人，明代文学家、史学家。嘉靖二十六年（1547）进士，曾任应天府尹、南京刑部尚书等职。王世贞与李攀龙、徐中行、梁有誉、宗臣、谢榛、吴国伦合称『后七子』。著有《弇州山人四部稿》《弇山堂别集》等。

蔺相如完璧归赵论

【导读】

蔺相如完璧归赵的故事历来为人所称道。在这篇文章中，王世贞撇开蔺相如的个人品德优劣不论，从秦、赵两国利害关系入手，指出蔺相如在整个事件中表现出不智、不信、不堪，没有什么值得称道。在完璧归赵之后，蔺相如能保全自身，赵国得以免祸，实属侥幸。

【原文】

蔺相如❶之完璧，人皆称之，予未敢以为信❷也。

【注释】

①蔺相如：战国时赵国大臣。赵惠文王得到稀世之宝和氏璧，秦昭王想用十五座城换取这块璧。当时秦强赵弱，赵王担心秦国得了和氏璧却不交割城池。蔺相如请命奉璧入秦，见秦王毫无诚意，用计赚回和氏璧，暗中叫随从将和氏璧送回了赵国。

②信：诚实。

【译文】

蔺相如完璧归赵，人人都称道他，但是我却不敢认为这是诚实的。

【原文】

夫秦以十五城之空名，诈赵而胁其璧。是时言取璧者情❶也，非欲以窥❷赵也。赵得其情则弗❸予，不得其情则予；得其情而畏之则予，得其情而弗畏之则弗予。此两言决耳，奈之何既畏而复挑其怒也？

【注释】

①情：实情、本意。

②窥：窥探，暗中打主意。

③弗：不。

【译文】

秦国用十五座城池的空名，欺骗赵国并且勒索它的和氏璧。这时说秦国要求取和氏璧是实情，但不是想要借此打赵国的主意。赵国如果知道这个实情就可不给，不知道这个实情就给；知道这个实情但害怕秦国就给，知道这个实情而不害怕秦国就不给。这只要两句话就解决了，怎么能够既害怕秦国又去激怒它呢？

【原文】

且夫秦欲璧，赵弗予璧，两无所曲直❶也。入璧而秦弗予城，曲在秦；秦出城而璧归，曲在赵。欲使曲在秦，则莫如弃璧；畏弃璧，则莫如弗予。令秦王既按图以予城，又设九宾❷，斋而受璧，其势不得不予城。

【注释】

①曲直：理亏与理直。

②九宾：古代举行大典时所用的极隆重的礼仪。宾：迎宾赞礼的官员。

【译文】

况且，秦国想得到和氏璧，赵国不给它和氏璧，双方本来都没有什么曲直是非。赵国交出和氏璧而秦国不给赵国城池，秦国就理亏了；秦国给了赵国城池，而赵国却拿回了和氏璧，就是赵国理亏了。要想使秦国理亏，不如放弃和氏璧；害怕丢掉和氏璧，就不如不给。秦王既然按照地图来给城池，又设了九宾的隆重礼仪，斋戒之后才来接受和氏璧，那种情势看来是不会不给城池的。

【原文】

璧入而城弗予，相如则前请曰："臣固知大王之弗予城也。夫璧非赵璧乎？而十五城秦宝也。今使大王以璧故而亡其十五城，十五城之子弟，皆厚怨大王以弃我如草芥❶也。大王弗予城而绐❷赵璧，以一璧故而失信于天下，臣请就死于国，以明大王之失信。"秦王未必不返璧也。今奈何使舍人❸怀而逃之，而归直于秦？

【注释】

①草芥（jiè）：比喻不足珍惜的无价值

的东西。芥：一种小草。

②绐（dài）：欺骗。

③舍人：左右亲随。此指随行人员。

【译文】

如果秦王接受了和氏璧而不给赵国城池，蔺相如就可以上前质问他：“我本来就知道大王是不会给赵国城池的。这块璧不是赵国的吗？十五座城池是秦国的宝物啊。现在如果大王因为一块和氏璧舍弃了十五座城池，十五座城中的百姓都会深恨大王，说把我们像小草一样抛弃了。如果大王不给赵国城池，骗夺了赵国的和氏璧，因为一块和氏璧在天下人面前失去信用，我请求死在秦国，来揭露大王的失信。”这样，秦王未必不把和氏璧归还给赵国。但是当时为什么要派手下人怀揣和氏璧逃走，使人们认为秦国是理直的一方呢？

【原文】

是时秦意未欲与赵绝耳。令❶秦王怒，而僇❷相如于市，武安君❸十万众压❹邯郸，而责璧与信，一胜而相如族❺，再胜而璧终入秦矣。吾故曰：“蔺相如之获全于璧也，天也！”

【注释】

①令：假如。

②僇（lù）：通“戮”，杀戮。

③武安君：即白起，战国时秦国名将。

④压：迫近。

⑤族：灭族。

【译文】

那时秦国并不想与赵国断绝关系。如果秦王发怒，在街市上杀掉蔺相如，派武安君率领十万大军进逼邯郸，索取和氏璧并要求赵国守信，那么秦国打一次胜仗就可以使相如灭族，打两次胜仗，和氏璧最终还是落到秦国手里了。因此，我说："蔺相如能保全这块璧，那是上天的保佑！"

【原文】

若其劲❶渑池，柔❷廉颇，则

愈出而愈妙于用。所以能完赵者，天固曲全之哉！

【注释】

①劲：强劲、果敢。

②柔：安抚、忍让。

【译文】

至于蔺相如在渑池会上以强硬的态度对付秦国，在国内以谦和的姿态对待廉颇，那是斗争策略越来越成熟了。所以说赵国之所以能得以保全，的确是上天在偏袒它啊！

袁宏道

作者简介

袁宏道（1568—1610），字中郎，号石公，又号六休，公安（今属湖北）人，曾任吴县知县、礼部主事、国子博士等职。袁宏道既反对前后七子模拟秦汉古文，也反对唐顺之、归有光模拟唐宋古文，认为文章与时代有密切关系，提出『独抒性灵，不拘格套』的性灵说。袁宏道与其兄袁宗道、弟袁中道合称『公安三袁』。著有《袁中郎全集》等。

徐文长传

【导读】

本文是袁宏道为徐渭所作的传记。徐渭在诗文、戏曲和书画方面有较高的成就，但一生遭遇坎坷。袁宏道在绍兴游玩时，于朋友陶望龄处见到了徐文长的诗集。袁宏道如获至宝，不仅赞赏徐文长的诗，更赞赏他的为人，于是用充满同情和惋惜的笔调，叙述了徐渭一生的际遇，高度评价了他的文学艺术成就。

【原文】

徐渭，字文长，为山阴诸生❶，声名籍甚❷。

【注释】

①诸生：明代称经省各级考试录取入府、州、县学的生员为诸生，俗称秀才。

②声名籍甚：名声很大。籍：通"藉"。

【译文】

徐渭，字文长，是山阴的秀才，名声很大。

【原文】

薛公蕙❶校越❷时，奇其才，有国士❸之目。然数奇❹，屡试辄蹶❺。中丞胡公宗宪❻闻之，客❼诸

幕。文长每见，则葛衣乌巾，纵谈天下事，胡公大喜。

【注释】

①薛公蕙：即薛蕙，字君采，明代正德年间进士，官至吏部考功司郎中。

②校越：薛蕙曾任绍兴府乡试官，故称。校：考核。

③国士：一国中杰出的人物。

④数奇（jī）：指命运不好，遇事多不利。

⑤蹶：挫败。

⑥中丞胡公宗宪：即浙江巡抚胡宗宪，字汝贞，明代嘉靖年间进士，曾任右佥都御史。中丞：副都御史。明代常以副都御史或佥都御史担任巡抚，故称巡抚为中丞。

⑦客：担任幕宾，即参谋、秘书之类的职务。

【译文】

薛公蕙主管绍兴府考试时，非常赏识徐文长的才华，认为他是国家的栋梁之材。然而他命途多舛，多次参加乡试都落第了。巡抚胡宗宪听说后，聘他担任幕僚。徐文长每次进见胡宗宪，总是穿着葛布衣，头戴黑巾，侃侃而谈天下大事，胡宗宪听后十分赞赏。

【原文】

是时公督数边兵，威镇东南，介胄❶之士，膝语蛇行❷，不敢举

头，而文长以部下一诸生傲之，议者方之刘真长❸、杜少陵❹云。

【注释】

①介胄：披甲戴盔。介：铠甲。胄：头盔。

②膝语蛇行：跪着说话，爬着走路。形容十分敬畏。

③刘真长：即刘惔，东晋著名清谈家，深受简文帝司马昱的赏识。

④杜少陵：即杜甫，唐代大诗人。杜甫曾长期住在少陵（今陕西西安南）附近，自号少陵野老，世称杜少陵。杜甫曾担任剑南节度使严武的幕僚，严武对他的才华非常赞赏。

【译文】

当时胡宗宪总督几个边防地区

的军队，威镇东南，披甲戴盔的将官在他面前，总是跪下回话，像蛇一样爬着前进，不敢仰视，而徐文长一介书生，对胡宗宪的态度却很高傲，议论的人把他比作刘真长、杜少陵一样的人物。

【原文】

会得白鹿，属文长作表[1]，表上，永陵[2]喜。公以是益奇之，一切疏计[3]，皆出其手。文长自负才略，好奇计，谈兵多中，视一世事无可当意者。然竟不偶[4]。

【注释】

①表：古代奏章的一种。

②永陵：明世宗朱厚熜的陵墓。宋、元、明时用陵墓名称呼已死的皇帝。

③疏计：泛指各种公文、奏章。

④不偶：不得志。偶：际遇。

【译文】

恰逢胡宗宪得到一只白鹿，准备作为祥瑞进献，嘱托徐文长写贺表，表文呈上后，世宗皇帝很满意。胡宗宪因此更加器重徐文长，所有公文奏本都交他办理。徐文长自信才能过人，谋略出众，谈论军情往往切中问题的要害，在他看来，世间的事没有能够合乎他心意的，然而他总是没有一展抱负的机会。

【原文】

文长既已不得志于有司❶，遂乃放浪曲蘖❷，恣情❸山水，走齐、鲁、燕、赵之地，穷览朔漠❹。其所见山奔海立，沙起云行，雨鸣树偃，幽谷大都，人物鱼鸟，一切可惊可愕之状，一一皆达之于诗。

【注释】

①有司：官吏。古代设官分职，各有专司，故称。此指选拔人才的官吏。

②曲蘖（niè）：酒母。此指酒。

③恣情：纵情。

④朔漠：北方沙漠地带。

【译文】

徐文长在科举考试上不得志，

于是就放浪形骸，肆意狂饮，纵情山水，走遍了齐、鲁、燕、赵等地，又饱览了北方大漠的风光。他所见的山峦起伏，海浪壁立，沙石飞扬，云霞舒卷，风雨交加，树木倒伏，幽静的山谷，繁华的闹市，奇人异士，珍稀鱼鸟等，一切令人惊愕的情状，他都一一表现在诗中。

【原文】

其胸中又有勃然不可磨灭之气，英雄失路❶、托足无门之悲，故其为诗，如嗔❷如笑，如水鸣峡，如种出土，如寡妇之夜哭、羁人之寒起❸。虽其体格时有卑者，然匠心

独出，有王者❹气，非彼巾帼❺而事人者所敢望也。

【注释】

①失路：不得志。

②嗔（chēn）：发怒。

③寒起：半夜因寒冷睡不着而坐起。

④王者：同类中自成一家的高昂气派。

⑤巾帼：古代妇女的头巾和发饰，借指妇女。

【译文】

徐文长的胸中郁结着强烈的抗争精神和英雄无用武之地的悲凉，所以他作的诗，像发怒，像狂笑，像水在峡谷中轰鸣，像种子破土而出，像寡妇在夜里哭泣，像旅人在寒夜里惊起。虽然他的诗作的格调有时也有卑下的，但是匠心独运，有高昂的气派，不是那种奴颜婢膝、阿谀奉承的文人的诗作比得上的。

【原文】

文有卓识，气沉而法严，不以模拟损才，不以议论伤格，韩、曾之流亚❶也。文长既雅不与时调❷合，当时所谓骚坛主盟者❸，文长皆叱而奴之，故其名不出于越，悲夫！

【注释】

①流亚：同一类的人物。

②时调：此指当时复古模拟的文风。

③骚坛主盟者：诗坛领袖。此指明朝

嘉靖时后七子代表人物李攀龙、王世贞等。

【译文】

徐文长在文章写作上有真知灼见，他的文章气势浑厚章法谨严，他不用模拟来损害自己的才情，也不用空洞的议论来损害自己的格调，真是韩愈、曾巩一类的人物啊！徐文长志趣高雅，不与时俗苟合，当时的所谓诗坛领袖，他也都加以抨击，所以他的声名只局限在浙江一带，真是悲哀啊！

【原文】

喜作书❶，笔意奔放如其诗，

苍劲中姿媚❷跃出，欧阳公所谓“妖韶❸女老自有余态”者也。间以其余，旁溢为花鸟，皆超逸有致。

【注释】

①书：此指书法。徐渭擅长草书。

②姿媚：妩媚。

③韶：美好。

【译文】

徐文长喜好书法，用笔奔放像他的诗，苍劲豪迈中显露出妩媚的姿态，正如欧阳修所说的“美人迟暮，另具韵味”。徐文长偶尔会把多余的精力倾注到花鸟画上，那些作品也都超逸雅致。

【原文】

卒以疑杀其继室❶，下狱论死。张太史元汴力解，乃得出。晚年愤益深，佯狂❷益甚，显者至门，或拒不纳。时携钱至酒肆，呼下隶❸与饮。或自持斧击破其头，血流被面，头骨皆折，揉之有声。或以利锥锥其两耳，深入寸余，竟不得死。

【注释】

①继室：续弦的妻子。嘉靖四十五年(1566)，徐渭狂病发作，怀疑继妻张氏不贞，将其杀死。

②佯狂：此指悲愤已极倚疯卖疯。

③下隶：地位低微的仆人或奴隶。

【译文】

后来，徐文长因疑忌杀了续娶的妻子，被关进监狱，判了死罪。幸亏翰林侍读张元汴极力营救，徐文长才得以获释出狱。徐文长晚年的时候更加愤世嫉俗、装疯卖傻，达官贵人登门拜访，他常常拒而不见。他时常带着钱到酒店，叫地位低下的人一起喝酒。有一次，他拿斧头砍自己的头，血流满面，头骨破碎，用手揉搓碎骨咔咔有声。有一次，他用尖利的锥子刺自己的双耳，刺进去一寸多深，竟然没死。

【原文】

周望❶言晚岁诗文益奇，无刻

本，集藏于家。余同年❷有官越者，托以钞录，今未至。余所见者，《徐文长集》《阙编》二种而已。然文长竟以不得志于时，抱愤而卒。

【注释】

①周望：陶望龄，字周望，号石篑，明朝万历年间进士，曾任国子监祭酒，袁宏道的朋友。

②同年：科举考试同榜考中的人。

【译文】

陶周望说徐文长的诗文到晚年愈加奇特，没有刻本，诗文稿都藏在家中。我同年中有在浙江做官的，曾委托他抄录徐文长的诗文，至今没有寄来。我所见到的，只有《徐文长集》

《阙编》两种而已。但是徐文长终究因一生不得志，抱恨而终。

【原文】

石公曰：先生数奇不已，遂为狂疾；狂疾不已，遂为囹圄❶。古今文人牢骚困苦，未有若先生者也。虽然，胡公间世❷豪杰，永陵英主，幕中礼数异等，是胡公知有先生矣；表上，人主❸悦，是人主知有先生矣，独身未贵耳。

【注释】

①囹（líng）圄（yǔ）：监狱。

②间世：相隔几十年。世：古代三十年为一世。

③人主：皇帝。此指明世宗朱厚熜。

【译文】

石公说：先生的命运多舛，致使他激愤疯狂；狂病不断发作，又被抓进监狱。古今文人的牢骚和困苦，没有超过先生的了。尽管如此，仍有胡宗宪这样百年难遇的豪杰，世宗这样英明的君主，在胡宗宪的幕府中受到特殊礼遇，这是胡宗宪了解先生；上奏表文博得世宗皇帝的欢心，这是皇帝也知道先生，唯一遗憾的就是先生自身未能显贵。

【原文】

先生诗文崛起，一扫近代芜秽

之习，百世而下，自有定论，胡为[1]不遇哉？梅客生[2]尝寄予书曰："文长吾老友，病奇于人，人奇于诗。"余谓文长无之而不奇者也。无之而不奇，斯无之而不奇也。悲夫！

【注释】

①胡为：为什么。

②梅客生：梅国桢，字客生，明朝万历年间进士，官至兵部右侍郎。

【译文】

先生诗文的崛起，一扫近代文坛的荒秽之气，百世之后，自有定论，怎么说他生不逢时呢？梅客生曾经写信给我说："徐文长是我的老朋友，他的怪病比本人更奇特，而他的人又比他的诗更奇特。”我则认为徐文长没有一处不奇特。正因为没有一处不奇特，这也就注定了他到哪里都不得志。可悲啊！

满井游记

【导读】

满井是明朝时期北京东北角的一个游览地，因有一口古井，“井高于地，泉高于井，四时不落”而得名。袁宏道担任国子监助教时，和朋友一起游览了北京近郊的满井，并写下此文。文中历历如画的景物描写，透出京郊早春的芬芳气息，写出了作者对春回大地的喜悦和赞美，表达了作者旷达、乐观的人生态度，以及对自由的向往。

【原文】

燕地❶寒，花朝节❷后，余寒犹厉。冻风时作，作则飞沙走砾❸。局促❹一室之内，欲出不得。每冒风驰行，未百步辄❺返。

【注释】

①燕地：今河北北部、辽宁西部、北京一带，原为周代诸侯国燕国故地。

②花朝节：古时以阴历二月初二、十二、十五或二十五日为花朝节，相

传这一天是百花生日。

③砾（lì）：小石块，碎石子。

④局促：拘束。

⑤辄：就。

【译文】

北京一带气候寒冷，每年二月花朝节后，残余的寒气还是很厉害。寒风时常刮起，一刮起就飞沙走石。人待在室内，想出去而不得。每次冒着寒风快走，走不到百步就被迫返回。

【原文】

廿二日天稍和❶，偕数友出东直❷，至满井。高柳夹堤，土膏❸微润，一望空阔，若脱笼之鹄❹。于时

冰皮❺始解，波色乍明，鳞浪层层，清澈见底，晶晶然❻如镜之新开而冷光之乍出于匣也。山峦为晴雪所洗，娟然❼如拭，鲜妍明媚，如倩女之靧❽面而髻鬟之始掠❾也。柳条将舒未舒，柔梢披风，麦田浅鬣寸许。游人虽未盛，泉而茗者，罍❿而歌者，红装而蹇⓫者，亦时时有。风力虽尚劲，然徒步则汗出浃背。凡曝沙之鸟，呷浪之鳞，悠然自得，毛羽鳞鬣之间皆有喜气。始知郊田之外未始无春，而城居者未之知也。

【注释】

①和：暖和。

②东直：北京东直门，在旧城东北角。

③土膏：肥沃的土地。

④鹄：一种水鸟，俗名天鹅。

⑤冰皮：冰层。

⑥晶晶然：光亮的样子。

⑦娟然：美好的样子。

⑧靧（huì）：洗脸。

⑨掠：梳掠。

⑩罍（léi）：一种形状似壶的盛酒容器。此指端着酒杯。

⑪蹇（jiǎn）：驴。此指骑驴。

【译文】

二十二日天气略微暖和了些，我和几个朋友出东直门，来到了满井。堤的两侧长着高大的柳树，肥沃的土地已经有些湿润，望着眼前空旷开阔的景象，觉得自己好像是逃出笼子的天鹅。这时，河面上的薄冰刚刚融化，波光刚开始明亮起来，一层一层的浪纹像鱼鳞一样，河水清澈见底，水面亮晶晶的，就像刚刚打开的镜匣，清冷的光辉突然从镜匣里射出来。山峦像被晴天融化的积雪洗过一样，美好的样子像刚被擦过，鲜艳美好而又明亮妩媚，又像美丽的少女洗了脸，刚梳好发髻一样。柳条将要舒展却还没有完全舒展开，柔软的梢头在风中散开，麦田里像兽颈上的长毛的麦苗高一寸左右。游人虽然还不多，但是汲泉水煮茶的，拿着酒杯唱歌的，身着艳装骑驴的，也时时能看到。风力虽然还很强劲，但步行也会汗流浃背。那些在沙滩上晒太阳的鸟，在水面上戏水的鱼，看起来一副悠然自得的样子，动物们都透着喜悦的气息。我这才知道原来郊野之外也有春天，可是住在城里的人却不知道有这样的变化。

【原文】

夫能不以游堕事❶而潇然❷于山石草木之间者，惟此官❸也。而此地适与余近，余之游将自此始，恶能❹无纪❺？己亥之二月也。

【注释】

①堕事：耽误公事。堕：通“隳”，耽

误、毁坏。

②潇然：悠闲自在的样子。

③此官：作者当时在国子监任教。

④恶能：怎能。

⑤纪：通“记”，记录。

【译文】

不会因游玩而耽误公事，能无拘无束地在山石草木之间潇洒游玩的，可能只有我这样清闲的官吧。而且满井正好离我的住处近，我的郊游打算从这里开始，怎么能没有记述呢？万历二十七年二月。

初至西湖记

【导读】

袁宏道辞去吴县知县后，畅游惠山、西湖、天目山、黄山等东南山水名胜，根据所见所感创作了不少游记。其中，描述杭州西湖山水风光及泛舟湖上的散文有十六篇之多，本文为第一篇，叙写第一次游览西湖的总体印象。全文洒脱清新、流转自如，把初游西湖为美景所倾倒的心理过程一层层展现出来。

【原文】

从武林门❶而西，望保叔塔❷突兀层崖中，则已心飞湖上也。午刻❸入昭庆❹，茶毕，即棹小舟入湖。山色如娥，花光如颊，温风如酒，波纹如绫；才一举头，已不觉目酣神醉。此时欲下一语描写不得，大约如东阿王❺梦中初遇洛神❻时也。余游西湖始此，时万历丁酉❼二月十四日也。

【注释】

①武林门：位于杭州城北。宋代叫余杭门，俗称北关门。

②保叔塔：又叫保俶塔，位于西湖北宝石山上。五代吴越时期，吴越国忠懿

王钱弘俶的舅舅、丞相吴延爽在宝石山建保俶塔，当时也叫宝石塔。北宋僧人保叔重修此塔，故又叫保叔塔。

③午刻：正午、中午。

④昭庆：昭庆寺，位于钱塘门外。

⑤东阿王：三国时曹操第三子曹植，他曾被封为东阿（今属山东）王。

⑥洛神：中国神话传说中的洛水女神，伏羲氏之女。曹植与洛神在梦中相遇，创作《洛神赋》寄托自己对洛神的思慕、爱恋。

⑦万历丁酉：明朝万历二十五年（1597）。万历：明神宗朱翊钧的年号。

【译文】

从武林门往西走，就能看见保俶

塔高耸在重山之间，这时我的心早已飞到西湖上了。中午，我来到昭庆寺，喝完茶便划着小船驶入西湖。青翠的山色如同美人的蛾眉，鲜花的光彩如同美人的面庞，温煦的风如同醇酒令人陶醉，湖面的波纹像白绫一样起伏摆动；我才一抬头，就不觉目眩神醉。这时如果要用一句话来形容这里的景色，已经是不可能了，我的感觉大约和东阿王曹植梦中初次遇到洛神时一样吧。我游西湖是从这时开始的，时间是万历二十五年二月十四日。

【原文】

晚同子公❶渡净寺❷，觅阿

宾❸旧住僧房。取道由六桥、岳坟、石径塘而归。草草领略，未及遍赏。次早得陶石篑帖子。至十九日，石篑兄弟同学佛人王静虚至，湖山好友，一时凑集矣。

【注释】

①子公：即方文僎，字子公，袁宏道的朋友。

②净寺：即净慈寺，位于南屏山慧日峰下，始建于五代后周时期。

③阿宾：袁宏道的弟弟袁中道的小名。

【译文】

当天晚上，我和子公乘船到了净慈寺，寻找弟弟阿宾过去住过的僧房。然后沿着六桥、岳坟、石径塘的道路返回。我匆匆地领略了沿途的风光，没有来得及仔细观赏。第二天早晨，我收到了陶石篑的名帖。等到十九日，石篑兄弟与学习研究佛经的王静虚都来了，一同游山玩水的好朋友，一时都聚在了一起。

叙陈正甫《会心集》

【导读】

本文是袁宏道为时任徽州知府的好友陈正甫所编《会心集》作的一篇序言。全文围绕一个"趣"字立论，认为趣"唯会心者知之"，是不可以用道理来解说的。在作者看来，童子不知有趣，但是“无往而非趣”，这是自然天真之趣；山林之人、愚不肖之人也能“近趣”，这是适世自乐之趣；官品越大，地位越高，反而“去趣愈远”……

【原文】

世人所难得者唯趣❶。趣如山上之色、水中之味、花中之光、女中之态，虽善说者不能下一语，唯会心者❷知之。

【注释】

①趣：意趣，真趣。

②会心者：内心感悟的人。

【译文】

世上的人最难得的是趣。趣如同山的颜色、水的韵味、花的光焰、女人的姿容，这些即使是善于言辞的人也说不出一言半句，只有心领神会者才能够领悟。

【原文】

今之人慕趣之名，求趣之似，于是有辨说书画、涉猎古董以为清；寄意玄虚❶、脱迹尘纷❷以为远；又其下则有如苏州之烧香煮茶者。此等皆趣之皮毛，何关神情❸？

【注释】

①寄意玄虚：把心意寄托在玄妙虚无

的学说上。

②脱迹尘纷：摆脱尘世的纷扰。

③神情：精神气质。

【译文】

现在的人羡慕趣的高雅，追求趣的形似，于是有的人以鉴别评判书画、收藏古董作为高雅的真趣；有的人把自己羡慕趣的心意寄托在谈玄说理中，自认为超尘脱俗；还有连这些都不如的，就像苏州那些忙于烧香煮茶的人。这些举动都是趣的表面皮毛，与精神气质有什么相关？

【原文】

夫趣得之自然者深，得之学问

者浅。当其为童子也，不知有趣，然无往而非趣也。面无端容，目无定睛，口喃喃而欲语，足跳跃而不定，人生之至乐，真无逾于此时者。孟子所谓不失赤子❶，老子所谓能婴儿❷，盖指此也。趣之正等正觉❸最上乘也。

【注释】

①赤子：初生的婴儿。

②能婴儿：能像婴儿那种状态。

③正等正觉：佛教术语，意为无上的智慧觉悟。

【译文】

从自然中获得的真趣最为高深，从学问中获取的则显得浅薄。当一个人还是小孩子的时候，并不知道什么是真趣，但是他的所作所为都是很有趣的。小孩子脸上没有故作端庄的严肃表情，眼睛左顾右盼，嘴里喃喃地像是要说些什么，双脚蹦来蹦去，一刻也不得安静，但是人生的真趣，真的是莫过于此时了。孟子所谓的不失赤子之心，老子所谓的能像婴儿一样，大概指的就是这个。这就是趣的最高境界了。

【原文】

山林之人，无拘无缚，得自在度日，故虽不求趣而趣近之。愚不肖❶之近趣也，以无品❷也，品愈

卑，故所求愈下，或为酒肉，或为声伎，率心而行，无所忌惮，自以为绝望于世，故举世非笑之不顾也，此又一趣也。迨[3]夫年渐长，官渐高，品渐大，有身如梏[4]，有心如棘[5]，毛孔骨节俱为闻见知识所缚，入理愈深，然其去趣愈远矣。

【注释】

①愚不肖：愚昧、不成材的人。

②品：品味。

③迨（dài）：及，到。

④梏（gù）：木制的手铐。

⑤棘：棘刺。

【译文】

居住在山野林间的人，无拘无

束，能够自在地度日，因此他们虽然不刻意追求趣但实际上他们离趣很近。愚昧、不成材的人接近趣，是因为他们没有品味，品味越低下，欲求就越低下，他们有的喜欢喝酒吃肉，有的喜欢歌舞，随心所欲，无所顾忌，自认反正不为社会所重视，因此就算是被世人批评嘲笑也无所谓了，这又是另一种趣。等到人的年龄渐长，官越做越大，地位越来越高，就像被枷锁锁住身体，被棘刺扎在心头，毛孔骨节都被所见所闻、知识束缚，知道的道理越多，与趣的距离就更加遥远了。

【原文】

余友陈正甫，深于趣者也，故所述《会心集》若干卷，趣居其多。不然，虽介❶若伯夷❷，高若严光❸，不录也。噫！孰谓有品如君，官如君，年之壮如君，而能知趣如此者哉！

【注释】

①介：耿介，即正直不阿，不同于流俗。

②伯夷：商末孤竹国君的长子，初孤竹君遗命立伯夷的弟弟叔齐为国君，孤竹君死后，叔齐让位，伯夷不受，两人一起投奔周文王。商灭亡后，伯夷与叔齐耻食周粟，隐居在首阳山采薇而食，后来饿死。

③严光：又名严遵，字子陵，曾与刘秀同学，有高名，刘秀称帝后征召其入京，授谏议大夫，他没有接受，隐居在富春山。

【译文】

我的好朋友陈正甫，对于趣有很深的体会，因此他著述的《会心集》中所记述的若干人，懂得趣的居多。否则，如果不懂得趣，即使像伯夷那样耿介、严光那样高洁，他也不会收录。噫！想不到世间竟有像陈君这样地位高，官阶高，正值壮年又懂得趣的人！

张溥

作者简介

张溥（1602—1641），字天如，号西铭，太仓（今属江苏）人，明代文学家。继东林党之后，张溥与张采等合并江南几十个社团，成立复社，与在朝的腐朽势力进行斗争。辑有《汉魏六朝百三名家集》，著有《七录斋集》等。

五人墓碑记

【导读】

《五人墓碑记》是张溥创作的一篇碑文。文章记述和颂扬了苏州百姓敢于同以魏忠贤为首的宦官集团进行斗争的英勇事迹，热情歌颂了五位义士至死不屈的英勇行为。作者对五位义士“激于义而死”的精神给予了高度评价，揭示了“明死生之大，匹夫之有重于社稷”的主题思想。全文叙事简洁，议论酣畅淋漓，颇有感染力。

【原文】

五人者，盖当蓼洲周公❶之被逮，激于义而死焉者也。至于今，郡❷之贤士大夫请于当道❸，即除魏阉❹废祠❺之址以葬之，且立石于其墓之门，以旌❻其所为。呜呼！亦盛矣哉！

【注释】

①蓼（liǎo）洲周公：即周顺昌，字景文，号蓼洲，吴县（今江苏苏州）人。东林党人魏大中被逮，途经吴县时，周顺昌不怕受牵连，招待过他。后来，周顺昌因斥责魏忠贤被捕遇害。

②郡：吴郡，指苏州。

③当道：执掌政权的人。

④魏阉：对魏忠贤的贬称。

⑤废祠：魏忠贤专权时，其党羽在各地为他建生祠，崇祯皇帝即位后，魏忠贤被罢黜，这些生祠均被废弃。

⑥旌：表扬，赞扬。

【译文】

这五个人，就是当周蓼洲先生被逮捕的时候，激于义愤而死的。到了现在，苏州的贤明士大夫们向官府请求，清理已被废除的魏忠贤生祠旧址来安葬他们，并且在他们的墓前竖立石碑，表彰他们的事迹。唉！这也是盛大隆重的事情呀！

【原文】

夫五人之死，去[1]今之墓而葬焉，其为时止十有一月耳。夫十有一月之中，凡富贵之子，慷慨得志之徒，其疾病而死，死而湮没[2]不足道者，亦已众矣，况草野[3]之无闻者欤！独五人之皦皦[4]，何也？

【注释】

①去：距离。

②湮（yān）没：埋没。

③草野：乡野。

④皦（jiǎo）皦：同“皎皎”，明亮的样子。

【译文】

这五人的殉难，距离现在建墓安葬，时间不过十一个月罢了。在这十一个月的时间里，那些富贵人家的子弟，志得意满的人，他们因患病而死，死后便埋没，无足称道的，也太多了，何况那些生活在乡间，没有声名的人！唯独这五个人死后的声名光辉显耀，为什么呢？

【原文】

予犹记周公之被逮，在丁卯三月之望。吾社❶之行为士先者，为之声义❷，敛赀财❸以送其行，哭声震动天地。缇骑❹按剑而前，问："谁为哀者？"众不能堪❺，抶❻而仆❼之。

【注释】

①吾社：指复社。

②声义：伸张正义。

③赀（zī）财：钱财。赀：同“资”。

④缇（tí）骑：古代高官的前导和侍从。此指魏忠贤派来抓人的爪牙。

⑤堪：忍受。

⑥抶（chì）：击。

⑦仆：使跌倒。

【译文】

我还记得周公被捕，是在天启七年三月十五日。我们复社里那些道德品行可以作为读书人表率的人，替他伸张正义，募集钱财送他起程，哭声惊天动地。前来抓人的差役们按着剑柄上前，责问："这是在为谁悲哭？"大家忍无可忍，把他们打倒在地。

【原文】

是时以大中丞抚吴者为魏之私人❶，周公之逮所由使也。吴之民方痛心焉，于是乘其厉声以呵❷，则噪而相逐。中丞匿于溷藩❸以免。既而以吴民之乱请于朝，按诛❹五人，曰颜佩韦、杨念如、马杰、沈扬、周文元，即今之傫然❺在墓者也。

【注释】

①私人：此指魏忠贤的党徒，即江苏巡抚毛一鹭。

②呵：呵斥、责骂。

③溷（hùn）藩：厕所。

④按诛：追究案情判定死罪。按：审查。

⑤傫（lěi）然：聚集的样子。

【译文】

当时以大中丞的身份担任江苏巡抚的是魏忠贤的党羽，周公被捕就是由他主使的。苏州的老百姓正为此事痛恨他，趁着他厉声叱骂的时候，一齐喊叫着群起而攻之。这位大中丞吓得藏在厕所里才得以逃脱。不久，他以苏州人民发动暴乱的罪名向朝廷请示，追究这件事，处死了五个人，他们是颜佩韦、杨念如、马杰、沈扬、周文元，就是现在一起埋葬在墓中的这五个人。

【原文】

然五人之当刑也，意气扬扬，呼中丞之名而詈❶之，谈笑以死。断头置城上，颜色不少变。有贤士大夫发五十金，买五人之脰❷而函❸之，卒与尸合。故今之墓中，全乎为五人也。

【注释】

①詈（lì）：责骂。

②脰（dòu）：颈项。此指头颅。

③函：用木匣盛着。

【译文】

然而，这五个人临刑时，神情慷慨自若，高呼中丞的名字骂他，从容谈笑着死去了。他们被砍下的头挂在城墙上示众，脸色没有一点改变。有一位贤明的士大夫拿出五十两银子，买下五个人的头并用木匣装起来，最终与各人的尸体合到了一起。所以现在墓中是五个人的全身。

【原文】

嗟夫！大阉之乱，缙绅[1]而能不易其志者，四海之大，有几人欤？而五人生于编伍[2]之间，素不闻《诗》《书》之训，激昂大义，蹈死不顾，亦曷故哉？且矫诏[3]纷出，钩党[4]之捕，遍于天下，卒以吾郡之发愤一击，不敢复有株治[5]。大阉亦逡巡[6]畏义，非常之谋[7]，难于

猝发❽。待圣人❾之出，而投缳❿道路，不可谓非五人之力也。

【注释】

①缙（jìn）绅：也作“搢绅”，古代官宦将笏牌插在腰带里，因以缙绅代指官宦。缙：插。绅：大带。

②编伍：指平民。古代编制平民户口，五家为一“伍”。

③矫诏：假托皇帝名义颁发的诏书。

④钩党：牵引为同党。钩：牵引，牵连。

⑤株治：株连惩治。

⑥逡（qūn）巡：迟疑不决。

⑦非常之谋：指魏忠贤企图篡夺帝位的阴谋。

⑧猝（cù）发：突然发动。

⑨圣人：指崇祯皇帝朱由检。

⑩投缳(huán)：自缢。缳：绳圈，绞索。

【译文】

唉！当大宦官魏忠贤作乱的时候，做官的人能够不改变志节的，天下之大，能有几个人呢？但这五个人出身平民，从来没受过诗书的教育，却能被大义激励，踏上死地也不回头，又是什么缘故呢？况且当时伪造的诏书纷纷传出，追捕同党的人遍布天下，终于因为我们苏州百姓的奋起抗击，阉党不敢再株连治罪。魏忠贤也迟疑不决，害怕百姓的义愤，篡夺帝位的阴谋不敢贸然发动。直到当今皇上即位，魏忠贤在被流放的路上畏罪吊死，不能不说是这五个人的功劳啊。

【原文】

由是观之，则今之高爵显位，一旦抵罪，或脱身以逃，不能容于远近，而又有剪发杜门❶，佯狂❷不知所之者，其辱人贱行❸，视五人之死，轻重固何如哉？

【注释】

①剪发杜门：剃发闭门不出。杜：闭。

②佯狂：假装疯癫。

③辱人贱行：可耻的人格，卑贱的行为。

【译文】

从这种情况来看，如今那些高官显贵们，一旦犯罪受罚，有的脱身逃走，不能为远近各地所容纳，也有的剪去头发闭门不出，假装疯癫不知何处是归宿，他们那可耻的人格，卑贱的行为，比起这五个人的死来，到底谁轻谁重？

【原文】

是以蓼洲周公，忠义暴❶于朝廷，赠谥美显❷，荣于身后；而五人亦得以加其土封❸，列其姓名于大堤之上，凡四方之士，无有不过而拜且泣者，斯固百世之遇也。

【注释】

①暴（pù）：显露。

②赠谥美显：指崇祯皇帝追赠周顺昌

"忠介"的谥号。美显：美好而光荣。
③加其土封：增修他们的坟墓。土封：坟墓。

【译文】

因此周蓼洲先生的忠义显露在朝廷，皇帝赠给他谥号以赞美他，使他在死后得到荣耀；而这五个人也能够因此修建一座大坟墓，在大堤之上立碑刻名，凡是从四方来的士人，经过这里没有不跪拜哭泣的，这实在是百世难遇的荣耀啊。

【原文】

不然，令五人者保其首领，以老于户牖之下，则尽其天年，人皆得

以隶[1]使之，安能屈[2]豪杰之流，扼腕[3]墓道，发其志士之悲哉？故予与同社诸君子，哀斯墓之徒有其石也，而为之记，亦以明死生之大，匹夫[4]之有重于社稷[5]也。

【注释】

①隶：像对待奴仆那样。

②屈：使屈身，倾倒。

③扼腕墓道：用一只手握住自己另一只手的手腕，表示情绪激动或惋惜。

④匹夫：平民。此指五位义士。

⑤社稷：国家。

【译文】

否则，假使让这五个人保全性命，在家中一直生活到老，尽享天年，人人都能够像使唤仆人一样使唤他们，又怎么能让英雄豪杰们屈身下拜，在墓前扼腕惋惜，抒发有志之士的悲愤呢？所以我和同社的诸位君子，惋惜这墓前空有一块石碑，就为他们作了这篇碑记，也用以说明生死意义的重大，普通百姓对于国家大事也能发挥重要的作用。

【原文】

贤士大夫者，冏卿❶因之吴公❷，太史❸文起文公❹、孟长姚公❺也。

【注释】

①冏（jiǒng）卿：太仆卿的别称，掌管

皇帝的车马。

②因之吴公：吴默，字因之。

③太史：史官，明清时由翰林担任。

④文起文公：文震孟，字文起。

⑤孟长姚公：姚希孟，字孟长。

【译文】

前面提到的几位贤明的士大夫是：太仆卿吴因之先生，太史文文起先生、姚孟长先生。

魏学洢

作者简介

魏学洢（约1596—约1625），字子敬，号茅檐，嘉善（今浙江嘉兴）人，诗人魏大中的长子。魏大中因弹劾魏忠贤被捕，死后魏学洢被投入浙江监狱，含恨离世。著有《茅檐集》八卷。

核舟记

【导读】

中国古代的雕塑工艺发展到明代已经非常精湛，尤其是微雕工艺。明代民间微雕艺人王叔远在桃核上雕刻了一艘小船，将其送给了魏学洢。魏学洢惊叹王叔远的技艺高超，创作了此文。全文语言生动、洗练，“核舟”的形象刻画得十分具体，上面的人物也描绘得逼真、生动。

【原文】

明有奇巧人❶曰王叔远❷，能以径寸之木❸，为❹宫室、器皿、人物，以至鸟兽、木石，罔不❺因势象❻形，各具情态。尝❼贻❽余核舟一，盖大苏泛❾赤壁云。

【注释】

①奇巧人：技艺奇妙精巧的人。

②王叔远：名毅，字叔远，江苏常熟人，明代著名微雕艺人。

③径寸之木：直径一寸的木头。径：直径。

④为：做。此指雕刻。

⑤罔不：无不。

⑥象：模仿。此指雕刻。

⑦尝：曾经。

⑧贻（yí）：赠送。

⑨泛：泛舟，坐船游览。

【译文】

明朝时期，有个技艺神奇精妙的人名叫王叔远，他可以在一寸长的木头上雕刻出房屋、器具、人物以及鸟兽、树木、石头，全都是就着原材料的样子来雕刻各种事物的形象，各有各的神情姿态。王叔远曾经赠送给我一个用桃核雕刻成的小船，上面雕刻的是苏轼坐船游览赤壁的情景。

【原文】

舟首尾长约八分有奇❶，高可

二黍❷许。中轩敞❸者为舱，箬篷❹覆之。旁开小窗，左右各四，共八扇。启窗而观，雕栏相望焉。闭之，则右刻“山高月小，水落石出”，左刻“清风徐来，水波不兴”，石青❺糁❻之。

【注释】

①有奇：有余。奇：零数。

②黍：今称黍子，去皮后叫黄米。

③轩敞：高大、宽敞。

④箬（ruò）篷：用箬竹叶做成的船篷。

⑤石青：一种青绿色的矿物颜料。

⑥糁（sǎn）：涂。

【译文】

核舟首尾长八分多，高两粒黄米上下。中间凸起、宽敞的部分是船舱，用箬竹叶做成的船篷遮盖着。旁边开了小窗户，左右各四扇，共有八扇。打开小窗户观看，两边的雕花栏杆正好左右相对。关上小窗户，只见窗户右边刻着“山高月小，水落石出”，窗户左边则刻着“清风徐来，水波不兴”，并用石青涂在刻着字的凹处。

【原文】

船头坐三人，中峨冠❶而多髯❷者为东坡，佛印❸居右，鲁直❹居左。苏、黄共阅一手卷❺。东坡右手执卷端，左手抚鲁直背。鲁直左手执卷末，右手指卷，如有所语。东坡现右足，鲁直现左足，各微侧，其

两膝相比❻者，各隐卷底衣褶中。佛印绝类弥勒，袒胸露乳，矫首昂视，神情与苏、黄不属❼。卧右膝，诎❽右臂支船，而竖其左膝，左臂挂念珠倚之——珠可历历❾数也。

【注释】

①峨冠：高高的帽子。

②髯(rán)：两腮的胡须，也泛指胡须。

③佛印：北宋高僧、诗人，字觉老，号佛印，苏轼的朋友。

④鲁直：北宋文学家、书法家黄庭坚，字鲁直，苏轼的朋友。

⑤手卷：横幅的书画长卷。

⑥比：靠近。

⑦不属：不相类似。

⑧诎（qū）：通“屈”，弯曲。

⑨历历：分明可数的样子。

【译文】

船头坐了三个人：中间那个戴着高帽且有很多胡须的人是苏轼，佛印在他的右边，鲁直在他的左边。苏轼和黄鲁直正在观看一幅书画横幅。苏轼右手拿着书画横幅的右端，左手搭在黄鲁直的背上。黄鲁直左手拿着书画横幅的左端，右手指着书画横幅，好像在说什么话。苏轼伸出右脚，黄鲁直伸出左脚，他们都稍微斜侧着身体，他们的互相靠近的两膝，各自隐蔽在书画横幅下面的衣褶里。佛印则如同弥勒菩萨一般，敞开胸襟露出两乳，仰头观望，神态表情和苏轼、黄鲁直不同。他平放着右膝，右臂弯曲支撑在船上；左膝竖起来，挂着念珠的左臂就靠在左膝上——那念珠可以清清楚楚地数出来。

【原文】

舟尾横卧一楫❶。楫左右舟子❷各一人。居右者椎髻❸仰面，左手倚一衡❹木，右手攀❺右趾，若啸呼状。居左者右手执蒲葵扇，左手抚炉，炉上有壶，其人视端容寂，若听茶声然。

【注释】

①楫（jí）：船桨。

②舟子：撑船的人，船夫。

③椎（chuí）髻：梳成椎形的发髻。

④衡：通“横”，横着。

⑤攀：扳着。

【译文】

船尾有一支横放着的桨。桨的左右各有一名船夫。右边的船夫梳着椎状发髻，仰头观望，左手搭在一根横木上，右手则扳弄着右脚趾，好像在呼叫。左边的船夫右手拿着蒲葵扇，左手紧挨着炉子，炉子上有一把水壶，他的眼睛正看着炉子，神情安详，好像在听茶水开没开。

【原文】

其船背稍夷❶，则题名其上，文曰“天启壬戌❷秋日，虞山❸王毅叔远甫刻”，细若蚊足，钩画了了❹，其色墨。又用篆章一，文曰“初平山人”，其色丹。

【注释】

①夷：平。

②天启壬戌：天启壬戌年，即1622年。天启：明熹宗朱由校的年号。

③虞山：位于今江苏常熟市西北，此处代指常熟。

④了了：清清楚楚。

【译文】

核舟的背面比较平坦，在它的上

面，刻有作者的姓名等文字，文字写的是“天启壬戌秋日，虞山王毅叔远甫刻”，那些文字小得如同蚊子的脚，字迹十分清楚，颜色为黑色。上面还刻有一枚篆文图章，图章上的文字写的是“初平山人”，颜色为红色。

【原文】

通计❶一舟，为人五；为窗八；为箬篷，为楫，为炉，为壶，为手卷，为念珠各一；对联、题名并篆文，为字共三十有四。而计其长曾不盈❷寸。盖简❸桃核修狭❹者为之。

【注释】

①通计：总计。

②盈：满。

③简：通“拣”，挑选。

④修狭：长而窄。

【译文】

统算一下，核舟上共刻有五个人；八扇窗；一张箬篷，一支桨，一个炉子，一把壶，一幅书画横幅，一串念珠；又刻有对联、题名和篆文，共三十四个字。然而算其长度却还不够一寸。这是挑选狭长的桃核雕刻而成的。

【原文】

魏子详瞩既毕，诧曰：“嘻！技亦灵怪矣哉！《庄》《列》所载，称惊犹鬼神者良多，然谁有游削❶于

不寸之质，而须麋❷了然者？假有人焉，举我言以复于我，亦必疑其诳❸。乃今亲睹之。繇❹斯以观，棘刺❺之端，未必不可为母猴也。嘻！技亦灵怪矣哉！”

【注释】

①游削：挥动、运用刻刀。

②须麋（mí）：胡须眉毛，此指极小、极细、极短等。

③诳：欺骗，瞒哄。

④繇：通“由”。

⑤棘刺：泛指动植体上的针状物。

【译文】

魏子认真观赏完这只核舟后，感叹地说：“啊！这样的技艺也太神奇了！在《庄子》和《列子》中，记载了许多具有鬼斧神工的能工巧匠，但是有谁可以在不到一寸的材料上自如地操刀雕刻，而且还能将胡须和眉毛都雕刻得清晰可见呢？如果真有这样的人，就是以我讲的话来说与我听，我也一定会怀疑这个人是在撒谎。但如今这却是我亲眼看到的事实。从这只核舟来看，在棘刺的尖端，未必不能雕出一只母猴来。啊！这样的技艺也太神奇了！”

黄宗羲

作者简介

黄宗羲（1610—1695），字太冲，一字德冰，号南雷，别号梨洲老人、梨洲山人，浙江余姚人。黄宗羲与顾炎武、王夫之并称明末清初三大思想家，与其弟黄宗炎、黄宗会号称「浙东三黄」，与陕西李颙、直隶容城孙奇逢并称「清初三大儒」。著有《明夷待访录》《明儒学案》《宋元学案》等。

柳敬亭传

【导读】

这是一篇经过黄宗羲改写的人物传记。柳敬亭是明末清初颇具盛名的说书艺术家。在黄宗羲写《柳敬亭传》之前，与钱谦益、龚鼎孳并称“江左三大家”的诗人吴伟业已经为柳敬亭立了传。黄宗羲认为吴伟业在《柳敬亭传》中对柳敬亭评价过高，文章也写得比较杂乱，不符合“文章体式”，因此他将吴伟业作的传记进行了改写。

【原文】

余读《东京梦华录》❶《武林旧事》❷记，当时演史小说者❸数十人。自此以来，其姓名不可得闻。乃近年共称柳敬亭之说书。

【注释】

①《东京梦华录》：南宋孟元老创作的笔记体散文，所记大多是北宋都城汴京（今河南开封）繁华的情况，描绘了上至王公贵族，下及庶民百姓的日常生活情景，具有史料价值。

②《武林旧事》：宋末元初周密创作的杂史，所记大多是追忆南宋都城临安（今浙江杭州）旧事，其中对朝廷典礼、民俗、物产、说唱艺人等均

有较详细的记述。武林：西湖西北面的古山名，常用来指代杭州。

③演史小说者：说书艺人。

【译文】

我在阅读了《东京梦华录》和《武林旧事》后，得知当时有几十个说书艺人。但自那时起，以后的说书艺人便都不为人知了。只是到了近几年，人们才齐声赞颂起柳敬亭的说书艺术来。

【原文】

柳敬亭者，扬❶之泰州❷人，本姓曹。年十五，犷悍❸无赖，犯法当死，变姓柳，之盱眙❹市中为人说

书，已能倾动其市人。久之，过江，云间❺有儒生莫后光见之，曰：“此子机变❻，可使以其技鸣❼。”于是谓之曰：“说书虽小技，然必句❽性情，习方俗，如优孟❾摇头而歌，而后可以得志。”

【注释】

①扬：扬州府，府治在今江苏扬州。

②泰州：今江苏泰州，当时属扬州府。

③犷悍：粗犷凶悍。

④盱（xū）眙（yí）：县名，位于江苏西部。

⑤云间：松江府的别称，府治在华亭（今上海市松江区）。

⑥机变：机智灵活。

⑦鸣：指传扬有名。

⑧句：通“勾”，勾画。

⑨优孟：优伶名孟，春秋时期楚国宫廷艺人，擅长表演，常谈笑讽谏时事。

【译文】

柳敬亭，出生于扬州府的泰州，本姓曹。他十五岁时，凶狠野蛮，刁钻无赖，后因犯法当斩，他便改姓为柳，潜逃到盱眙城，以说书维持生存，当时，他的说书技艺已足以让听者感动。过了很长时间，他又辗转来到江南，当时松江府的文人莫后光看到他后，自语道：“此人活泼机灵，助其一臂之力，他必定能够以演技闻名当世。”于是，他对柳敬亭说：“说书虽然是非常低微的技艺，但也要描述出故事中各种人物的性情神态，并了解各地的风俗习惯，只有像楚国优孟那样善于用隐言和唱歌讽谏，你才能有所成就。”

【原文】

敬亭退而凝神定气，简练[1]揣摩，期月[2]而诣[3]莫生。生曰：“子之说，能使人欢咍[4]嗢噱[5]矣。”又期月，生曰：“子之说，能使人慷慨涕泣矣。”又期月，生喟然[6]曰：“子言未发而哀乐具乎其前，使人之性情不能自主，盖进乎技矣。”由是之扬，之杭，之金陵，名达于缙绅间。华堂[7]旅会[8]，闲亭独坐，争延[9]之

使奏其技，无不当于心称善也。

【注释】

①简练：在技艺上下功夫磨练。

②期月：一整月，一个月。

③诣：前往。

④欢咍（hāi）：欢快。咍：喜悦。

⑤嗢（wà）噱（jué）：大笑不止。

⑥喟（kuì）然：叹息的样子。此指赞叹不已。

⑦华堂：豪华的大厅。

⑧旅会：盛大的集会。旅：众。

⑨延：延请。

【译文】

柳敬亭回家后便开始专心致志地研求说书艺术，他勤学苦练，反复推敲，过了一个月就前往莫后光住处。莫后光说："现在的你，说书时可以让人开怀大笑。"又过了一个月，莫后光说："现在的你，说书时可以让人感动得涕泪横流。"又过了一个月，莫后光高兴地称赞道："现在的你，还尚未开口说书，便能将各种感情表现出来，使听书的人无法自制，你的说书技艺已经相当高超了。"于是，柳敬亭便去扬州、杭州、南京等地说书，他的大名很快便传于高官显贵耳中。在华丽盛大的集会上，在幽静独坐的亭阁中，人们争先恐后地请柳敬亭表演，看完后，所有人都感到开心满足，称赞他的技艺高超。

【原文】

宁南❶南下，皖帅❷欲结欢宁南，致❸敬亭于幕府。宁南以为相见之晚，使参机密。军中亦不敢以说书目敬亭。宁南不知书，所有文檄❹，幕下儒生设意修词，援古证今，极力为之，宁南皆不悦。而敬亭耳剽口熟❺，从委巷活套中来者，无不与宁南意合。

【注释】

①宁南：即左良玉，南明福王时封其为宁南侯。

②皖帅：即安徽提督杜宏域，和柳敬亭是故交。

③致：送。此指介绍。

④文檄：古代征召、晓谕或声讨的文书。

⑤耳剽（piāo）口熟：耳朵经常听到的，嘴里经常说的。

【译文】

宁南侯左良玉乘船南巡时，安徽提督杜宏域欲和左良玉结交，便将柳敬亭介绍到左良玉的府署。左良玉觉得与柳敬亭相见恨晚，便让柳敬亭参与军中事务。军中将领也不敢将柳敬亭当作普通的说书人看待。左良玉没有读过书，所有公文都是军中文人润色字句、旁征博引而成，左良玉都不满意。而柳敬亭所听所言皆来自乡间陋巷的俗语常谈，因此非常合乎左良玉的心意。

【原文】

尝奉命至金陵，是时朝中皆畏宁南，闻其使人来，莫不倾动加礼，宰执以下俱使之南面上坐，称柳将军，敬亭亦无所不安也。其市井小人昔与敬亭尔汝者，从道旁私语："此故吾侪❶同说书者也，今富贵若此！"

【注释】

①侪（chái）：辈。

【译文】

柳敬亭曾奉命到南京，当时南明朝中群臣都非常害怕左良玉，听说他派人来，朝廷上下都以礼相待，宰相以下的官员都让柳敬亭坐在向南的尊位，称呼他柳将军，柳敬亭也并未感到不安。以前那些街道市场上和柳敬亭关系亲密的人，在路边悄悄地议论道："这人是以前和我们一起说书卖艺的，现在却如此富贵！"

【原文】

亡何❶国变，宁南死。敬亭丧失其资略尽，贫困如故时，始复上街头理其故业。敬亭既在军中久，其豪猾❷大侠、杀人亡命、流离遇合、破家失国之事，无不身亲见之，且五方❸土音❹，乡俗好尚❺，习见习闻，每发一声，使人闻之，或如刀剑铁骑，飒然❻浮空，或如风号雨泣，鸟

悲兽骇，亡国之恨顿生，檀板⑦之声无色，有非莫生之言可尽者矣。

【注释】

①亡何：不久。

②豪猾：强横狡诈、不守法纪的人。

③五方：东西南北中，指各地。

④土音：方言。

⑤好尚：指所爱好所崇尚。

⑥飒然：飒飒地作响。

⑦檀板：檀木制的拍板，古代歌舞常用其伴奏。

【译文】

不久，南明朝廷覆亡了，左良玉也死了。柳敬亭的资财也差不多花费光了，所以又像过去那样贫穷了，于是他又开始上街说书。由于柳敬亭曾长期生活在军队里，因此那些奸诈凶狠、违法乱纪的人，杀人犯法、四处逃亡的人，居无定所、悲惨无助的事，国破家亡的事，他都亲眼看见过，而且他对各地的方言和民众的爱好都十分熟悉，所以他说书时讲的言辞，让人听起来有的如同刀枪剑戟互相碰撞，骑兵突然冲出，飒飒作响，腾空而起，有的如同大风狂号，暴雨哭诉，鸟鹊悲鸣，野兽惊惧，使人马上便生出亡国之恨，无法听清伴奏的乐声，他的说书技艺已经远远超过了莫后光所说的最高境界了。

方苞

作者简介

方苞（1668—1749），字凤九，一字灵皋，晚号望溪，又号南山牧叟，安徽桐城人，清代散文家、经学家，曾任翰林院侍讲学士、礼部右侍郎、三礼馆副总裁、经史馆总裁等职。方苞继承了归有光『唐宋派』古文传统，为清代『桐城派』古文之初祖，与刘大櫆、姚鼐并称『桐城三祖』。著有《春秋通论》《望溪先生文集》《史记注补正》等。

左忠毅公逸事

【导读】

以魏忠贤为首的宦官集团专权，排除异己，左光斗站在反阉党斗争的最前列，并因此被害下狱，含冤而死。本文记述了左光斗不为世人所知的几件逸事，作者用简练的语言、精细的笔触，塑造了左光斗具有知人的卓见，以国事为重，不计较个人生死荣辱的正直刚毅的形象。

【原文】

先君子❶尝言，乡先辈左忠毅公❷视学京畿❸，一日，风雪严寒，从数骑出，微行❹入古寺，庑❺下一生伏案卧，文方成草。公阅毕，即解貂❻覆生，为掩户。叩之寺僧，则史公可法❼也。

【注释】

①先君子：作者对已过世的父亲方仲舒的称呼。

②左忠毅公：左光斗，字遗直，号浮丘，曾官至左佥都御史。天启年间被魏忠贤陷害，死于狱中。南明弘光政权时，追谥忠毅。

③京畿（jī）：国都及其附近的地方。

④微行：穿着平民衣服出行。

⑤庑（wǔ）：廊下小屋。

⑥解貂：脱下貂皮裘。

⑦史公可法：史可法，字宪之，南明时曾官至兵部尚书。清军入关时镇守扬州，为清军所俘，英勇就义。

【译文】

家父生前曾说，同乡左光斗在京城地区担任学政之职时，有一天，大雪纷飞、冻彻肌骨，他带着几个随从出行，改装暗访，来到一座古庙里暂时安歇，当他进入庙里的一个小屋后，却看到屋中有一个书生，这个书生伏在桌上已经酣然入睡，旁边放着他刚刚写好的文章。左公拿起文章看了一遍，就解下自己所披的貂皮裘衣盖在了书生身上，然后关好门出去了。左公出屋后，便向庙中的和尚打听这个书生的情况，于是和尚将这个书生的情况介绍了一遍，这时，左公才知道这个书生是史可法。

【原文】

及试，吏呼名至史公，公瞿然❶注视；呈卷，即面署第一。召入，使拜夫人，曰："吾诸儿碌碌，他日继吾志事，惟此生耳。"

【注释】

①瞿然：惊视的样子。

【译文】

后来科举考试，当考试官员点到史可法的名字时，身为主考官的左公万分惊喜地看着他；史可法一上交试卷，左公看后便立即当面批为头名。左公将史可法邀到家里，让他拜见左夫人，左公对夫人说："我的几个儿子资质平庸，唯有这个书生可以继承我的志向和事业。"

【原文】

及左公下厂狱❶，史朝夕狱门外。逆阉❷防伺❸甚严，虽家仆不得近。久之，闻左公被炮烙❹，旦夕且死，持五十金，涕泣谋于禁

卒，卒感焉。

【注释】

①厂狱：明代特务机关东厂所设立的监狱。

②逆阉：叛逆的太监，此指魏忠贤。

③防伺：防范看守。

④炮烙：用烧红的铁来炙烧犯人的一种酷刑。

【译文】

后来，左公被奸人诬陷关进大牢，史可法便日夜蹲守在监牢大门边。然而，由于奸诈的太监戒备森严，因此就连左公的家仆都无法接近监牢。后来，史可法听闻左公受到炮烙酷刑，即将不久于人世，他便拿着五十两银子哭求看守，希望让他进去探望左公，看守被他感动，就同意了。

【原文】

一日，使史更敝衣，草屦❶，背筐，手长镵❷，为除不洁者，引入。微指左公处，则席地倚墙而坐，面额焦烂不可辨，左膝以下，筋骨尽脱矣。史前跪，抱公膝而呜咽。公辨其声，而目不可开，乃奋臂以指拨眦❸，目光如炬，怒曰："庸奴！此何地也，而汝来前！国家之事，糜烂至此，老夫已矣，汝复轻身而昧大义，天下事谁可支拄者？不速去，无俟奸人构陷，吾今即扑杀汝！”因摸地上刑械，作投击势。史噤❹不敢发声，趋而出。后常流涕述其事以语人，曰：“吾师肺肝，皆铁石所铸造也！”

【注释】

①草屦（jù）：草鞋。

②长镵（chán）：一种长柄的掘土工具。

③眦（zì）：眼眶。

④噤（jìn）：闭口不作声。

【译文】

一天，看守让史可法换上破衣烂衫，穿着草鞋，肩背箩筐，手拿长铁铲，乔装成打扫垃圾的人，然后将史可法带到牢房里。随后，看守悄悄地指了指左公待的地方，只见左公靠墙坐在地上，他的脸和额头被烫得焦烂，根本无法辨认，左腿膝盖以下的所有筋骨都露出来了。史可法上前跪倒在地，抱着左公的膝盖放声痛哭。左公辨出史可法的声音，可是眼睛却无法睁开，于是他使劲地举起手臂用手指拨开眼眶，他的目光明亮如火炬，他大怒道："蠢材！这是什么地方，你却到这里来！如今国事混乱，奸人当道，我已无力回天，你又如此轻视自己的生命，不明大义，那么谁来拯救朝廷呢？还不赶快出去，不用等奸人诬陷你，我现在就打死你！"左公边说边摸起地上的刑具，做出要击打史可法的样子。史可法紧闭双唇，不敢发出声响，快步走出监牢。后来，史可法常常流着眼泪对别人讲述这件事，他说：“我老师的心肠是铁石铸造而成的啊！”

【原文】

崇祯❶末，流贼❷张献忠❸出没蕲、黄、潜、桐间，史公以凤庐道❹奉檄守御。每有警，辄数月不就寝，使将士更休，而自坐幄幕外。择健卒十人，令二人蹲踞而背倚之，漏鼓移❺则番代。每寒夜起立，振衣裳，甲上冰霜迸落，铿然有声。或劝以少休，公曰：“吾上恐负朝廷，下恐愧吾师也。”

【注释】

①崇祯：明思宗朱由检的年号。

②流贼：旧时对农民起义军的蔑称。

③张献忠：明末农民起义军领袖，1644年在成都称帝，建立大西政权，1646年被清兵杀死。

④凤庐道：管辖凤阳府、庐州府一带的长官。

⑤漏鼓移：过了一段时间。漏：古时滴水计时的器具。鼓：打更的鼓。

【译文】

崇祯末年，叛贼张献忠率军出没于蕲州、黄冈、潜山、桐城地区，史可法当时担任凤阳、庐州道的长官，朝廷令其防守叛军。一旦有贼军进攻的消息，史可法便连续数月无法卧床而眠，在此情况下，他令士卒轮番睡觉，而他自己却一直坐在帐篷外。他挑选了十名健壮的士兵，令其中的两个士兵蹲坐在地，背靠他，然后一更一换。每到寒夜起身抖动衣裳时，他的铠甲便会铿锵作响，落下片片冰霜。有部下劝他暂且歇息歇息，然而他却说道："对上，我担心辜负朝廷之托；对下，我担心愧对老师之恩啊！"

【原文】

史公治兵，往来桐城，必躬造❶左公第，候太公、太母起居，拜夫人于堂上。

余宗老❷涂山❸，左公甥也，与先君子善，谓狱中语乃亲得之于史公云。

【注释】

①躬造：亲临。

②宗老：同宗族的老前辈。

③涂山：方苞族祖父的号，名文。

【译文】

史可法带兵期间，每当他往来经过桐城时，必定亲赴左公府上，问候太公、太母的生活，并在堂上参拜左夫人。

我的先祖涂山，是左公的外甥，他与家父私交甚好，他说左公牢中所言是他亲耳听史可法所讲。

郑燮

作者简介

郑燮（1693—1766），字克柔，号理庵，又号板桥，人称板桥先生，江苏兴化人，清代书画家、文学家。曾任山东范县、潍县知县，政绩显著，后客居扬州，以卖画为生，是『扬州八怪』重要代表人物。著有《板桥集》等。

范县署中寄舍弟墨第四书

【导读】

郑墨是郑燮的堂弟，比郑燮小二十四岁。郑燮对堂弟十分友爱，从读书到做人，都给予谆谆教导。本文是郑燮在范县任上写给郑墨的一封家书。文中提出“天地间第一等人，只有农夫，而士为四民之末”的观点，可谓振聋发聩。作者指出应尊重“苦其身，勤其力”“以养天下之人”的农夫，批评了一心想做官发财的读书人。

【原文】

十月二十六日得家书，知新置田获秋稼五百斛，甚喜。而今而后，堪为农夫以没世❶矣！要须制碓制磨，制筛罗簸箕，制大小扫帚，制升斗斛。家中妇女，率诸婢妾，皆令习舂揄蹂簸❷之事，便是一种靠田园长子孙气象。天寒冰冻时，穷亲戚朋友到门，先泡一大碗炒米送手中，佐以酱姜一小碟，最是暖老温贫❸之具。暇日咽碎米饼，煮糊涂粥，双手捧碗，缩颈而啜❹之，霜晨雪早，得此周身俱暖。嗟乎！嗟乎！吾其长为农夫以没世乎！

【注释】

①没世：终身。

②舂揄蹂簸：指农事。舂：用杵臼捣谷类等。揄：舀取。蹂：通“揉”，用手搓揉。

③暖老温贫：使老人、穷人感到温暖。

④啜（chuò）：喝。

【译文】

十月二十六日收到家中来信，知道新买的田地，秋季收获了五百斛的稻谷，我非常高兴。从今以后，我们可以做个农夫过一辈子了！现在需要制备碓、磨，制备筛罗、簸箕，制备大小扫帚，制备升、斗、斛等农具。家中的妇女，连同女佣，都让她们学习舂米、扬谷之类的农活，这才有一种靠田园抚养子孙的景象。天寒地冻时，穷亲戚朋友来了，先泡一大碗炒米送到他们手中，再用一小碟酱姜佐餐，这是最能使老人、穷人感到温暖的食物。闲暇的日子，吃碎米饼，煮一锅烂粥，双手捧着碗，缩着脖子喝，即使是霜雪浓重的寒冷的早晨，喝上这样的热粥，全身都会暖和。唉！唉！我们可以长久地做农夫过一辈子了！

【原文】

我想天地间第一等人，只有农夫，而士为四民❶之末。农夫上者种地百亩，其次七八十亩，其次

五六十亩，皆苦其身，勤其力，耕种收获，以养天下之人。使天下无农夫，举世皆饿死矣。我辈读书人，入则孝，出则弟[2]，守先待后[3]，得志泽加于民，不得志修身见于世，所以又高于农夫一等。今则不然，一捧书本，便想中举、中进士、作官，如何攫取[4]金钱、造大房屋、置多产田。起手便走错了路头，后来越做越坏，总没有个好结果。其不能发达者，乡里作恶，小头锐面[5]，更不可当。夫束修自好[6]者，岂无其人；经济自期，抗怀千古者，亦所在多有。而好人为坏人所累，遂令我辈开不得口；一开口，人便笑曰：“汝辈书生，总是会说，他日居官，便不如此说了。”所以忍气吞声，只得捱人笑骂。工人制器利用，贾人搬有运无，皆有便民之处。而士独于民大不便，无怪乎居四民之末也！且求居四民之末，而亦不可得也。

【注释】

①四民：旧时指士、农、工、商。

②弟：通“悌”，弟弟敬爱兄长。

③守先待后：严守古代圣王的礼法道义，用来培养后世的学者。

④攫（jué）取：掠夺。

⑤小头锐面：形容人刁顽刻薄。

⑥束修自好：约束检点自己的言行，爱惜自己的声名。

【译文】

我想世间第一等人，只有农夫了，读书人只能是士、农、工、商四民中最后一等。上等的农夫耕种一百亩地，次等的七八十亩，再次等的五六十亩，都是自己辛辛苦苦，勤奋地付出劳动，耕种田地，收获庄稼，养活天下的人。假使天下没有农夫，那么世上的人都要饿死了。我们这些读书人，应该在家孝敬父母，出外尊敬兄长，严守古代圣王的礼法道义，用来培养后世的学者，实现了心志时就把恩泽施与百姓，不能实现心志时就修养身心，将美德显露于世，所以又比农夫高了一等。可是现在的读书人却不是这样，一捧起书本便想要考中举人，考中进士，然后做官，做官后想着要如何捞取金钱，建造大房子，购买许多田产。一开始便走错了路，后来越做越坏，总没有个好结果。而那些不能飞黄腾达的人，便在乡里为非作歹，削尖了脑袋到处钻营，更令人受不了。而约束言行，注重自身品德修养的人，难道没有了吗？甚至希望自己能经世济民，志向高远，能媲美古人的人，也到处都有。但是好人总是被坏人牵累，这就使我们也开不得口。一开口说话，别人便讥笑说："你们这些读书人，总是只会说，将来做了官，就不这样说了。”所以只好忍气吞声，忍受别人的笑骂。工匠制造器具，让人使用方便；商人搬运货物，输通有无，都对百姓有便利。只有读书人对百姓大有不便，难怪只能在四民中位居最后一等。而且想要列在最后一等也都得不到呢。

【原文】

愚兄平生最重农夫，新招佃地人❶，必须待之以礼。彼称我为主人，我称彼为客户，主客原是对待之义，我何贵而彼何贱乎？要体貌他，要怜悯他；有所借贷，要周全他；不能偿还，要宽让他。尝笑唐人

《七夕》诗，咏牛郎织女，皆作会别可怜之语，殊失命名本旨。织女，衣之源也，牵牛，食之本也，在天星为最贵；天顾重之，而人反不重乎！其务本勤民，呈象❷昭昭可鉴矣。吾邑妇人，不能织绸织布，然而主中馈❸，习针线，犹不失为勤谨。近日颇有听鼓儿词，以斗叶❹为戏者，风俗荡轶❺，亟宜戒之。

【注释】

①佃（diàn）地人：佃农。

②呈象：此指牛郎、织女星呈现的形貌。

③中馈（kuì）：妇女在家主持饮食等事。

④斗叶：斗牌，一种纸牌游戏。

⑤荡轶：放荡不守规矩。轶：通“逸”。

【译文】

兄长我一生中最敬重农夫，对于新招的佃户，一定以礼相待。他们称呼我们为主人，我们称呼他们为客户，主客之间本来就应该相互平等对待，我们有什么尊贵的，而他们又有什么低贱的呢？要体恤他们，要怜悯他们；如果他们有借贷的需求，就要周济成全他；对于那些没有能力偿还的，要尽量宽容，不要起争执。我曾经嘲笑唐人《七夕》诗，吟咏牛郎织女都作相会、离别等可怜之说，实在是失去了原本的主旨。织女，穿衣的本源，牵牛，吃饭的根本，作为天星是最尊贵的；上天非常重视它们，而人们却不重视啊！它们昭示人们勤劳务农，它们的形象明显可作为人们的镜子。我们乡里的妇女们不能织绸织布，然而主持家务，多做针线活，也不失为勤劳。近日来有很多沉湎于听鼓词曲艺、玩斗牌游戏的人，这些行为太过放纵，应该赶快制止他们。

【原文】

吾家业地虽有三百亩，总是典产❶，不可久恃。将来须买田二百亩，予兄弟二人，各得百亩足矣，亦古者一夫受田百亩之义也。若再求多，便是占人产业，莫大罪过。天下无田无业者多矣，我独何人，贪

求无厌，穷民将何所措足❷乎！或曰：“世上连阡越陌❸，数百顷有余者，子将奈何？”应之曰：“他自做他家事，我自做我家事，世道盛则一德遵王，风俗偷则不同为恶，亦板桥之家法也。”哥哥字。

【注释】

①典产：典押的田地。

②措足：立足。

③连阡越陌：形容土地很多。

【译文】

我们家虽然有三百亩田地，但那全是人家典押的产业，不能长久靠它生活。将来需买二百亩田地，我们兄弟二人，各得一百亩就够了，这也是古代一个成年农夫受田一百亩的意思。如果想多得到一些，那就是侵占他人产业，没有比这更大的罪过了。天下没有田地产业的人很多，我是什么人啊，如果贪求而不满足，那么穷人到哪里安身立足呢？有人说："这世上，很多人的田地是阡陌相连，多达数百顷，你能拿他们怎么样呢？"我说："别人这么做是他家的事情，我只管做自家的事情，世道昌盛时，我就一心一意遵循正义之道，如果世风日下，民俗浅薄，我也决不和坏人同流合污，这也是板桥家法。"哥哥字。

全祖望

作者简介

全祖望（1705－1755），字绍衣，号谢山，浙江鄞县（今宁波）人，清代著名史学家、文学家，浙东学派集大成者，享有『布衣太史』『史学大柱』的美誉。著作有《经史问答》《读易别录》《汉书地理志稽疑》《古今通史年表》等。

梅花岭记

【导读】

明朝崇祯十七年（1644），清兵大举入关，兵部尚书、武英殿大学士史可法奉命督师扬州。第二年，扬州城破，史可法被俘后宁死不屈，为国捐躯。史可法死后，其衣冠被葬在梅花岭上。全祖望用饱蘸感情的笔墨记叙了史可法以身殉国的悲壮事迹，热烈地歌颂了他慷慨死难的精神。

【原文】

顺治二年乙酉[1]四月，江都[2]围急。督相[3]史忠烈[4]公知势不可为，集诸将而语之曰："吾誓与城为殉，然仓皇中不可落于敌人之手以死，谁为我临期成此大节者？"副将军史德威慨然任之。忠烈喜曰："吾尚未有子，汝当以同姓为吾后。吾上书太夫人，谱[5]汝诸孙中。"

【注释】

①乙酉：顺治二年（1645）的干支。

②江都：今江苏扬州。

③督相：明代的大学士相当于宰相职位，史可法以武英殿大学士的身份督师扬州，故称督相。

④忠烈：史可法死后南明福王所赠的谥号。

⑤谱：家谱。此处指续家谱。

【译文】

顺治二年四月，江都被包围，情况很危急。督师扬州的宰相史可法知道局势难以挽救，就召集众将告诉他们："我发誓与此城生死与共，但仓促之中我不能落到敌人手中而死，到时谁能帮助我完成大节呢？"副将军史德威慷慨应允。史可法高兴地说："我还没有儿子，你可以同姓的身份做我的后嗣。我要写信给母亲，将你列入族谱上她的孙辈之中。"

【原文】

二十五日，城陷，忠烈拔刀自裁❶。诸将果争前抱持之。忠烈大呼德威，德威流涕，不能执刃，遂为诸将所拥而行。至小东门，大兵如林而至，马副使鸣騄、任太守民育及诸将刘都督肇基等皆死。忠烈乃瞠目❷曰："我史阁部❸也。"被执❹至南门，和硕豫亲王❺以先生呼之，劝之降。忠烈大骂而死。初，忠烈遗言："我死，当葬梅花岭上。"至是，德威求公之骨不可得，乃以衣冠葬之。

【注释】

①自裁：自杀。

②瞠目：瞪眼。

③阁部：史可法为内阁大学士，故自称“阁部”。

④执：押解。

⑤和硕豫亲王：清太祖努尔哈赤第十五子多铎，被封为和硕豫亲王。

【译文】

二十五日，城池被敌军攻破，史可法便要拔刀自杀。将领们都争着上前将他抱住。史可法大声呼唤史德威，但史德威泪如雨下，不忍拿刀，于是史可法被众将簇拥着走了。来到小东门时，清军士卒如同树林般密密麻麻到来，副使马鸣騄、扬州太守任民育以及都督刘肇基等将领都战死了。

史可法瞪大眼睛对敌人说："我就是史阁部。"于是他被清军抓住并带到南门，和硕豫亲王称其为"先生"，并劝他降清。最后史可法大骂敌人而被杀。当初史可法曾留下遗言："我死之后，希望把我葬在梅花岭上。"到此时，史德威却找不到他的尸骨，所以就把他的衣帽葬了。

【原文】

或曰："城之破也，有亲见忠烈青衣乌帽，乘白马，出天宁门投江死者，未尝殒❶于城中也。"自有是言，大江南北遂谓忠烈未死。已而❷英、霍山师大起❸，皆托忠烈之名，

仿佛陈涉之称项燕。吴中孙公兆奎以起兵不克，执至白下❹。经略洪承畴与之有旧，问曰："先生在兵间，审知❺故扬州阁部史公果死耶，抑未死耶？"孙公答曰："经略从北来，审知故松山殉难督师洪公果死耶，抑未死耶？"承畴大恚❻，急呼麾下❼驱出斩之。

【注释】

①殒：死。

②已而：不久。

③英、霍山师大起：明朝末年在英山、霍山一带起义抗清的义军。

④白下：今江苏南京。

⑤审知：清楚地知道。

⑥恚（huì）：怨恨，愤怒。

⑦麾（huī）下：部下。

【译文】

有人说："当城池被攻陷时，有人亲眼看到史可法身穿青衣，头戴黑帽，骑着白马出了天宁门投江而死，未曾死于城中。"有了这一说法后，在长江南北两岸，都传说史可法并未死去。不久后，英山和霍山的抗清大军迅猛发展，都假借史可法之名鼓动民众，好像秦朝末年陈胜托称项燕之名一样。苏州的孙兆奎抗清被俘后，被押送到了南京。经略洪承畴以前同他有过交往，问他："先生长期生活在军队中，可知原来扬州的宰相史公是真的死了呢，还是没死呢？”孙兆奎答道：“经略自北方而来，可知原来松山殉难的明将洪公是真的死了呢，还是没死呢？”洪承畴听后大怒，马上让部下将他推出去杀了。

【原文】

呜呼！神仙诡诞[1]之说，谓颜太师以兵解[2]，文少保亦以悟大光明法蝉蜕[3]，实未尝死。不知忠义者圣贤家法，其气浩然，常留天地之间，何必出世入世之面目？神仙之说，所谓为蛇画足。即如忠烈遗骸，不可问矣。百年而后，予登岭上，与客述忠烈遗言，无不泪下如雨，

想见当日围城光景。此即忠烈之面目，宛然[4]可遇，是不必问其果解脱否也，而况冒其未死之名者哉！

【注释】

①诡诞：虚妄，荒诞。

②颜太师以兵解：唐代的颜真卿曾担任太子太师，被叛军淮宁节度使李希烈杀害。相传颜真卿死后十多年，仆人曾在洛阳遇见过他，因此当时的人都传说他成了仙。兵解：古时称学道者死于兵刃。

③文少保亦以悟大光明法蝉蜕：南宋抗元名臣文天祥曾官至右丞相，加少保，兵败后被押至大都（今北京）遇害。《文文山年谱》记载，文

天祥在狱中被人授大光明法而出世成佛。蝉蜕：蝉脱去外壳，比喻人脱离肉身成仙。

④宛然：仿佛。

【译文】

真是可叹啊！那些谈论神仙的荒诞之言，说颜真卿被杀后成了神仙，文天祥也因悟得大光明法而解脱成仙，其实他们并没有死。殊不知忠义是圣贤立身的根本准则，他们的刚正之气雄浑广阔，长驻天地间，何必问他们究竟是成仙了还是在世呢？那些关于他们成为神仙的说法，正如人们常说的“画蛇添足”。但就史可法的遗体而言，确实找不到了！在史公百年之后的今天，我来到梅花岭上，同好友讲起史可法的遗言，听者无不泪流满面，如同他们亲眼看见了当天清军围城的情景。这就是史可法的面貌，仿佛可以看到一样，这时就没有必要去追问他是否真的离世成仙，更别说什么假托他未死之名了。

【原文】

墓旁有丹徒[1]钱烈女之冢，亦以乙酉在扬，凡五死而得绝[2]，特告其父母火之，无留骨秽地，扬人葬之于此。江右[3]王猷定、关中[4]黄遵岩、粤东[5]屈大均为作传、铭、哀词。

【注释】

①丹徒：今江苏镇江。

②凡五死而得绝：清军攻破扬州后，钱氏女先后以刀刎颈、自焚、上吊、服毒求死，均未成功，后以衣带自缢死。

③江右：此指江西。

④关中：今陕西。

⑤粤东：今广东。

【译文】

史可法的坟墓旁还有镇江姓钱的烈女之墓，也是乙酉那年在扬州，五次自杀殉城才死去，特地告诉父母要将自己火化，不要将尸骨留在这污秽之地，扬州人就把她葬在这里。江西人王猷定、陕西人黄遵岩、广东人屈大均曾为她作传、撰铭、写哀词。

【原文】

顾尚有未尽表章者：予闻忠烈兄弟，自翰林可程❶下，尚有数人，其后皆来江都省墓。适英、霍山师败，捕得冒称忠烈者，大将发至江都，令史氏男女来认之。忠烈之第八弟已亡，其夫人年少有色，守节，亦出视之。大将艳其色，欲强娶之，夫人自裁而死。时以其出于大将之所逼也，莫敢为之表章者。

【注释】

①翰林可程：史可法的弟弟史可程，崇祯年间进士，入翰林院，曾投降

李自成，后又降清。

【译文】

但还有未全被表彰出来的：我听说史可法的弟弟翰林学士史可程以下，还有好几人，后来都到扬州祭扫史可法墓。正逢英山、霍山义军失败，捉到了托名假冒史可法的人，清兵大将把他押送到扬州，下令让史氏门中的男子和妇女都来辨认。这时史可法的第八个弟弟已死，他的夫人年轻漂亮，为他守节，也出来看这个托名者。大将军看上了她的美色，想强迫娶她，夫人自杀而死。当时因为她出于大将所逼，人们因惧怕而不敢表彰她。

【原文】

呜呼！忠烈尝恨可程在北，当易姓❶之间，不能仗节，出疏❷纠❸之。岂知身后乃有弟妇，以女子而踵❹兄公❺之余烈乎？梅花如雪，芳香不染。异日有作忠烈祠者，副使诸公，谅在从祀❻之列，当另为别室以祀夫人，附以烈女一辈也。

【注释】

①易姓：封建时代对改朝换代的说法。

②疏：奏章。

③纠：弹劾。

④踵（zhǒng）：追随。

⑤兄公：旧时弟媳对夫兄的称呼。此指史可法。

⑥从祀：古代祭祀中常设的、次于主要祭祀对象但与其密切关联的祭祀对象。

【译文】

可叹啊！史可法曾痛恨史可程降清，在国家沦亡之际不能保持节操，因此写奏章弹劾他。怎会知道在自己死后，竟然有弟媳妇凭女子之身继承夫兄所留下的光明辉绩呢？梅花像雪，芳香而不染尘埃。将来如果有人修建忠烈祠，马鸣騄副使等想必要列入从祀的位置，还应当另外建造一室来祭祀夫人，再附上烈女一辈。

袁枚

作者简介

袁枚（1716—1798），字子才，号简斋，晚年自号仓山居士、随园主人、随园老人，浙江钱塘（今杭州）人，清代诗人、散文家、文学批评家和美食家。袁枚倡导「性灵说」，与赵翼、张问陶并称「性灵派三大家」。主要著作有《小仓山房文集》《随园诗话》《随园诗话补遗》等。

黄生借书说

【导读】

黄允修家贫，但喜好读书，袁枚很器重他。本文即是袁枚在黄生借书时有感而发，撰写而成。文章开篇即提出“书非借不能读也”的观点，接着广引事实加以论证，之后又由借书推及到借物，把“书非借不能读”的道理普遍化，最后叙说个人读书的经验教训，勉励黄生勤奋读书。全文如话家常，循循善诱，富有启发性。

【原文】

黄生允修借书。随园主人❶授以书而告之曰：书非借不能读也。子不闻藏书者乎？七略❷、四库❸，天子之书，然天子读书者有几？汗牛塞屋❹，富贵家之书，然富贵人读书者有几？其他祖父积、子孙弃者无论焉。非独书为然，天下物皆然。非夫人之物而强假❺焉，必虑人逼取，而惴惴焉摩玩❻之不已，曰："今日存，明日去，吾不得而见之矣。"若业❼为吾所有，必高束焉，庋藏❽焉，曰"姑俟异日观"云尔。

【注释】

①随园主人：即袁枚，他辞官后居住

在江宁（今江苏南京市）小仓山随园，自号随园主人。

②七略：汉代官府藏书目录，即辑略、六艺略、诸子略、诗赋略、兵书略、术数略和方技略。

③四库：经、史、子、集四部内府藏书。据《新唐书·艺文志》记载，唐玄宗在开元年间收集图籍，"以甲、乙、丙、丁为次，列经、史、子、集四库"。

④汗牛塞屋：搬运起来连牛都累得流汗，放在家里塞满了屋子。形容藏书很多。

⑤强假：勉强借来。

⑥摩玩：玩弄。

⑦业：已经。

⑧庋(guǐ)藏：收藏。庋：放置、收藏。

【译文】

有一个叫黄允修的青年来借书。我把书交给他，并对他说：书要不是借来的就不会认真阅读。你没有听说过那些藏书人家发生的事情吗？七略、四库是供皇帝阅读的书籍，可是有多少皇帝认真地读过书呢？搬运书籍时累得老牛流汗，堆放时塞得屋子满满的，这是富贵人家的书籍，可是有多少富贵之人认真地读过书呢？至于那些祖辈、父辈藏下众多书籍，子辈、孙辈却丢掉的事情就更不用说了。不光书籍是这样，天下的事物都是如此。不是那人自己的东西，却勉强向

别人借来，自然会担心别人追讨，于是担忧地反复摩挲那个东西，说：“今日尚在此处，明日便将被人拿走，我不能再看到它了。”假如这东西已经被我拥有，那我一定会用绳子捆住它，把它搁到高处收藏起来，说“留待以后有时间再看”，基本上都是这样。

【原文】

余幼好书，家贫难致。有张氏藏书甚富。往借，不与，归而形诸梦。其切如是。故有所览辄省记。通籍❶后，俸❷去书来，落落❸大满，素蟫❹灰丝时蒙卷轴。然后叹借者之用心专，而少时之岁月为可

惜也。

【注释】

①通籍：名字登记在官籍中，指开始做官。

②俸：官俸，做官的俸禄。

③落落：堆集的样子。

④素蟫(yín)：蛀食书籍的银白色小虫。

【译文】

我自幼便喜欢读书，但由于家中贫寒，所以无钱买书。有个张姓人家收藏了许多书籍。我去向张家主人借书，他不肯借，我回到家里连在睡梦中都出现了向他借书的情形。那心情竟然迫切成这样。因此凡是我看过的书，我就细心地将它记在心中。做了官以后，花了俸禄买来书籍，堆得到处都是，白色的蠹虫和灰色的游丝时常覆盖书籍。这时候我才感慨借书之人读书是多么用心，而年轻的时光是多么值得人珍惜啊！

【原文】

今黄生贫类予，其借书亦类予；惟予之公❶书与张氏之吝书若不相类。然则予固不幸而遇张乎，生固幸而遇予乎？知幸与不幸，则其读书也必专，而其归❷书也必速。

为一说，使与书俱❸。

【注释】

①公：和别人共用。

②归：还。

③俱：一起。

【译文】

如今的黄生像我过去一样贫寒，他借书苦读的情况也与我过去一样；只不过我把书慷慨借给他人，跟张家吝啬不肯出借书籍似乎有所不同。那么是我本来不幸遇到了那姓张的人家，而黄生本来幸运遇到了我吧？明白了借书之幸运和不幸，他必定会认真读书，并会快速归还书籍。

我创作了这一篇说，将它和书一并交给黄生。

游黄山记

【导读】

清朝乾隆四十八年（1783），袁枚不顾年老体迈，登上黄山游览。本文以时间为顺序，叙写了作者游黄山七日，步行五十余里的所见、所感，向人们形象地展现了黄山的险径、古松、怪石、奇峰、云海等令人叹为观止的景观，描绘了作者当时微妙的心理体验，使人读后有身临其境、如见其人之感。

【原文】

癸卯❶四月二日，余游白岳❷毕，遂浴黄山之汤泉❸。泉甘且洌，在悬厓❹之下。夕宿慈光寺❺。

【注释】

①癸(guǐ)卯：清朝乾隆四十八年(1783)的干支。

②白岳：即白岳岭，在今安徽休宁县西。

③汤泉：古名朱砂泉，在黄山紫云峰下。

④悬厓(yá)：即悬崖。此指紫云峰。

⑤慈光寺：在黄山南部朱砂峰下，古称朱砂庵。

【译文】

乾隆四十八年农历四月二日，我游览完白岳岭，就来到黄山汤泉沐浴。泉水甘美清澄，来自紫云峰悬崖之下。晚上，我投宿慈光寺。

【原文】

次早，僧告曰："从此山径仄险，虽兜笼❶不能容。公步行良苦，幸有土人惯负客者，号海马，可用也。"引五六壮佼❷者来，俱手数丈布。余自笑羸老乃复作襁褓儿耶！初犹自强，至惫甚，乃缚跨其背。于是且步且负各半。行至云巢❸，路绝矣，蹑木梯而上，万峰刺天，慈光寺已落釜底。是夕至文殊院宿焉。

【注释】

①兜笼：即兜子，一种只有座位而没有

轿厢的便轿。

②壮佼：壮健。

③云巢：即云巢洞。

【译文】

第二天早上，慈光寺的僧人告诉我说："从这里上去山路又窄又险，就是兜笼也难通过。您自己步行会很辛苦，幸亏有背惯了游客上下的当地人，叫作海马，可以雇用他们。"于是就领来五六个健壮的汉子，他们手中都拿着数丈长的布带。我见了不禁好笑，难道瘦弱的老人还要被当成婴儿包裹在襁褓中吗？刚开始登山的时候，我还强撑着自己走，后来实在疲惫了，才被绑缚在海马背上。于是，一半自己步行一半靠人背着攀登。走到云巢洞时，就完全没有路了，我踏着木梯向上爬，只见万峰高耸直刺苍穹，慈光寺就像落到了锅底似的。当晚，我在文殊院住宿。

【原文】

天雨寒甚，端午犹披重裘拥火。云走入夺舍❶，顷刻混沌❷，两人坐，辨声而已。散后，步至立雪台❸，有古松，根生于东，身仆于西，头向于南，穿入石中，裂出石外。石似活，似中空，故能伏匿其中，而与之相化；又似畏天，不敢上长，大十围，高无二尺也。他松类是者多，不

可胜记。晚，云气更清，诸峰如儿孙俯伏。黄山有前、后海[4]之名，左右视，两海并见。

【注释】

①夺舍：弥漫房舍。

②混沌：模糊一团的状态。

③立雪台：位于文殊院西侧。

④前、后海：光明顶前、后两处云海绝妙的风景。

【译文】

天上下着雨，非常寒冷，虽是端午还得披着皮衣烤火取暖。云气涌入，弥漫在房中，顷刻间一片云雾迷蒙，两个人对坐，也只能听到声音罢了。云气散去后，我步行到立雪台，只见台上有一株古松，根部生在东面，松干却倒向西方，松冠朝南，穿入山石中间，又从山石另一端伸出来。山石好像有生命，中间似乎是空的，所以树干能藏在里面而同石头合为一体；又像是害怕天而不敢向上生长，虽粗大有十围，高度却不到二尺。其他的松树都和这株差不多，无法一一描述。稍晚一些，云气更稀薄了，众多山峰像儿孙拜见长辈一样俯伏。黄山有前海、后海，站在这里向两边看，两海都能看见。

【原文】

次日，从台左折而下，过百步

云梯[1]，路又绝矣。忽见一石如大鳌鱼[2]，张其口。不得已走入鱼口中，穿腹出背，别是一天。登丹台[3]，上光明顶[4]，与莲花[5]、天都[6]二峰为三鼎足，高相峙。天风撼人，不可立。幸松针铺地二尺厚，甚软，可坐。晚至狮林寺[7]宿焉。趁日未落，登始信峰[8]。峰有三，远望两峰夹峙，逼视之，尚有一峰隐身落后。峰高且险，下临无底之溪。余立其巅，垂趾二分在外。僧惧挽之。余笑谓："坠亦无妨。"问："何也？"曰："溪无底，则人坠当亦无底，飘飘然知泊何所？纵有底，亦须许久方到，尽可须臾求活。惜未挈[9]长绳缒[10]

精铁量之，果若千尺耳。”僧大笑。

【注释】

①百步云梯：地名，险峻的山路。

②大鳌（áo）鱼：指鳌鱼峰的鳌鱼洞。

③丹台：即炼丹台，在黄山中部炼丹峰前。相传浮丘公在此地为黄帝炼丹。

④光明顶：在黄山中部，黄山三大主峰之一，看日出、观云海的佳处。

⑤莲花：莲花峰，在黄山中部，黄山三大主峰之一，主峰突出，小峰簇拥，就像怒放的莲花。

⑥天都：天都峰，在黄山东南部，黄山三大主峰之一，山势最为险峻，古称“群仙所都”，意为天上都会。

⑦狮林寺：位于黄山北部狮子峰上。

⑧始信峰：位于黄山东部。相传一古人持怀疑态度游山，到此始信黄山风景奇绝，故名。

⑨挈（qiè）：携带。

⑩缒（zhuì）：用绳子拴住人或物从上往下送。

【译文】

第二天，从立雪台左侧转弯走下来，经过百步云梯，又没有路了。我忽然看见一块巨石像一只大鳌鱼，张着大口。不得已只有走进鳌鱼口，穿过鳌鱼腹，从鳌鱼背上出来，竟别有一番天地。我又登上炼丹台，上到光明顶，这里和莲花峰、天都峰三足鼎立，高高地相互对峙。山顶上风猛烈地吹着，人站立不住。幸好有落下的松针铺地，有二尺厚，很软，可以坐下。晚上准备在狮林寺住宿。趁着太阳还未落山，先去登始信峰。始信峰峰顶有三座山峰，远看是两峰相对，近前看还有一座山峰藏在后面。始信峰既高又险，下面是无底的溪水。我站在峰顶，脚趾有二分在悬崖外边。僧人害怕，用手拉住我。我笑着说：“掉下去也没关系。”僧人问：“为什么？”我说：“下面就是深不见底的涧溪，人掉下去也掉不到底，飘飘荡荡谁知道飘到哪里？即使有底，也要很久才能到达，尽可以在一段时间内寻求活路。可惜没带长绳系上铁坠测量一下，看到底有没有千尺深。”僧人听了大笑。

【原文】

次日，登大小清凉台❶。台下峰如笔，如矢，如笋，如竹林，如刀戟，如船上桅，又如天帝戏将武库兵仗布散地上。食顷，有白练绕树。僧喜告曰：“此云铺海也。”初濛濛然，熔银散绵，良久浑成一片。青山群露角尖，类大盘凝脂中有笋脯矗现状。俄而离散，则万峰簇簇，仍还原形。余坐松顶，苦日炙，忽有片云起为荫遮。方知云有高下，迥非❷一族。

【注释】

①清凉台：原名诵法台，位于狮子峰腰部，是黄山后山观云海和日出的佳处。

②迥（jiǒng）非：绝非，远远不是。

【译文】

第二天，攀登大小清凉台。从台上看下面的山峰像笔，像箭，像笋，像竹林，像刀戟，像船上的桅杆，又像天帝一时高兴把武库的兵器都散落到了地上。大约吃一顿饭的时间，又看到有东西像白色的丝绢一样绕缠到树上。僧人高兴地告诉说：“这是云要涌铺大海了。”开始时，朦朦胧胧，像熔化的白银、散开的棉絮，过了很久又浑然连成一片。青山只露出山尖，好似一大盘白脂油中有许多竹笋干竖立的样子。过了一会儿，云气散去，只见万座山峰又聚集耸立，恢复成原来的形状。我坐在松树间的崖顶，被太阳晒得十分难受，忽然有一片云飘来为我做了遮阳的荫棚。我这才知道，云朵也分高层和下层，绝非一样的。

【原文】

薄暮，往西海门❶观落日。草高于人，路又绝矣。唤数十夫芟夷❷之而后行。东峰屏列，西峰插地怒起，中间鹘突❸数十峰，类天台琼

台❹。红日将坠，一峰以首承之，似吞似捧。余不能冠❺，被风掀落；不能袜❻，被水沃❼透；不敢杖❽，动陷软沙；不敢仰，虑石崩压。左顾右睨，前探后瞩，恨不能化千亿身，逐峰皆到。当海马负时，捷若猱猿，冲突急走，千万山亦学人奔，状如潮涌。俯视深坑、怪峰，在脚底相待。倘一失足，不堪置想。然事已至此，惴栗无益。若禁缓之，自觉无勇。不得已，托孤寄命❾，凭渠❿所往，觉此身便已羽化⓫。《淮南子》有“胆为云”之说，信然。

【注释】

①西海门：位于狮子峰、石鼓峰西悬

崖峭壁处，在此可凭眺西海群峰与落日奇观。

②芟（shān）夷：割除铲平。

③鹘（hú）突：模糊。

④琼台：位于浙江天台县，形似马鞍，下临龙潭，三面绝壁，孤峰耸立。

⑤冠：戴帽子。

⑥袜：穿袜子。

⑦沃：浸湿。

⑧杖：拄拐杖。

⑨托孤寄命：以后代与生命相托。

⑩渠：他，他们。

⑪羽化：得道成仙。

【译文】

黄昏时，我到西海门观落日。草

比人高，又没有路了。我叫来几十个山民把杂草割掉之后再行进。在此处，我看到东边的山峰像屏风一样排列，西边的山峰拔地而起，中间是数十个山峰模糊一片，和天台山的琼台景象很相似。红日将落山，有一座山峰好像用山头顶着它，像要吞下它，又像在捧着它。我不能戴帽，担心被大风吹落；也不能穿袜子，怕被水浸湿；不敢拄拐杖，一拄会陷进软沙里；不敢向上看，担心石头崩压下来。我左顾右盼，瞻前顾后，恨不得此身化为千亿个分身，每一个山峰都能登临。当被海马背着的时候，他们轻捷得像猿猴，直冲急走，看那万千山峰也像人一样奔走，如潮水一般汹涌。我俯视深坑、怪峰，它们都在脚底下。倘若一失足，后果不堪设想。然而事情已经到了这一步，害怕也没用。如果让海马慢一些，又显得自己太胆小了。不得已，只能把自己的性命交托给他们，凭他们安排了，感觉自己身体仿佛已经羽化升天了。《淮南子》中有“胆为云”的说法，确实是这样。

【原文】

初九日，从天柱峰❶后转下，过白沙矼❷，至云谷❸，家人以肩舆❹相迎。计步行五十余里，入山凡七日。

【注释】

①天柱峰：位于安徽潜山市西北，其形如柱倚天，故名。此处疑为天都峰。

②白沙矼（gāng）：因沙色纯白，与四周山色迥异，故名。

③云谷：位于黄山钵盂峰下。

④肩舆（yú）：两人肩扛的便轿。

【译文】

初九这天，我从天柱峰背面转道下山，经过白沙矼，到达云谷，家里人已经雇了小轿迎接我。这一回游黄山，共计步行了五十多里，在山中待了七天。

祭妹文

【导读】

袁枚的三妹袁素文，名机，乾隆二十四年（1759）病逝。袁枚与三妹骨肉情深，他所作的这篇祭文从兄妹之间的亲密关系着眼，选取自己所见、所闻、所梦之事，对妹妹袁机的一生进行了绘声绘色的描述，渗透着浓厚的哀悼、思念以及悔恨的真挚情感。

【原文】

乾隆❶丁亥❷冬，葬三妹素文

于上元之羊山❸，而奠❹以文曰：

【注释】

①乾隆：清高宗爱新觉罗·弘历的年号。

②丁亥：干支纪年，乾隆三十二年，即1767年。

③羊山：位于今南京市东。

④奠：祭献。

【译文】

乾隆三十二年冬天，在上元县的羊山上安葬了三妹素文，并作这篇文章来祭奠：

【原文】

呜呼！汝生于浙，而葬于斯，离

吾乡❶七百里矣；当时虽觭梦❷幻想，宁知此为归骨所❸耶？

【注释】

①吾乡：袁枚的故乡浙江钱塘（今杭州市）。

②觭（jī）梦：做梦。觭：得。

③归骨所：指埋葬地。

【译文】

唉！你生在浙江杭州，却葬在此地，远离我们的故乡七百里；当时你即使做梦、幻想，怎会知道这里是你的安葬之地呢？

【原文】

汝以一念之贞❶，遇人仳离❷，

致孤危[3]托落[4]。虽命之所存，天实为之；然而累[5]汝至此者，未尝非予之过也。予幼从先生授经[6]，汝差肩而坐[7]，爱听古人节义事[8]；一旦长成，遽躬蹈之[9]。呜呼！使汝不识《诗》《书》，或未必艰贞若是。

【注释】

①一念之贞：一时信念中的贞节观。

②遇人仳（pǐ）离：遇到了不好的男人而终被离弃。遇人："遇人不淑"的省略语。仳离：分离。特指妇女被丈夫遗弃。

③孤危：孤单困苦。

④托落：即落拓、失意。

⑤累：连累。

⑥授经：读儒家的"四书五经"。

⑦差（cī）肩而坐：兄妹并肩坐在一起。兄妹二人年龄有大小，因此肩膀高低不一。

⑧节义事：指封建社会妇女单方面、无条件地忠于丈夫的事例。

⑨一旦长成，遽躬蹈之：一到长大成人，你马上亲身实践了它。遽：立即。躬：亲自。蹈：实行。

【译文】

你因为坚守从一而终的贞节观念，嫁了一个坏丈夫而被遗弃，以致孤苦落拓。虽然这是命运在作弄，是上天的安排；然而连累你到这种地步，未尝不是我的过错。我幼年时跟从老师诵读儒家的经书，你同我并肩坐在一起，爱听古人的节义故事；一旦长大成人，你就亲身实践。唉！要是你不懂得儒家的经文，也许未必会像这样苦守贞节。

【原文】

余捉蟋蟀，汝奋臂出其间；岁寒虫僵，同临其穴。今予殓❶汝葬汝，而当日之情形，憬然赴目❷。予九岁，憩❸书斋，汝梳双髻，披单缣❹来，温《缁衣》一章；适先生奓户❺入，闻两童子音琅琅然，不觉莞尔❻，连呼“则则❼”。此七月望日❽事也。汝在九原❾，当分明记之。

【注释】

①殓（liàn）：收殓。

②憬（jǐng）然赴目：清醒地来到眼前。憬然：醒悟的样子。

③憩（qì）：休息。

④单缣（jiān）：用缣制成的单层衣衫。缣：双丝织成的细绢。

⑤奓（zhà）户：推开门。

⑥莞（wǎn）尔：微笑貌。

⑦则则：即“啧啧”，赞叹声。

⑧望日：阴历每月十五，日月相对，月亮圆满，故称望日。

⑨九原：春秋时晋国卿大夫的墓地。泛指墓地。

【译文】

我捉蟋蟀，你在一旁捋袖伸臂，帮我捕捉；寒冬时，蟋蟀死了，你又同我一起挖穴埋葬它们。今天我收殓你的尸体，给你安葬，而当年的种种情形，却一一清晰地呈现在我的眼前。我九岁时，在书房里休息，你梳着两个发髻，披了一件细绢单衣进来，和我一起温习《诗经》中的《缁衣》一章；刚好老师推门进来，听到两个孩子琅琅的读书声，不禁微笑，连声“啧啧”赞叹。这是当年七月十五日的事情。你在九泉之下，一定还清楚地记得。

【原文】

予弱冠❶粤行，汝掎❷裳悲恸❸。逾❹三年，予披宫锦还家❺，汝从东厢扶案出，一家瞠视而笑❻，不记语从何起，大概说长安登科、函使❼报信迟早云尔。凡此琐琐❽，虽为陈迹，然我一日未死，则一日不能忘。

【注释】

①弱冠（guàn）：古代男子二十岁举行冠礼，表示成年。

②掎（jǐ）：拉住。

③悲恸：非常悲哀或悲伤痛哭。

④逾：越，经过。

⑤披宫锦还家：指袁枚在乾隆四年

(1739)考中进士，选授翰林院庶吉士，请假南归省亲。宫锦：宫廷作坊特制的锦缎，此指用这种锦制成的官员的礼服。

⑥瞠(chēng)视而笑：瞪眼看着笑，形容非常惊喜激动。

⑦函使：递送信件的人。

⑧凡此琐琐：所有这些细小琐碎的事。

【译文】

我二十岁去广西，你拉着我的衣裳，悲伤大哭。过了三年，我考中进士，衣锦还乡，你从东厢房扶着书桌走出来，一家人瞪着眼直笑，记不得当时话是从哪里说起，大概是说了些在京城考进士的经过以及报信人来

得早晚罢了。所有这些琐碎的事情，虽然已经成为过去，可只要我一天不死，就一天也不会忘却。

【原文】

旧事填膺❶，思之凄梗❷，如影历历❸，逼取便逝❹。悔当时不将婴娓❺情状，罗缕纪存❻。然而汝已不在人间，则虽年光倒流，儿时可再❼，而亦无与为证印❽者矣。

【注释】

①填膺（yīng）：充满胸怀。

②凄梗：悲伤凄切，心头像堵塞了一样。

③历历：清晰可数的样子。

④逼取便逝：真要接近它、把握它，

它就消失了。

⑤婴婗（yī ní）：婴儿，引申为儿时。

⑥罗缕纪存：排成一条一条的，记录下来保存着。

⑦可再：可以再有第二次。

⑧证印：印证。

【译文】

往事堆积在我的胸中，想起来心头悲切得像被堵塞似的，哭不出声来，它们像影子一样似乎非常清晰，但真要靠近它、抓住它，却又消逝了。我后悔当时没有把幼年时天真烂漫的情状，一条一条详细地记录下来。可是，你已不在人间了，那么即使岁月可以倒流回去，儿童时代可以重新来过，也没有能和我一起印证当年情况的人了。

【原文】

汝之义绝①高氏而归也，堂上阿奶②，仗汝扶持，家中文墨③，眣④汝办治。尝谓女流中最少明经义、谙雅故者，汝嫂非不婉嫕⑤，而于此微缺然。故自汝归后，虽为汝悲，实为予喜。予又长汝四岁，或人间长者先亡，可将身后托汝，而不谓汝之先予以去也！

【注释】

①义绝：断绝情谊。此指离婚。

②阿奶：袁枚的母亲章氏。

③文墨：有关文字方面的事务。

④眹（shùn）：用眼色示意。此指期望。

⑤婉嫕（yì）：温柔和顺。

【译文】

你与高家断绝关系后回到娘家，老母亲靠你照料扶持，家中的文书事务，仗着你去办理。我曾经以为妇女中缺少明白儒家经典的意义、熟悉古代文章典故的人，你嫂子并非不够温柔和顺，只是在这方面稍有不足。所以自从你回家后，虽然我为你伤心，可实在为我自己高兴。我又比你年长四岁，或许像世间通常那样年长的先死，那就可以将身后之事托付给你，没想到的是，你比我先离开人世！

【原文】

前年予病，汝终宵❶刺探❷，减一分则喜，增一分则忧。后虽小差❸，犹尚殗殜❹，无所娱遣，汝来床前，为说稗官野史❺可喜可愕❻之事，聊资一欢。呜呼！今而后，吾将再病，教从何处呼汝耶？

【注释】

①终宵：整夜。

②刺探：打听、探望。

③小差（chài）：病情稍有好转。差：通“瘥”，病愈。

④殗（yè）殜（dié）：病得不太厉害，但还没有痊愈。

⑤稗（bài）官野史：指私人编定的笔记、

小说之类的历史记载。稗官：古称专给帝王讲述风俗人情、街谈巷议的小官，后用作小说或小说家的代称。⑥愕：惊骇。

【译文】

前些年我生了病，你整夜打听、探望我的病情，减轻一分就高兴，加重一分就忧愁。后来虽然我的病情稍有好转，但还是起不了床，没有什么好消愁解闷的，你来到我的床前，讲一些小说演义中使人好笑和使人惊奇的故事，给我带来一些欢乐。唉！从今以后，我如果再有病痛，教我从哪里去喊你呢？

【原文】

汝之疾也，予信医言无害，远吊❶扬州。汝又虑戚吾心❷，阻人走报。及至绵惙❸已极，阿奶问：“望兄归否？”强应曰：“诺。”已予先一日梦汝来诀❹，心知不祥，飞舟渡江。果予以未时❺还家，而汝以辰时❻气绝。四支❼犹温，一目未瞑，盖犹忍死待予也。

【注释】

①吊：凭吊，游览。

②虑戚吾心：顾虑着怕我心里难过。

戚：忧愁。

③绵惙（chuò）：病势危急。

④诀：诀别。

⑤未时：下午一时至三时。

⑥辰时：上午七时至九时。

⑦支：通“肢”。

【译文】

你病了，我相信医生的话，以为不要紧，所以才远游去扬州。你又怕我伤心，不让别人来给我报信。直到病情危急时，母亲问你：“盼望哥哥回来吗？”你才勉强答应说：“好。”就在你死前一天，我已梦见你来和我诀别，心知这是不吉利的，急忙坐船赶回家。果然，我在未时到家，而你已在辰时咽气。四肢尚有余温，一只眼睛还未闭紧，大概你还在忍受着临死的痛苦等待我回来吧。

【原文】

呜呼痛哉！早知诀汝，则予岂肯远游？即游，亦尚有几许心中言要汝知闻，共汝筹画❶也！而今已矣！除吾死外，当无见期。吾又不知何日死，可以见汝；而死后之有知无知，与得见不得见，又卒难明也。然则抱此无涯之憾，天乎人乎！而竟已乎！

【注释】

①筹画：谋划。

【译文】

唉！痛心啊！早知要和你诀别，我哪里肯离家远游呢？即使外出，也还有许多心里话要让你知道，同你一起商量安排啊！现在完了！除我死以外，就没有见面的日子。可我又不知道哪一天才死，才能够见到你；而死后究竟有知觉还是没有知觉，以及能相见还是不能相见，终究是搞不清楚的啊！果真如此，那么我将终生抱着这无穷的遗恨，天哪！人哪！竟然遗憾到底了！

【原文】

汝之诗，吾已付梓❶；汝之女，吾已代嫁❷；汝之生平，吾已作传；惟汝之窀穸❸，尚未谋耳。先茔❹在杭，江广河深，势难归葬，故请母命而宁汝于斯，便祭扫也。其傍

葬汝女阿印，其下两冢[5]，一为阿爷[6]侍者[7]朱氏，一为阿兄[8]侍者陶氏。羊山旷渺[9]，南望原隰[10]，西望栖霞[11]，风雨晨昏，羁魂[12]有伴，当不孤寂。所怜者，吾自戊寅年读汝哭侄诗后，至今无男[13]；两女牙牙[14]，生汝死后，才周晬[15]耳。予虽亲在未敢言老，而齿危发秃，暗里自知，知在人间，尚复几日？阿品[16]远宦河南，亦无子女，九族无可继者。汝死我葬，我死谁埋？汝倘有灵，可能告我？

【注释】

①付梓（zǐ）：付印。梓：树名。此指印刷书籍用的雕版。袁素文的遗稿附

印在袁枚的《小仓山房文集》中，题为《素文女子遗稿》，袁枚为其写了跋文。

②代嫁：代妹妹做主把外甥女嫁出去。

③窀（zhūn）穸（xī）：墓穴。

④先茔（yíng）：祖先的墓地。

⑤冢（zhǒng）：坟墓。

⑥阿爷：袁枚的父亲袁滨。

⑦侍者：此指妾。

⑧阿兄：袁枚自称。

⑨旷渺：空旷辽阔。

⑩原隰（xí）：广平与低湿之地。高而平的地叫原，低下而潮湿的地为隰。

⑪栖霞：山名，位于今南京市东北。

⑫羁魂：飘荡在他乡的魂魄。

⑬男：儿子。袁枚于1758年丧子，写这篇祭文的时候没有儿子。六十三岁时，其妾钟氏才生了一个儿子，取名阿迟。

⑭牙牙：婴儿学说话的声音。此指两个女儿还很幼小。

⑮周晬（zuì）：周岁。

⑯阿品：袁枚的堂弟袁树，字东芗，号芗亭，小名阿品。

【译文】

你的诗，我已经付印了；你的女儿，我已替你安排嫁了出去；你的生平，我已经作了传；只有你的墓穴，还没有安排好。我家先祖的坟墓在杭州，但是到杭州去要经过长江和运河，看情况很难将你归葬到祖坟，所以请示母亲的意见而把你安葬在这里，以便于祭奠扫墓。在你的墓旁葬着你的女儿阿印，下边的两个坟墓，一个是父亲的侍妾朱氏的，一个是我的侍妾陶氏的。羊山空旷辽阔，往南是一片宽广的平原和洼地，往西看面向着栖霞山，刮风下雨，清晨黄昏，你这个羁留在异乡的魂灵有了伴侣，应当不至于感到孤独寂寞。可叹的是，我自从戊寅年读了你写的哭侄子的诗后，至今没有儿子；两个牙牙学语的女儿，在你死后出生，才只有一周岁。我虽因母亲健在而不敢说自己年老，但牙齿已经松动，头也秃了，自己心里明白，在这人世间尚能活几天？弟弟阿品远在河南做官，也没有子女，我家九族之内没有可以继承的人。你死了有我安葬，我死后由谁来埋葬呢？你如果死后有灵的话，能够告诉我吗？

【原文】

呜呼！生前既不可想，身后又不可知；哭汝既不闻汝言，奠汝又不见汝食。纸灰❶飞扬，朔风野大，阿兄归矣，犹屡屡回头望汝也。呜呼哀哉！呜呼哀哉！

【注释】

①纸灰：锡箔、纸钱等焚烧后的灰烬。

【译文】

唉！你活着的时候的事已经无法想象，死后的事又无法知道；哭你既听不到你的回答，祭你又看不到你来吃。纸钱的灰烬飞扬着，北风在旷野里显得更猛烈，哥哥我回家去了，但又不时回过头来看你。唉，真悲痛啊！唉，真悲痛啊！

姚鼐

作者简介

姚鼐（1732—1815），字姬传，一字梦穀，其书斋名惜抱轩，世称惜抱先生，桐城（今属安徽）人。清代散文家，与方苞、刘大櫆并称『桐城派三祖』，是桐城派散文之集大成者。著有《惜抱轩诗文集》，编有《古文辞类纂》等。

登泰山记

【导读】

乾隆三十九年（1774），姚鼐辞官回乡。他经过泰安时，与挚友泰安知府朱孝纯（字子颍）冒雪登泰山观赏日出，写下了这篇游记。本文描写了泰山雪后初晴的瑰丽景色和日出时的雄浑景象，抒发了作者赞美祖国河山的情怀，文字简洁生动，写景尤为出色，是桐城派古文中的名篇。

【原文】

泰山之阳❶，汶水❷西流；其阴，济水❸东流。阳谷❹皆入汶，阴谷皆入济。当其南北分者，古长城❺也。最高日观峰❻，在长城南十五里。

【注释】

①阳：山的南面。

②汶（wèn）水：也叫汶河，发源于山东莱芜东北原山，向西南流经泰安。

③济（jǐ）水：发源于河南济源西王屋山，东流到山东入海。

④阳谷：山南面山谷中的水。

⑤古长城：春秋战国时期齐国所筑长城的遗址，古时齐鲁两国以此为界。

⑥日观峰：泰山顶峰之一。

【译文】

泰山之南，汶水西流；泰山之北，济水东流。山南面山谷里的水都流进汶水，山北面山谷里的水都注入济水。阳谷和阴谷的分界处，就是古长城。最高的日观峰，位于古长城南面十五里的地方。

【原文】

余以❶乾隆三十九年❷十二月，自京师乘❸风雪，历齐河、长清❹，穿泰山西北谷，越长城之限❺，至于泰安。是月丁未，与知府朱孝纯子颍❻由南麓登。四十五里，道皆砌石为磴[7]，其级七千有余。泰山正南面有三谷。中谷绕泰安城下，郦道元所谓环水[8]也。余始循以入，道少半，越中岭[9]，复循西谷，遂至其巅。古时登山，循东谷入，道有天门[10]。东谷者，古谓之天门溪水，余所不至也。今所经中岭及山巅，崖限当道者[11]，世皆谓之天门云。道中迷雾冰滑，磴几不可登。及既上，苍山负雪，明烛天南。望晚日照城郭，汶水、徂徕[12]如画，而半山居雾若带然。

【注释】

①以：在。

②乾隆三十九年：1774年。

③乘：趁。此指冒着。

④齐河、长清：清代县名，今均属山东。

⑤限：界限。

⑥朱孝纯子颍：朱孝纯，字子颍，时任泰安府知府。

⑦磴（dèng）：石级。

⑧环水：即中溪，俗称梳洗河，源于泰山中天门下，向东注入汶河。

⑨中岭：又名中溪山，中溪发源于此。

⑩天门：泰山峰名。

⑪崖限当道者：像门槛一样横在路上的山崖。限：门槛。

⑫徂（cú）徕（lái）：山名，位于泰安东南。

【译文】

我在乾隆三十九年十二月，自京

都出发，冒着风雪经过齐河、长清，穿过泰山的西北山谷，越过长城的界限，抵达泰安府。这个月的丁未那一天，我和知府朱孝纯一起从南面山脚登山。四十五里的山路全是用石头砌成的，台阶有七千多级。泰山正南面有三个山谷。中间山谷里的水环绕泰安城而流，这就是郦道元所说的“环水”。我开始顺着这条山谷进去，不到一半路，越过中岭，又顺着西谷走，就到了山顶。古时候登泰山，都是顺着东谷进去，道中有天门。东谷，古人叫它“天门溪水”，我没有到过那里。这次经过中岭到山顶，也有像门槛一样的山崖横立在路上，人们都管它们叫“天门”。一路上云雾迷漫，冰雪湿滑，石阶几乎不能攀登。等到登上了山顶，只见青黑色的山上覆盖着白雪，雪反射的光照亮了南面的天空。纵目眺望夕阳照耀下的泰安，汶水、徂徕山如同图画一般，而半山腰间停留着的云雾如同一条飞扬的丝带。

【原文】

戊申晦❶，五鼓❷，与子颍坐日观亭❸，待日出。大风扬积雪击面。亭东自足下皆云漫。稍见云中白若樗蒱❹数十立者，山也。极天❺云一线异色，须臾成五采。日上，正赤

如丹，下有红光动摇承之，或曰，此东海也。回视日观以西峰，或得日或否，绛皓驳色❻，而皆若偻。

【注释】

①晦：农历每月的最后一天。

②五鼓：五更。

③日观亭：亭名，位于日观峰。

④樗（chū）蒱（pú）：古代的一种博戏，这里指樗蒱用的掷具五木。五木两头尖，中间广平，立起来像山峰一样。

⑤极天：天边。

⑥绛皓驳色：或红或白，颜色错杂。绛：大红色。皓：白色。驳：杂。

【译文】

戊申日，十二月的最后一天，五

更的时候，我和朱孝纯一起坐在日观亭上等待日出。大风卷起积雪扑打在我们的脸上。日观亭东面从脚底往下全是迷漫的云雾。隐隐约约地看到在云雾中有几十个白色的像樗蒲掷具一样的东西站立着，其实那都是山峰。这时天边的云像一条线似的呈现出奇异的颜色，霎时间又变得五彩缤纷。太阳出来了，像丹砂一样赤红，下边有摇动着的红光相托，有人说，这就是东海。回过头来再看日观峰以西的那些山峰，有的受到日光照射，有的没有被照射到，有的红，有的白，呈现出各种不同的色彩，这些山峰如同弯腰曲背一般。

【原文】

亭西有岱祠❶，又有碧霞元君❷祠。皇帝行宫在碧霞元君祠东。是日观道中石刻，自唐显庆❸以来；其远古刻尽漫失❹。僻不当道者，皆不及往。

【注释】

①岱祠：东岳大帝庙。

②碧霞元君：相传为东岳大帝的女儿。

③显庆：唐高宗李治的年号。

④漫失：模糊或缺失。

【译文】

日观亭的西面有东岳大帝庙，还有碧霞元君庙。碧霞元君庙的东面便是皇帝的行宫。这天，观赏了沿途的各种石碑，都是唐高宗显庆年间以后的；那些年代更久远的石刻，全都磨灭缺损了。至于偏僻较远的石碑，都没时间去观赏。

【原文】

山多石，少土。石苍黑色，多平方，少圜❶。少杂树，多松，生石罅❷，皆平顶。冰雪，无瀑水，无鸟兽音迹。至日观数里内无树，而雪与人膝齐。

桐城姚鼐记。

【注释】

①圜：通“圆”。

②石罅（xià）：石缝。

【译文】

泰山上石头较多，泥土很少。石头都是青黑色的，基本上都是一些平的和方的，圆的非常少。杂七杂八的树非常少，几乎都是松树，它们生长在石缝里，树顶是平的。山上到处都是冰雪，根本没有山泉瀑布，而且也没有鸟兽的任何痕迹。日观峰周围几里之内没有树，积雪深得与人的膝盖相齐。

桐城姚鼐记述。

袁随园君墓志铭

【导读】

《袁随园君墓志铭》是清代文学家姚鼐于嘉庆三年（1798）为袁枚所作的一篇墓志铭。这篇墓志铭既记述了袁枚一生的行迹，又评价了他的政绩、品德和才学，且选取具体事例刻画其性格。铭文言简意赅，情真意切，感人至深。

【原文】

君，钱塘袁氏，讳枚，字子才。

其仕在官，有名绩矣。解官后，作园江宁西城居之，曰“随园”。世称随园先生，乃尤著云。祖讳锜，考讳滨，叔父鸿，皆以贫游幕❶四方。君之少也，为学自成。年二十一，自钱塘至广西，省叔父于巡抚幕中。巡抚金公𫟹❷一见异之，试以《铜鼓赋》，立就，甚瑰丽。会开博学鸿词科❸，即举君。时举二百余人，惟君最少。及试，报罢❹。中乾隆戊午❺科顺天乡试❻，次年成进士，改庶吉士❼。散馆，又改发江南为知县；最后调江宁知县。江宁故巨邑，难治。时尹文端公❽为总督❾，最知君才；君亦遇事尽其能，无所回避，

事无不举矣。既而去职家居，再起，发陕西；甫⑩及陕，遭父丧归，终居江宁。

【注释】

①游幕：离乡做幕宾、幕友。

②金公鉷（hóng）：金鉷，字震方，曾任广西巡抚。

③博学鸿词科：简称词科，古代科举考试的一种。清代乾隆元年（1736）举行过一次博学鸿词科，凡有学行兼优、文词卓越之人，由在京、在外的大官举荐报考。

④报罢：未考中。

⑤乾隆戊午：乾隆三年（1738）。

⑥乡试：古代科举考试之一，由各地

州、府主持，一般在八月举行，又称“秋闱”。明、清两代定为每三年一次，在各省省城（包括京城）举行，由生员（秀才）参加考试，考中者称举人。

⑦庶吉士：也称庶常，取《尚书》中“庶常吉士”之意。清代翰林院设庶常馆，选新进士之优于文学书法者为庶吉士，入翰林院庶常馆学习。三年后进行考核，成绩优良者授翰林院编修等官，其余分发各部任职，或优先委任知县，称为散馆。

⑧尹文端公：尹继善，字元长，曾任两江总督。

⑨总督：清代地方最高长官，总管一省

或二三省军政。

⑩甫：刚刚。

【译文】

袁君是钱塘人，名枚，字子才。他在官场任职期间，颇有政绩，声名远播。辞官后，他在江宁西城建了一座园子，称作“随园”。当世之人都称他为随园先生，于是更加著名。袁君的祖父名叫袁锜，父亲名叫袁滨，叔父名叫袁鸿，都因为贫穷而到全国各地去当幕僚。袁君年轻时，读书自学，有所成就。二十一岁时，他从钱塘去广西，到广西巡抚的幕府中看望叔父。巡抚金鉷一见面就觉得他才能不凡，叫他写一篇《铜鼓赋》，他很快就完成了，文辞很瑰丽。恰逢朝廷开设博学鸿词科考试，金铁推荐了袁君参加考试。当时被举荐的有两百多人，其中袁君年龄最小。袁君参加了考试，结果落榜。后来他参加乾隆三年的顺天府乡试，考中了举人，第二年考中进士，改授翰林院庶吉士。在翰林院学习期满后，他被改派到江南做知县；最后调任为江宁知县。江宁本来是一个大县，难以治理。当时尹文端公担任总督，他最了解袁君的才能；袁君遇事总是竭尽自身的能力去办，从不逃避责任，所做的事情没有不成功的。不久，袁君辞官回家，后来再次被起用，派往陕西；他刚到陕西，赶上父亲去世，又回到家中，此后一直住在江宁。

【原文】

君本以文章入翰林有声，而忽摈❶外；及为知县，著才矣，而仕卒不进。自陕归，年甫四十，遂绝意仕宦，尽其才以为文辞歌诗。足迹造东南，山水佳处皆遍。其瑰奇幽邈，一发于文章，以自喜其意。四方士至江南，必造随园投诗文，几无虚日。君园馆花竹水石，幽深静丽，至棂槛器具，皆精好，所以待宾客者甚盛。与人留连不倦❷，见人善，称之不容口。后进少年诗文一言之

美，君必能举其词，为人诵焉。

【注释】

①摈（bìn）：排斥、抛弃。

②留连不倦：流连宾客而不知疲倦。

【译文】

袁君本来因为文章出色而进入翰林院，很有名望，但忽然被排挤外放；等到做了知县，政绩显著，官职却始终不见升迁。从陕西回来时，他刚四十岁，就下定决心再也不做官，把全部才华都用到创作诗文辞赋上。他的足迹遍布东南地区的山水胜迹。山川的瑰丽奇伟，幽邃旷远，全都表现在诗文中，他以此自得其乐。各地的读书人来到江南，必定前往随园送上自己的诗词文章，几乎每天都有人去。袁君的园林、厅馆、花竹、水石，清幽深邃，静谧秀丽，甚至窗格、栏杆、器皿都很精美，用来招待客人的东西很丰盛。袁君殷勤好客，乐意和人交往，看到别人的好文章，总是赞不绝口。后辈年轻人的诗词文章，即使只有片言只语是美的，袁君必定能举出词句，读给他人听。

【原文】

君古文、四六体❶，皆能自发其思，通乎古法。于为诗，尤纵才力所至，世人心所欲出不能达者，悉为达之；士多仿其体。故《随园诗文集》，

上自朝廷公卿，下至市井负贩❷，皆知贵重之。海外琉球❸有来求其书者。君仕虽不显，而世谓百余年来，极山林之乐，获文章之名，盖未有及君也。

【注释】

①四六体：骈体文的一体，全篇多以四字、六字相间为句，故称。

②负贩：推车挑担的小商贩。

③琉球：古国名，今琉球群岛，位于中国台湾东北，光绪五年（1879）被日本侵占后改为冲绳县。

【译文】

袁君的古文、四六文，都能抒发自己的所思所想，并且与古人的文法相通。对于作诗，更能充分发挥他的才气和功力，一般人心里想说而难以表述的意思，他都能表述清楚；许多读书人都仿效他的文体。所以《随园诗文集》，上至朝廷的公卿大夫，下到街市的小商贩，都知道看重它。连海外的琉球，也有来求取这部书的。袁君做官虽然并不显赫，但世人认为一百多年来，尽享山林的乐趣，又在文章上极负盛名，恐怕没有人比得上袁君。

【原文】

君始出，试为溧水❶令。其考❷自远来县治，疑子年少，无吏能，试

匿名访诸野。皆曰:“吾邑有少年袁知县,乃大好官也。”考乃喜,入官舍。在江宁尝朝治事,夜召士饮酒赋诗,而尤多名迹❸。江宁市中以所判事❹作歌曲,刻行四方,君以为不足道,后绝不欲人述其吏治云。

【注释】

①溧(lì)水:县名,位于今江苏西南。

②考:父。

③名迹:此指吏治方面闻名的事迹。

④判事:对案件的判决事例。

【译文】

袁君刚入仕途的时候,做过溧水县令。他的父亲从远方来到溧水县,怀疑儿子年纪轻轻,缺乏做官的能力，就隐姓埋名在民间察访。百姓们都说："我们县有个年轻的袁知县，真是个好官啊。"他的父亲这才高兴地进入县衙。袁君在江宁担任知县时，白天处理事务，夜里召集文士饮酒赋诗，但闻名的政绩更多。江宁的街市中，有人把袁君审理的案件编成歌谣，刻版流播四方，袁君觉得这些不值得称道，后来决意不要别人讲述他做官治事的成绩。

【原文】

君卒于嘉庆二年十一月十七日，年八十二。夫人王氏无子，抚从父弟❶树子通为子。既而侧室❷钟

氏又生子迟❸。孙二:曰初,曰禧。始,君葬父母于所居小仓山❹北,遗命以己祔❺。嘉庆三年十二月乙卯,祔葬小仓山墓左。桐城姚鼐以君与先世有交,而鼐居江宁,从君游最久。君殁❻,遂为之铭曰:“粤有耆庞❼,才博以丰。出不可穷,匪雕而工。文士是宗,名越海邦。蔼如其冲,其产越中。载官倚江,以老以终。两世阡同,铭是幽宫。”

【注释】

①从父弟:袁枚堂弟,名树。

②侧室:妾。

③迟:钟氏生的儿子,名迟。

④小仓山:位于江苏南京市内清凉山

东面。

⑤祔（fù）：祔葬，合葬。

⑥殁（mò）：死。

⑦耆庞：年高有德的人。

【译文】

袁君在嘉庆二年十一月十七日去世，享年八十二岁。袁夫人王氏没有生儿子，就抱养了堂弟袁树的儿子袁通。后来袁君的妾钟氏生下儿子袁迟。袁君有两个孙子：一个叫袁初，另一个叫袁禧。当初袁君在他居住的小仓山北边安葬了父母，他留下遗言，让把自己和父母合葬。嘉庆三年十二月乙卯这一天，袁君的遗体被安葬在小仓山他父母墓的左边。因为袁君与我的先辈有交往，而且我住在江宁，跟随袁君游历的时间最长。所以袁君去世后，我就为他写了墓志铭说："有一位年高德重的袁君，学识广博精深。著作颇丰，不经雕饰，自然工整。文坛唯他独尊，海外远播声名。秉性和蔼可亲，祖居越中。江宁做官，终老于此。两代的墓地相同，将此铭文留在坟中。"

龚自珍

作者简介

龚自珍（1792—1841），字璱人，号定盦，又号羽琌山民，浙江仁和（今杭州）人，清代思想家、文学家，曾任内阁中书、宗人府主事和礼部主事等职。著有《定盦文集》、组诗《己亥杂诗》等。

病梅馆记

【导读】

本文写于1839年，鸦片战争爆发前夕。作者以梅喻人，透过植梅、养梅、品梅、疗梅等生活琐事，形象地揭露和抨击了清朝封建统治者束缚人们思想，压抑、摧残人才的罪行，表现了破除封建束缚，追求个性解放的强烈愿望。

【原文】

江宁❶之龙蟠❷，苏州之邓

尉[3]，杭州之西溪[4]，皆产梅。或曰：“梅以曲为美，直则无姿；以欹[5]为美，正则无景；以疏为美，密则无态。”固也。此文人画士，心知其意，未可明诏大号以绳天下之梅也；又不可以使天下之民斫[6]直，删密，锄正，以夭梅病梅[7]为业以求钱也。梅之欹、之疏、之曲，又非蠢蠢求钱之民能以其智力为也。有以文人画士孤癖之隐明告鬻[8]梅者，斫其正，养其旁条，删其密，夭其稚枝，锄其直，遏其生气，以求重价，而江浙之梅皆病。文人画士之祸之烈至此哉！

【注释】

①江宁：即江宁府，今江苏南京。

②龙蟠：即龙蟠里，在今南京清凉山下。

③邓尉：山名，位于今江苏苏州西南。

④西溪：地名，位于今杭州市灵隐山西北。

⑤欹（qī）：倾斜。

⑥斫（zhuó）：砍削。

⑦夭梅病梅：摧折梅，把它弄成病态。

⑧鬻（yù）：卖。

【译文】

江宁龙蟠、苏州邓尉和杭州西溪，这三个地方都出产梅花。有人说："梅以曲折算作美，直了就会失去风姿；以横斜算作美，端正了就会失去景致；以疏朗算作美，稠密了就会失去姿态。”本来就是这样。文人画士对此说法的意思心知肚明，却没有公开宣告，大肆号召以此标准评判天下之梅；又无法让天下种梅者将笔直之梅、稠密之梅、端正之梅全部除掉，把摧折梅使梅呈病态作为职业来谋求钱财。梅的枝干的横斜、疏朗、弯曲，绝非那些愚蠢、唯利是图的人所能做到。有人将文人画士的这种独特嗜好告诉了卖梅者，建议他们砍掉端正的枝干，培养横斜的侧枝；去掉稠密的枝干，割去它的嫩枝；除掉笔直的枝干，抑制它的活力，以此来提高价格，就这样，江苏和浙江一带的梅都病残了。文人画士造成的巨大危害，竟然严重至此！

【原文】

予购三百盆，皆病者，无一完者。既泣之三日，乃誓疗之，纵之，顺之。毁其盆，悉埋于地，解其棕缚❶，以五年为期，必复之全之。予本非文人画士，甘受诟厉❷，辟病梅之馆以贮之。

【注释】

①棕缚：棕绳的束缚。

②诟（gòu）厉：指责，辱骂。

【译文】

我买了三百盆梅，都是病梅，没

有一盆是正常的。我为此伤心哭泣了三天，最后决定要将它们治愈，放开它们，让它们随天性生长。除去花盆，将所有梅种在地里，把束缚它们的绳索全部解开，五年后，必定要让它们恢复本来面目，保持健康的形态。我并非文人画士，我心甘情愿担负被骂之名，以建造一个病梅馆来存放这些病梅。

【原文】

呜呼！安得❶使予多暇日，又多闲田，以广贮江宁、杭州、苏州之病梅，穷❷予生之光阴以疗梅也哉？

【注释】

①安得：怎么能够。

②穷：穷尽。

【译文】

真是可叹啊！我如何才能腾出较多的空闲时间，找到许多闲置的田地，来存放江宁、杭州和苏州众多的病梅，竭尽我毕生的精力为病梅治病呢？

小墨香書

上架建议：大众读物

ISBN 978-7-5746-0531-2

9 787574 605312 >

定价：60.00元（全4册）

小墨香书·传世美文

明清现当代作品（一）

纸贵满堂 编

朱宝荣 绘

湖南美术出版社
·长沙·

图书在版编目（CIP）数据

传世美文·明清现当代作品 / 纸贵满堂编；朱宝荣绘.--长沙：湖南美术出版社，2025.1.--（小墨香书）.--ISBN 978-7-5746-0531-2

Ⅰ. I212.01

中国国家版本馆CIP数据核字第2024L4W904号

小墨香书

传世美文·明清现当代作品

CHUANSHI MEIWEN · MING-QING XIAN-DANGDAI ZUOPIN

出 版 人：黄　啸
编　　者：纸贵满堂
绘　　者：朱宝荣
责任编辑：范　琳
装帧设计：刘　畅
出版发行：湖南美术出版社（长沙市东二环一段622号）
印　　刷：廊坊市颖新包装装潢有限公司
开　　本：787 mm × 1092 mm　1/96
印　　张：12
版　　次：2025年1月第1版
印　　次：2025年1月第1次印刷
定　　价：60.00元（全4册）

导读

《小墨香书·传世美文·明清现当代作品》以清代吴楚材、吴调侯编选的《古文观止》中明朝时期作品为底本，增补人们耳熟能详的清朝、现当代时期的经典作品编辑成册，以飨读者。

本书以经典散文作品为主体，如刘基的《卖柑者言》，宋濂的《送东阳马生序》，魏学洢的《核舟记》，黄宗羲的《柳敬亭传》，袁枚的《祭妹文》，鲁迅的《从百草园到三味书屋》《藤野先生》，朱自清的《背影》《荷塘月色》等。

编者在明清时期的每篇文章均设置了导读、原文、注释、译文四个板块，注释详尽，译文通俗易懂，以期让没有文言文基础的古典文学爱好者都能读懂。

目录

宋濂

作者简介

宋濂（1310—1381），字景濂，号潜溪，浦江（今属浙江金华）人。明朝初年，他担任江南儒学提举，给太子讲经，后奉皇帝命令编修《元史》。宋濂与刘基、高启合称『明初诗文三大家』。宋濂的传记小品和记叙性散文最为出色，朱元璋赞誉他为『开国文臣之首』。有《宋学士文集》传世。

送东阳马生序

【导读】

《送东阳马生序》是宋濂写给同乡后学马君则的一篇赠序。在这篇赠序里，作者叙述了自己早年虚心求教和勤苦学习的经历，生动地描述了自己借书求师之难、饥寒奔走之苦，并与太学生优越的条件加以对比，说明学业能否有所成就，主要在于主观努力与否，不在天资的高下和条件的优劣，勉励青年人珍惜良好的读书环境，努力求学。

【原文】

余幼时即嗜学❶。家贫，无从致❷书以观，每假借于藏书之家，手自笔录，计日以还。天大寒，砚冰坚，手指不可屈伸，弗之怠❸。录毕，走❹送之，不敢稍逾约。以是人多以书假余，余因得遍观群书。

【注释】

①嗜学：爱好读书。

②致：得到。

③弗之怠：不放松抄录书。弗：不。

④走：跑。

【译文】

我小时候就爱读书。但因家贫，无法买书来看，便经常向藏书的人家求借，然后亲手用笔抄录，并计算着约定的日子按期归还。有时天气非常寒冷，砚池里的水结成很硬的冰，手指冻僵不能弯曲、伸直，我也没有放松抄书。抄写完后，立即跑去归还给人家，从不敢稍稍超过约定的还书时间。因此人家大多愿意把书借给我，我便能够读到各种各样的书籍。

【原文】

既加冠❶，益慕圣贤之道，又患无硕师❷名人与游，尝趋百里外，从乡之先达执经叩问。先达德隆望尊，门人弟子填其室，未尝稍降辞色❸。余立侍左右，援❹疑质理，俯

身倾耳以请；或遇其叱咄[5]，色愈恭，礼愈至，不敢出一言以复；俟[6]其欣悦，则又请焉。故余虽愚，卒[7]获有所闻。

【注释】

①加冠：古代男子二十岁时举行加冠（束发戴帽）仪式，代表已成年。

②硕师：学识渊博的老师。

③辞色：言辞和脸色。

④援：提出。

⑤叱咄（duō）：训斥。

⑥俟（sì）：等待。

⑦卒：终于。

【译文】

成年后，我愈加钦慕古代圣贤的

学说，又担心自己无法和大师、名人交往，曾经跑到百里之外，捧着经书向当地有道德、有学问的前辈请教。前辈道德高尚，颇有名望，门人学生挤满了他的房间，但他从不把言辞和脸色放温和些。我站着陪侍在他身边，提出疑惑，询问事理，弯着身子，侧着耳朵，向他请教；有时遇到他斥责，我就愈加恭敬，礼节也愈加周到，一句话也不敢多说；等到他心情好时，我便再去请教。因此我虽愚笨，但最终还是有所收获的。

【原文】

当余之从师也，负箧❶曳屣❷

行深山巨谷中。穷冬❸烈风，大雪深数尺，足肤皲裂❹而不知。至舍，四肢僵劲❺不能动，媵人❻持汤沃灌❼，以衾❽拥覆，久而乃和。寓逆旅❾，主人日再食，无鲜肥滋味之享。同舍生皆被绮绣，戴朱缨宝饰之帽，腰白玉之环，左佩刀，右备容臭❿，烨然⓫若神人；余则缊袍⓬敝衣处其间，略无慕艳意，以中有足乐者，不知口体之奉不若人也。盖余之勤且艰若此。

【注释】

①箧（qiè）：箱子。

②曳屣（xǐ）：拖着鞋子。

③穷冬：隆冬，冬天最冷的一段时期。

④皲（jūn）裂：皮肤因寒冷干燥而开裂。

⑤僵劲：僵硬。

⑥媵（yìng）人：陪嫁的女子。此指仆役。

⑦沃灌：浇水洗。

⑧衾（qīn）：被子。

⑨逆旅：旅店。

⑩容臭：香袋。臭：气味，此指香气。

⑪烨（yè）然：光彩鲜明的样子。

⑫缊（yùn）袍：用乱麻、旧棉絮做的袍子。

【译文】

我从师求学的时候，身背书箱，脚后跟踩着鞋后帮，在深山大谷里行走。深冬季节刮着猛烈的寒风，踏着几尺深的积雪，我脚上的皮肤冻裂了竟然还没有感觉。到学舍后，四肢冻僵了无法活动，仆役拿来热水给我洗濯，并将被子围盖在我身上，过了很长时间身体才暖和过来。那时我寄住在旅店里，店主人每天只提供两顿饭，没有新鲜肥美的食物可以享受。跟我住在一起的同学，都穿着华丽的衣服，戴着缀有珠宝的帽子，腰上系着白玉环，左边佩着刀，右边挂着香袋，浑身光彩闪耀，像神仙一样；我却穿着破旧的衣服，生活在他们中间，但是我没有丝毫羡慕他们的心思，因为内心有足以快乐的事，就不觉得吃穿不如别人了。我求学时的勤奋与艰苦的情况大体就是这样。

【原文】

今虽耄老❶，未有所成，犹幸预❷君子之列，而承天子之宠光，缀❸公卿之后，日侍坐备顾问，四海亦谬称❹其氏名，况才之过于余者乎？

【注释】

①耄(mào)老：年老。古时八九十岁的年纪称耄。

②预：参与。

③缀：此指跟随。

④谬称：不恰当地赞许。此为谦辞。

【译文】

如今我已经年老，也未建立大的功业，但所幸我还能位于君子之列，并沐浴着浩荡的皇恩，伴随公卿左右，日日侍奉天子，候其垂询国政，世人也抬举我，更何况那些才能强于我的人呢？

【原文】

今诸生❶学于太学❷，县官❸日有廪稍❹之供，父母岁有裘葛❺之遗❻，无冻馁❼之患矣；坐大厦之下而诵诗书，无奔走之劳矣；有司业❽、博士为之师，未有问而不告、求而不得者也；凡所宜有之书，皆集于此，不必若余之手录，假诸人而后见也。其业有不精、德有不成者，非天质之卑，则心不若余之

送天台陈庭学序

【导读】

本文是宋濂为天台学士陈庭学所作的赠序，与《送东阳马生序》的立意相近。作者从川蜀之地的自然环境落笔，写出了游蜀之难，为下文写陈庭学游蜀埋下了伏笔；接着写自己未能游蜀，又从侧面赞扬了陈庭学之游蜀；最后在劝勉陈庭学的过程中，作者又不动声色地透露出自身的豪气和对知识的孜孜追求。

【原文】

西南山水，惟川蜀❶最奇。然去中州❷万里，陆有剑阁栈道❸之险，水有瞿唐滟滪❹之虞❺。跨马行，则竹间山高者，累旬日不见其巅际。临上而俯视，绝壑万仞，杳❻莫测其所穷，肝胆为之掉栗❼。水行，则江石悍利❽，波恶涡诡❾，舟一失势尺寸，辄糜碎❿土沉，下饱鱼鳖。其难至如此！故非仕有力者，不可以游；非材有文者，纵游无所得；非壮强者，多老死于其地。嗜奇之士恨焉。

【注释】

①川蜀：泛指今四川一带。

②中州：泛指今河南一带。

③栈道：在悬崖绝壁上凿孔架木修建而成的通道。

④滟（yàn）滪（yù）：即滟滪堆，长江上著名的险滩。

⑤虞：危险。

⑥杳：幽深的样子。

⑦掉栗：颤抖。

⑧悍利：坚硬而锋利。

⑨涡诡：指怪异的旋流。

⑩糜碎：粉碎。

【译文】

西南地区的山水，只有川蜀境内最为奇特。但那里距中原有万里之遥，陆路有剑阁、栈道这样的险阻，水路有瞿塘峡、滟滪堆那样的危境。骑马行走，沿路层层竹林遮蔽高山，一连十来天都看不到顶峰。登上山顶俯视，陡峭的山谷有几万尺深，迷迷茫茫而看不到谷底，令人肝胆俱颤，惊恐万分。乘船而行，江水中的礁石既坚硬又锐利，波涛险恶，旋涡变化不定，船只只要稍微偏离航道，就会被撞得粉碎，像泥土般沉入江水，落水的人便成为江中鱼鳖的美食。那个地区行路竟然如此艰难！因此，除非是做官又有财力的人，否则是不能前去游览的；除非是博览群书又善于写文章的人，否则游览了也没有收获；除非是身强力壮的人，否则去了也大

多老死在那里。因此，喜欢探寻奇山异水的人对此深感遗憾。

【原文】

天台陈君庭学，能为诗，由中书左司掾❶，屡从大将北征，有劳，擢四川都指挥司❷照磨❸，由水道至成都。成都，川蜀之要地，扬子云❹、司马相如、诸葛武侯之所居，英雄俊杰战攻驻守之迹，诗人文士游眺❺饮射、赋咏歌呼之所，庭学无不历览。既览必发为诗，以纪其景物时世之变，于是其诗益工。越三年，以例自免归，会予于京师。其气愈充，其语愈壮，其志意愈高，盖得于山水之助者侈❻矣。

【注释】

①中书左司掾（yuàn）：中书省左司官员的属官。掾：古代属官的通称。

②都指挥司：明代在各省设置的地方军事机关。

③照磨：都指挥司的属官，主管文书。

④扬子云：西汉时著名辞赋家扬雄。

⑤游眺（tiào）：游览。眺：远望。

⑥侈：极多。

【译文】

天台的陈庭学君，擅长写诗。他以中书左司掾的身份，多次跟随大将北征，并立下功劳，被提拔为四川都指挥司照磨，从水路到成都上任。成都是川蜀的重镇，也是扬雄、司马相如、诸葛亮等名人居住过的地方。只要是英雄豪杰征战、驻守的遗迹，文人墨客游览眺望、饮酒射覆、吟诗作赋、放声高歌之处，庭学没有不前往一一游览的。游览后，他必会写诗抒发感慨，描写景物和时世的变迁，于是他的诗歌越写越工妙。过了三年，庭学按照惯例辞官返乡，在京城和我会面。他的精神更加饱满，言谈更加豪迈，志向意趣更加高远，这大概是因为他在川蜀山水中获得了很多益处吧。

【原文】

予甚自愧，方予少时，尝有志于出游天下，顾❶以学未成而不暇。及年壮可出，而四方兵起❷，无所投足。逮今圣主兴而宇内定，极海之际，合为一家，而予齿益加耄矣。欲如庭学之游，尚可得乎？

【注释】

①顾：但是。

②四方兵起：指元朝末年全国各地的农民起义和反元战争。

【译文】

我感觉很惭愧，当我年轻时，曾经有外出游遍天下的志向，但因学业未成而没有空闲的时间。到壮年可以出游时，天下战乱不断，无处可落脚。如今，圣明的皇帝出现，天下安定，四海之内合为一家，可我的年龄更大了，想像庭学君那样四处游览，还能做得到吗？

【原文】

然吾闻古之贤士，若颜回、原宪❶，皆坐守陋室，蓬蒿没户，而志意常充然，有若囊括于天地者，此其故何也？得无❷有出于山水之外者乎？庭学其试归而求焉？苟有所得，则以告予，予将不一愧而已也。

【注释】

①颜回、原宪：孔子的学生，二人一生

都很穷困，但是德行很高。

②得无：莫非。

【译文】

不过，我还听说古代的贤士，如颜回、原宪等人，都是坐守在简陋的屋子里，野草遮掩了门户，但他们的志向、意趣却总是很充沛，好像他们胸中充满了足以容纳天地万物的精神力量，这是什么原因呢？莫非他们的胸怀中有超出山水之外的东西存在？庭学君回乡之后是否会尝试着探索一下呢？如果有什么心得，请告诉我，那么，我将不会因为未曾游历川蜀而感觉惭愧了。

阅江楼记

【导读】

明太祖朱元璋统一天下后，在南京狮子山山顶修建了一座阅江楼，亲自作了一篇《阅江楼记》，又命文臣每人也作一篇。本文是时任大学士的宋濂创作的一篇散文，意在为明朝歌功颂德。同时，作者在文中还规劝帝王励精图治、安抚内外、体恤民生，勉励臣下感恩戴德、忠君报国，体现了自己忠君忧民的思想。

【原文】

金陵❶为帝王之州，自六朝迄于南唐，类皆偏据一方，无以应山川之王气。逮❷我皇帝，定鼎❸于兹，始足以当之。由是声教所暨❹，罔间朔南，存神穆清❺，与天同体，虽一豫一游❻，亦可为天下后世法。

【注释】

①金陵：今江苏南京。

②逮：到。

③定鼎：定都或建立王朝。

④暨（jì）：至。

⑤穆清：像清风化育万物。

⑥一豫一游：指帝王巡游。豫：游乐。

【译文】

金陵是帝王居住的地方，然而从六朝到南唐，大都偏安一方而治，无法与金陵呈现出来的王气相适应。直到我大明皇帝将国都定于此，才开始与这种王气相当。从此之后，王朝的声威教化遍及全国各地，不分南北，皇帝修身养性，用清和之风化育天下，与上天融为一体，即使是外出巡游，也可为天下后世所效法。

【原文】

京城之西北，有狮子山，自卢龙❶蜿蜒而来，长江如虹贯，蟠绕其下。上以其地雄胜，诏建楼于

巅，与民同游观之乐，遂锡[2]嘉名为“阅江”云。登览之顷，万象森列，千载之秘，一旦轩露[3]。岂非天造地设，以俟大一统之君，而开千万世之伟观者欤？

【注释】

①卢龙：卢龙山，位于今江苏南京江宁区西北。

②锡：赐。

③轩露：显露。

【译文】

京城的西北方有一座狮子山，从卢龙山曲折延伸而来，长江好像长虹盘绕着流过山脚。皇上因为这里雄伟壮观，于是下诏在山顶上修建一座楼，和百姓共享登临览胜的乐趣，并赐给它一个美妙的名字叫“阅江”。登楼远眺的瞬间，万千景象次第罗列，千百年的秘密顷刻显露无遗。这难道不是天地有意造就胜景以等待统一四海的明君，为他展现千秋万世的壮丽奇观吗？

【原文】

当风日清美，法驾❶幸临，升其崇椒❷，凭阑遥瞩，必悠然而动遐思。见江汉之朝宗❸，诸侯之述职，城池之高深，关阨之严固，必曰：“此朕栉风沐雨❹、战胜攻取之所致也。”中夏❺之广，益思有以保之。见波涛之浩荡，风帆之上下，番舶接迹而来庭，蛮琛[6]联肩而入贡，必曰："此朕德绥[7]威服，覃[8]及内外之所及也。"四陲之远，益思有以柔[9]之。见两岸之间、四郊之上，耕人有炙肤皲足[10]之烦，农女有捋桑行馌[11]之勤，必曰："此朕拔诸水火，而登于衽席[12]者也。"万方之民，益思有以安之。触类而思，不一而足。臣知斯楼之建，皇上所以发舒精神，因物兴感，无不寓其致治之思，奚止阅夫长江而已哉！

【注释】

①法驾：帝王的车驾。

②崇椒：高高的山顶。

③江汉之朝宗：长江、汉江等大川以海为宗。

④栉（zhì）风沐雨：风梳发，雨洗头，形容奔波的辛劳。

⑤中夏：此指全国。

⑥琛（chēn）：珍宝。

⑦德绥（suí）：用德安抚。

⑧覃（tán）：延。

⑨柔：怀柔、安抚。

⑩皲（jūn）足：冻裂脚上的皮肤。

⑪行馌（yè）：为田里耕作的农夫送饭。

⑫衽（rèn）席：卧席。

【译文】

在风和日丽时，皇上驾临此地，登上狮子山的顶峰，倚靠栏杆远眺，一定会神情悠然而产生遐想。见长江、汉江之水奔向大海，重臣要员奔赴京城述职，金陵城池高深，关隘防守严密坚固，皇上一定会说："这是我奔波劳苦，战胜劲敌，攻城略地才获得的啊！"从而想到广阔的华夏大地，更要考虑如何保全它。看到波涛浩荡起伏、汹涌澎湃，风帆来来回回，外国船只相继朝见，使者携宝物争相进贡，皇上一定会说："这是我用恩德感化，用威力震服，影响延及海内外才达到的啊！"从而想到四方僻远的民族，更要考虑如何安抚他们。看到大江两岸、四方田地之上，农夫有夏天炙烤皮肤、冬天双足冻裂的辛苦，农妇有采桑养蚕、田间送饭的劳累，皇上一定会说：“这是我把他们从水深火热中解救出来，他们才能够安睡在床席之上啊！”从而想到天下的百姓，更要考虑如何让他们安居乐业。像这样触景生情的联想，真是数不胜数。我由此知道修建这座楼，是皇上用来舒展精神的，因不同的景象而产生的感慨，无不蕴含着他致力于天下大治的思想，哪里只是为观赏长江风景呢！

【原文】

彼临春、结绮❶，非不华矣；齐云❷、落星❸，非不高矣，不过乐管弦之淫响，藏燕、赵之艳姬，一旋踵间而感慨系之，臣不知其为何说也。虽然，长江发源岷山，委蛇[4]七千余里而始入海，白涌碧翻，六朝之时，往往倚之为天堑。今则南北一家，视为安流，无所事乎战争矣。然则果谁之力欤？逢掖[5]之士，有登斯楼而阅斯江者，当思圣德如天，荡荡难名，与神禹疏凿之功[6]同一罔极。忠君报上之心，其有不油然而兴者耶？

【注释】

①临春、结绮：南朝陈后主建的楼阁。

②齐云：唐太宗李世民的十四子曹恭王所建的楼阁，后又名飞云阁。

③落星：三国时吴主孙权在落星山建的三层楼阁。

④委蛇：即"逶迤"，连绵曲折。

⑤逢掖：古代儒士穿的宽袖衣服，此处用作士人的代称。

⑥神禹疏凿之功：夏禹治水之功。

【译文】

临春阁、结绮阁，不能说不华美；齐云楼、落星楼，不能说不高大。可它们都不过是演奏淫曲艳调、深藏燕赵美女的场所，转瞬间便消逝了，令人心生感慨，对此臣下真不知道该怎样去评说。虽然这样，长江发源于岷山，曲折蜿蜒了七千余里才汇入大海，白浪汹涌，碧波翻腾，六朝时常倚靠它作为天然的险阻。如今南北一家，人们只把它看作一条平静的河流，它不再是战争所需要的了。那么，这究竟是谁的力量呢？儒士登临此楼观赏长江，应当想到皇上恩德浩荡有如苍天，广阔得难以形容，和大禹凿山疏导洪水的功绩同样无穷无尽。忠君报国之心，能不油然而生吗？

【原文】

臣不敏，奉旨撰记，欲上推宵旰[1]图治之功者，勒[2]诸贞珉[3]。他若留连光景之辞，皆略而不陈，惧亵也。

【注释】

①宵旰（gàn）：即“宵衣旰食”，早起晚食，指勤于政务。

②勒：刻。

③贞珉（mín）：石刻碑铭的美称。

【译文】

我十分愚钝，奉皇上圣旨撰写这篇文章，在此只想将皇上昼夜辛劳、励精图治的功德刻在碑石之上。至于其他流连风光胜景的言辞，都略去不写，因为怕亵渎了皇上建造阅江楼的本意。

桃花涧修禊诗序

【导读】

《桃花涧修禊诗序》是宋濂创作的一篇诗集序，记叙他与友人在三月上巳日游览桃花涧，修禊事于涧滨之事。文章重点写了桃花涧的泉石之胜和修禊者的活动，结尾提及孔门的浴沂、舞雩，表明作者的崇儒思想。全文结构严谨，写景简洁生动，人物刻画栩栩如生。

【原文】

浦江县东行二十六里，有峰耸然而葱蒨❶者，玄麓山❷也。山之西，桃花涧水出焉。乃至正丙申❸三月上巳❹，郑君彦真❺将修禊❻事于涧滨，且穷❼泉石之胜。

【注释】

①葱蒨（qiàn）：青翠而繁茂。

②玄麓山：浙江省金华市浦江县的名胜之一。

③至正丙申：元顺帝至正十六年(1356)。至正：元顺帝的年号。

④上巳（sì）：俗称三月三。汉代以前定为三月上旬的巳日，魏以后固定在三月初三。

⑤郑君彦真：郑铉，字彦真。

⑥修禊（xì）：古俗三月上旬的巳日（后固定在三月初三）到水边嬉游，以消除不祥，称为“修禊”。禊：古代祭祀之一，春、秋两季在水边举行，用以祈福、禳灾。

⑦穷：尽。

【译文】

从浦江县往东走二十六里，有一座长满草木的高高的山峰，这便是玄麓山。桃花涧水就是从玄麓山的西面流出来的。至正丙申年三月初三，郑彦真提出要在桃花涧水边举行祭礼，并且要游遍这里的山水美景。

【原文】

前一夕，宿诸贤士大夫。厥[1]明日，既出，相帅[2]向北行，以壶觞[3]随。约二里所[4]，始得涧流，遂沿涧而入。水蚀道几尽，肩不得比，先后累累如鱼贯。又三里所，夹岸皆桃花，山寒，花开迟，及是始繁。傍多髯松，入天如青云。忽见鲜葩[5]点湿翠间，焰焰欲然，可玩。

【注释】

①厥：其。

②相帅：结队而行。

③壶觞（shāng）：酒壶和酒杯。

④所：大约。

⑤鲜葩：鲜艳的花。

【译文】

出发前一天的晚上，各位名士大夫住宿休息。到了第二天，出发后，我们一同往北走，并且还自备了酒壶和酒杯。走了大约二里，我们才看到桃花涧水，于是便沿着涧水往里面走。水已经把道路冲刷得几乎看不清了，而且也很窄，连两人并肩而行都无法通过，只得一个跟着一个鱼贯而行。又走了大约三里，两岸都开满了桃花，山里的天气比较冷，花开得也迟，所以到现在才开得很茂盛。旁边有许多髯松，高耸入云。忽然看见有十分鲜艳的花点缀在青翠的树叶间，像火一样红，值得观玩。

【原文】

又三十步，诡石❶人立，高可❷十尺余，面正平，可坐而箫，曰凤箫台。下有小泓❸，泓上石坛广寻❹丈，可钓。闻大雪下时，四围皆璚树瑶林❺，益清绝，曰钓雪矶❻。西垂苍壁，俯瞰台矶间，女萝❼与陵苕❽缪辐❾之，赤纷绿骇❿，曰翠霞屏。

【注释】

①诡石：怪石。

②可：大约。

③泓（hóng）：水潭。

④寻：八尺。

⑤璚（qióng）树瑶林：洁白如玉的树林。

璚：美玉。

⑥矶（jī）：水边凸出的岩石。

⑦女萝：松萝，多寄生在松树上。

⑧陵苕（tiáo）：紫葳，一种藤本植物。

⑨缪（jiāo）轕（gé）：纠缠，缠绕。

⑩赤纷绿骇：指红红绿绿的，令人眼花缭乱。

【译文】

又向前走了三十步，有一块怪石像人一样站在那里，高十多尺，上部十分平整，可以坐在上面吹箫，叫作凤箫台。凤箫台下有一个小水潭，潭上有一块八尺到一丈见方的石坛，可以坐在上面垂钓。听说在下大雪时，四面都是洁白如玉的树木，十分清雅，此处叫作钓雪矶。西边是一个峭壁，向下俯视，台矶之间松萝与紫葳缠绕在一起，红红绿绿，色彩鲜艳，令人眼花缭乱，此处叫作翠霞屏。

【原文】

又六七步，奇石怒出，下临小窪，泉洌❶甚，宜饮鹤，曰饮鹤川。自川导水，为蛇行势，前出石坛下，锵锵作环佩鸣。客有善琴者，不乐泉声之独清，鼓琴❷与之争。琴声与泉声相和，绝可听❸。

【注释】

①洌（liè）：清。

②鼓琴：弹琴。

③绝可听：十分动听。

【译文】

又往前走了六七步，怪石突出，下面有一个小水坑，水很清，很适合鹤饮用，所以叫饮鹤川。饮鹤川中的流水弯弯曲曲地流到前面的石坛下时，发出像环佩相击那样清脆的声音。我们一行人当中有一位擅长弹琴的，他觉得只有水声未免太凄清了，于是弹起琴来跟泉水比试。琴声与水声相和，十分动听。

【原文】

又五六步，水左右屈盘，始南逝，曰五折泉。又四十步，从山趾斗折❶入涧底，水汇为潭。潭左列石

为坐，如半月。其上危岩墙峙②，飞泉中泻，遇石角激之，泉怒，跃起一二尺，细沫散潭中，点点成晕③，真若飞雨之骤至，仰见青天镜净，始悟为泉，曰飞雨洞。洞傍皆山，峭石冠其巅，辽夐④幽邃，宜仙人居，曰蕊珠岩。遥望见之，病登陟⑤之劳，无往者。

【注释】

①斗折：像北斗七星那样曲折。

②墙峙：像墙那样直立。

③晕：光晕。此指隐隐约约的水纹。

④辽夐（xiòng）：遥远。夐：远。

⑤陟（zhì）：登高。

【译文】

再往前走五六步，流水经过一段曲折后才向南流去，因此称为五折泉。往前走四十步，流水在山脚下又经过一段蜿蜒曲折才流到涧底，流水汇集到一处，形成一个水潭。水潭的左边有一排石头呈座位状，形状像半圆形的月，上面峭壁高耸如墙，泉水从半空流下，水流冲到石头上，愤怒飞弹而起一二尺，激起的水沫散到潭中，形成一圈圈水纹，仿佛是突然下起了雨，抬头看蓝天像镜子一样明净，才知是泉水而不是雨水，此处叫飞雨洞。飞雨洞的旁边都是山，山顶上峭石林立，缥缈幽远，仿佛是仙人居住的地方，叫作蕊珠岩。远远望去，恐怕很难爬上去，因此没有人去爬。

【原文】

还至石坛上，各敷❶茵❷席，夹水而坐。呼童拾断樵，取壶中酒温之，实槃觞❸中。觞有舟❹，随波沉浮，雁行下。稍前，有中断者，有属❺联者，方次第取饮。其时轻飙❻东来，觞盘旋不进，甚至逆流而上，若相献酬❼状。酒三行❽，年最高者命列觚翰❾，人皆赋诗二首，即有不成，罚酒三巨觥❿。众欣然如约，或闭目潜思；或拄颊上视霄汉；或与连席者耳语不休；或运笔如风雨，且书且歌；或按纸伏崖石下，欲写复止；或句有未当，搔首蹙额向人；或口吻作秋虫吟；或群聚兰坡，夺觚争先；或持卷授邻坐者观，曲肱⑪看云而卧，皆一一可画。已而诗尽成，杯行无算。迨罢归，日已在青松下。

【注释】

①敷：铺。

②茵（yīn）：垫褥。

③髹（xiū）觞：漆制的酒杯。

④舟：此指木盘。

⑤属：接连。

⑥轻飙（biāo）：微风。

⑦献酬：互相敬酒。

⑧酒三行：按次序轮流斟酒三次。

⑨觚（gū）翰：纸笔。觚：原指可写字的六面或八面形的木简。翰：毛笔。

⑩觥（gōng）：古代的一种酒器。

⑪曲肱（gōng）：头枕着弯曲的手臂。肱：由肩到肘的臂部，泛指胳膊。

【译文】

回到石坛上，各自铺开垫褥，临水而坐。让书童拾些柴火，点起火将酒温上，然后装在漆制的酒杯中。将酒杯放在托盘上，再把托盘放到水里，让它随波浮动，顺流而行。往前，有的托盘隔开了，有的连在一起，我们按次序拿起木盘中的酒杯饮酒。这时一阵轻风从东面吹来，托盘便

在水中打转，有的在风的吹拂下逆流而行，与那些顺流而下的托盘相互碰撞，好像在彼此敬酒一样。我们都喝下三杯酒后，年纪最长者让我们拿出纸笔，要求每人都作两首诗，如果有谁作不出来，便要被罚三大杯酒。大家一听，欣然从命，有的闭目深思；有的托腮凝视天空；有的与旁人窃窃私语；有的拿起笔像疾风骤雨，一边写还一边吟诵；有的将纸铺在石头上，想要写却又不敢下笔；有的觉得自己写的诗句不当，搔头皱眉地看着别人；有的悠闲地吹起了口哨，像秋虫的叫声；有的聚在山坡，争着喝酒；有的将作好的诗给旁边的人看，自己屈着胳膊躺着看云，这些情景都可以一一入画。不久，诗都作好了，大家开怀畅饮，忘了喝了多少杯。等喝完酒回去时，太阳已经落在青松下了。

【原文】

又明日，郑君以兹游良欢❶，集所赋诗而属❷濂以序。濂按《韩诗内传》❸，三月上巳，桃花水❹下之时，郑之旧俗，于溱、洧❺两水之上，招魂续魄❻，执兰草以祓除❼不祥。今去之二千载，虽时异地殊，而桃花流水则今犹昔也。其远裔能合贤士大夫以修禊事，岂或遗风尚有未泯者哉？虽然，无以是为也。为吾党者，当追浴沂[8]之风徽[9]，法舞雩[10]之咏叹，庶几情与境适，乐与道俱，而无愧于孔氏之徒。无愧于孔氏之徒，然后无愧于七尺之躯矣，可不勖[11]哉！濂既为序其游历之胜，而复申以规箴如此。他若晋人兰亭之集[12]，多尚清虚，亦无取焉。

郑君名铉，彦真，字也。

【注释】

①良欢：很快乐。

②属：通“嘱”，嘱咐。

③《韩诗内传》：西汉韩婴援引历史故事解释《诗经》的著作，《内传》为四卷，《外传》为六卷。

④桃花水：又称桃花汛。阴历二、三

月桃花盛开时，冰雪消融，雨水普降，河水上涨。

⑤溱（zhēn）、洧（wěi）：溱水和洧水，均在古郑国境内。

⑥招魂续魄：此指悼念死者。

⑦祓（fú）除：古代为驱邪去灾举行的仪式。

⑧浴沂（yí）：在沂水里沐浴。

⑨风徽：风范美德。

⑩舞雩（yú）：即“风乎舞雩”，在舞雩台上吹风。雩：古代求雨的祭礼，此指求雨祭天的土坛。

⑪勖（xù）：勉励。

⑫兰亭之集：东晋永和九年（353）三月三日，谢安、王羲之等名士在山阴兰

亭（今浙江省绍兴市西南）举行诗酒集会，王羲之作《兰亭集序》。

【译文】

第二天，郑彦真觉得我们这次远游十分尽兴，便把我们作的诗辑成一册，并嘱咐我来作序。我查考《韩诗内传》，书中记载着三月上巳节桃花盛开、融冰降雨时，照郑国的风俗，要在溱水和洧水上举行仪式，为死者招魂，并佩执兰草为自己除去不祥之气。现在离那时已有两千年了，虽然时间、地点都已不同，但桃花盛开、冰融流水都是一样的。现在的士大夫还能像前人那样继续举行这样的仪式，不正说明前人的遗风流韵还存在吗？虽然如此，我想还是不要这样做的好。我们这些人，应该追随浴沂的风范，效法舞雩的咏叹，这样或许可以情跟环境相适应，快乐跟大道并存，而无愧于做孔夫子的门生。无愧于做孔夫子的门生，然后无愧于做七尺男儿，这不值得勉励吗？因此，在记叙我们游历胜景之后，我才又说了这样一些劝勉告诫的话。像晋朝人在兰亭集会时崇尚道家清净无为的主张，也是不值得我们效法和学习的。

郑君名铉，字彦真。

王冕传

【导读】

王冕是元末的画家兼诗人，著有《竹斋集》。王冕的事迹在民间广为流传，这篇文章即记载了他的生平。王冕出身农家，经过自己的苦学，终成通儒。他有傲岸的个性，不肯屈身为“备奴使”的小吏，预见元末天下将大乱，不肯出仕，隐居九里山，以卖画为生。宋濂笔下的王冕，形象鲜明生动，个性突出。

【原文】

王冕者，诸暨❶人，七八岁时，父命牧牛陇❷上，窃入学舍听诸生诵书，听已，辄默记。暮归，忘其牛，或牵牛来责蹊❸田，父怒，挞❹之。已而复如初。母曰："儿痴如此，曷不听其所为？"冕因去，依僧寺以居。夜潜出，坐佛膝上，执策❺映长明灯读之，琅琅达旦。佛像多土偶，狞恶可怖，冕小儿恬若不见。会稽韩性❻闻而异之，录为弟子，学遂为通儒。性卒，门人事冕如事性。时冕父已卒，即迎母入越城❼就养。久之，母思还故里，冕买白牛，驾母车，自被古冠服随车后。乡里小儿竟遮道讪笑，冕亦笑。

【注释】

①诸暨：今浙江诸暨市。

②陇：通“垄”，田垄。

③蹊：踩踏。

④挞（tà）：用鞭子或棍棒打。

⑤策：通“册”，书册。

⑥韩性：字明善，会稽（今浙江绍兴）人，浙东理学家，著有《礼记说》等书。

⑦越城：今属浙江绍兴辖区。

【译文】

王冕，诸暨人，七八岁的时候，父亲让他在田垄上放牛，他却偷偷溜进学舍听学生们读书，听完就默默记住，晚上回家竟然忘记牵牛。有人把王冕家的牛牵回来，责备说踩踏了他家的田，王冕的父亲十分生气，狠狠地用鞭子打王冕。事后王冕还是不改。母亲说："儿子这样痴迷读书，为什么不让他去做自己喜欢做的事呢？"王冕于是离开家，寄住在寺庙里。晚上就偷偷出来，坐在佛像的大腿上，拿着书借着佛像前长明灯的光诵读到天亮。佛像大多数是土造的，狰狞可怖，王冕虽然是小孩子，但他坦然面对，好像看不见一样，一点也不感到害怕。会稽的韩性听说后，觉得王冕很奇特，便把他收作弟子，教他学习儒学，后来王冕成为通晓儒学的人。韩性死后，门人对待王冕就像对待韩性一样尊重。当时王冕的父亲已经去世，他就把母亲接到越城奉养。后来母亲想念故乡，想回故乡去，王冕就买了头白牛为母亲驾车，自己则穿戴着古式衣服、帽子跟在车后。乡间的孩童争相观看讪笑，王冕也笑。

【原文】

著作郎李孝光欲荐之为府史，冕骂曰："吾有田可耕，有书可读，肯朝夕抱案立庭下，备奴使哉？"每居小楼上，客至，僮入报，命之登，乃登。部使者行郡，坐马上求见，拒之去。去不百武[1]，冕倚楼长啸，使者闻之惭。冕屡应进士举，不中，叹曰:

“此童子羞为者，吾可溺是哉？”竟弃去。买舟下东吴，渡大江，入淮、楚，历览名山川。或遇奇才侠客，谈古豪杰事，即呼酒共饮，慷慨悲吟，人斥为狂奴。北游燕都[2]，馆秘书卿泰不华家。泰不华荐以馆职[3]，冕曰：“公诚愚人哉！不满十年，此中狐兔游矣，何以禄仕为？”即日将南辕[4]，会其友武林[5]卢生死滦阳[6]，唯两幼女、一童留燕，伥伥无所依。冕知之，不远千里走滦阳，取生遗骨，且挈[7]二女还生家。

【注释】

①武：半步，泛指脚步。

②燕都：元代京城大都，今北京市。

③馆职：此指在史馆供职。

④南辕：车辕向南，指南归。

⑤武林：杭州的别称。

⑥滦阳：今河北迁西西北。

⑦挈（qiè）：带领。

【译文】

著作郎李孝光想推荐王冕担任府衙小吏，王冕骂道："我有田可以耕，有书可以读，难道还愿意整天抱着文书档案站在官府里，让人奴役吗？"王冕常住在小楼上，有客人来了，童仆来报，他要客人上楼，客人才可以上楼。有使者经过越城，骑在马上要求见王冕，他拒绝了。使者离开不到百步，王冕倚在楼上长啸，使者听到后，感到很惭愧。王冕多次参加进士考试，但都落第了。王冕叹道："这是小孩子都觉得羞愧的，我怎么可以沉溺其中呢？"于是不再参加科举考试。王冕雇了艘船下东吴，过大江，进入淮、楚等地，游遍名山大川。有时遇到奇才侠客谈论古时豪杰的事迹，王冕当即相邀一起喝酒，吟诗抒发慷慨悲愤之情，有人骂他是狂奴。王冕往北到了燕京，住在秘书卿泰不华家。泰不华推荐王冕在史馆任职，王冕说："你真是愚昧啊！不出十年，这里就会变成狐狸、兔子游玩的地方，还当什么官？"不久王冕将要南归，恰巧朋友武林卢生死在滦阳，他的两个幼女和一个奴仆留在燕京，不知道怎么办。王冕知道后，不远千里跑到滦阳，取回卢生的骸骨，并带着两个幼女回到卢生家。

【原文】

冕既归越，复大言天下将乱。时海内无事，或斥冕为妄。冕曰：“妄人非我，谁当为妄哉？”乃携妻孥❶隐于九里山。种豆三亩，粟倍之。树梅花千，桃杏居其半。芋一区，薤❷、韭各百本。引水为池，种鱼千余头。结茅庐三间，自题为梅花屋。尝仿《周礼》著书一卷，坐卧自随，秘不使人观。更深人寂辄

挑灯朗讽，既而抚卷曰："吾未即死，持此以遇明主，伊、吕❸事业不难致也。"当风日佳时，操觚赋诗，千百不休，皆鹏骞❹海怒，读者毛发为耸。人至不为宾主礼，清谈竟日不倦。食至辄食，都不必辞谢。善画梅，不减杨补之。求者肩背相望，以缯❺幅短长为得米之差。人讥之。冕曰："吾藉是以养口体，岂好为人家作画师哉？"未几，汝、颍兵起，一一如冕言。

【注释】

①妻孥（nú）：妻子和儿女的统称。

②薤（xiè）：藠（jiào）头，鳞茎可作蔬菜。

③伊、吕：伊尹、吕尚。伊尹是商汤的

贤相，吕尚曾辅佐武王建立周朝。

④鹏骞（qiān）：大鹏高飞。

⑤缯（zēng）：古代丝织品的总称。

【译文】

王冕回到越城后，又宣称天下将要大乱。当时国内太平无事，有的人骂他荒谬。王冕说："荒谬的人批评我，到底是谁称得上荒谬呢？"于是，王冕带着妻儿隐居在九里山。王冕种了三亩豆，六亩粟，又种了千株梅花，桃、杏五百株，还在一块地种芋头，薤和韭各一百株。另外引水挖池，养了一千多条鱼。王冕搭了三间茅屋，自己题名为"梅花屋"。王冕曾经仿照《周礼》写了一卷书，随时带在身上，不给别人看。

到了深夜，王冕就拿出来读，然后摸着书说："只要我不死，拿着这本书遇上明主，像伊尹、吕尚那样的事业就可以达成了。"当风和日丽时，他就拿着纸写诗，写上千首都不停歇，都是很有气势的，让读诗的人无不激动得毛发耸立。客人到他家也不需要宾主之礼，聊一整天也不觉得累。有食物送来就吃，不推辞。王冕擅长画梅花，其功力不比杨补之逊色。求王冕画画的人很多，他以画卷的长短决定需要多少米来换。有人讥笑王冕。王冕说："我借此以养活自己，你以为我喜欢帮别人画画吗？"没过多久，汝州、颍州等地发生起义，和王冕说的一样。

【原文】

皇帝❶取婺州❷，将攻越，物色得冕，置幕府，授以咨议参军，一夕以病死。冕状貌魁伟，美须髯，磊落有大志，不得少试以死，君子惜之。

【注释】

①皇帝：此指明太祖朱元璋。

②婺（wù）州：治所在今浙江金华。

【译文】

朱元璋夺取婺州后，即将进攻越城，他访求贤能，找到了王冕，请他做自己的幕僚，任命他为咨议参军，谁知他不久就病死了。王冕相貌魁伟，长着漂亮的胡子，为人心胸开阔，志向远大，但他志向还没有得到施展就死了，令人惋惜。

【原文】

史官❶曰：予受学城南时，见孟寀言越有狂生，当天大雪，赤足上潜岳峰，四顾大呼曰："遍天地间皆白玉合成，使人心胆澄澈，便欲仙去。"及入城，戴大帽如簁❷，穿曳地袍，翩翩行，两袂轩翥❸，哗笑溢市中。予甚疑其人，访识者问之，即冕也。冕真怪民哉！马不覂驾❹，不足以见其奇才，冕亦类是夫！

【注释】

①史官：作者自称。

②簁（shāi）：筛。

③轩翥(zhù)：飞举。

④覂(fěng)驾：翻车。此指不受驾驭。

【译文】

笔者说：我在城南求学时，听孟宷说越城有个狂生，下大雪时，光着脚登潜岳峰，环视四周高呼："天地间都是白玉合成，使人心胆清澈，好像马上就要成仙一样。"进城后，他头戴一顶筛子那么大的帽子，穿着拖地的长袍，翩翩而行，两袖飞舞，满街都是哄笑声。我很怀疑是否有这个人，找到了一个认识这个狂生的人询问，原来就是王冕。王冕真是个怪人啊！马不受驾驭，才体现它的奇才，王冕也是这样啊！

刘基

作者简介

刘基（1311—1375），字伯温，青田县南田（今属浙江温州文成县）人，世称『刘青田』『刘文成』。元末明初军事家、政治家、文学家，通晓经史、天文，精于兵法，明朝开国元勋，『明初诗文三大家』之一。著有《郁离子》《覆瓿集》《写情集》《犁眉公集》等。

卖柑者言

【导读】

这是一篇著名的寓言体讽刺散文。作者由买卖一个坏了的柑橘的小事引起议论，假托卖柑者的一席话，以形象、贴切的比喻，揭示了元朝末年那些冠冕堂皇、声威显赫的达官贵人们本质上都是"金玉其外，败絮其中"的欺世盗名的人物，有力地抨击了元末统治者及统治集团的腐朽无能，抒发了作者愤世嫉俗的情感。

【原文】

杭有卖果者，善藏柑，涉❶寒暑不溃❷，出之烨然，玉质而金色。置于市，贾❸十倍，人争鬻❹之。予贸得其一，剖之，如有烟扑口鼻，视其中，则干若败絮。予怪而问之曰："若所市于人者，将以实笾豆❺，奉祭祀，供宾客乎？将衒❻外以惑愚瞽❼也？甚矣哉，为欺也！"

【注释】

①涉：经历。

②溃：腐烂，腐败。

③贾：同"价"，价格。

④鬻（yù）：卖。此指购买。

⑤笾（biān）豆：古代祭祀时盛放祭品

的两种器具。笾：竹制的食器。豆：木制、陶制或铜制的食器。

⑥衒（xuàn）：同“炫”，炫耀，夸耀。

⑦愚瞽（gǔ）：愚蠢的人和目盲的人。瞽：目盲。

【译文】

杭州有个卖水果的商贩，善于保存柑子，即使经历寒冬酷暑柑子也不会腐烂，拿出来还是光洁灿烂，质地如美玉一样，还透出金黄的色泽。把它放在市场上卖，售价高出普通柑子十倍，人们还是争相购买。我买了一个柑子，把它剖开后，好像有股烟尘直扑口鼻，柑子里面干枯得像破烂的棉絮一般。我很诧异，就责问他：

“你卖给人家的柑子，是打算让人家放在容器中供奉神灵、招待宾客呢？还是炫耀它的外表，去迷惑、欺骗愚蠢的人和目盲的人呢？你这样骗人太过分了！”

【原文】

卖者笑曰：“吾业是❶有年矣，吾赖是以食❷吾躯。吾售之，人取之，未尝有言，而独不足子所乎？世之为欺者不寡矣，而独我也乎？吾子未之思也。”

【注释】

①业是：以此为职业。

②食：同“饲”，此指供养、养活。

【译文】

卖柑子的人笑着说："我从事这种职业已经好多年了，我靠着它养活自己。我卖柑子，人家买柑子，没有听到过别人的闲言碎语，为什么唯独不合您的心意呢？世上玩弄欺骗手段的人不少啊，难道只有我一个吗？您并没有思考过这个问题。"

【原文】

"今夫佩虎符❶、坐皋比❷者，洸洸❸乎干城之具❹也，果能授孙、吴❺之略耶？峨❻大冠、拖长绅❼者，昂昂乎庙堂之器也，果能建伊、皋❽之业耶？盗起而不知御，民困

而不知救，吏奸而不知禁，法斁[9]而不知理，坐糜[10]廪粟[11]而不知耻。观其坐高堂，骑大马，醉醇醴[12]而饫[13]肥鲜者，孰不巍巍乎可畏，赫赫乎可象[14]也？又何往而不金玉其外，败絮其中也哉！今子是之不察，而以察吾柑！”

【注释】

①虎符：虎形的兵符，古代调兵的凭证。

②皋比：虎皮，此指将军的座席。比：通“皮”。

③洸（guāng）洸：威武的样子。

④干城之具：捍卫国家的将才。干：盾牌，此指捍卫。城：防御的城墙。具：才能，此指将才。

⑤孙、吴：古代军事家孙武和吴起。

⑥峨：高耸，此指高戴。

⑦绅：士大夫束在外衣上的带子。

⑧伊、皋：指古代著名政治家伊尹和皋陶。

⑨斁（dù）：败坏。

⑩糜：浪费。

⑪廪（lǐn）粟：国家供给的禄米。

⑫醇醴（lǐ）：味道醇厚的美酒。

⑬饫（yù）：饱食。

⑭象：效法，此指羡慕。

【译文】

“如今那些佩戴虎符、坐在虎皮椅子上的武将，威风凛凛，像是保家卫国的人才，他们真的有孙武、吴起那样的韬略吗？那些头戴高帽、腰垂长带的文臣，气宇轩昂，像是国家的栋梁，他们真的能建立伊尹、皋陶那样的功业吗？盗贼纷起而他们不懂得怎样防御，百姓困顿而他们不知道怎样救济，官吏奸佞而他们不知道怎样查禁，法纪败坏而他们不知道怎样整治，他们白白地拿着国家的俸禄而不知道羞耻。你看他们一个个都坐在高堂上，骑着骏马，痛饮美酒，大吃鱼肉，哪个不是高贵得让人生畏，气势显赫得让人羡慕呢？他们哪个不是外表似金如玉，内里却是破棉败絮啊！现在您对这些视若无睹，反而专来批评我的柑子！"

【原文】

予默默无以应。退而思其言，类❶东方生❷滑稽之流❸。岂其忿世疾邪❹者耶？而托❺于柑以讽耶？

【注释】

①类：像。

②东方生：东方朔。汉武帝时曾任太中大夫，善于讽谏。

③滑稽之流：此指诙谐善辩的人。

④忿世疾邪：痛恨、憎恶世间丑恶的现象。

⑤托：假托。

【译文】

我默默无言，没有话可以回答。

回来后仔细思索他的话，感觉他很像能言善辩的东方朔那一类的人。难道他真是个愤世嫉俗的人？他是借柑子讽刺世事吗？

司马季主论卜

【导读】

元代末年，刘基曾任江西高安县丞、江浙儒学副提举等职。因受排挤，刘基辞官归隐，写了一部寓言体散文集《郁离子》。这篇《司马季主论卜》节选自《郁离子·天道》。本文采用对话的形式，借汉初东陵侯被废黜而思复用，向司马季主问卜一事发表议论。作者认为自然界和人类社会始终处于变化之中，祸福相依，盛衰交替。如果领导者不能居安思危、见微知著，一切美好的东西势必迅速腐败，到时求神拜佛、求签问卜也无济于事。

【原文】

东陵侯❶既废，过司马季主❷而卜❸焉。季主曰："君侯何卜也？"东陵侯曰："久卧者思起，久蛰者思启，久懑❹者思嚏❺。吾闻之：'蓄极则泄，闷❻极则达，热极则风，壅极则通。一冬一春，靡屈不伸；

一起一伏，无往不复。'仆❼窃有疑，愿受教焉。"季主曰："若是，则君侯已喻之矣，又何卜为？"东陵侯曰："仆未究其奥也，愿先生卒教之。"

【注释】

①东陵侯：秦人召平曾被封为东陵侯。秦亡后，召平沦为平民，在长安城东种瓜为生。

②司马季主：西汉初年人，以占卜闻名于世。

③卜：占卜。古人用龟甲等预测吉凶的迷信活动。

④懑（mèn）：闷。

⑤嚏（tì）：打喷嚏。

⑥闭(bì)：闭塞。

⑦仆：古人对自己的谦称。

【译文】

东陵侯被废黜为平民以后，他去拜访司马季主，并进行占卜。司马季主问道："君侯您要占卜什么事呢？"东陵侯回答说："久卧在床的人想要起床，隐藏久了的人想要出来与人交往，鼻子塞久了的人想要打喷嚏。我听说：'蓄积太多就需要发泄，闭塞到极点就需要通达，热得太厉害了就需要吹风，堵塞到了极致就需要通畅。有一个冬天就有一个春天，没有总是屈伏而不伸直的；有一起就有一伏，没有只去不来的。'我私下里对此还是有疑惑，希望得到您的指教。”司马季主说道：“照您刚才这么说，说明君侯您已经很懂得事理了，何必还来占卜呢？”东陵侯说：“我还是觉得我没有明白其中深奥的道理，恳请先生好好教导我。”

【原文】

季主乃言曰：“呜呼！天道何亲？惟德之亲。鬼神何灵？因人而灵。夫蓍❶，枯草也；龟❷，枯骨也：物也。人，灵于物者也，何不自听而听于物乎？且君侯何不思昔者也？有昔者必有今日。是故碎瓦颓垣，昔日之歌楼舞馆也；荒榛断梗，昔日之琼蕤❸玉树也；露蛩风蝉，昔日之凤笙龙笛也；鬼磷❹萤火，昔日之金缸❺华烛也；秋荼❻春荠❼，昔日之象白❽驼峰也；丹枫白荻，昔日之蜀锦齐纨❾也。昔日之所无，今日有之不为过；昔日之所有，今日无之不为不足。是故一昼一夜，华开者谢；一春一秋，物故者新。激湍之下必有深潭，高丘之下必有浚谷。君侯亦知之矣，何以卜为？”

【注释】

①蓍（shī）：草名，古人用其茎占卜。

②龟：龟甲，古人占卜的用具。

③蕤（ruí）：原意为花朵下垂的样子，此指花朵。

④鬼磷：即磷火，夜间火焰呈淡绿色，旧时迷信认为它是鬼火。

⑤金缸：金或铜制的灯盏、烛台。

⑥荼（tú）：菜名，味苦。

⑦荠：菜名，味甘。

⑧象白：大象的脂肪。

⑨蜀锦齐纨：四川出产的锦和山东出产的绢。纨：绢。

【译文】

司马季主这才说道："唉！天道与谁亲近呢？它只会亲近有德行的人。鬼神本身有什么灵验呢？鬼神只是靠人事才显示出灵验来。占卜用的蓍草，只不过是枯草；龟甲也只不过是枯骨：它们全都是物罢了。人比物灵慧，为什么不听从自己而听从物呢?况且,君侯您为什么不想想过去呢?有过去的显赫就有今天的衰败。因此,那些碎瓦断墙,就是过去的舞榭歌台;那些荒木断枝,也曾经是过去的鲜花玉树;那风露中蟋蟀和蝉的哀鸣,也曾是以往凤笙和龙笛吹奏出的音律;幽暗的磷火和萤光,正是过去的金灯华烛;那秋日的苦菜和春天的荠菜,也正是过去象脂和驼峰那样的美味佳肴;那红枫和白荻,原是过去的绫罗绸缎。以往没有的,今天有了,这并不为过;而以往有的,今天消失了,也不能算不足。因此,一日一夜之间,花开又花落;一春一秋之间,万物凋零又复苏。

急流之下必定有深潭，高山之下必定有深谷。这些道理，君侯您已经明白了，您为什么还要占卜呢？”

活水源记

【导读】

1355年，刘基曾与友人一同游览会稽山水，写下了一组游记散文，此篇游记为第二篇。作者以细腻的笔触，描写了活水源周围的山川形势，泉水的源流变化，水里的草木虫鱼，以及游人的欣赏迷恋，抒发了自己对大自然的无限向往与亲近之情。结尾以君子之德为喻，把对活水源的赞美升华到一个新的高度，寓意深刻。

【原文】

灵峰之山，其上曰金鸡之峰[1]。其草多竹；其木多枫槠，多松。其鸟多竹鸡，其状如鸡而小，有文采，善鸣。寺居山中，山四面环之。其前山曰陶山，华阳外史弘景[2]之所隐居。其东南山曰日铸之峰，欧冶子之所铸剑也。寺之后，薄崖石有阁曰松风阁，雈上人[3]居之。

【注释】

①金鸡之峰：位于绍兴东南会稽山上，山中有灵峰寺。

②华阳外史弘景：即南北朝的陶弘景，曾隐居在句容句曲山，自号华阳隐居。外史：古人常以此为雅号。

③奎（kuí）上人：当时的一位僧人。上人：古时对僧人的敬称。

【译文】

会稽灵峰山的最高峰叫作金鸡峰。那里的草木大多是翠绿的竹子，那里的树大多是枫树、槠树和松树，那里的鸟大多是竹鸡。竹鸡的形状很像鸡但比鸡小，身上披着美丽的羽毛，鸣叫的声音十分动听。灵峰寺就在灵峰山中，被山环抱着。寺院对面的山叫陶山，是华阳外史陶弘景曾经隐居的地方。寺院东南的山叫日铸峰，曾是欧冶子铸造宝剑的地方。寺院的后边迫近山崖的地方有一座小阁楼，名叫松风阁，奎上人就住在那里。

【原文】

有泉焉，其始出石罅[1]，涓涓然冬温而夏寒。浸[2]为小渠，冬夏不枯，乃溢而西南流，乃伏行[3]沙土中，旁出为四小池，东至山麓[4]，潴[5]为大池，又东注于若耶之溪，又东北入于湖[6]。其初为渠时，深不逾尺，而澄澈可鉴；俯视，则崖上松竹花木皆在水底。故秘书卿白野公恒来游，终日坐水旁，名之曰活水源。其中有石蟹，大如钱，有小鲼❼鱼，色正黑，居石穴中，有水鼠常来食之。其草多水松、菖蒲。有鸟大如鸜鹆❽，黑色而赤觜，恒鸣其上，其音如竹鸡而滑。有二脊令❾，恒从竹中下，立石上，浴饮毕，鸣而去。予早春来时方甚寒，诸水族皆隐不出。至是，悉出。又有虫四五枚，皆大如小指，状如半莲子，终日旋转行水面，日照其背，色若紫水晶，不知其何虫也。

【注释】

①石罅（xià）：石缝。

②浸：渐渐地。

③伏行：从地下流。

④山麓（lù）：山脚。

⑤潴（zhū）：汇聚。

⑥湖：鉴湖，又名镜湖，位于绍兴西南。

⑦鲫（jì）鱼：一种鱼类。

⑧鸜（qú）鹆（yù）：鸟名，俗称八哥。

⑨脊令：即鹡鸰，鸟名。

【译文】

这里有一汪清清的泉水，涓涓细流从石缝间流出，冬季温暖而夏日清凉。泉水渐渐地汇成一条小水渠，一年四季不干涸，水涨满了就向西南流去，遇到有沙土的地方就从沙土底下流过，从沙土旁流出来就形成了四个小水池，往东流到山脚下，汇聚成一个大水池，再往东流就注入了若耶溪，再向东北注入镜湖。刚刚汇聚成溪水的时候，水深不过一尺，十分清澈，可以照见两岸的景物；俯视溪水，山崖上的苍松翠竹、花草树木无不在水底倒映出来。因此，秘书卿白野公常常到这里来游赏，一天到晚坐在溪水旁边，还给溪水取个名字叫活水源。溪水中有石蟹，如铜钱一样大小，还有纯黑色的小鲼鱼，居住在石穴中，有水鼠经常来吃它。溪水中的草大多是水松、菖蒲。有一种鸟像八哥那么大，黑色的羽毛，嘴是红的，常常在水边叫个不停，声音像竹鸡，但是比竹鸡的叫声还要婉转流利。有两只鹡鸰常常从翠竹上飞下来，立在山石上，洗完澡、喝足水就鸣叫着飞走了。

我初春来的时候正赶上特别冷的天气，这些水中的生物都蛰伏着没有出来。到夏天这个时候，全出来活动了。还有四五只小虫子，都像小指头那么大，形状如同半个莲子，整天在水面上转着圈浮游，日光照在它们的脊背上，颜色就像是紫色的水晶石，也不知道它们是什么虫子。

【原文】

予既爱兹[1]水之清，又爱其出之不穷，而能使群动[2]咸来依，有君子之德焉。上人又曰："属[3]岁旱时，水所出，能溉田数十亩。"则其泽[4]又能及物，宜乎白野公之深爱

之也。

【注释】

①兹：这。

②群动：各类动物。

③属：适逢。

④泽：润泽。

【译文】

我既喜爱这条溪水的清澈，又喜爱它的源头永不枯竭，能让这么多小生物都来依附它，这就像君子所具有的高尚品德。奎上人还说："每逢大旱，泉水流经的地方能灌溉数十亩良田。"那么，它的恩泽又能惠及众人了，白野公深深地爱上这活水源是很有道理的呀！

高启

作者简介

高启（1336—1374），字季迪，号槎轩，长洲（今江苏苏州）人。曾隐居吴淞青丘，自号青丘子。元末明初文学家，与刘基、宋濂并称『明初诗文三大家』，与杨基、张羽、徐贲被誉为『吴中四杰』。有文集《凫藻集》、词集《扣舷集》传世。

书博鸡者事

【导读】

高启在明太祖洪武年间担任国史编修官时，听到同在翰林院的陶凯叙说元代袁州路有关博鸡者的事，于是实录其事，写下《书博鸡者事》这篇文章。文章记叙了元朝末年以博鸡者为首的袁州群众路见不平、“攘袂群起以伸其愤”的事迹，歌颂了博鸡者不畏强横、不畏权势、敢于斗争的侠义精神。

【原文】

博鸡者❶，袁❷人，素无赖❸，不事产业，日抱鸡呼少年博市中。任气好斗，诸为里侠者皆下之。

【注释】

①博鸡者：以斗鸡赌博为生的人。

②袁：袁州路，今江西宜春一带。

③素无赖：平日游手好闲。

【译文】

袁州有一个以斗鸡赌博为生的人，一向游手好闲，不从事生产劳动，每天抱着鸡召唤一帮年轻人在街市上斗鸡赌博。他任性放纵，喜欢与人争斗，乡里许多侠义好汉都服从他。

【原文】

元至正间，袁有守❶多惠政，民甚爱之。部使者臧新贵，将按郡❷至袁。守自负年德❸易❹之，闻其至，笑曰："臧氏之子也。"或以告臧，臧怒，欲中❺守法。会❻袁有豪民尝受守杖❼，知使者意嗛❽守，即诬守纳己赇❾。使者遂逮守，胁服❿，夺其官。袁人大愤，然未有以报也。

【注释】

①守：州郡的长官，太守。

②按郡：巡察州郡地方。

③年德：年龄德行。

④易：轻视。

⑤中：中伤。

⑥会：刚巧。

⑦杖：杖刑，用木棍打背、臀或腿。

⑧嗛（xián）：怀恨。

⑨赇（qiú）：贿赂。

⑩胁服：威逼认罪。

【译文】

元代至正年间，袁州有一位太守多施行仁政，百姓很喜欢他。当时上级官署派下的使者姓臧，是一个新得势的显贵，将要巡察各州郡到袁州来。太守仗着自己年资高、有德望，看不起这位显贵，听说他到了，笑着说："这是臧家的小子啊。"有人把这话告诉了姓臧的使者，姓臧的使者大怒，想通过法律来中伤、陷害太守。恰好袁州有一个土豪曾经受过太守的杖刑，他得知姓臧的使者记恨太守，便诬陷太守接受过自己的贿赂。姓臧的使者于是逮捕了太守，威逼其认罪，革了太守的官职。袁州百姓非常愤慨，但是没有什么办法来对付土豪。

【原文】

一日，博鸡者遨❶于市。众知有为，因让❷之曰："若素名勇，徒能藉❸贫孱❹者耳，彼豪民恃其资，诬去贤使君❺，袁人失父母。若诚丈夫，不能为使君一奋臂耶？"博

鸡者曰："诺。"即入闾左[6]，呼子弟素健者，得数十人，遮豪民于道。豪民方华衣乘马，从群奴而驰，博鸡者直前捽[7]下，提殴之。奴惊，各亡去。乃褫[8]豪民衣自衣，复自策其马，麾众拥豪民马前，反接[9]，徇[10]诸市，使自呼曰："为民诬太守者视此！"一步一呼，不呼则杖，其背尽创。豪民子闻难，鸠[11]宗族童奴百许人，欲要篡以归。博鸡者逆谓曰："若欲死而父，即前斗。否则阖门善俟。吾行市毕，即归若父，无恙也。"豪民子惧遂杖杀其父，不敢动，稍敛众以去。袁人相聚从观，欢动一城。

【注释】

①遨(áo):游逛。

②让:责备。

③藉:践踏。此指欺压。

④孱(chán):弱小。

⑤使君:指太守。

⑥闾左:此指贫民聚居的地方。

⑦捽(zuó):揪。

⑧褫(chǐ):剥。

⑨反接:双手反绑着。

⑩徇(xùn):示众。

⑪鸠:聚集。

【译文】

一天,博鸡者在街市上游逛。大家知道他有能力、有作为,因此责备他说："你向来以勇敢出名，但只能欺压贫穷、弱小的人罢了，那些土豪依仗钱财诬陷贤能的太守，导致他被罢了官，袁州人失去了父母官。你如果真是男子汉大丈夫，就不能为太守出一把力吗？"博鸡者说："好。"他来到贫民聚居的地方，召来一批平时勇健的小兄弟，共有几十个人，在路上拦住那个诬告太守的土豪。土豪正穿着一身华丽的衣服骑着马奔驰而来，后面跟着一群奴仆，博鸡者径直上前把土豪揪下马，又提起来殴打他。奴仆们惊恐万分，各自逃走了。博鸡者于是剥下土豪的衣服，自己穿在身上，又用鞭子鞭打着土豪的马，指挥众兄弟在马的前面簇拥着土豪，把他的双手反绑着游街示众。博鸡者命令土豪大声叫道："做老百姓的诬陷太守，就看看我的样子！"走一步叫一声，不叫就用棍棒打，打得土豪的背上全是伤。土豪的儿子听说父亲遭此祸殃，聚集了同宗本家的奴仆一百多人，想拦路夺回父亲。博鸡者迎面走上前对土豪的儿子说："如果想要你父亲死，那就上前来和我争斗。否则还是关起门来在家里好好等着。我游街结束，就归还你的父亲，他不会有危险的。"土豪的儿子害怕博鸡者会用棍棒打死自己的父亲，因此不敢动手，只好匆匆召集奴仆们离去。

袁州的百姓聚集着一路观看，欢呼声响彻整个袁州城。

【原文】

郡录事❶骇之，驰白❷府。府佐快❸其所为，阴纵之不问。日暮，至豪民第门，捽使跪，数❹之曰："若为民不自谨❺，冒❻使君，杖汝，法也；敢用是❼为怨望，又投间❽蔑污使君，使罢，汝罪宜死，今姑贷❾汝。后不善自改，且复妄言，我当焚汝庐、戕❿汝家矣！"豪民气尽，以额叩地，谢不敢，乃释之。

【注释】

①郡录事：州郡掌管民政的官吏。

②白：告知。

③快：感到高兴。

④数：列举过错。

⑤不自谨：自己不检点。

⑥冒：冒犯。

⑦用是：因此。

⑧投间：趁机，钻空子。

⑨贷：饶恕。

⑩戕（qiāng）：杀害。

【译文】

郡中掌管民事的官吏听说后非常惊惧，骑着马跑去告知州府衙门。州府里的副长官对博鸡者的所作所为感到十分痛快，暗中放任他而不过问。天黑了，博鸡者和游街队伍来到土豪家门口，博鸡者揪着土豪命他跪下，列举他的罪状说："你作为百姓，不能检点自己的行为，冒犯了太守，用棍棒打你，这是国家法律的规定；你竟敢因受杖刑心怀怨恨，还趁机诬告太守，使他被罢了官，你的罪行当死，现在暂且饶恕你。今后如果不好好改过自新，并且继续胡言乱语，我就要烧掉你的房屋，杀掉你全家！"土豪的气焰彻底没有了，他用额头碰地，承认自己有罪，表示再也不敢了。博鸡者这才放了他。

【原文】

博鸡者因告众曰："是足以报

使君未耶？”众曰：“若所为诚快，然使君冤未白，犹无益也。”博鸡者曰：“然。”即连楮❶为巨幅，广二丈，大书一“屈”字，以两竿夹揭❷之，走诉行御史台。台臣弗为理❸。乃与其徒日张❹“屈”字游金陵市中。台臣惭，追受其牒❺，为复守官而黜臧使者。

方是时，博鸡者以义闻东南。

【注释】

①楮（chǔ）：纸。

②揭：高举。

③理：受理。

④张：此指打开横幅。

⑤牒：公文。此指状纸。

【译文】

博鸡者于是告诉大家说:“这样是否足够报答太守了呢?”大家说:“你的行为确实令人痛快,但是太守的冤屈没有昭雪,还是没有用的。”博鸡者说:“对。”他立即用纸连成一个巨幅,宽有二丈,在上面写了一个大大的“屈”字,用两根竹竿夹举起来,奔走到行御史台去诉讼。行御史台的官吏不受理。于是,博鸡者便和他的一帮小兄弟每天举着这个“屈”字在金陵城中游街。行御史台的官吏感到很羞惭,接受了他们的状纸,恢复了太守的官职,罢免了姓臧的使者。

当时,博鸡者因他的侠义行为而

闻名于东南一带。

【原文】

高子❶曰：余在史馆❷，闻翰林天台陶先生言博鸡者之事。观袁守虽得民❸，然自喜轻上，其祸非外至也。臧使者枉用三尺，以仇一言之憾，固贼戾之士哉！第为上者不能察，使匹夫攘袂❹群起以伸其愤，识者固知元政紊弛❺，而变兴自下之渐矣。

【注释】

①高子：作者自称。

②史馆：官署名，职责为编修国史。

③得民：受到百姓的爱戴。

④攘（rǎng）袂（mèi）：捋起袖子。

⑤紊（wěn）弛（chí）：混乱、松弛。

【译文】

高启说：我在史馆，听翰林天台人陶先生说起博鸡者的事迹。袁州太守虽然深得民心，但是沾沾自喜，轻视上级，他遭遇的祸患不是外来的原因造成的。姓臧的使者滥用权力，仅仅是用来报复因太守的一句话所引起的怨恨，本身就是一个凶残的人！做上级的人不能查明下情，致使百姓捋起袖子，群情激奋地发泄自己的愤慨，有见识的人完全可以认识到元代的政治混乱，法纪松弛，而变乱实际上已经在社会底层渐渐产生了。

方孝孺

作者简介

方孝孺（1357—1402），字希直，又字希古，号逊志，浙江宁海人，明朝大臣、学者、思想家。因其故里旧属缑城里，故称『缑城先生』；又因其在汉中府任教授时，蜀献王赐名其读书处为『正学』，也称『正学先生』。1402年，燕王朱棣攻占南京，方孝孺因不肯为朱棣起草即位诏书而被杀。其著述大部分收录在《逊志斋集》中。

深虑论

【导读】

明朝建立后，明太祖朱元璋采取了一系列措施恢复经济，社会逐渐呈现出繁荣发展的局面。在这种情况下，方孝孺列举历代兴亡的史实，指出历代君王片面地吸取前代灭亡的教训而忽略了另外一些被掩盖的问题，论证“祸常发于所忽之中，而乱常起于不足疑之事”，目的在于给明代统治者提供历史教训，使其深虑长治久安的道理，并采取相应的办法。

【原文】

虑天下者，常图❶其所难，而忽其所易；备❷其所可畏，而遗其所不疑。然而祸常发于所忽之中，而乱常起于不足疑之事。岂其虑之未周与？盖虑之所能及者，人事之宜然，而出于智力之所不及者，天道也。

【注释】

①图：谋划。

②备：防备。

【译文】

思考治理天下的人，常常谋划解决那些困难的事情，而忽略了那些容易解决的事情；防范那些可怕的事情，而遗漏了那些不被怀疑的事情。然而，灾祸常常发生在那些被忽略的事情上，动乱常常发生在那些不被怀疑的事情上。难道是他们考虑问题不够周全吗？这是由于人们能考虑到的，都是人世间本该如此的事情，而超出了人们智力所能达到的范围的，那就是天道。

【原文】

当秦之世，而灭诸侯，一天下，而其心以为周之亡在乎诸侯之强耳，变封建而为郡县。方以为兵革❶可不复用，天子之位可以世守❷，而不知汉帝❸起陇亩❹之中，而卒亡

秦之社稷。汉惩[5]秦之孤立，于是大建庶孽[6]而为诸侯，以为同姓之亲可以相继而无变[7]，而七国[8]萌篡弑之谋。武、宣[9]以后，稍剖析[10]之而分其势，以为无事矣，而王莽卒移汉祚[11]。光武之惩哀、平[12]，魏之惩汉，晋之惩魏，各惩其所由亡而为之备，而其亡也，皆出于所备之外。唐太宗闻武氏之杀其子孙，求人于疑似之际而除之，而武氏日侍其左右而不悟[13]。宋太祖见五代[14]方镇[15]之足以制其君，尽释其兵权，使力弱而易制，而不知子孙卒困于敌国。

【注释】

①兵革：代指武器铠甲。

②世守：一代传一代，永远拥有。

③汉帝：指汉高祖刘邦。

④陇亩：田野。

⑤惩：以前朝的灭亡为鉴戒。

⑥庶孽：妃妾所生之子。此指亲属。

⑦相继而无变：世代继承而不会发生变故。

⑧七国：汉景帝时吴、楚、赵、胶西、济南、淄川、胶东等七个诸侯国，于公元前154年发动叛乱，史称“七国之乱”。

⑨武、宣：汉武帝刘彻、汉宣帝刘询。

⑩剖析：分割。

⑪汉祚（zuò）：汉朝的帝位。

⑫哀、平：汉哀帝刘欣、汉平帝刘衎。

⑬悟：察觉。

⑭五代：指后梁、后唐、后晋、后汉、后周。

⑮方镇：掌握兵权、镇守一方的军事长官。

【译文】

秦始皇灭掉了诸侯，统一了天下，他认为，周朝灭亡的根源是诸侯势力的强大，于是变更周朝的分封制为郡县制。正当他以为这样就不会再有战乱，天子的尊位可以一代代世袭下去，却不知汉高祖崛起于田野之中，最终推翻了秦王朝的统治。汉高祖鉴于秦朝的灭亡是由于皇室的力量孤单，便大肆分封刘姓子弟为诸侯王，认为凭借同宗兄弟的血缘关系可以代代传承而不会发生叛乱，然而吴、楚等七国还是有了篡位弑君的谋划。汉武帝、宣帝以后，逐渐分割了诸侯王的领地，削弱了他们的势力，认为这样就可以安享太平了，可还是被王莽篡夺了汉室江山。东汉光武帝吸取哀帝、平帝的教训，三国时曹魏吸取汉朝灭亡的教训，晋朝吸取曹魏灭亡的教训，他们各自都借鉴了前朝灭亡的原因而防患于未然，然而他们灭亡的原因却往往出于防患之外。唐太宗听说有个姓武的女人将来会杀掉他的子孙取而代之，便积极寻访那些可疑的人全部除去，可是武则天每天侍奉在他的左右却没有被注意到。宋太祖看到五代时藩镇的势力足以与君主抗衡，便解除了开国武将的兵权，使他们的力量削弱从而容易被控制，却不知他的子孙会因此而遭到敌国的侵扰。

【原文】

此其人皆有出人之智❶、盖世之才，其于治乱存亡之幾❷，思之详而备之审❸矣。虑切❹于此而祸兴于彼，终至乱亡者何哉？盖智可以谋人，而不可以谋天。良医之子

多死于病，良巫之子多死于鬼，彼岂工于活人而拙于活己之子哉？乃工于谋人而拙于谋天也。

【注释】

①出人之智：超出常人的智慧。

②幾（jī）：事物变化的前兆、迹象。

③审：周全细致。

④切：贴近。

【译文】

以上所说的这些人都有过人的智慧、盖世的才能，他们对于治乱存亡的预兆，考虑得非常周全而且防范得非常周密。但是这一方面考虑周全了，另一方面却发生了祸患，最终导致灭亡，这是什么原因呢？这大概是因为人所能谋划的只是人事的因素，却无法预测天道的安排。名医的子女大多死于疾病，名巫的子女大多死于鬼祟，难道说他们善于救助别人而无法救护自己的子女吗？这是因为他们只善于谋划人事而对天道无能为力啊！

【原文】

古之圣人，知天下后世之变非智虑之所能周，非法术❶之所能制，不敢肆其私谋诡计，而唯积至诚、用大德以结乎天心，使天眷❷其德，若慈母之保赤子而不忍释❸。故其子孙虽有至愚不肖者足以亡国，而天卒不忍遽亡之，此虑之远者也。

夫苟不能自结于天，而欲以区区之智❹笼络❺当世之务，而必后世之无危亡，此理之所必无者也，而岂天道哉！

【注释】

①法术：此指法令、权术。

②眷：顾念，垂爱。

③释：丢下，放下。

④区区之智：浅薄的智慧。

⑤笼络：控制。

【译文】

古代的圣君明主，知晓天下后世的变化并不是人的智谋能考虑周全的，也不是法律权势所能控制的，因此不敢肆意运用阴谋诡计，而是积累至诚之心，用大德来感动上天，使上天顾念他们的德行，好像慈母保护婴儿那样不忍心放手不管。所以，他们的子孙中纵然有非常愚笨、毫无治国才能而足以亡国的，上天却不忍心立刻使他亡国，这才是谋划长远的人。如果不能顺应天意，而想凭借自己的些微智力来驾驭世上的种种人事，还试图使自己的子孙后代没有亡国之忧，这在道理上都说不通，难道天意会如此安排？

豫让论

【导读】

豫让是春秋战国之际晋国人，最初是范氏的家臣，后又给中行氏做家臣，一直默默无闻。直到做了智伯瑶的家臣才受到重用，主臣关系密切。公元前453年，赵襄子、韩康子、魏桓子在晋阳之战中打败了智伯瑶，智伯瑶兵败身亡。豫让为了给智伯瑶报仇，多次刺杀赵襄子未遂，自杀而死。豫让是自古以来公认的忠臣义士，本篇先扬后抑，对豫让进行了批评，旨在说明“不能扶危于未乱之先，而乃捐躯殒命于既败之后，不足以当国士”的道理。

【原文】

士君子立身事主，既名❶知己，则当竭尽智谋，忠告善道❷，销患于未形❸，保治❹于未然，俾❺身全而主安。生为名臣，死为上鬼，垂光❻百世，照耀简策❼，斯为美也。苟遇知己，不能扶危于未乱之先，而乃捐躯殒命于既败之后，钓名沽誉，眩❽世炫俗。由君子观之，皆所不取也。

【注释】

①名：声称。

②善道：善加诱导。

③未形：祸患还没有形成。

④保治：治理以使安定。

⑤俾（bǐ）：使。

⑥垂光：比喻美名流传。

⑦简策：即简册，代指史籍。

⑧眩（xuàn）：通“炫”，夸耀。

【译文】

君子以身侍奉君主，既被称为知己，就应该用尽自己的智谋，给君主以忠告，并善意地劝说他，在祸患还没有形成的时候就消除它，在国家秩序还没有被破坏的时候就维护它，既使自身得以保全，也使君主平安。这样，活着时是名臣，死后是英灵，荣誉流传百代，光辉照耀史册，这才是美好的。如果遇到知己的君主，不能在发生动乱之前辅助他消除危机，却在他失败后为他献出生命，以此沽名钓誉，迷惑世俗之人，夸耀自己。这种行为在君子看来，是不可取的。

【原文】

盖尝因而论之。豫让臣事智伯，及赵襄子杀智伯，让为之报仇，声名烈烈❶，虽愚夫愚妇，莫不知其为忠臣义士也。呜呼！让之死固忠矣，惜乎处死之道有未忠者存焉！

何也？观其漆身吞炭❷，谓其友曰："凡吾所为者极难，将以愧天下后世之为人臣而怀二心者也！"谓非忠可乎？及观斩衣三跃，襄子责以不死于中行氏，而独死于智伯，让应曰："中行氏以众人待我，我故以众人报之；智伯以国士待我，我故以国士报之。"即此而论，让有余憾矣！

【注释】

①烈烈：威武的样子。

②漆身吞炭：故意变形改音，使人不能认出自己。漆身：以漆涂身。吞炭：吞下火炭使嗓子变哑。

【译文】

我曾经持这样的观点评论过豫

让。他以家臣的身份侍奉智伯，在赵襄子杀死智伯后，他一心为智伯复仇，名声由此显赫，即使是愚昧无知的男子、妇女，也没有不知道他是忠臣义士的。唉！豫让的死的确表现了他的忠心，可惜他选择的死亡的方式还有不够忠心的地方。为什么呢？看他漆身吞炭后，对他的朋友说：“我做的事是非常艰难的，我将用这件事使天下后世那些为人臣但怀有二心的人感到羞愧。”难道说他不够忠心吗？再看他拔剑三次跳起来斩赵襄子的外衣时，赵襄子指责他不为中行氏死，却偏为智伯去死，豫让回答：“中行氏用对待一般人的态度对待我，所以我就用一般人的态度回报他；智伯用对待国士的态度对待我，所以我就用国士的态度回报他。”从这点上分析，豫让的死就有让人感到遗憾的地方了。

【原文】

段规[1]之事韩康[2]，任章[3]之事魏献[4]，未闻以国士待之也；而规也、章也，力劝其主从智伯之请，与之地以骄其志，而速其亡也。郄疵[5]之事智伯，亦未尝以国士待之也，而疵能察韩、魏之情以谏智伯，虽不用其言以至灭亡，而疵之智谋忠告，已无愧于心也。

【注释】

①段规：韩康子的谋臣。

②韩康：韩康子，晋国贵族。

③任章：魏桓子的谋臣。

④魏献：魏桓子，晋国贵族。

⑤郄（xì）疵（cī）：智伯瑶的谋臣。

【译文】

段规侍候韩康子，任章侍候魏桓子，并没有听说韩康子、魏桓子用对待国士的态度对待他们；然而段规和任章都竭尽全力劝说他们的家主答应智伯的要求，把土地割让给智伯使他骄横，从而加速他的灭亡。郄疵侍候智伯，智伯也不曾用对待国士的态度对待他，但是郄疵能觉察出韩、魏的真实意图并以此来劝谏智伯，虽然智伯最后没有采纳郄疵的意见而导致灭亡，可郄疵的智谋和忠告已经是问心无愧了。

【原文】

让既自谓智伯待以国士矣，国士，济国之士也。当伯请地❶无厌之日，纵欲荒暴之时，为让者正宜陈力就列❷，谆谆❸然而告之曰："诸侯大夫，各安分地，无相侵夺，古之制也。今无故而取地于人，人不与，而吾之忿心必生；与之，则吾之骄心以起。忿必争，争必败；骄必傲，傲必亡。"谆切恳至，谏不从，再谏之；再谏不从，三谏之；三谏不从，移其伏剑❹之死，死于是日。伯虽顽冥不灵，感其至诚，庶几❺复悟，和韩、魏，释赵围，保全智宗，守其祭祀。若然，则让虽死犹生也，岂不胜于斩衣而死❻乎？让于此时，曾无一语开悟❼主心，视伯之危亡，犹越人视秦人之肥瘠也，袖手旁观，坐待成败。国士之报，曾❽若是乎？智伯既死，而乃不胜血气之悻悻，甘自附于刺客之流，何足道哉！何足道哉！

【注释】

①请地：要求割地。

②陈力就列：在自己所任职位上恪尽

职守。

③谆（zhūn）谆：忠诚恳切。

④伏剑：以剑自刎。

⑤庶几：也许。

⑥斩衣而死：赵襄子外出，豫让埋伏在桥下，准备刺杀赵襄子，没有成功。豫让被捕后，求得赵襄子的衣服，拔剑击斩其衣，以示为主复仇，然后自杀。

⑦开悟：开导以使醒悟。

⑧曾：竟然。

【译文】

豫让自己说智伯用对待国士的态度对待他，国士，就是济世安邦的人才啊！当智伯索要他人土地贪得无厌之时，纵欲荒淫残暴之时，身为国士的豫让，正应该发挥自己的才智尽自己的职责，诚恳地劝谏智伯："诸侯、大夫都应各自安守自己的封地，不该互相侵犯你争我夺，这是自古以来的规矩。如今无故索要别人的土地，人家不给我们，我们必会产生愤恨之心；人家给我们，我们必会产生骄横之心。愤恨会导致争斗，而争斗的结果就是失败；骄横会导致傲慢，而傲慢的结果就是灭亡。"这样诚恳真挚地进行规劝，一次不被采纳就再次进谏；再次进谏还是不听，就三次进谏；三次进谏都不成，就把那伏剑而死的行动改在此时进行。智伯再冥顽不灵，也会被他的忠诚感动，也许能醒悟过来，与韩、魏和好，解除赵国之围，保全智氏宗族，守住智氏香火。如果真是这样，豫让虽死犹生，难道不比斩赵襄子的衣服后再自杀更好吗？豫让当时没有一句规劝、开导家主的话，看着智伯处于生死存亡的关头，就好像越国人看着秦国人的肥瘦一样，袖手旁观，坐等双方的成败。国士对君主的报答，竟是这样的吗？智伯已经死了，豫让这才控制不住冲动、愤怒的血性，甘心将自己归入刺客之流，这有什么值得称道的！这有什么值得称道的！

【原文】

虽然，以国士而论，豫让固❶不足以当矣。彼朝为仇敌，暮为君臣，靦然❷而自得者，又让之罪人也。噫！

【注释】

①固：原本。

②靦（tiǎn）然：厚着脸皮的样子。

【译文】

虽然这样，以国士来衡量豫让，他还是担当不起的。那些早上还是仇敌，到晚上却成为君臣，还厚着脸皮自鸣得意的人，他们又是豫让的罪人了。唉！

王鏊

作者简介

王鏊（1450—1524），字济之，号守溪，晚号拙叟，学者称其为震泽先生，吴县（今江苏苏州）人。王鏊曾担任户部尚书、文渊阁大学士等，在任上竭力保护受刘瑾迫害之人，并屡次劝谏刘瑾，终因无法挽救时局而辞官回乡，不再复出。王守仁赞其为『完人』，唐寅赠联称其『海内文章第一，山中宰相无双』。有《震泽编》《姑苏志》等传世。

亲政篇

【导读】

本文是王鏊在明世宗即位后所作的一篇答谢世宗慰问的奏疏。作者希望明世宗即位后能够仿效古今圣贤，亲自处理国家政事，并与大臣商议，沟通上下意见，革除自明英宗以来皇帝不亲自过问政事的弊病。

【原文】

《易》之《泰》❶曰："上下交而其志同。"其《否》❷曰："上下不交

而天下无邦。”盖上之情达于下，下之情达于上，上下一体，所以为“泰”；下之情壅阏❸而不得上闻，上下间隔，虽有国而无国矣，所以为“否”也。

【注释】

①《泰》：卦名，《易经》六十四卦之一，象征通泰。

②《否（pǐ）》：卦名，《易经》六十四卦之一。《否》卦与《泰》卦相反，象征闭塞。

③壅阏（è）：阻塞，堵住。

【译文】

《周易》的《泰》卦说：“君臣上下沟通交流意见，就会志向一致。”

它的《否》卦说："君臣上下不沟通交流意见，国家就会灭亡。"因为上情下达，下情上呈，君臣上下结为一体，才可以称得上"泰"；而下情受到阻隔无法向上传达，上下不沟通交流，那么国家也就形同虚设，这就叫作"否"。

【原文】

交则泰，不交则否，自古皆然。而不交之弊，未有如近世之甚者。君臣相见，止于视朝❶数刻；上下之间，章奏批答相关接，刑名法度相维持而已。非独沿袭故事，亦其地势使然。何也？国家常朝于奉天

门❷，未尝一日废，可谓勤矣；然堂陛悬绝❸，威仪赫奕❹，御史纠仪，鸿胪❺举不如法，通政司❻引奏，上特视之，谢恩见辞，惴惴而退。上何尝治一事，下何尝进一言哉！此无他，地势悬绝，所谓堂上远于万里，虽欲言无由言也。

【注释】

①视朝：君王临朝。

②奉天门：今北京故宫的太和门。

③堂陛悬绝：皇帝在殿堂上，臣子跪在台阶下，两者地位悬殊。

④赫奕：显赫盛大的样子。

⑤鸿胪：此指鸿胪寺的官员，负责朝会、祭祀等礼仪工作。

⑥通政司：明朝设立的负责收转内外奏章等的机构。此指通政司的长官通政使。

【译文】

君臣上下沟通交流叫泰，不然则叫否，自古以来都是这样。然而君臣上下阻隔的弊病，没有比近世更严重的了。君臣相见，仅仅是上朝听政那短短的时间；君臣上下之间的关系，也只是以奏章批复为纽带，靠法令和制度来维持而已。这并非只是沿袭了旧例，也是君臣上下地位悬殊所造成的。为什么这样说呢？国家总是在奉天门举行朝会，没有一天废止过，这可以称得上勤政了；然而殿堂台阶高耸，典礼仪式威严显赫，有御史来督察朝见的礼仪，鸿胪卿来检举失礼的行动，通政使来代为呈上奏章，皇帝只不过是接见一下，百官就谢恩告退，诚惶诚恐地退朝。照此看来，皇帝何曾办过一件事，百官又何曾进献过一句话呢？这没有其他原因，只是因为君臣地位悬殊，这正是人们所说的：君臣虽然同处一堂，却有如相隔万里，百官即便有意见要陈说也无从讲起。

【原文】

愚以为欲上下之交，莫若复古内朝之法。盖周之时有三朝：库

门❶之外为正朝，询谋大臣在焉；路门❷之外为治朝，日视朝在焉；路门之内曰内朝，亦曰燕朝。《玉藻》❸云："君日出而视朝，退适路寝❹听政。"盖视朝而见群臣，所以正上下之分；听政而适路寝，所以通远近之情。汉制：大司马、左右前后将军、侍中、散骑、诸吏为中朝；丞相以下至六百石为外朝。唐皇城之北，南三门曰承天，元正、冬至，受万国之朝贡，则御焉，盖古之外朝也；其北曰太极门，其西曰太极殿，朔望❺则坐而视朝，盖古之正朝也；又北曰两仪殿，常日听朝而视事，盖古之内朝也。宋时常朝则文德殿，五日一起居则垂拱殿，正旦、冬至、圣节称贺则大庆殿，赐宴则紫宸殿或集英殿，试进士则崇政殿。侍从以下，五日一员上殿，谓之轮对，则必入陈时政利害；内殿引见，亦或赐坐，或免穿靴。盖亦有三朝之遗意焉。盖天有三垣❻，天子象之：正朝，象太微也；外朝，象天市也；内朝，象紫微也。自古然矣。

【注释】

①库门：古代的宫门。相传天子有五门，库门为二门。

②路门：古代宫门中最里面的门。

③《玉藻》：《礼记》中的一篇。

④路寝：路门内的宫室，古代君王处理政事的地方。

⑤朔望：农历每月初一和十五。

⑥三垣：古代天文术语，三垣即太微垣、紫微垣和天市垣。

【译文】

我认为，要做到君臣上下沟通交流，不如恢复古代内朝的制度。周朝时，君主有三种朝制：在库门外所设的为正朝，君主在这里向百官咨询和谋划国事；在路门外所设的叫治朝，君主每天在这里举行朝会；在路门内所设的叫内朝，也称燕朝。《玉藻》中说："君主在日出时就临朝接见百官，退朝后在路寝处理政务。"在朝会上接见百官，是为了正君臣上下的名分；而在路寝处理政务，是为了沟通远近各地的情况。按照汉朝的制度，有大司马、左右前后将军、侍中、散骑等官员的朝会叫中朝，丞相以下至六百石俸禄的官员参加的朝会叫外朝。唐朝皇城北面靠南的三个门叫承天门，每年的元旦、冬至，皇帝驾临这里接受各国使节的朝贡，这大概就是古代的外朝；承天门的北面是太极门，西面是太极殿，每月初一、十五日，皇帝在这里坐朝理事，接见百官，这大概就是古代的正朝；再往北面是两仪殿，皇帝平时在这里坐朝理事，这大概就是古代的内朝。宋朝时，皇帝平时在文德殿听朝，百官每五天向皇帝请安就在垂拱殿，每年元旦、冬至和皇帝寿辰的庆典在大庆殿举行，赐宴则安排在紫宸殿或集英殿，进士考试则在崇政殿举行。侍从以下的官员，每五天由一位官员上殿，称作轮对，他必须向皇帝陈说当前政事的得失；在内殿引见百官，有时也赏赐他们座位，有时免去他们穿朝靴的礼节。这大概还保留着三朝制度的遗风吧。因为上天有太微、紫微和天市三垣，皇帝效法上天行事：设立正朝，这是效法太微垣，外朝是效法天市垣，内朝是效法紫微垣。自古以来就是这样的。

【原文】

国朝❶圣节、正旦、冬至大朝会，则奉天殿，即古之正朝也；常日则奉天门，即古之外朝也；而内朝独缺。然非缺也，华盖、谨身、武英等殿，岂非内朝之遗制乎？洪武中，如宋濂、刘基，永乐以来，如杨士奇、杨荣等，日侍左右；大臣蹇义、夏原吉等，常奏对便殿。于斯时也，岂有壅隔之患哉？今内朝未复，临御常朝之后，人臣无复进见；三殿高閟，鲜或窥焉。故上下之情，壅而不通，天下之弊，由是而积。孝宗晚年，深有慨于斯，屡召大臣于便殿，讲论天下事。方将有为，而民之无

禄❷，不及睹至治❸之美。天下至今以为恨矣。

【注释】

①国朝：本朝。

②无禄：无福，不幸。

③至治：太平盛世。

【译文】

本朝皇帝寿辰、元旦、冬至等大朝会，在奉天殿举行，这就相当于古代的正朝；而平时在奉天门设朝，这就相当于古代的外朝；然而，唯独缺少内朝。其实也不是缺少，那华盖、谨身、武英等殿举行的朝会，难道不是古代内朝的遗制吗？洪武年间，如宋濂、刘基，以及永乐年以来如杨士奇、杨荣等大臣，每天侍奉在皇帝身边；大臣蹇义、夏原吉等人，常常在便殿启奏政事或回答皇帝的问询。在那时，难道有君臣上下阻隔的弊病吗？现在内朝还没有恢复，皇帝驾临平常的朝会后，百官就进见无门了；三大殿门高高地关闭着，很少有人能看见殿内的情形。因而君臣上下阻隔难通，国家的弊病就由此累积起来。孝宗晚年时，对此深有感触，多次在便殿召大臣商议政事。正待有所作为时，他便去世了，百姓无福看见天下大治的美好形势。臣民至今还为此深感遗憾。

【原文】

惟陛下远法圣祖，近法孝宗，尽铲近世壅隔之弊。常朝之外，即文华、武英二殿，仿古内朝之意：大臣三日或五日，一次起居；侍从、台谏各一员，上殿轮对；诸司有事咨决❶，上据所见决之，有难决者，与大臣面议之。不时引见群臣，凡谢恩辞见之类，皆得上殿陈奏；虚心而问之，和颜色而道之。如此，人人得以自尽❷；陛下虽深居九重，而天下之事灿然毕陈于前。外朝所以正上下之分，内朝所以通远近之情。如此，岂有近时壅隔之弊哉？唐虞之时，明目达聪，嘉言罔伏❸，

野无遗贤，亦不过是而已！

【注释】

①咨决：决断。

②自尽：把自己的意见全部说出来。

③罔伏：不被埋没。罔：无。

【译文】

愿陛下远的效法圣明的先祖，近的效法孝宗皇帝，完全铲除近世以来君臣上下阻隔的弊端。在平常的朝会之外，再到文华、武英二殿设立朝会，以效法古代内朝的制度：大臣们每三天或是五天就进宫请安一次；侍从和台谏各一员上殿轮对；各部有事请示陛下裁定，陛下依据所掌握的情况来裁决，遇到有难以裁决的问题，就同大臣们当面商议。陛下要经常接见群臣，凡是谢恩、辞行一类的事，群臣都可以上殿向陛下启奏；陛下虚心地向他们问询，和颜悦色地引导他们。如此一来，人人都能够畅所欲言；陛下虽然深居九重内宫，但天下的事情全都能够鲜明地展现在眼前。外朝是用来端正君臣名分的，而内朝是用来沟通远近情况的。这样一来，难道还会发生近世那样君臣上下阻隔的弊病吗？尧舜时代，圣上心明眼亮，好的意见都不会被埋没，贤才全部为君王所用，也不过像我上面所说的这样罢了！

王守仁

作者简介

王守仁（1472—1529），本名王云，字伯安，号阳明，又号乐山居士，余姚（今属浙江）人。明代杰出的思想家、文学家、军事家、教育家。他关于『心外无物』的哲学观和『致良知』的认识论在后世影响很大，清代学者王士祯称赞其『立德、立功、立言，皆居绝顶，为明（朝）第一流人物』。有《王文成公全书》传世。

尊经阁记

【导读】

明武宗时，山阴县令吴瀛受绍兴府知府南大吉的委派，重修绍兴的稽山书院，并在书院后面筑了一座尊经阁。尊经阁建成后，南大吉请王守仁写一篇记，以规劝当时的一些读书人端正学习儒家经典的态度，于是王守仁便写下了这篇文章。本篇文章的着眼点不是“阁”而是“尊经”，所以文章的重点是从“尊经”二字生发开去，借此阐述心学思想。

【原文】

经❶，常道也。其在于天谓之命❷，其赋于人谓之性❸，其主于身谓之心❹。心也，性也，命也，一也。通人物，达四海，塞天地，亘古今，无有乎弗具，无有乎弗同，无有乎或变者也，是常道也。

【注释】

①经：儒家的六部经典著作，即《易》《书》《诗》《礼》《乐》《春秋》。

②命：天命。

③性：人的本性。

④心：人的意识。

【译文】

经是永恒不变的真理。它存在于

天时称为“命”，赋予人时称为“性”，作为人身的主宰时称为“心”。心、性、命，是同一的。经沟通人与物，遍及四海，充塞天地之间，贯通古今，无处不存，无处不相同，没有丝毫可能变化的，是永恒不变的真理。

【原文】

其应乎感❶也，则为恻隐，为羞恶，为辞让，为是非；其见❷于事也，则为父子之亲，为君臣之义，为夫妇之别，为长幼之序，为朋友之信。是恻隐也，羞恶也，辞让也，是非也；是亲也，义也，序也，别也，信也，一也。皆所谓心也，性也，命也。

通人物，达四海，塞天地，亘古今，无有乎弗具，无有乎弗同，无有乎或变者也，是常道也。

【注释】

①感：情感。

②见：通“现”。

【译文】

经表现在人的情感里，便是同情之心，羞恶之心，谦让之心，是非之心；经表现在伦理道德上，便是父子间的亲近，君臣间的忠义，夫妇间的区别，长幼间的次序，朋友间的诚信。这同情心、羞恶心、谦让心、是非心，这亲近、忠义、次序、区别、诚信，是同一的。它们都是心、性、命。

它们都是沟通人与物，遍及四海，充塞天地之间，贯通古今，无处不存，无处不相同，没有丝毫可能变化的，是永恒不变的真理。

【原文】

以言其阴阳消长之行，则谓之《易》；以言其纪纲❶政事之施，则谓之《书》；以言其歌咏性情之发，则谓之《诗》；以言其条理节文❷之著，则谓之《礼》；以言其欣喜和平之生，则谓之《乐》；以言其诚伪邪正之辨，则谓之《春秋》。是阴阳消长之行也，以至于诚伪邪正之辨也，一也，皆所谓心也，性也，命也。

通人物，达四海，塞天地，亘③古今，无有乎弗具，无有乎弗同，无有乎或变者也。夫是之谓六经。

【注释】

①纪纲：典章、法制。

②条理节文：此指礼仪制度。

③亘：贯通。

【译文】

这永恒不变的真理，用以阐述阴阳变化、生长消亡的运行，便称为《易》；用以论述国家法纪政事的施行，便称为《书》；用以抒发情感歌咏，便称为《诗》；用以讲述礼仪制度的宣扬，便称为《礼》；用以表达欣喜、和平心理的触发，便称为《乐》；

用以说明诚实和虚伪、奸邪和正直的分辨，便称为《春秋》。因此阴阳变化、生长消亡的运行，以至诚实和虚伪、奸邪和正直的分辨，说起来也是一回事，都是心、性、命。它们都是沟通人与物，遍及四海，充塞天地之间，贯通古今，无处不存，无处不相同，没有丝毫可能变化的。它们称为六经。

【原文】

六经者非他，吾心之常道也。是故《易》也者，志❶吾心之阴阳消息❷者也；《书》也者，志吾心之纪纲政事者也；《诗》也者，志吾心之歌咏性情者也；《礼》也者，志吾心

之条理节文者也；《乐》也者，志吾心之欣喜和平者也；《春秋》也者，志吾心之诚伪邪正者也。君子之于六经也，求之吾心之阴阳消息而时行焉，所以尊《易》也；求之吾心之纪纲政事而时施焉，所以尊《书》也；求之吾心之歌咏性情而时发焉，所以尊《诗》也；求之吾心之条理节文而时著焉，所以尊《礼》也；求之吾心之欣喜和平而时生焉，所以尊《乐》也；求之吾心之诚伪邪正而时辨焉，所以尊《春秋》也。

【注释】

①志：用文字记载。

②消息：此指发展变化。

【译文】

六经不是别的东西，它是我们心中永恒不变的真理。因此《易》这部经，是记述我们心中的阴阳盛衰变化的；《书》这部经，是记述我们心中的法纪政事的；《诗》这部经，是记述我们心中的情感歌咏的；《礼》这部经，是记述我们心中的礼仪制度的；《乐》这部经，是记述我们心中的欣喜、和平的；《春秋》这部经，是记述我们心中的诚实和虚伪、奸邪和正直的。君子对待六经，省察心中的阴阳盛衰变化，研求它的道理并及时运行，这才是尊崇《易》；省察心中的法纪政事而使之及时施行，这才是尊崇

《书》；省察心中的情感歌咏而使之及时抒发，这才是尊崇《诗》；省察心中的礼仪制度并及时宣扬，这才是尊崇《礼》；省察心中的欣喜、和平并及时触发，这才是尊崇《乐》；省察心中的诚实和虚伪、奸邪和正直并及时分辨，这才是尊崇《春秋》。

【原文】

盖昔圣人之扶❶人极❷，忧后世，而述六经也，犹之富家者之父祖，虑其产业库藏之积，其子孙者，或至于遗亡散失，卒困穷而无以自全也，而记籍❸其家之所有以贻之，使之世守其产业库藏之积而享用焉，以免于困穷之患。故六经者，吾心之记籍也；而六经之实，则具于吾心。犹之产业库藏之实积，种种色色，具存于其家；其记籍者，特名状数目而已。而世之学者，不知求六经之实于吾心，而徒考索于影响❹之间，牵制于文义之末，硁硁然❺以为是六经矣。是犹富家之子孙，不务守视享用其产业库藏之实积，日遗亡散失，至为窭人❻丐夫，而犹嚣嚣然❼指其记籍曰："斯吾产业库藏之积也！"何以异于是？

【注释】

①扶：匡扶，扶正。

②人极：做人的最高道德准则。

③记籍：登记造册。

④影响：此指无依据的猜测。

⑤硁（kēng）硁然：见识浅陋又固执的样子。

⑥窭（jù）人：穷苦之人。

⑦嚣嚣然：自鸣得意的样子。

【译文】

大抵古代圣人匡扶人间正道，确立道德准则，担心后世颓败，因此著述六经，正如同富裕人家的父祖辈，担心他们的产业和积蓄到子孙手里会被遗失流散，不知哪一天陷入穷困而无法生存，因此记录下他们家中所有财富的账目并传给子孙，使他们能世代守护这些产业和积蓄并享用它们，以避免穷困的祸患。所以，六经是我们内心的账本，而六经的实质就保存在我们的内心。正如同产业和积蓄，林林总总，都贮存在家里；那账本不过记下它们的名称、品类和数量罢了。而世上的读书人，不懂得从自己的内心去探求六经的实质，却只在一些无根据的猜测上去求索，拘泥于文字训诂的细枝末节，浅薄而固执地以为那些就是六经了。这正像富裕人家的子孙不尽力守护和享用家中的产业和积蓄，一天天遗失流散，最终变成穷人、乞丐，却还自鸣得意地指着账本，说道："这便是我家的产业和积蓄！"上面说的那些读书人，同这种富裕人家的子弟有什么两样？

【原文】

呜呼！六经之学，其不明于世，非一朝一夕之故矣。尚功利，崇邪说，是谓乱经；习训诂[1]，传[2]记诵，没溺[3]于浅闻小见，以涂[4]天下之耳目，是谓侮经；侈淫词[5]，竞诡辨，饰[6]奸心盗行，逐世垄断，而犹自以为通经，是谓贼[7]经。若是者，是并其所谓记籍者，而割裂弃毁之矣，宁复知所以为尊经也乎？

【注释】

①训诂：对古书字句所作的解释。

②传：传授。

③没溺：沉迷。

④涂：堵塞，蒙蔽。

⑤侈淫词：此指不合儒家正道的言辞。

⑥饰：粉饰。

⑦贼：损害、毁坏。

【译文】

唉！六经的学问不能为世人所理解，已经不是一朝一夕的事了。重视功利，崇奉异端邪说，这叫扰乱六经；学一点文字训诂，讲求死记硬背，沉溺于浅薄的知识和琐碎的见解，以掩蔽天下人的耳目，这叫侮慢六经；肆意发表不符合儒家正道的论说，逞诡辩以取胜，掩饰邪恶的心术和卑劣的行为，追逐私利，排除异己，还自命为通晓六经，这叫毁坏六经。像这样一些人，简直是连所谓账本都割裂、毁弃了，哪里还知道什么叫尊崇六经呢？

【原文】

越城旧有稽山书院，在卧龙[1]西冈，荒废久矣。郡守渭南南君大吉，既敷政[2]于民，则慨然悼末学[3]之支离，将进之以圣贤之道，于是使山阴令吴君瀛拓书院而一新之，又为尊经之阁于其后，曰："经正则庶民兴，庶民兴斯无邪慝[4]矣。"阁成，请予一言以诒[5]多士，予既不获辞，则为记之若是。呜呼！世之学者，得吾说而求诸其心焉，则亦庶

乎知所以为尊经也已。

【注释】

①卧龙：山名，位于绍兴，越国大夫文种被埋葬在此山，因此又叫种山。

②敷政：施行教化。

③末学：肤浅无本之学。

④慝（tè）：邪恶。

⑤谂（shěn）：规谏，劝告。

【译文】

越城过去有一座稽山书院，坐落在卧龙山西冈，荒废已久。知府渭南人南大吉在治理民政之余，慨叹痛惜末流学术的支离破碎，计划用圣贤之道教化读书人，于是命山阴县令吴瀛扩大书院，整修一新，又在书院后面建造一座尊经阁，说道："六经经义一旦正确领会，百姓就会振作，百姓振作那便不会犯罪作恶了。"尊经阁落成后，南大吉邀我写一篇文章，用来劝告读书人，我推辞不掉，便为他写了这篇记文。唉！如果世上的读书人了解了我的主张并从内心去探求六经，那么也大概知道怎样去做才算尊崇六经了吧。

象祠记

【导读】

明朝正德三年（1508），贵州宣慰使安贵荣应当地苗民之求，重修为祭祀虞舜的弟弟象所立的象祠，并请谪居贵州修文龙场的王守仁作文。王守仁借苗民重修象祠一事，引出议论。作者认为象之所以被苗民祭祀，是因为他在舜的感化下改恶从善，由此提出观点：君子必须修德以感化恶人，而恶人也能够弃恶扬善。

【原文】

灵、博之山❶，有象祠❷焉。其下诸苗夷之居者，咸神而祠之。宣慰❸安君，因诸苗夷之请，新❹其祠屋，而请记于予。予曰："毁之乎，其新之也？"曰："新之。""新之也，何居乎？"曰："斯祠之肇❺也，盖莫知其原。然吾诸蛮夷之居是者，自吾父、吾祖溯曾、高而上，皆尊奉而禋❻祀焉，举而不敢废也。”予曰：“胡然乎？有鼻❼之祀，唐之人盖尝毁之。象之道，以为子则不孝，以为弟则傲。斥于唐，而犹存于今；坏于有鼻，而犹盛于兹土也，胡然乎？”

【注释】

①灵、博之山：即灵鹫山、博南山，均在云南省境内。

②象祠：祭祀虞舜的弟弟象的祠庙。

③宣慰：即宣慰使，明代在少数民族地区设立的官职，由土人世袭，掌管该地军政事务。

④新：翻新修缮。

⑤肇（zhào）：创建。

⑥禋（yīn）祀：泛指祭祀。禋：古代祭天的一种仪式。

⑦有鼻：古地名，位于今湖南道县境内。相传虞舜封象于此地，象死后，当地百姓为了祭祀他，建了祠庙。

【译文】

灵鹫山和博南山上有象的祠庙。那山下住着许多苗族人民，他们都把象当作神来祭祀。宣慰使安君，顺应苗民的请求，把祠庙的房屋重新修整一番，同时，请我为象祠作一篇记。我问他说："你是打算拆毁它呢，还是重新修整它呢？"宣慰使说："是重新修整它。"我说："重新修整它，是什么道理呢？”宣慰使说：“大概没有人知道这座祠庙的创建的起源了。然而我们这些居住在这里的原著苗民，从我的父亲、祖父，一直追溯到曾祖父、高祖父以前，都尊敬信奉这座祠庙，而且诚心祭祀，不敢懈怠荒废。”我说：“怎么会这样呢？有鼻那地方也有个象祠，唐朝的时候有人曾经把它毁掉了。象的为人，作为儿子不孝顺父母，作为弟弟不懂得尊敬兄长，态度傲慢。对象的祭祀，在唐朝就受到斥责，可是象祠还是存留到了现在；在有鼻他的祠庙被拆毁，可是在这里却还香火旺盛，怎么会这样呢？”

【原文】

我知之矣：君子之爱若人也，推及于其屋之乌，而况于圣人之弟乎哉？然则祠者为舜，非为象也。意象之死，其在干羽❶既格❷之后乎？不然，古之骜桀者岂少哉？而象之祠独延于世。吾于是盖有以见舜德之至，入人之深，而流泽之远且久也。

【注释】

①干羽：古代的两种舞具。干：盾。羽：雉尾。

②格：感化。

【译文】

我明白这个道理了！君子爱这个

人，便会把对他的爱扩大到他房顶上的乌鸦，更何况是对圣人的弟弟呢？既然这样，那么这座象祠庙是为了舜而兴建的，不是为了象啊！由此我推想，象是在舜用干舞羽舞感化了苗族之后才死去的吗？如果不是这样，那古代暴戾不逊、嚣张跋扈的人难道还少吗？可是唯独只有象的祠庙能传到今世。从这里我能够感觉到舜的品德的高尚，进入人心的深度，以及恩德惠泽流传的辽远长久。

【原文】

象之不仁，盖其始焉耳，又乌知其终之不见化于舜也？《书》不

云乎："克谐以孝，烝烝[1]乂[2]，不格奸。"瞽瞍[3]亦允若，则已化而为慈父。象犹不弟[4]，不可以为谐。进治于善，则不至于恶；不底[5]于奸，则必入于善。信乎，象盖已化于舜矣！《孟子》曰："天子使吏治其国，象不得以有为也。"斯盖舜爱象之深而虑之详，所以扶持辅导之者之周也。不然，周公之圣，而管、蔡不免焉。斯可以见象之见化于舜，故能任贤使能而安于其位，泽加于其民，既死而人怀之也。诸侯之卿，命于天子，盖《周官》之制，其殆[6]仿于舜之封象欤？

【注释】

①烝烝：上进的样子。

②乂（yì）：治理。

③瞽（gǔ）瞍（sǒu）：虞舜父亲的名字。

④弟：通“悌”，弟弟敬爱兄长。

⑤底：通“抵”，到。

⑥殆：大概。

【译文】

象的凶暴大概在年少时就是这样的，又怎么知道他后来没有被舜的恩德感化呢？《尚书》上不是说：“舜能用他的孝顺美德使家庭和睦融洽，使家人逐渐向善靠拢，不至于走到邪门歪道上去。”瞽瞍也能听从，由此可见，他最终被舜感化成为一个慈祥的父亲了。如果象还是不尊敬兄长，就不能够说和睦融洽了。他不断向善进步，就不至于仍然是个邪恶的人；他不往邪路上走，就表明他一定会向善的道路上走。象最终被舜感化了是真实可信的啊！《孟子》说：“天子派官吏去治理象的封地，象不可能有所作为的！”这可能是因为舜深爱着象，并且为他考虑得非常周详，所以用来扶植、辅助他的办法就很周到。不然的话，像周公那样圣明的人，在他当政的时候，管叔、蔡叔却不能避免被诛杀、放逐的命运。从这里我们能够看出象被舜感化了，因此他能够任用贤能的人，安稳地保住他的位子，把恩泽施与老百姓，所以，他死了以后，才会有人想念他啊！诸侯的卿，都是由天子来任命的，这是《周官》的典章制度，这种制度大概是仿效舜封象的办法吧！

【原文】

吾于是盖有以信人性之善，天下无不可化❶之人也。然则唐人之毁之也，据象之始也；今之诸苗之奉之也，承象之终也。斯义也，吾将以表于世，使知人之不善，虽若象焉，犹可以改；而君子之修德，及其至也，虽若象之不仁，而犹可以化之也。

【注释】

①化：感化。

【译文】

因此我完全相信人的本性是善良的，天下没有不能被感化的人。既然这样，那么唐朝人拆毁象的祠庙，根据的是象开始时的行为表现；如今苗民尊奉、祭祀象，根据的是象最终的行为表现。这个道理，我将把它向世人做一个详细的说明，让人们明白人即使跟象一样不善良，也能够改正；君子修养自身的德行，到了至圣的极点，即使身边有人跟象一样不仁、凶暴，也能够感化他。

瘗旅文

【导读】

王守仁在贵州龙场做驿丞期间，掌管文书的吏目、吏目的儿子和仆人先后客死在蜈蚣坡下。王守仁把三位死者埋葬在路旁，并写了这篇祭文。作者对吏目主仆三人之死寄托了深切的同情，一面哀悼死者，一面借以抒发自己遭贬荒远异乡的凄苦。

【原文】

维❶正德四年秋月三日，有吏

目②云自京来者，不知其名氏，携一子一仆，将之任，过龙场，投宿土苗家。予从篱落间望见之，阴雨昏黑，欲就问讯北来事，不果。明早，遣人觇③之，已行矣。

【注释】

①维：句首发语词，无实义。

②吏目：掌管文书等的低级官吏。

③觇（chān）：察看。

【译文】

正德四年秋季某月初三，有一个自称是从京城里来的吏目，不知道他的姓名，带着一个儿子一个仆人前去赴任，经过龙场的时候，投宿在当地苗人家里。我从篱笆的缝隙中看到了他们，当时阴雨绵绵，天色昏暗，本想去询问北方近来的情况，没有去成。第二天早晨，我派人去看望，他们已经走了。

【原文】

薄❶午，有人自蜈蚣坡来，云："一老人死坡下，傍两人哭之哀。"予曰："此必吏目死矣。伤哉！"薄暮，复有人来云："坡下死者二人，傍一人坐哭。"询其状，则其子又死矣。明日，复有人来云："见坡下积尸三焉。"则其仆又死矣。呜呼伤哉！

【注释】

①薄：迫近。

【译文】

将近中午的时候，有人从蜈蚣坡来，说："有个老人死在坡下，旁边有两个人哭得很悲痛。"我说："这一定是那个吏目死了。真令人悲伤啊！"傍晚时，又有人来说："蜈蚣坡下有两个死人，有一个人坐在旁边哭泣。"我询问当时的状况，推知吏目的儿子也死了。第二天，又有人来说："我看见蜈蚣坡下堆积着三具尸体。"那是吏目的仆人也死了。唉，真令人悲伤啊！

【原文】

念其暴骨❶无主，将二童子持畚❷、锸❸往瘗❹之。二童子有难

色然。予曰:“噫!吾与尔犹彼也!”二童闵然⑤涕下,请往。就其傍山麓为三坎⑥,埋之。又以只鸡、饭三盂,嗟吁涕洟而告之,曰:

【注释】

①暴骨:暴露在野外的尸骨。

②畚(běn):畚箕,古时用荆条或篾竹等编成的筐类盛器。

③锸(chā):铁锹。

④瘗(yì):埋葬。

⑤闵然:忧伤的样子。

⑥坎:坑穴。

【译文】

我想到他们暴尸荒野,无人收殓,就带了两个童子,拿着畚箕和铁锹前去蜈蚣坡埋葬他们。两个童子面露难色。我说："唉！我和你们就像他们一样啊！"两个童子悲伤地落下眼泪，表示愿意同去。我们在尸体旁的山脚下挖了三个坑，埋葬了他们。又用一只鸡、三碗饭祭奠他们，叹息流泪，祭告他们说：

【原文】

呜呼伤哉！繄❶何人？繄何人？吾龙场驿丞余姚王守仁也。吾与尔皆中土之产，吾不知尔郡邑，尔乌乎来为兹山之鬼乎？古者重去其乡，游宦不逾千里。吾以窜逐❷而来此，宜也。尔亦何辜乎？闻尔官吏目

耳，俸不能五斗，尔率妻子躬耕可有也。胡为乎以五斗而易尔七尺之躯？又不足，而益以尔子与仆乎？

【注释】

①繄（yī）：是。

②窜逐：放逐。此指贬谪。

【译文】

唉，真令人悲伤啊！你是什么人？你是什么人？我是龙场驿丞余姚人王守仁啊。我和你都生长在中原，我不知道你是哪里人，你为什么要来做这座山的鬼魂呢？古人不轻易离开家乡，即使外出做官也不超过千里。我因为贬官而被流放到这里，是理所应当的。你又是因为什么呢？听说你不过是个吏目罢了，俸禄不足五斗米，你带领妻子儿女亲自耕种，也是能够得到五斗米的呀！为什么要用这五斗米的俸禄去换堂堂七尺之躯呢？这还不够，还要加上你的儿子和仆人呢？

【原文】

呜呼伤哉！尔诚恋兹五斗而来，则宜欣然就道❶，胡为乎吾昨望见尔容蹙然，盖不胜其忧者？夫冲冒霜露，扳❷援崖壁，行万峰之顶，饥渴劳顿，筋骨疲惫，而又瘴疠侵其外，忧郁攻其中，其能以无死乎？吾固知尔之必死，然不谓若是其速，又不谓尔子尔仆亦遽然奄

忽❸也！皆尔自取，谓之何哉！吾念尔三骨之无依而来瘗耳，乃使吾有无穷之怆也！

【注释】

①就道：上路。

②扳（pān）：通“攀”。

③奄忽：死亡。

【译文】

唉，真令人悲伤啊！你要真是因为贪恋这五斗米的俸禄而来，就应当欢欢喜喜地去上任，为什么我那天看见你满面愁容，一副忧心忡忡的样子呢？你冒着风霜寒露，在陡峭的山路上攀爬，翻过无数的山峰，一路饥饿干渴，劳累困顿，身心疲惫，又有瘴气在外侵扰，忧愁苦闷在心中郁积，这还能不死吗？我本来知道你一定会死，但没有料到你死得这样快，更没料到你的儿子、仆人也都很快地相继死去！这都是你自己招来的祸殃啊，我还能说什么呢？我想到你们的尸骨无人收殓，所以前来埋葬，这却使我产生了无穷的悲伤啊！

【原文】

呜呼伤哉！纵不尔瘗，幽崖之狐成群，阴壑之虺❶如车轮，亦必能葬尔于腹，不致久暴尔。尔既已无知，然吾何能为心乎？自吾去父母乡国而来此，三年矣，历瘴毒

而苟能自全，以吾未尝一日之戚戚❷也。今悲伤若此，是吾为尔者重，而自为者轻也。吾不宜复为尔悲矣。吾为尔歌，尔听之！

【注释】

①虺（huǐ）：毒蛇。

②戚戚：忧惧的样子。

【译文】

唉，真令人悲伤啊！纵使我不埋葬你，这荒僻山崖下狐狸成群，晦暗深谷中的毒蛇粗如车轮，也一定会把你吞入腹中，不会使你长久地暴尸山野啊。你已经没有感知了，可是我又于心何忍？自从我离开父母和家乡来到这里，已经三年了，经受了瘴气的侵扰却能苟且保全，是因为我不曾有一天忧伤过。今天如此悲伤，多半是因为你，很少是因为我自己呀。我不应当再替你悲伤了。我为你唱一首歌，你听吧！

【原文】

歌曰：连峰际天兮飞鸟不通，游子怀乡兮莫知西东。莫知西东兮维天则同，异域殊方兮环海之中。达观随寓❶兮莫必予宫，魂兮魂兮无悲以恫❷！

【注释】

①随寓：到处可以安身。

②恫（tōng）：悲痛。

【译文】

歌中唱道：连绵的山峰与天相接啊，连飞鸟也不能越过；游子怀念家乡啊，辨不清西和东。辨不清西和东啊，却顶着同样的一片天空；身处他乡异地啊，也是环抱在四海之中。达观的人四海为家啊，不一定非要住在自己家乡的屋中；魂啊，魂啊，请不要伤心悲痛！

【原文】

又歌以慰之曰：与尔皆乡土之离兮，蛮之人言语不相知兮。性命不可期，吾苟死于兹兮，率尔子仆，来从予兮。吾与尔遨以嬉兮，骖❶紫

彪❷而乘文螭❸兮，登望故乡而嘘唏兮。吾苟获生归兮，尔子尔仆尚尔随兮，无以无侣悲兮。道傍之冢累累兮，多中土之流离兮，相与呼啸而徘徊兮。餐风饮露，无尔饥兮。朝友麋鹿，暮猿与栖兮。尔安尔居兮，无为厉于兹墟兮！

【注释】

①骖（cān）：原意为三匹马驾车，两旁拉车的马叫骖。此指驾驭。

②紫彪：紫色斑纹的老虎。

③文螭（chī）：有花纹的蛟龙。

【译文】

又作了一首挽歌来安慰他说：我和你都是远离故乡的人啊，听不懂蛮人的语言。寿命的长短真的不可预料啊，如果我死在这里，你就带着儿子和仆人来跟随我吧。我和你邀游、嬉戏啊，驾驭着紫色的猛虎，坐在斑斓的蛟龙上面，登高眺望遥远的故乡啊，发出长长的叹息。我若能活着回去啊，你还有儿子和仆人跟随，不会因为孤独无伴而伤悲。路旁那累累的坟头啊，当中掩埋的大多是中原地区的流亡者，大家相互招呼叫喊啊，一起在这里徘徊不去。餐风饮露啊，你就不会感到饥饿。早晨与麋鹿交朋友，晚上与猿猴一同栖息。你可以安心地居在这里啊，不要化为厉鬼危害这里的村落！

唐顺之

作者简介

唐顺之（1507—1560），字应德，武进（今江苏常州）人，明代军事家、散文家、数学家，抗倭英雄。唐顺之学识渊博，对天文、地理、数学、历法、兵法及乐律皆有研究，他主张效法唐宋古文，与王慎中、茅坤、归有光等同为明代重要文学流派唐宋派代表。著有《荆川先生文集》等。

信陵君救赵论

【导读】

明朝正德年间，宦官刘瑾专权。明世宗即位后，对宦官势力进行打击和限制，加强了中央集权。但不久明世宗便一心道教，不理朝政，内阁首辅严嵩贪腐弄权。在这样的历史背景下，唐顺之以“信陵君窃符救赵”为论题，对其功过得失进行辩证分析，认为信陵君擅自盗兵符救赵，只是为了姻亲而非国家利益，抨击信陵君目无君主的擅权行为。

【原文】

论者以窃符为信陵君之罪，余以为此未足以罪信陵也。夫强秦之暴亟❶矣，今悉兵以临赵，赵必亡。赵，魏之障也。赵亡，则魏且为之后。赵、魏，又楚、燕、齐诸国之障也，赵、魏亡，则楚、燕、齐诸国为之后。天下之势，未有岌岌❷于此者也。故救赵者，亦以救魏；救一国者，亦以救六国也。窃魏之符以纾❸魏之患，借一国之师以分六国之灾，夫奚❹不可者？

【注释】

①亟（jí）：通“极”。

②岌（jí）岌：危险的样子。

③纾（shū）：解除。

④奚：什么。

【译文】

评论史事的人将窃取兵符一事作为信陵君的罪过，我认为凭这一点还不够拿来怪罪信陵君。强大的秦国暴虐极了，如今用所有的兵力来对付赵国，赵国肯定会灭亡。赵国，是魏国的屏障。赵国亡了，那么魏国将要步其后尘。赵国和魏国，又是楚国、燕国、齐国等国家的屏障，赵国、魏国亡了，那么楚国、燕国、齐国等国家就得步其后尘了。天下的形势，再没有比这更危险的了。因此，救赵国，也就是挽救魏国；救这一个国家，也就是挽救六个国家啊。盗窃魏国的兵符来解除魏国的祸患，借用一国的军队来分担六国的灾难，这有什么不可以的呢？

【原文】

然则，信陵果无罪乎？曰：又不然也。余所诛[1]者，信陵君之心也。信陵一公子耳，魏固有王也。赵不请救于王，而谆谆焉请救于信陵，是赵知有信陵，不知有王也。平原君以婚姻激信陵，而信陵亦自以婚姻之故，欲急救赵，是信陵知有婚姻，不知有王也。其窃符也，非为魏也，非为六国也，为赵焉耳；非为赵也，为一平原君耳。使祸不在赵，而在他国，则虽撤魏之障，撤六国之障，信陵亦必不救。使赵无平原，或平原而非信陵之姻戚，虽赵亡，信陵亦必不救。则是赵王与社稷之轻重，不能当一平原公子，而魏之兵甲所恃以固其社稷者，只以供信陵君一姻戚之用。幸而战胜，可也；不幸战不胜，为虏于秦，是倾魏国数百年社稷以殉❷姻戚，吾不知信陵何以谢❸魏王也。夫窃符之计，盖出于侯生，而如姬成之也。侯生教公子以窃符，如姬为公子窃符于王之卧内，是二人亦知有信陵，不知有王也。

【注释】

①诛：责备。

②殉：陪葬。

③谢：认罪。

【译文】

那么，信陵君真的就没有罪过吗？我说：不是这样的。我所责备的，是信陵君的心啊！信陵君只不过是一个王室公子罢了，魏国本就有君王。赵国不向魏王求援，却恳切地求救于信陵君，这说明赵国只知道有信陵君，不知道有魏王。平原君用姻亲关系来激将信陵君，而信陵君自己也因为姻亲关系，想赶紧救赵国，这说明信陵君只知道有姻亲，不知道有魏王。信陵君窃取兵符，不是为了魏国，也不是为了六国，而是为了赵国；其实，信陵君也不是为了赵国，只是为了平原君罢了。假如祸患不在赵国，而在其他的国家，那么即使撤除了魏国的屏障，撤除了六国的屏障，信陵君也一定不会去救援。假如赵国没有平原君，或者平原君不是信陵君的姻亲，即使赵国灭亡了，信陵君也一定不会救援。那么，赵王与其国家的重要性还抵不上一个平原君，而魏国所依仗的用来保卫国家的军队和装备，只是供信陵君的一个姻亲使用。幸亏战胜了，结果还算好；如果不幸战败，信陵君做了秦国的俘虏，就是倾覆了魏国几百年来的江山为个人的姻亲殉葬，我不知道信陵君该用什么来向魏王谢罪。那窃取兵符的计谋，大概出自侯生，而由如姬来完成。侯生教信陵君窃取兵符，如姬在魏王卧室之内为公子窃取兵符，这两个人也只知道有信陵君，而不知道有魏王。

【原文】

余以为信陵之自为计，曷若❶以唇齿之势激谏于王，不听，则以其欲死秦师者而死于魏王之前，王必悟矣。侯生为信陵计，曷若见魏王而说之救赵，不听，则以其欲死信陵君者而死于魏王之前，王

亦必悟矣。如姬有意于报信陵，曷若乘王之隙而日夜劝之救，不听，则以其欲为公子死者而死于魏王之前，王亦必悟矣。如此，则信陵君不负魏，亦不负赵；二人不负王，亦不负信陵君。何为计不出此？信陵知有婚姻之赵，不知有王。内则幸姬❷，外则邻国，贱则夷门❸野人，又皆知有公子，不知有王。则是魏仅有一孤王耳。

【注释】

①曷（hé）若：何不。

②幸姬：宠妾。

③夷门：战国时魏国都城大梁的东门。侯嬴是大梁夷门的守门人。

【译文】

我认为信陵君如果为自己打算，不如用赵、魏两国唇齿相依的情势劝谏魏王，如果魏王不听，就用他本想与秦军拼死的决心，死在魏王面前，魏王一定会醒悟的。侯生如果为信陵君打算，不如去面见魏王劝说他救赵国，如果魏王不听，就用他本想为信陵君而死的决心，死在魏王面前，魏王也一定会醒悟的。如姬既有意报答信陵君的大恩，不如趁魏王空闲时，日夜劝他救赵国，如果魏王不听，就用她本想为公子而死的决心，死在魏王面前，魏王也一定会醒悟的。这样做，信陵君就不会对不起魏国，也不会对不起赵国；侯生和如姬二人不会对不起魏王，也不会对不起信陵君。为什么不使用这种计策呢？因为信陵君只知道有作为姻亲的赵国平原君，却不知道有魏王。宫内的宠妾，外部的邻国，地位卑下的夷门守门人侯生，又都只知道有信陵君，却不知道有魏王。那么，魏国只有一个孤立的君王罢了。

【原文】

呜呼！自世之衰，人皆习于背公死党之行而忘守节奉公之道。有重相而无威君，有私仇而无义愤，如秦人知有穰侯❶，不知有秦王，

虞卿②知有布衣之交，不知有赵王，盖君若赘旒③久矣。由此言之，信陵之罪，固不专系乎符之窃不窃也。其为魏也，为六国也，纵窃符犹可。其为赵也，为一亲戚也，纵求符于王，而公然得之，亦罪也。

【注释】

①穰（ráng）侯：即魏冉，秦昭襄王的母亲宣太后的异父弟，曾掌握秦国军政大权。

②虞卿：战国时的游说之士，名失传，赵孝成王曾封他为上卿，故称虞卿。他为了帮朋友魏齐脱险，抛弃高官厚禄，与魏齐一起逃走。

③赘（zhuì）旒（liú）：旗帜下边的装饰物。

比喻君主被大臣挟制，大权旁落。

【译文】

唉！自从世道衰落以来，人们都习惯于背离公道而为私党卖命，忘掉了坚守节操奉行公事的道理。只有权重的宰相而没有威严的君王，只有个人的私仇而没有正义的公愤，就像秦国人只知道有穰侯魏冉，而不知道有秦王，虞卿只知道有老朋友魏齐，而不知道有赵王，大概君王就像连缀在大旗上的装饰物一样，大权旁落已经很久了。由此说来，信陵君的罪过原不在于兵符的窃取与否。若是他为了魏国，为了六国，纵然是窃取兵符，也是可以的。若是他为了赵国，为了一个姻亲，即使是向魏王求取兵符，并且公开地得到了它，也是有罪责的。

【原文】

虽然，魏王亦不得为无罪也。兵符藏于卧内，信陵亦安得窃之？信陵不忌魏王，而径请之如姬，其素窥魏王之疏❶也；如姬不忌魏王，而敢于窃符，其素恃魏王之宠也。木朽而蛀生之矣。古者人君持权于上，而内外莫敢不肃。则信陵安得树私交于赵？赵安得私请救于信陵？如姬安得衔信陵之恩？信陵安得卖恩于如姬？履霜❷之渐，岂一朝一夕也哉！由此言之，不特

众人不知有王，王亦自为赘旒也。故信陵君可以为人臣植党之戒，魏王可以为人君失权之戒。《春秋》书葬原仲❸、翚❹帅师。嗟夫！圣人之为虑深矣！

【注释】

①疏：粗疏。

②履霜：出自《周易·坤》："履霜坚冰至。"踩到白霜就知道寒冬将至。

③原仲：陈国大夫。原仲死后，旧友鲁国公子季友私自到陈国将他埋葬。

④翚（huī）：公子翚，字羽父，鲁国大夫。宋国等伐郑，请鲁国一起出兵，鲁隐公不答应，公子翚执意带兵而去。

【译文】

即使这样，魏王也不能说是没有罪责的。兵符藏在他的卧室之内，信陵君又怎么能窃取呢？信陵君不顾忌魏王，居然直接请如姬帮忙，这是他平日已察觉到魏王的疏忽了；如姬不顾忌魏王，而敢于窃取兵符，这是她一向仗着魏王的宠爱。树木枯朽了，而后蛀虫就生出来了。古代的君主掌握大权，而宫廷内外没有人敢不恭敬。如果那样，信陵君怎能和赵国建立起私交呢？赵国怎能私下求救于信陵君呢？如姬怎能对信陵君感恩呢？信陵君怎能利用自己对如姬有恩而请求她帮助自己呢？脚踩着寒霜就知道严冬将要来临，难道是一朝一夕就会突然发生的吗？由此说来，不只是众人不知道有魏王，魏王也以为自己是旗帜上多余的装饰。因此，信陵君可以作为臣子结党营私的鉴戒，魏王可以作为君王丢失权力的鉴戒。《春秋》记载了季友私葬原仲和公子翚强迫鲁隐公出师这两件事。唉！圣人考虑问题是多么深远啊！

宗臣

作者简介

宗臣（1525—1560），字子相，兴化（今属江苏）人，明代文学家。嘉靖年间中进士，曾担任刑部主事，因写文章祭悼被迫害致死的杨继盛而触怒内阁首辅严嵩，被贬到福建任布政使司参议，后因率众击退倭寇有功，升任提学副使。著有《宗子相集》。

报刘一丈书

【导读】

在严嵩父子掌权时期，许多士大夫在其淫威下丧失了廉耻气节，纷纷投入其门下。面对这种情况，宗臣借写给父亲的朋友刘一丈的回信，批判了当时的政坛风气，表明自己不同流合污的情操。全文切中时弊，语言犀利生动。

【原文】

数千里外，得长者时赐一书，

以慰长想，即亦甚幸矣；何至更辱[1]馈遗[2]，则不才[3]益将何以报焉？书中情意甚殷，即长者之不忘老父，知老父之念长者深也。至以“上下相孚[4]，才德称位”语不才，则不才有深感焉。夫才德不称，固自知之矣；至于不孚之病，则尤不才为甚。

【注释】

①辱：承蒙（您）。谦辞。

②馈遗：赠送礼物。

③不才：不成材的人。自谦之辞。

④孚：信任。

【译文】

在数千里以外，时常得到您老人

家的来信，安慰我的长久想念，这已经十分幸运了；竟然还承蒙您赠送礼物，那么我更要用什么来报答您呢？您在信中表达的情意十分恳切，可见您没有忘记我的老父亲，也可以理解我的老父亲深切地想念您老人家的缘故了。至于信中以“上下要互相信任，才能和品德要与职位相符合”的话教导我，正是我所深切感受到的。我的才能和品德与职位不相符，本来我就知道的；至于上下不能相互信任的弊病，在我的身上表现得更厉害。

【原文】

且今之所谓孚者何哉？日夕

策马，候权者之门，门者故不入，则甘言媚词作妇人状，袖金以私之。即门者持刺❶入，而主人又不即出见，立厩中仆马之间，恶气袭衣袖，即饥寒毒热不可忍，不去也。抵暮，则前所受赠金者出，报客曰：“相公倦，谢客矣，客请明日来。”即明日又不敢不来。夜披衣坐，闻鸡鸣即起盥栉❷，走马抵门，门者怒曰：“为谁？”则曰：“昨日之客来。”则又怒曰：“何客之勤也！岂有相公此时出见客乎？”客心耻之，强忍而与言曰：“亡奈何矣，姑容我入。”门者又得所赠金，则起而入之。又立向❸所立厩中。

【注释】

①刺：名帖、名片。

②盥（guàn）栉：洗脸梳头。

③向：从前，上次。

【译文】

而且现在所说的上下信任是怎么一回事呢？当他从早到晚骑马去权贵人家的门口恭候的时候，守门人故意为难不肯让他进去，他就用甜言媚语装作妇人的姿态，把袖里藏着的金钱偷偷地塞给守门人。守门人拿着名帖进去之后，而主人又不立即出来接见，他就站在马棚里，与仆人和马匹相处，臭气熏着衣服，即使饥饿、寒冷或闷热得无法忍受，也不肯

离去。一直到傍晚，那个先前曾经接受金钱的守门人出来对他说：“相公疲劳了，谢绝会客，客人请明天再来吧。”到了第二天，他又不敢不来。晚上他披衣坐等，一听到鸡叫就起来洗脸梳头，骑着马跑到权贵人家门口，守门人发怒说：“是谁？”他便回答说：“昨天的客人又来了。”守门人又怒气冲冲地说：“你这个客人怎么这样勤快！难道相公能在这个时候出来会客吗？”客人心里感到受耻辱，却还勉强忍耐着对守门人说：“没有办法了，姑且让我进去吧。”守门人再次得到他送的金钱，就起身放他进去。他又站在原来站过的马棚里。

【原文】

幸主者出，南面召见，则惊走匍匐阶下。主者曰："进！"则再拜，故迟不起，起则上所上寿金。主者故不受，则固请；主者故固不受，则又固请。然后命吏纳之。则又再拜，又故迟不起，起则五六揖始出。出揖门者曰："官人❶幸顾我，他日来，幸无阻我也！"门者答揖，大喜，奔出。马上遇所交识❷，即扬鞭语曰："适自相公家来，相公厚我，厚我！"且虚言状❸。即所交识，亦心畏相公厚之矣。相公又稍稍语人曰："某也贤，某也贤。"闻者亦心计交赞❹之。此世所谓上下相孚也，长者谓仆能之乎？

【注释】

①官人：此指对守门人的尊称。

②交识：熟识。

③虚言状：虚假地描述当日的情状。

④交赞：交口称赞。

【译文】

幸好主人出来了，在客厅朝南坐着，召他进去见面，他就慌慌张张地跑上去，拜伏在台阶下。主人说："进来！"他便拜了两拜，故意迟迟不起来，起来后就献上进见的礼金。主人故意不接受，他就一再请求收下；主人故意坚决不接受，他就再三请求收下。然后主人叫手下人把礼金收下了，他就又拜了两拜，故意迟迟不起来，起来后又作了五六个揖才出来。出来他就对守门人作揖说："多亏官人关照我，以后我再来，希望不要阻拦我！"守门人回了他一个揖，他就十分高兴地跑出来。他骑在马上碰到相识的朋友，就扬起马鞭得意扬扬地说："我刚从相公家出来，相公很看重我，很看重我！"并且夸张地叙述自己受到接待的情况。因此与他相识的朋友，也从心里敬畏他能得到相公的优待。相公又偶尔对别人说："某人好，某人好。"听到这些话的人也都在心里盘算着并且一齐称赞他。这就是所说的上下信任，您老人家说我能这样做吗？

【原文】

前所谓权门者，自岁时伏腊❶一刺之外，即经年不往也。间道经其门，则亦掩耳闭目，跃马疾走过之，若有所追逐者。斯则仆之褊衷❷，以此长不见悦于长吏，仆则愈益不顾也。每大言曰：“人生有命，吾惟守分❸而已。”长者闻之，得无厌其为迂乎？

【注释】

①伏腊：夏天的伏日和冬天的腊日。

②褊（biǎn）衷：狭隘的心胸。

③守分：安守本分。

【译文】

对于前面所说的权贵人家，我除

了过年过节投一个名帖外，就整年不去。有时经过他的门前，我也是捂着耳朵，闭着眼睛，鞭策着马匹飞快地跑过去，就像后面有人追赶似的。这就是我狭隘的心胸，因此我长久以来不为长官所喜欢，但我却更加不顾这一切了。我常常发表高谈阔论：“人生遭际都是由命运决定的，我只是守自己的本分罢了！”您老人家听了我的这番话，或许不会嫌我过于迂腐吧？

归有光

作者简介

归有光（1507—1571），字熙甫、开甫，号震川，又号项脊生，昆山（今属江苏）人。归有光所作散文朴素简洁，善于叙事，能以情动人，后人称赞为『明文第一』。著有《易图论》《震川先生集》等。

项脊轩志

【导读】

《项脊轩志》是作者分两次写成的一篇回忆性记事散文。前四段写于嘉靖三年（1524），当时归有光十八岁，他通过描述项脊轩的变化和几件小事来表达对家人的怀念之情。在经历婚姻、妻死等人生变故后，归有光于嘉靖十八年（1539）为这篇散文增添了补记。全文语言自然本色，不事雕饰，不用奇字险句，力求朴而有致，营造出一种清疏淡雅的感觉。

【原文】

项脊轩，旧南阁子也。室仅方丈[1]，可容一人居。百年老屋，尘泥渗漉[2]，雨泽[3]下注；每移案，顾视[4]无可置者。又北向，不能得日[5]，日过午已昏。余稍为修葺[6]，使不上漏。前辟[7]四窗，垣墙[8]周庭，以当南日，日影反照，室始洞然[9]。又杂植兰桂竹木于庭，旧时栏楯[10]，亦遂增胜。借书满架，偃仰[11]啸歌，冥然兀坐[12]，万籁[13]有声；而庭阶寂寂，小鸟时来啄食，人至不去。三五之夜[14]，明月半墙，桂影斑驳，风移影动，珊珊[15]可爱。

【注释】

①方丈：一丈见方。

②尘泥渗漉（lù）：（屋顶、墙头上的）泥土漏下。漉：漏下。

③雨泽：雨水。

④顾视：环看四周。顾：环视。

⑤得日：照到阳光。

⑥修葺（qì）：修理，修补。

⑦辟：开。

⑧垣（yuán）墙：砌上围墙。

⑨洞然：明亮的样子。

⑩栏楯（shǔn）：栏杆。纵的叫栏，横的叫楯。

⑪偃仰：安居。偃：伏下。

⑫冥然兀坐：静静地独自端坐。兀坐：

端坐。

⑬万籁（lài）：自然界万物发出的响声。

⑭三五之夜：农历每月十五的夜晚。

⑮珊珊：树影摇动的样子。

【译文】

项脊轩，是过去的南阁子。屋里仅仅一丈见方，只可容纳一个人居住。这是一间已有上百年历史的老屋子，屋顶、墙上的泥土经常掉下来，雨水也往下流；每当移动书桌时，左看右看都没有可以安放的地方。房子又朝北，因此无法照进阳光，中午一过，太阳偏西，屋里就变得昏暗无光。我稍稍修理了一下，使它不从上面漏土漏雨。在屋子北面开了四扇窗子，给院落砌上围墙，以北墙阻挡从南面照射进来的日光，日光反照后，室内便明亮起来了。我又在庭院里种上了兰花、桂树、竹子等，这样就给过去的栏杆添加了些许光彩。借来的书籍摆满了书架，我安居室内，长啸高歌，有时又独自静坐，倾听自然界中的各种声音；庭院的台阶十分寂静，只有小鸟不时前来觅食，人过去都不飞走。在每月十五的晚上，明月高挂于天，照亮了半面墙壁，桂树的影子错落有致地映在墙上，每当清风吹来，树影便来回摇摆，非常好看。

【原文】

然余居于此，多可喜，亦多可悲。先是庭中通南北为一。迨诸父❶异爨❷，内外多置小门墙，往往而是。东犬西吠❸，客逾庖而宴❹，鸡栖于厅。庭中始为篱，已为墙，凡再变矣。家有老妪，尝居于此。妪，先大母婢也，乳二世，先妣❺抚之甚厚。室西连于中闺，先妣尝一至。妪每谓余曰："某所，而母立于兹。"妪又曰："汝姊在吾怀，呱呱而泣；娘以指叩门扉曰：'儿寒乎？欲食乎？'吾从板外相为应答。"语未毕，余泣，妪亦泣。余自束发❻读书轩中，一日，大母过余曰："吾儿，久不见若影，何竟日❼默默在此，大类女郎也？”比去，以手阖❽门，自语曰：“吾家读书久不效，儿之成，则可待乎！”顷之，持一象笏至，曰：“此吾祖太常公宣德间执此以朝，他日汝当用之！”瞻顾遗迹，如在昨日，令人长号不自禁。

【注释】

①诸父：伯父、叔父的统称。

②异爨（cuàn）：分灶做饭，指分家。

③东犬西吠（fèi）：东家的狗对着西家叫。此指分家后，狗把原来住在同一庭院的人当作陌生人。

④逾庖而宴：越过厨房而去吃饭。庖：厨房。

⑤先妣(bǐ):对亡母的尊称。

⑥束发:古代男子十五岁时束发为髻。

⑦竟日:一天到晚。

⑧阖(hé):通“合”,合上。

【译文】

然而我居住在这里,有许多值得高兴的事情,也有许多悲伤的事情。在此之前,院落的南北互相连通,浑然一体。待伯父与叔父们分家后,里里外外多了许多小门和隔墙,到处都是。东家的狗对着西家叫,客人要穿过厨房去吃饭,鸡在大厅里安眠。庭院起先用篱笆隔开,接着又筑墙相隔,前后进行了两次变动。家中有个老婆婆,曾居住在屋里。这个老婆婆是我已经去世的祖母的女仆，给我家的两代人喂过奶，我已故的母亲对她非常好。屋子的西边连接着内室，母亲曾经来过一次。老婆婆常常给我讲："这里，就是你母亲站的地方。"老婆婆又说："你姐姐在我怀里不停地哭泣，你母亲用手指敲着房门说：'孩子是不是冷呢？是不是想吃东西呢？'我隔着门回答她的话。"老婆婆尚未讲完话，我便忍不住哭了，老婆婆也不禁泪流满面。自从十五岁后，我便在这屋里读书学习，有一天，祖母前来探望我，说："孩子，好久没看到你的身影了，为何终日静悄悄地待在这里，像个女孩子一样？"等到离开时，祖母随手关上门，喃喃自语道："我们家好几代人读书，却无人取得一丝功名，这孩子的功成名就，总可以期待了吧！"过了一会儿，她拿着一个象笏过来，说："此物是我祖父太常公在宣德年间上朝觐见天子用的，以后你会用到它！"瞻仰回顾先人留下的旧物，仿佛就发生在昨天，真让人忍不住放声大哭。

【原文】

轩东故尝为厨，人往，从轩前过。余扃牖❶而居，久之，能以足音辨人。轩凡四遭火，得不焚，殆有神护者。

【注释】

①扃（jiōng）牖（yǒu）：关着窗户。扃：关闭。牖：窗户。

【译文】

项脊轩的东边曾经是厨房，如果有人要到那里去，就必须经过轩前面。我关闭窗户居住在屋里，久而久之，我可以通过人们的脚步声辨别出是谁路过。项脊轩一共起过四次火灾，但它却未被烧毁，大概有神灵在保护吧。

【原文】

项脊生曰：“蜀清守丹穴，利甲天下，其后秦皇帝筑女怀清台；刘

玄德与曹操争天下，诸葛孔明起陇中。方二人之昧昧❶于一隅也，世何足以知之？余区区处败屋中，方扬眉瞬目❷，谓有奇景，人知之者，其谓与坎井之蛙❸何异？”

【注释】

①昧（mèi）昧：无声无息。

②瞬目：眨眼。

③坎井之蛙：井底之蛙。

【译文】

项脊生说：“巴蜀有个叫清的寡妇，她继承了丈夫留下的朱砂矿，采矿所获财富堪称天下第一，后来秦始皇建造女怀清台来纪念她；刘备和曹操争夺天下，诸葛亮由隆中务农出而建立盖世功业。当他们二人无声无息地住在偏僻之地时，世人如何能听说他们呢？我今天居住在这破旧的小屋里，当我扬眉眨眼时，认为这破屋自有奇景异致，知道的人，可能会将我看成鼠目寸光的井底之蛙吧？”

【原文】

余既为此志，后五年，吾妻来归❶，时至轩中，从余问古事，或凭几学书。吾妻归宁❷，述诸小妹语曰：“闻姊家有阁子，且何谓阁子也？”其后六年，吾妻死，室坏不修。其后二年，余久卧病无聊，乃使人复葺南阁子，其制稍异于前。然

自后余多在外，不常居。

【注释】

①归：古代女子出嫁。

②归宁：出嫁的女儿回娘家省亲。

【译文】

我写这篇文章后的第五年，我的夫人嫁了过来，她经常来这轩里，向我询问古代的历史典故，有时则在桌子上学写字。夫人省亲回来后，将她妹妹们说的话告诉了我："听说姐姐家里有阁子，那什么叫阁子呢？"六年后，我的夫人病逝，项脊轩坏了我也无心修缮。之后又过了两年，我疾病缠身，卧床休养，百无聊赖之下，才让人将南阁子整修了一下，整修后的南阁子与以前的形制有所差别。但是后来由于我常年在外，因此也很少到那里居住了。

【原文】

庭有枇杷树，吾妻死之年所手植也，今已亭亭如盖❶矣。

【注释】

①亭亭如盖：树木高高挺立，树冠像伞盖一样。盖：伞盖。

【译文】

庭院里有一棵枇杷树，那是我夫人在病逝那年亲手种植的，如今已经像伞盖一样高高挺立了。

吴山图记

【导读】

《吴山图记》是归有光应好友魏用晦之托所作的文章。魏用晦曾担任吴县县令，调离时吴人赠其《吴山图》。魏用晦向归有光展示《吴山图》，并请他作记。本文通过层层深入地描写吴县百姓与魏县令相互思念的绵绵之情，颂扬魏用晦的政绩。

【原文】

吴❶、长洲❷二县，在郡治所，

分境而治。而郡西诸山，皆在吴县。其最高者，穹窿、阳山、邓尉、西脊、铜井。而灵岩，吴之故宫在焉，尚有西子❸之遗迹。若虎丘、剑池及天平、尚方、支硎，皆胜地也。而太湖汪洋三万六千顷，七十二峰沉浸其间，则海内之奇观矣。

【注释】

①吴：即吴县，位于今江苏省东南部，治所在今江苏苏州。

②长洲：旧县名，治所在今江苏苏州。

③西子：西施，春秋时吴王夫差的妃子。

【译文】

吴县、长洲二县，都在吴郡郡治所在地，两县划界分治。郡的西面有许多山，都在吴县境内。其中最高的有穹窿、阳山、邓尉、西脊、铜井等山。而灵岩山，曾经是当年吴国宫殿所在的地方，那里至今还保存着西施的遗迹。至于说到虎丘、剑池，以及天平、尚方、支硎，都是风景美好的地方。而三万六千顷浩瀚的太湖中，有七十二峰矗立其间，则更称得上天下奇观了。

【原文】

余同年❶友魏君用晦为吴县，未及三年，以高第❷召入为给事中❸。君之为县有惠爱，百姓扳留之不能得，而君亦不忍于其民，由

是好事者绘《吴山图》以为赠。

【注释】

①同年：古代科举考试中同科考中的人互称同年。

②高第：指官吏考试列入优等。

③给事中：明代掌监察六部、侍从规谏之职的官员。

【译文】

我的同年好友魏用晦君任吴县县令不到三年，就因为政绩赫赫而被朝廷召入任给事中之职。魏君治理吴县时对百姓很有恩惠，百姓苦留未能成功，魏君也舍不得离开当地的百姓，于是有热心人就画了一幅《吴县图》作为临别留念送给他。

【原文】

夫令[1]之于民诚重矣。令诚贤也，其地之山川草木，亦被其泽而有荣也；令诚不贤也，其地之山川草木，亦被其殃而有辱也。君于吴之山川，盖增重矣。异时吾民将择胜于岩峦之间，尸祝[2]于浮屠[3]、老子之宫也，固宜。而君则亦既去矣，何复惓惓[4]于此山哉？

【注释】

①令：县令。

②尸祝：祭祀。古时代表鬼神受享祭的人称尸，传告鬼神言辞的人称祝。

③浮屠：此指佛。

④惓（quán）惓：诚恳深切。

【译文】

县令对于百姓确实是很重要的。如果县令贤能，那当地的山川草木也会受到他的恩泽，焕发光彩；如果县令不贤能，那当地的山川草木也会因此遭殃，蒙受耻辱。魏君对吴县的山川草木，可谓是增加它们的光彩了。将来这里的百姓会在山间选择一处风景优美之地，修建寺庙和道观来祭祀他，那也是合乎情理的。可是魏君既然已经离开了吴县，为什么还会眷恋当地的山川呢？

【原文】

昔苏子瞻❶称韩魏公❷去黄

州四十余年，而思之不忘，至以为思黄州诗，子瞻为黄人刻之于石。然后知贤者于其所至，不独使其人之不忍忘而已，亦不能自忘于其人也。

【注释】

①苏子瞻：苏轼，字子瞻，又字和仲，北宋文学家。

②韩魏公：韩琦，字稚圭，北宋政治家，封魏国公。

【译文】

过去苏子瞻称道韩魏公离开黄州任上已经四十多年，往事依然念念不忘，以至于写下了思念黄州的诗，苏子瞻为黄州百姓把这首诗刻在石碑上。这以后人们才明白贤能的人对于他所到的地方，不仅会使那里的百姓不忍忘记他，而且连他自己也不会忘记那里的百姓。

【原文】

君今去❶县已三年矣，一日与余同在内庭，出示此图，展玩太息，因命余记之。噫！君之于吾吴有情如此，如之何而使吾民能忘之也！

【注释】

①去：离开。

【译文】

如今魏君离开吴县已经三年了，有一天我们同在内庭，他拿出这幅《吴山图》给我看，一边欣赏一边感叹，于是让我为这事作一篇记文。啊！魏君对吴县的百姓有如此深厚的情谊，又怎能使我们吴县的百姓忘记他呢！

沧浪亭记

【导读】

沧浪亭在今江苏苏州城南三元坊附近，始建于宋朝庆历年间。当时文学家苏舜钦因被贬官来到苏州，临水筑亭，命名为“沧浪”，并写了一篇《沧浪亭记》。明朝嘉靖年间，僧人文瑛重建沧浪亭，请归有光写一篇记。作者记述了沧浪亭的历史变迁，并通过古今对比，抒发了对世事变迁的感慨，表现了自己淡泊名利的胸怀。

【原文】

浮图❶文瑛居大云庵，环水，即苏子美❷沧浪亭之地也。亟❸求余作《沧浪亭记》，曰："昔子美之记，记亭之胜也，请子记吾所以为亭者。"

【注释】

①浮图：即浮屠，指佛或佛塔。此指佛教徒。

②苏子美：苏舜钦，字子美，北宋文学

家，曾建沧浪亭，作《沧浪亭记》。

③亟：屡次。

【译文】

文瑛和尚居住在大云庵，那里四面环水，从前是苏子美建造沧浪亭的地方。文瑛曾多次请我写篇《沧浪亭记》，说："过去苏子美的《沧浪亭记》，是写亭子的优美景色，您就记述我修复这个亭子的缘由吧。"

【原文】

余曰：昔吴越[1]有国时，广陵王[2]镇吴中[3]，治南园于子城之西南，其外戚孙承祐，亦治园于其偏。迨淮海纳土[4]，此园不废。苏子美

始建沧浪亭，最后禅者居之，此沧浪亭为大云庵也。有庵以来二百年，文瑛寻古遗事，复子美之构于荒残灭没之余，此大云庵为沧浪亭也。

【注释】

①吴越：五代十国之一，唐末节度使钱镠所建。

②广陵王：吴越王钱镠的儿子钱元璙。

③吴中：今苏州一带。

④淮海纳土：指吴越国主钱俶降宋，献出淮海一带的土地。

【译文】

我说：从前吴越建国时，广陵王镇守吴中，曾在内城的西南修建了一个园子，他的外戚孙承祐，也在旁边修了园子。到吴越把淮海之地献给宋朝时，这些园子还没有荒废。最初苏子美在园中造了沧浪亭，后来一些和尚住在这里，这样沧浪亭就变成了大云庵。大云庵至今已有二百年的历史了，文瑛寻访亭子的遗迹，又在废墟上按原来的样子修复了沧浪亭，这样大云庵就变成了沧浪亭。

【原文】

夫古今之变，朝市改易。尝登姑苏之台，望五湖之渺茫，群山之苍翠，太伯❶、虞仲❷之所建，阖闾❸、夫差❹之所争，子胥❺、种❻、蠡❼之所经营，今皆无有矣，庵与亭何为者哉？虽然，钱镠因乱攘窃，保有吴越，国富兵强，垂及四世。诸子姻戚[8]，乘时奢僭[9]，宫馆苑囿，极一时之盛。而子美之亭，乃为释子所钦重如此。可以见士之欲垂名于千载，不与其澌然而俱尽者，则有在矣。

文瑛读书喜诗，与吾徒游，呼之为沧浪僧云。

【注释】

①太伯：周太王古公亶父的长子。

②虞仲：周太王古公亶父的次子。

③阖闾：春秋时吴国国君。

④夫差：阖闾的儿子。

⑤子胥：姓伍，名员，字子胥，春秋时

楚国人。伍子胥的父亲伍奢、哥哥伍尚被楚平王杀害，他投奔吴国，曾辅佐吴王夫差伐越。

⑥种：文种，春秋末年越国大夫，越王勾践的谋臣。

⑦蠡：范蠡，春秋末年越国大夫，曾辅佐越王勾践灭吴，成就霸业。

⑧姻戚：因婚姻关系而结成的亲戚。

⑨僭（jiàn）：超越本分。

【译文】

历史在变迁，朝廷和市容也随之改变面貌。我曾经登上姑苏台，远眺浩渺的五湖，苍翠的群山，那太伯、虞仲建立的国家，阖闾、夫差争夺的地盘，伍子胥、文种、范蠡筹划的事业，如今都已消失殆尽了，大云庵和沧浪亭的兴废又算得了什么呢？虽然如此，钱镠趁天下动乱，窃据权位，占有吴越，国富兵强，传了四代。他的子孙亲戚，也借着权势大肆挥霍，广建宫馆园囿，盛极一时。而苏子美的沧浪亭，却被和尚如此看重。可见士人要想垂名千载，不与形体一起迅速消失，是有原因的。

文瑛喜好读书，爱作诗，常与我们这类人交往，我们称他为“沧浪僧”。

香小
書墨

上架建议：大众读物
ISBN 978-7-5746-0531-2
9 787574 605312 >
定价：60.00元（全4册）

小墨香书·传世美文

明清现当代作品（三）

纸贵满堂 编
朱宝荣 绘

湖南美术出版社
·长沙·

图书在版编目（CIP）数据

传世美文·明清现当代作品 / 纸贵满堂编；朱宝荣绘.--长沙：湖南美术出版社，2025.1.--（小墨香书）.--ISBN 978-7-5746-0531-2

Ⅰ.I212.01

中国国家版本馆CIP数据核字第2024L4W904号

小墨香书

传世美文·明清现当代作品

CHUANSHI MEIWEN · MING-QING XIAN-DANGDAI ZUOPIN

出 版 人：黄　啸
编　　者：纸贵满堂
绘　　者：朱宝荣
责任编辑：范　琳
装帧设计：刘　畅
出版发行：湖南美术出版社（长沙市东二环一段622号）
印　　刷：廊坊市颖新包装装潢有限公司
开　　本：787 mm × 1092 mm　1/96
印　　张：12
版　　次：2025年1月第1版
印　　次：2025年1月第1次印刷
定　　价：60.00元（全4册）

如有倒装、破损、少页等印装质量问题，请与印刷厂联系调换。
联系电话：0316-2514166

目录

鲁迅

作者简介

鲁迅（1881—1936），原名周樟寿，后改名周树人，浙江绍兴人，现代著名文学家、思想家，新文化运动的倡导者，中国现代文学的奠基人之一。1918年发表《狂人日记》时首次用『鲁迅』作为笔名，主要作品有小说集《呐喊》《彷徨》，散文集《朝花夕拾》，散文诗集《野草》，杂文集《华盖集》等。

从百草园到三味书屋

【导读】

《从百草园到三味书屋》是鲁迅于1926年在厦门大学任教时写的一篇对童年妙趣生活的回忆性散文。本文通过对百草园和三味书屋的回忆，表现作者儿童时代对大自然的热爱、对知识的追求，以及作者当时天真、幼稚、欢乐的心理。同时，作者在文中对束缚儿童身心发展的封建教育进行了批判。

我家的后面有一个很大的园，相

传叫作百草园。现在是早已并屋子一起卖给朱文公的子孙了，连那最末次的相见也已经隔了七八年，其中似乎确凿只有一些野草；但那时却是我的乐园。

不必说碧绿的菜畦，光滑的石井栏，高大的皂荚树，紫红的桑椹；也不必说鸣蝉在树叶里长吟，肥胖的黄蜂伏在菜花上，轻捷的叫天子（云雀）忽然从草间直窜向云霄里去了。单是周围的短短的泥墙根一带，就有无限趣味。油蛉在这里低唱，蟋蟀们在这里弹琴。翻开断砖来，有时会遇见蜈蚣；还有斑蝥，倘若用手指按住它的脊梁，便会拍的一声，从后窍喷出一阵烟雾。何首乌藤和木莲藤缠络着，木莲有莲房一般的果实，何首乌有拥肿的根。有人说，何首乌根是有像人形的，吃了便可以成仙，我于是常常拔它起来，牵连不断地拔起来，也曾因此弄坏了泥墙，却从来没有见过有一块根像人样。如果不怕刺，还可以摘到覆盆子，像小珊瑚珠攒成的小球，又酸又甜，色味都比桑椹要好得远。

长的草里是不去的，因为相传这园里有一条很大的赤练蛇。

长妈妈曾经讲给我一个故事听：先前，有一个读书人住在古庙里用功，晚间，在院子里纳凉的时候，突然听到有人在叫他。答应着，四面看时，却见一个美女的脸露在墙头上，向他一笑，隐去了。他很高兴；但竟给那走来夜谈的老和尚识破了机关。说他脸上有些妖气，一定遇见“美女蛇”了；这是人首蛇身的怪物，能唤人名，倘一答应，夜间便要来吃这人的肉的。他自然吓得要死，而那老和尚却道无妨，给他一个小盒子，说只要放在枕边，便可高枕而卧。他虽然照样办，却总是睡不着，——当然睡不着的。到半夜，果然来了，沙沙沙！门外像是风雨声。他正抖作一团时，却听得豁的一声，一道金光从枕边飞出，外面便什么声音也没有了，那金光也就飞回来，敛在盒子里。后来呢？后来，老和尚说，这是飞蜈蚣，它能吸蛇的脑髓，美女蛇就被它治死了。

结末的教训是：所以倘有陌生的声音叫你的名字，你万不可答应他。

这故事很使我觉得做人之险，夏夜乘凉，往往有些担心，不敢去看墙上，而且极想得到一盒老和尚那样的飞蜈蚣。走到百草园的草丛旁边时，也常常这样想。但直到现在，总还是没有得到，但也没有遇见过赤练蛇和美女蛇。叫我名字的陌生声音自然是常有的，然而都不是美女蛇。

冬天的百草园比较的无味；雪一下，可就两样了。拍雪人（将自己的全形印在雪上）和塑雪罗汉需要人们鉴赏，这是荒园，人迹罕至，所以不相宜，只好来捕鸟。薄薄的雪，是不行的；总须积雪盖了地面一两天，鸟雀们久已无处觅食的时候才好。扫开一块雪，露出地面，用一枝短棒支起一面大的竹筛来，下面撒些秕谷，棒上系一条长绳，人远远地牵着，看鸟雀下来啄食，走到竹筛底下的时候，将绳子一拉，便罩住了。但所得的是麻雀居多，也有白颊的“张飞鸟”，性子很躁，养不过夜的。

这是闰土的父亲所传授的方法，我却不大能用。明明见它们进去了，拉了绳，跑去一看，却什么都没有，费

了半天力，捉住的不过三四只。闰土的父亲是小半天便能捕获几十只，装在叉袋里叫着撞着的。我曾经问他得失的缘由，他只静静地笑道："你太性急，来不及等它走到中间去。"

我不知道为什么家里的人要将我送进书塾里去了，而且还是全城中称为最严厉的书塾。也许是因为拔何首乌毁了泥墙罢，也许是因为将砖头抛到间壁的梁家去了罢，也许是因为站在石井栏上跳了下来罢，……都无从知道。总而言之：我将不能常到百草园了。Ade，我的蟋蟀们！Ade，我的覆盆子们和木莲们！……

出门向东，不上半里，走过一道

石桥，便是我的先生的家了。从一扇黑油的竹门进去，第三间是书房。中间挂着一块扁道：三味书屋；扁下面是一幅画，画着一只很肥大的梅花鹿伏在古树下。没有孔子牌位，我们便对着那扁和鹿行礼。第一次算是拜孔子，第二次算是拜先生。

第二次行礼时，先生便和蔼地在一旁答礼。他是一个高而瘦的老人，须发都花白了，还戴着大眼镜。我对他很恭敬，因为我早听到，他是本城中极方正，质朴，博学的人。

不知从那里听来的，东方朔也很渊博，他认识一种虫，名曰"怪哉"，冤气所化，用酒一浇，就消释了。我很想详细地知道这故事，但阿长是不知道的，因为她毕竟不渊博。现在得到机会了，可以问先生。

“先生，‘怪哉’这虫，是怎么一回事？……”我上了生书，将要退下来的时候，赶忙问。

“不知道！”他似乎很不高兴，脸上还有怒色了。

我才知道做学生是不应该问这些事的，只要读书，因为他是渊博的宿儒，决不至于不知道，所谓不知道者，乃是不愿意说。年纪比我大的人，往往如此，我遇见过好几回了。

我就只读书，正午习字，晚上对课。先生最初这几天对我很严厉，后来却好起来了，不过给我读的书渐渐加多，对课也渐渐地加上字去，从三言到五言，终于到七言。

三味书屋后面也有一个园，虽然小，但在那里也可以爬上花坛去折蜡梅花，在地上或桂花树上寻蝉蜕。最好的工作是捉了苍蝇喂蚂蚁，静悄悄地没有声音。然而同窗们到园里的太多，太久，可就不行了，先生在书房里便大叫起来：

"人都到那里去了？！"

人们便一个一个陆续走回去；一同回去，也不行的。他有一条戒尺，但是不常用，也有罚跪的规则，但也不常用，普通总不过瞪几眼，大声道：

"读书!"

于是大家放开喉咙读一阵书,真是人声鼎沸。有念"仁远乎哉我欲仁斯仁至矣"的,有念"笑人齿缺曰狗窦大开"的,有念"上九潜龙勿用"的,有念"厥土下上上错厥贡苞茅橘柚"的……。先生自己也念书。后来,我们的声音便低下去,静下去了,只有他还大声朗读着:

"铁如意,指挥倜傥,一座皆惊呢~~;金叵罗,颠倒淋漓噫,千杯未醉嗬~~……"

我疑心这是极好的文章,因为读到这里,他总是微笑起来,而且将头仰起,摇着,向后面拗过去,拗过去。

先生读书入神的时候，于我们是很相宜的。有几个便用纸糊的盔甲套在指甲上做戏。我是画画儿，用一种叫作“荆川纸”的，蒙在小说的绣像上一个个描下来，像习字时候的影写一样。读的书多起来，画的画也多起来；书没有读成，画的成绩却不少了，最成片段的是《荡寇志》和《西游记》的绣像，都有一大本。后来，因为要钱用，卖给一个有钱的同窗了。他的父亲是开锡箔店的；听说现在自己已经做了店主，而且快要升到绅士的地位了。这东西早已没有了罢。

九月十八日。

好的故事

【导读】

《好的故事》是一篇写景的抒情散文诗。作者通过对梦境中“好的故事”的描绘，创造出诗的意境，表现了自己对美好事物的追求与歌赞，对理想的热烈憧憬。全文妙趣横生，真正做到了诗中有画，画中有诗，以情绘景，情景交融。

灯火渐渐地缩小了，在预告石油的已经不多；石油又不是老牌，早熏得灯罩很昏暗。鞭爆的繁响在四近，烟草的烟雾在身边：是昏沉的夜。

我闭了眼睛，向后一仰，靠在椅背上；捏着《初学记》的手搁在膝髁上。

我在蒙胧中，看见一个好的故事。

这故事很美丽，幽雅，有趣。许多美的人和美的事，错综起来像一天云锦，而且万颗奔星似的飞动着，同时又展开去，以至于无穷。

我仿佛记得曾坐小船经过山阴道，两岸边的乌桕，新禾，野花，鸡，狗，丛树和枯树，茅屋，塔，伽蓝，农夫和村妇，村女，晒着的衣裳，和尚，蓑笠，天，云，竹，……都倒影在澄碧的小河中，随着每一打桨，各各夹带了闪烁的日光，并水里的萍藻游鱼，一同荡漾。诸影诸物，无不解散，而且摇动，扩大，互相融和；刚一融和，却又退缩，复近于原形。边缘都参差如夏云头，镶着日光，发出水银色焰。凡是我所经过的河，都是如此。

现在我所见的故事也如此。水中的青天的底子，一切事物统在上面交错，织成一篇，永是生动，永是展开，我看不见这一篇的结束。

河边枯柳树下的几株瘦削的一丈红，该是村女种的罢。大红花和斑红花，都在水里面浮动，忽而碎散，拉长了，如缕缕的胭脂水，然而没有晕。茅屋，狗，塔，村女，云，……也都浮动着。大红花一朵朵全被拉长了，这时是泼剌奔迸的红锦带。带织入狗中，狗织入白云中，白云织入村女中……在一瞬间，他们又将退缩了。但斑红花影也已碎散，伸长，就要织进塔，村女，狗，茅屋，云里去。

现在我所见的故事清楚起来了，美丽，幽雅，有趣，而且分明。青天上面，有无数美的人和美的事，我一一看见，一一知道。

我就要凝视他们……。

我正要凝视他们时，骤然一惊，睁开眼，云锦也已皱蹙，凌乱，仿佛有谁掷一块大石下河水中，水波陡然起立，将整篇的影子撕成片片了。我无意识地赶忙捏住几乎坠地的《初学记》，眼前还剩着几点虹霓色的碎影。

我真爱这一篇好的故事，趁碎影还在，我要追回他，完成他，留下他。我抛了书，欠身伸手去取笔，——何尝有一丝碎影，只见昏暗的灯光，我不在小船里了。

但我总记得见过这一篇好的故事，在昏沉的夜……。

一九二五年二月二十四日。

雪

【导读】

《雪》是一篇散文诗。本文通过对江南雪景柔美和北方雪景壮美的细致描绘，表达了作者对北方的雪的喜爱之情，寄托了作者对美好生活的憧憬，更加体现了作者敢于直面惨淡人生、不屈不挠的战斗精神。全文格调明朗，景物描写细致生动。

暖国的雨，向来没有变过冰冷的坚硬的灿烂的雪花。博识的人们觉得他单调，他自己也以为不幸否耶？江南的雪，可是滋润美艳之至了；那是还在隐约着的青春的消息，是极壮健的处子的皮肤。雪野中有血红的宝珠山茶，白中隐青的单瓣梅花，深黄的磬口的蜡梅花；雪下面还有冷绿的杂草。蝴蝶确乎没有；蜜蜂是否来采山茶花和梅花的蜜，我可记不真切了。但我的眼前仿佛看见冬花开在雪野中，有许多蜜蜂们忙碌的飞着，也听得他们嗡嗡的闹着。

孩子们呵着冻得通红，像紫芽姜一般的小手，七八个一齐来塑雪罗汉。因为不成功，谁的父亲也来帮忙了。罗汉就塑得比孩子们高得多，虽然不过是上小下大的一堆，终于分不清是壶卢还是罗汉；然而很洁白，很明艳，以自身的滋润相粘结，整个的闪闪的生光。孩子们用龙眼核给他做眼珠，又从谁的母亲的脂粉奁中偷得胭脂来涂在嘴唇上。这回确是一个大阿罗汉了。他也就目光灼灼的嘴唇通红的坐在雪地里。

第二天还有几个孩子来访问他；对了他拍手，点头，嘻笑。但他终于独自坐着了。晴天又来消释他的皮肤，寒夜又使他结一层冰，化作不透明的水晶模样，连续的晴天又使他成为不知道算什么，而嘴上的胭脂也褪尽了。

但是，朔方的雪花在纷飞之后，却永远如粉，如沙，他们决不粘连，撒在屋上，地上，枯草上，就是这样。屋上的雪是早已就有消化了的，因为屋里居人的火的温热。别的，在晴天之下，旋风忽来，便蓬勃的奋飞，在日光中灿灿的生光，如包藏火焰的大雾，旋转而且升腾，弥漫太空，使太空旋转而且升腾的闪烁。

在无边的旷野上，在凛冽的天宇下，闪闪的旋转升腾着的是雨的精魂……

是的，那是孤独的雪，是死掉的雨，是雨的精魂。

一九二五年一月十八日。

秋夜

【导读】

《秋夜》是一篇叙事兼抒情的散文诗。作者采用象征手法，赋予秋夜后园中不同景物以人的性格，通过对这些景物的含蓄描绘，表达了对恶势力的抗争和愤怒，对英勇抗击恶势力的革命者的崇敬和赞美，也表达了自己与恶势力作韧性战斗的意志。全文语言精致，意象空灵，结构严谨。

在我的后园，可以看见墙外有两株

树，一株是枣树，还有一株也是枣树。

这上面的夜的天空，奇怪而高，我生平没有见过这样的奇怪而高的天空。他仿佛要离开人间而去，使人们仰面不再看见。然而现在却非常之蓝，闪闪地䀹着几十个星星的眼，冷眼。他的口角上现出微笑，似乎自以为大有深意，而将繁霜洒在我的园里的野花草上。

我不知道那些花草真叫什么名字，人们叫他们什么名字。我记得有一种开过极细小的粉红花，现在还开着，但是更极细小了，她在冷的夜气中，瑟缩地做梦，梦见春的到来，梦见秋的到来，梦见瘦的诗人将眼泪擦在她最末的花瓣上，告诉她秋虽然来，冬虽然来，而此后接着还是春，蝴蝶乱飞，蜜蜂都唱起春词来了。她于是一笑，虽然颜色冻得红惨惨的，仍然瑟缩着。

枣树，他们简直落尽了叶子。先前，还有一两个孩子来打他们别人打剩的枣子，现在是一个也不剩了，连叶子也落尽了。他知道小粉红花的梦，秋后要有春；他也知道落叶的梦，春后还是秋。他简直落尽叶子，单剩干子，然而脱了当初满树是果实和叶子时候的弧形，欠伸得很舒服。但是，有几枝还低亚着，护定他从打枣的竿梢所得的皮伤，而最直最长的几枝，却已默默地铁似的直刺着奇怪而高的天空，使天空闪闪地鬼䀹眼；直刺着天空中圆满的月亮，使月亮窘得发白。

鬼䀹眼的天空越加非常之蓝，不安了，仿佛想离去人间，避开枣树，只将月亮剩下。然而月亮也暗暗地躲到东边去了。而一无所有的干子，却仍然默默地铁似的直刺着奇怪而高的天空，一意要制他的死命，不管他各式各样的䀹着许多蛊惑的眼睛。

哇的一声，夜游的恶鸟飞过了。

我忽而听到夜半的笑声，吃吃地，似乎不愿意惊动睡着的人，然而四围的空气都应和着笑。夜半，没有别的人，我即刻听出这声音就在我嘴里，我也即刻被这笑声所驱逐，回进自己的房。灯火的带子也即刻被我旋高了。

后窗的玻璃上丁丁地响，还有许多小飞虫乱撞。不多久，几个进来了，许是从窗纸的破孔进来的。他们一进来，又在玻璃的灯罩上撞得丁丁地响。一个从上面撞进去了，他于是遇到火，而且我以为这火是真的。两三个却休息在灯的纸罩上喘气。那罩是昨晚新换的罩，雪白的纸，折出波浪纹的叠痕，一角还画出一枝猩红色的栀子。

猩红的栀子开花时，枣树又要

做小粉红花的梦，青葱地弯成弧形了……。我又听到夜半的笑声；我赶紧砍断我的心绪，看那老在白纸罩上的小青虫，头大尾小，向日葵子似的，只有半粒小麦那么大，遍身的颜色苍翠得可爱，可怜。

我打一个呵欠，点起一支纸烟，喷出烟来，对着灯默默地敬奠这些苍翠精致的英雄们。

一九二四年九月十五日。

阿长与《山海经》

【导读】

本文是一篇回忆性叙事散文。作者记述了儿时与阿长相处的情景，描写了阿长善良、朴实而又迷信、唠叨、“满肚子是麻烦的礼节”的性格，对她寻购赠送自己渴求已久的绘图《山海经》之事，充满了尊敬和感激，表达了对阿长真诚的惦念以及对年幼无知的时光的深切怀念。

长妈妈，已经说过，是一个一向

带领着我的女工，说得阔气一点，就是我的保姆。我的母亲和许多别的人都这样称呼她，似乎略带些客气的意思。只有祖母叫她阿长。我平时叫她“阿妈”，连“长”字也不带；但到憎恶她的时候，——例如知道了谋死我那隐鼠的却是她的时候，就叫她阿长。

我们那里没有姓长的；她生得黄胖而矮，“长”也不是形容词。又不是她的名字，记得她自己说过，她的名字是叫作什么姑娘的。什么姑娘，我现在已经忘却了，总之不是长姑娘；也终于不知道她姓什么。记得她也曾告诉过我这个名称的来历：先前的先前，我家有一个女工，身材生得很高大，这就是真阿长。后来她回去了，我那什么姑娘才来补她的缺，然而大家因为叫惯了，没有再改口，于是她从此也就成为长妈妈了。

虽然背地里说人长短不是好事情，但倘使要我说句真心话，我可只得说：我实在不大佩服她。最讨厌的是常喜欢切切察察，向人们低声絮说些什么事，还竖起第二个手指，在空中上下摇动，或者点着对手或自己的鼻尖。我的家里一有些小风波，不知怎的我总疑心和这“切切察察”有些关系。又不许我走动，拔一株草，翻一块石头，就说我顽皮，要告诉我的母亲去了。一到夏天，睡觉时她又伸开两脚两手，在床中间摆成一个“大”字，挤得我没有余地翻身，久睡在一角的席子上，又已经烤得那么热。推她呢，不动；叫她呢，也不闻。

“长妈妈生得那么胖，一定很怕热罢？晚上的睡相，怕不见得很好罢？……”

母亲听到我多回诉苦之后，曾经这样地问过她。我也知道这意思是要她多给我一些空席。她不开口。但到夜里，我热得醒来的时候，却仍然看见满床摆着一个“大”字，一条臂膊还搁在我的颈子上。我想，这实在是无法可想了。

但是她懂得许多规矩；这些规矩，也大概是我所不耐烦的。一年中最高兴的时节，自然要数除夕了。辞岁之后，从长辈得到压岁钱，红纸包着，放在枕边，只要过一宵，便可以随意使用。睡在枕上，看着红包，想到明天买来的小鼓，刀枪，泥人，糖菩萨……。然而她进来，又将一个福橘放在床头了。

“哥儿，你牢牢记住！”她极其郑重地说。“明天是正月初一，清早一睁开眼睛，第一句话就得对我说：‘阿妈，恭喜恭喜！’记得么？你要记着，这是一年的运气的事情。不许说别的话！说过之后，还得吃一点福橘。”她又拿起那橘子来在我的眼前摇了两摇，“那么，一年到头，顺顺流流……。”

梦里也记得元旦的，第二天醒得特别早，一醒，就要坐起来。她却立刻伸出臂膊，一把将我按住。我惊异地看她时，只见她惶急地看着我。

她又有所要求似的，摇着我的肩。我忽而记得了——

“阿妈，恭喜……。”

“恭喜恭喜！大家恭喜！真聪明！恭喜恭喜！”她于是十分欢喜似的，笑将起来，同时将一点冰冷的东西，塞在我的嘴里。我大吃一惊之后，也就忽而记得，这就是所谓福橘，元旦辟头的磨难，总算已经受完，可以下床玩耍去了。

她教给我的道理还很多，例如说人死了，不该说死掉，必须说“老掉了”；死了人，生了孩子的屋子里，不应该走进去；饭粒落在地上，必须拣起来，最好是吃下去；晒裤子用的竹竿底下，是万不可钻过去的……。此外，现在大抵忘却了，只有元旦的古怪仪式记得最清楚。总之：都是些烦琐之至，至今想起来还觉得非常麻烦的事情。

然而我有一时也对她发生过空前的敬意。她常常对我讲“长毛”。她之所谓“长毛”者，不但洪秀全军，似乎连后来一切土匪强盗都在内，但除却革命党，因为那时还没有。她说得长毛非常可怕，他们的话就听不懂。她说先前长毛进城的时候，我家全都逃到海边去了，只留一个门房和年老的煮饭老妈子看家。后来长毛果然进门来了，那老妈子便叫他们“大王”，——据说对长毛就应该这样叫，——诉说自己的饥饿。长毛笑道：“那么，这东西就给你吃了罢！”将一个圆圆的东西掷了过来，还带着一条小辫子，正是那门房的头。煮饭老妈子从此就骇破了胆，后来一提起，还是立刻面如土色，自己轻轻地拍着胸脯道：“阿呀，骇死我了，骇死我了……。”

我那时似乎倒并不怕，因为我觉得这些事和我毫不相干的，我不是一个门房。但她大概也即觉到了，说道：“像你似的小孩子，长毛也要掳的，掳去做小长毛。还有好看的姑娘，也要掳。”

“那么，你是不要紧的。”我以为她一定最安全了，既不做门房，又不是小孩子，也生得不好看，况且颈子上还有许多灸疮疤。

“那里的话？！”她严肃地说。“我们就没有用么？我们也要被掳去。城外有兵来攻的时候，长毛就叫我们脱下裤子，一排一排地站在城墙上，外面的大炮就放不出来；再要放，就炸了！”

这实在是出于我意想之外的，不能不惊异。我一向只以为她满肚子是麻烦的礼节罢了，却不料她还有这样伟大的神力。从此对于她就有了特别的敬意，似乎实在深不可测；夜间的伸开手脚，占领全床，那当然是情有可原的了，倒应该我退让。

这种敬意，虽然也逐渐淡薄起来，但完全消失，大概是在知道她谋害了我的隐鼠之后。那时就极严重地诘问，而且当面叫她阿长。我想我又不真做小长毛，不去攻城，也不放炮，更不怕炮炸，我惧惮她什么呢！

但当我哀悼隐鼠，给它复仇的时候，一面又在渴慕着绘图的《山海经》了。这渴慕是从一个远房的叔祖惹起来的。他是一个胖胖的，和蔼的老人，爱种一点花木，如珠兰，茉莉之类，还有极其少见的，据说从北边带回去的马缨花。他的太太却正相反，什么也莫名其妙，曾将晒衣服的竹竿搁在珠兰的枝条上，枝折了，还要愤愤地咒骂道："死尸！"这老人是个寂寞者，因为无人可谈，就很爱和孩子们往来，有时简直称我们为"小友"。在我们聚族而居的宅子里，只有他书多，而且特别。制艺和试帖诗，自然也是有的；但我却只在他的书斋里，看见过陆玑的《毛诗草木鸟兽虫鱼疏》，还有许多名目很生的书籍。我那时最爱看的是《花镜》，上面有许多图。他说给我听，曾经有过一部绘图的《山海经》，画着人面的兽，九头的蛇，三脚的鸟，生着翅膀的人，没有头而以两乳当作眼睛的怪物，……可惜现在不知道放在那里了。

我很愿意看看这样的图画，但不好意思力逼他去寻找，他是很疏懒的。问别人呢，谁也不肯真实地回答我。压岁钱还有几百文，买罢，又没有好机会。有书买的大街离我家远得很，我一年中只能在正月间去玩一趟，那时候，两家书店都紧紧地关着门。

玩的时候倒是没有什么的，但一坐下，我就记得绘图的《山海经》。

大概是太过于念念不忘了，连阿长也来问《山海经》是怎么一回事。这是我向来没有和她说过的，我知道她并非学者，说了也无益；但既然来问，也就都对她说了。

过了十多天，或者一个月罢，我还很记得，是她告假回家以后的四五天，她穿着新的蓝布衫回来了，一见面，就将一包书递给我，高兴地说道：

"哥儿，有画儿的'三哼经'，我给你买来了！"

我似乎遇着了一个霹雳，全体都震悚起来；赶紧去接过来，打开纸包，是四本小小的书，略略一翻，人面的兽，九头的蛇，……果然都在内。

这又使我发生新的敬意了，别人不肯做，或不能做的事，她却能够做成功。她确有伟大的神力。谋害隐鼠的怨恨，从此完全消灭了。

这四本书，乃是我最初得到，最为心爱的宝书。

书的模样，到现在还在眼前。可是从还在眼前的模样来说，却是一部刻印都十分粗拙的本子。纸张很黄；图像也很坏，甚至于几乎全用直线凑合，连动物的眼睛也都是长方形的。但那是我最为心爱的宝书，看起来，确是人面的兽；九头的蛇；一脚

的牛；袋子似的帝江；没有头而“以乳为目，以脐为口”，还要“执干戚而舞”的刑天。

此后我就更其搜集绘图的书，于是有了石印的《尔雅音图》和《毛诗品物图考》，又有了《点石斋丛画》和《诗画舫》。《山海经》也另买了一部石印的，每卷都有图赞，绿色的画，字是红的，比那木刻的精致得多了。这一部直到前年还在，是缩印的郝懿行疏。木刻的却已经记不清是什么时候失掉了。

我的保姆，长妈妈即阿长，辞了这人世，大概也有了三十年了罢。我终于不知道她的姓名，她的经历；仅知道有一个过继的儿子，她大约是青年守寡的孤孀。

仁厚黑暗的地母呵，愿在你怀里永安她的魂灵！

三月十日。

藤野先生

【导读】

《藤野先生》是鲁迅回忆自己早年在日本留学时期一段生活的散文。文章以作者与藤野先生的交往为叙事线索，对藤野先生进行了细致深入的刻画，赞扬了藤野先生严谨治学，正直热诚，没有任何民族偏见的高尚品质，表达了作者对藤野先生真挚和深切的怀念之情。

东京也无非是这样。上野的樱花烂熳的时节，望去确也像绯红的轻云，但花下也缺不了成群结队的“清国留学生”的速成班，头顶上盘着大辫子，顶得学生制帽的顶上高高耸起，形成一座富士山。也有解散辫子，盘得平的，除下帽来，油光可鉴，宛如小姑娘的发髻一般，还要将脖子扭几扭。实在标致极了。

中国留学生会馆的门房里有几本书买，有时还值得去一转；倘在上午，里面的几间洋房里倒也还可以坐坐的。但到傍晚，有一间的地板便常不免要咚咚咚地响得震天，兼以满房烟尘斗乱；问问精通时事的人，答道，“那是在学跳舞。”

到别的地方去看看，如何呢？

我就往仙台的医学专门学校去。从东京出发，不久便到一处驿站，写道：日暮里。不知怎地，我到现在还记得这名目。其次却只记得水户了，这是明的遗民朱舜水先生客死的地方。仙台是一个市镇，并不大；冬天冷得利害；还没有中国的学生。

大概是物以希为贵罢。北京的白菜运往浙江，便用红头绳系住菜根，倒挂在水果店头，尊为“胶菜”；福建野生着的芦荟，一到北京就请进温室，且美其名曰“龙舌兰”。我到仙台也颇受了这样的优待，不但学校不收学费，几个职员还为我的食宿操心。我先是住在监狱旁边一个客店里的，初冬已经颇冷，蚊子却还多，后来用被盖了全身，用衣服包了头脸，只留两个鼻孔出气。在这呼吸不息的地方，蚊子竟无从插嘴，居然睡安稳了。饭食也不坏。但一位先生却以为这客店也包办囚人的饭食，我住在那里不相宜，几次三番，几次三番地说。我虽然觉得客店兼办囚人的饭食和我不相干，然而好意难却，也只得别寻相宜的住处了。于是搬到别一家，离监狱也很远，可惜每天总要喝难以下咽的芋梗汤。

从此就看见许多陌生的先生，听到许多新鲜的讲义。解剖学是两个教授分任的。最初是骨学。其时进来的是一个黑瘦的先生，八字须，戴着眼镜，挟着一叠大大小小的书。一将书放在讲台上，便用了缓慢而很有顿挫的声调，向学生介绍自己道：

“我就是叫作藤野严九郎的……”

后面有几个人笑起来了。他接着便讲述解剖学在日本发达的历史，那些大大小小的书，便是从最初到现今关于这一门学问的著作。起初有几本是线装的；还有翻刻中国译本的，他们的翻译和研究新的医学，并不比中国早。

那坐在后面发笑的是上学年不及格的留级学生，在校已经一年，掌故颇为熟悉的了。他们便给新生讲演每个教授的历史。这藤野先生，据说是穿衣服太模胡了，有时竟会忘记带领结；冬天是一件旧外套，寒颤颤的，有一回上火车去，致使管车的疑心他是扒手，叫车里的客人大家小心些。

他们的话大概是真的，我就亲见他有一次上讲堂没有带领结。

过了一星期，大约是星期六，

他使助手来叫我了。到得研究室，见他坐在人骨和许多单独的头骨中间，——他其时正在研究着头骨，后来有一篇论文在本校的杂志上发表出来。

“我的讲义，你能抄下来么？”他问。

“可以抄一点。”

“拿来我看！”

我交出所抄的讲义去，他收下了，第二三天便还我，并且说，此后每一星期要送给他看一回。我拿下来打开看时，很吃了一惊，同时也感到一种不安和感激。原来我的讲义已经从头到末，都用红笔添改过了，不但增加了许多脱漏的地方，连文法的错误，也都一一订正。这样一直继续到教完了他所担任的功课：骨学，血管学，神经学。

可惜我那时太不用功，有时也很任性。还记得有一回藤野先生将我叫到他的研究室里去，翻出我那讲义上的一个图来，是下臂的血管，指着，向我和蔼的说道：

"你看，你将这条血管移了一点位置了。——自然，这样一移，的确比较的好看些，然而解剖图不是美术，实物是那么样的，我们没法改换它。现在我给你改好了，以后你要全照着黑板上那样的画。"

但是我还不服气，口头答应着，心里却想道：

“图还是我画的不错；至于实在的情形，我心里自然记得的。”

学年试验完毕之后，我便到东京玩了一夏天，秋初再回学校，成绩早已发表了，同学一百余人之中，我在中间，不过是没有落第。这回藤野先生所担任的功课，是解剖实习和局部解剖学。

解剖实习了大概一星期，他又叫我去了，很高兴地，仍用了极有抑扬的声调对我说道：

“我因为听说中国人是很敬重鬼的，所以很担心，怕你不肯解剖尸体。现在总算放心了，没有这回事。”

但他也偶有使我很为难的时候。他听说中国的女人是裹脚的，但不知道详细，所以要问我怎么裹法，足骨变成怎样的畸形，还叹息道，“总要看一看才知道。究竟是怎么一回事呢？”

有一天，本级的学生会干事到我寓里来了，要借我的讲义看。我检出来交给他们，却只翻检了一通，并没有带走。但他们一走，邮差就送到一封很厚的信，拆开看时，第一句是：

“你改悔罢！”

这是《新约》上的句子罢，但经托尔斯泰新近引用过的。其时正值日俄战争，托老先生便写了一封给俄国和日本的皇帝的信，开首便是这一句。日本报纸上很斥责他的不逊，爱国青年也愤然，然而暗地里却早受了他的影响了。其次的话，大略是说上年解剖学试验的题目，是藤野先生在讲义上做了记号，我预先知道的，所以能有这样的成绩。末尾是匿名。

我这才回忆到前几天的一件事。因为要开同级会，干事便在黑板上写广告，末一句是“请全数到会勿漏为要”，而且在“漏”字旁边加了一个圈。我当时虽然觉到圈得可笑，但是毫不介意，这回才悟出那字也在讥刺我了，犹言我得了教员漏泄出来的题目。

我便将这事告知了藤野先生；有几个和我熟识的同学也很不平，一同去诘责干事托辞检查的无礼，并且要求他们将检查的结果，发表出来。终于这流言消灭了，干事却又竭力运动，要收回那一封匿名信去。结末是我便将这托尔斯泰式的信退还了他们。

中国是弱国，所以中国人当然是低能儿，分数在六十分以上，便不是自己的能力了：也无怪他们疑惑。但我接着便有参观枪毙中国人的命运了。第二年添教霉菌学，细菌的形状是全用电影来显示的，一段落已完而还没有到下课的时候，便影几片时事的片子，自然都是日本战胜俄国的情形。但偏有中国人夹在里边：给俄国人做侦探，被日本军捕获，要枪毙了，围着看的也是一群中国人；在讲堂里的还有一个我。

“万岁！”他们都拍掌欢呼起来。

这种欢呼，是每看一片都有的，但在我，这一声却特别听得刺耳。此后回到中国来，我看见那些闲看枪毙犯人的人们，他们也何尝不酒醉似的喝采，——呜呼，无法可想！但在那时那地，我的意见却变化了。

到第二学年的终结，我便去寻藤野先生，告诉他我将不学医学，并且离开这仙台。他的脸色仿佛有些悲哀，似乎想说话，但竟没有说。

"我想去学生物学，先生教给我的学问，也还有用的。"其实我并没有决意要学生物学，因为看得他有些凄然，便说了一个慰安他的谎话。

"为医学而教的解剖学之类，怕于生物学也没有什么大帮助。"他叹息说。

将走的前几天，他叫我到他家里去，交给我一张照相，后面写着两个字道："惜别"，还说希望将我的也送他。但我这时适值没有照相了；他便叮嘱我将来照了寄给他，并且时时通信告诉他此后的状况。

我离开仙台之后，就多年没有照过相，又因为状况也无聊，说起来无非使他失望，便连信也怕敢写了。经过的年月一多，话更无从说起，所以虽然有时想写信，却又难以下笔，这样的一直到现在，竟没有寄过一封信和一张照片。从他那一面看起来，是一去之后，杳无消息了。

但不知怎地，我总还时时记起他，在我所认为我师的之中，他是最使我感激，给我鼓励的一个。有时我常常想：他的对于我的热心的希望，不倦的教诲，小而言之，是为中国，就是希望中国有新的医学；大而言之，是为学术，就是希望新的医学传到中国去。他的性格，在我的眼里和心里是伟大的，虽然他的姓名并不为许多人所知道。

他所改正的讲义，我曾经订成三厚本，收藏着的，将作为永久的纪念。不幸七年前迁居的时候，中途毁坏了一口书箱，失去半箱书，恰巧这讲义也遗失在内了。责成运送局去找寻，寂无回信。只有他的照相至今还挂在我北京寓居的东墙上，书桌对面。每当夜间疲倦，正想偷懒时，仰面在灯光中瞥见他黑瘦的面貌，似乎正要说出抑扬顿挫的话来，便使我忽又良心发现，而且增加勇气了，于是点上一枝烟，再继续写些为“正人君子”之流所深恶痛疾的文字。

十月十二日。

风筝

【导读】

《风筝》是一篇回忆性的散文。这篇散文中，有鲁迅的兄弟之情，有游戏之于儿童的意义，有鲁迅的自省精神，有鲁迅对小兄弟身受“虐杀”却无怨恨的深沉感慨。也正是其中所蕴含的“儿童教育”“自我解剖”“亲情温馨”及“对美好事物追求”等一系列思想的光芒，使其倍受读者的喜爱。

北京的冬季，地上还有积雪，灰

黑色的秃树枝丫叉于晴朗的天空中，而远处有一二风筝浮动，在我是一种惊异和悲哀。

故乡的风筝时节，是春二月，倘听到沙沙的风轮声，仰头便能看见一个淡墨色的蟹风筝或嫩蓝色的蜈蚣风筝。还有寂寞的瓦片风筝，没有风轮，又放得很低，伶仃地显出憔悴可怜的模样。但此时地上的杨柳已经发芽，早的山桃也多吐蕾，和孩子们的天上的点缀相照应，打成一片春日的温和。我现在在哪里呢？四面都还是严冬的肃杀，而久经诀别的故乡的久经逝去的春天，却就在这天空中荡漾了。

但我是向来不爱放风筝的，不但不爱，并且嫌恶它，因为我以为这是没出息孩子所做的玩艺。和我相反的是我的小兄弟，他那时大概十岁内外罢，多病，瘦得不堪，然而最喜欢风筝，自己买不起，我又不许放，他只得张着小嘴，呆看着空中出神，有时竟至于小半日。远处的蟹风筝突然落下来了，他惊呼；两个瓦片风筝的缠绕解开了，他高兴得跳跃。他的这些，在我看来都是笑柄，可鄙的。

有一天，我忽然想起，似乎多日不很看见他了，但记得曾见他在后园拾枯竹。我恍然大悟似的，便跑向少有人去的一间堆积杂物的小屋去，推

开门，果然就在尘封的什物堆中发现了他。他向着大方凳，坐在小凳上；便很惊惶地站了起来，失了色瑟缩着。大方凳旁靠着一个蝴蝶风筝的竹骨，还没有糊上纸，凳上是一对做眼睛用的小风轮，正用红纸条装饰着，将要完工了。我在破获秘密的满足中，又很愤怒他的瞒了我的眼睛，这样苦心孤诣地来偷做没出息孩子的玩艺。我即刻伸手折断了蝴蝶的一支翅骨，又将风轮掷在地下，踏扁了。论长幼，论力气，他是都敌不过我的，我当然得到完全的胜利，于是傲然走出，留他绝望地站在小屋里。后来他怎样，我不知道，也没有留心。

然而我的惩罚终于轮到了，在我们离别得很久之后，我已经是中年。我不幸偶尔看到了一本外国的讲论儿童的书，才知道游戏是儿童最正当的行为，玩具是儿童的天使。于是二十年来毫不忆及的幼小时候对于精神的虐杀的这一幕，忽地在眼前展开，而我的心也仿佛同时变了铅块，很重很重地堕下去了。

但心又不竟堕下去而至于断绝，它只是很重很重地堕着，堕着。

我也知道补过的方法的：送他风筝，赞成他放，劝他放，我和他一同放。我们嚷着，跑着，笑着。——然而他其时已经和我一样，早已有了胡子了。

我也知道还有一个补过的方法的：去讨他的宽恕，等他说，“我可是毫不怪你呵。”那么，我的心一定就轻松了，这确是一个可行的方法。有一回，我们会面的时候，是脸上都已添刻了许多“生”的辛苦的条纹，而我的心很沉重。我们渐渐谈起儿时的旧事来，我便叙述到这一节，自说少年时代的糊涂。“我可是毫不怪你呵。”我想，他要说了，我即刻便受了宽恕，我的心从此也宽松了罢。

“有过这样的事么？”他惊异地笑着说，就像旁听着别人的故事一样。他什么也记不得了。

全然忘却，毫无怨恨，又有什么

宽恕可言呢？无怨的恕，说谎罢了。

我还能希求什么呢？我的心只得沉重着。

现在，故乡的春天又在这异地的空中了，既给我久经逝去的儿时的回忆，而一并也带着无可把握的悲哀。我倒不如躲到肃杀的严冬中去罢，——但是，四面又明明是严冬，正给我非常的寒威和冷气。

一九二五年一月二十四日。

周作人

作者简介

周作人（1885—1967），鲁迅的弟弟，原名周櫆寿，浙江绍兴人，现代散文家、诗人、文学翻译家。主要作品有散文集《雨天的书》《泽泻集》《谈龙集》《谈虎集》，诗集《过去的生命》，小说《孤儿记》，论著《欧洲文学史》等。

故乡的野菜

【导读】

《故乡的野菜》文笔质朴，立意新奇，通篇透着一股精巧的艺术魅力。本文的主题是思乡怀旧，而贯穿全文的线索却是野菜。这种思乡怀旧之情并没有像火山岩浆般喷发出来，而是如同一位丹青妙手将一幅清淡的浙东风俗画展现在读者眼前，思乡之情油然而生，而点缀画面的便是平凡的野菜。

我的故乡不止一个，凡我住过的

地方都是故乡。故乡对于我并没有什么特别的情分，只因钓于斯游于斯的关系，朝夕会面，遂成相识，正如乡村里的邻舍一样，虽然不是亲属，别后有时也要想念到他。我在浙东住过十几年，南京东京都住过六年，这都是我的故乡；现在住在北京，于是北京就成了我的家乡了。

日前我的妻往西单市场买菜回来，说起有荠菜在那里卖着，我便想起浙东的事来。荠菜是浙东人春天常吃的野菜，乡间不必说，就是城里只要有后园的人家都可以随时采食，妇女小儿各拿一把剪刀一只“苗篮”，蹲在地上搜寻，是一种有趣味的游戏的工作。那时小孩们唱道："荠菜马兰头，姊姊嫁在后门头。"后来马兰头有乡人拿来进城售卖了，但荠菜还是一种野菜，须得自家去采。关于荠菜向来颇有风雅的传说，不过这似乎以吴地为主。《西湖游览志》云："三月三日男女皆戴荠菜花。谚云：三春戴荠花，桃李羞繁华。"顾禄的《清嘉录》上亦说，"荠菜花俗呼野菜花，因谚有三月三蚂蚁上灶山之语，三日人家皆以野菜花置灶陉上，以厌虫蚁。侵晨村童叫卖不绝。或妇女簪髻上以祈清目，俗号眼亮花。"但浙东人却不很理会这些事情，只是挑来做菜或炒年糕吃罢了。

黄花麦果通称鼠曲草，系菊科植物，叶小微圆互生，表面有白毛，花黄色，簇生梢头。春天采嫩叶，捣烂去汁，和粉作糕，称黄花麦果糕。小孩们有歌赞美之云：

黄花麦果韧结结，
关得大门自要吃：
半块拿弗出，一块自要吃。

清明前后扫墓时，有些人家——大约是保存古风的人家——用黄花麦果作供，但不作饼状，做成小颗如指顶大，或细条如小指，以五六个作一攒，名曰茧果，不知是什么意思，或因蚕上山时设祭，也用这种食品，故有是称，亦未可知。自从十二三岁时外出不参与外祖家扫墓以后，不复见过茧果，近来住在北京，也不再见黄花麦果的影子了。日本称作“御形”，与荠菜同为春天的七草之一，也采来做点心用，状如艾饺，名曰“草饼”，春分前后多食之，在北京也有，但是吃去总是日本风味，不复是儿时的黄花麦果糕了。

扫墓时候所常吃的还有一种野菜，俗称草紫，通称紫云英。农人在收获后，播种田内，用作肥料，是一种很被贱视的植物，但采取嫩茎瀹食，味颇鲜美，似豌豆苗。花紫红色，数十亩接连不断，一片锦绣，如铺着华美的地毯，非常好看，而且花朵状若蝴蝶，又如鸡雏，尤为小孩所喜。间有白色的花，相传可以治痢，很是珍重，但不易得。日本《俳句大辞典》云："此草与蒲公英同是习见的东西，从幼年时代便已熟识。在女人里边，不曾采过紫云英的人，恐未必有罢。"中国古来没有花环，但紫云英的花球却是小孩常玩的东西，这一层我还替那些小人们欣幸的。浙东扫墓用鼓吹，所以少年常随了乐音去看"上坟船里的姣姣"；没有钱的人家虽没有鼓吹，但是船头上篷窗下总露出些紫云英和杜鹃的花束，这也就是上坟船的确实的证据了。

（一九二四年二月）

乌篷船

【导读】

《乌篷船》是一篇书信体散文。作者以书信的形式详尽介绍了故乡绍兴特有的水上交通工具——乌篷船。作者通过对乌篷船的典型特征的描写，传达出一种闲淡隐逸的思想。这种闲淡隐逸的情思就是作者对人生的态度，即人生短暂，人何必整天起早贪黑忙于工作，充分享受生活才是最好的人生态度。

子荣君：

接到手书，知道你要到我的故乡去，叫我给你一点什么指导。老实说，我的故乡，真正觉得可怀恋的地方，并不是那里；但是因为在那里生长，住过十多年，究竟知道一点情形，所以写这一封信告诉你。

我所要告诉你的，并不是那里的风土人情，那是写不尽的，但是你到那里一看也就会明白的，不必啰唆地多讲。我要说的是一种很有趣的东西，这便是船。你在家乡平常总坐人力车，电车，或是汽车，但在我的故乡那里这些都没有，除了在城内或山上是用轿子以外，普通代步都是用船。船有两种，普通坐的都是"乌篷船"，白篷的大抵作航船用，坐夜航船到西陵去也有特别的风趣，但是你总不便坐，所以我也就可以不说了。乌篷船大的为"四明瓦"（Symenngoa），小的为脚划船（划读如uoa），亦称小船。但是最适用的还是在这中间的"三道"，亦即三明瓦。篷是半圆形的，用竹片编成，中夹竹箬，上涂黑油；在两扇"定篷"之间放着一扇遮阳，也是半圆的，木作格子，嵌着一片片的小鱼鳞，径约一寸，颇有点透明，略似玻璃而坚韧耐用，这就称为明瓦。三明瓦者，谓其中舱有两道，后舱有一道明瓦也。船尾用橹，大抵两支，船首有竹篙，用以定船。船头着眉目，状如老虎，但似在微笑，颇滑稽而不可怕，惟白篷船则无之。三道船篷之高大约可以使你直立，舱宽可以放下一顶方桌，四个人坐着打麻将，——这个恐怕你也已学会了罢？小船则真是一叶扁舟，你坐在船底席上，篷顶离你的头有两三寸，你的两手可以搁在左右的舷上，还把手都露出在外边。在这种船里仿佛是在水面上坐，靠近田岸去时泥土便和你的眼鼻接近，而且遇着风浪，或是坐得稍不小心，就会船底朝天，发生危险，但是也颇有趣味，是水乡的一种特色。不过你总可以不必去坐，最好还是坐那三道船罢。

你如坐船出去，可是不能像坐电车的那样性急，立刻盼望走到。倘若出城，走三四十里路（我们那里的里程是很短，一里才及英里三分之一），来回总要预备一天。你坐在船上，应该是游山的态度，看看四周物色，随处可见的山，岸旁的乌桕，河边的红蓼和白苹，渔舍，各式各样的桥，困倦的时候睡在舱中拿出随笔来看，或者冲一碗清茶喝喝。偏门外的鉴湖一带，贺家池，壶觞左近，我都是喜欢的，或者往娄公埠骑驴去游兰亭（但我劝你还是步行，骑驴或者于你不很相宜），到得暮色苍然的时候进城上都挂着薜荔的东门来，倒是颇有趣味的事。倘若路上不平静，你往杭州去时可于下午开船，黄昏时候的景色正最好看，只可惜这一带地方的名字我都忘记了。夜间睡在舱中，听水声橹声，来往船只的招呼声，以及乡间的犬吠鸡鸣，也都很有意思。雇一只船到乡下去看庙戏，可以了解中国旧戏的真趣味，而且在船上行动自如，要看就看，要睡就睡，要喝酒就喝酒，我觉得也可以算是理想的行乐法。只可惜讲维新以来这些演剧与迎会都已禁止，中产阶级的低能人别在“布业会馆”等处建起“海式”的戏场来，请大家买票看上海的猫儿戏。这些地方你千万不要去。——你到我那故乡，恐怕没有一个人认得，我又因为在教书不能陪你去玩，坐夜船，谈闲天，实在抱歉而且惆怅。川岛君夫妇现在偁山下，本来可以给你绍介，但是你到那里的时候他们恐怕已经离开故乡了。初寒，善自珍重，不尽。

（一九二六年十一月十八日夜，于北京）

喝茶

【导读】

《喝茶》选材平凡琐细，一经作者的笔墨点染，立刻透出某种富有情趣的人生滋味，虽然可能未免有些落寞。在作者看来，茶要喝“绿茶”，茶具需“素雅”，茶水用“清泉”，茶食也以“清淡”为宜，喝茶并不为“止渴”，更不为“果腹”，而在“鉴赏其色与香”与“自然之妙味”……

前回徐志摩先生在平民中学讲“吃茶”——并不是胡适之先生所说的“吃讲茶”——我没有工夫去听，又可惜没有见到他精心结构的讲稿，但我推想他是在讲日本的“茶道”（英文译作Teaism），而且一定说得很好。茶道的意思，用平凡的话来说，可以称作“忙里偷闲，苦中作乐”，在不完全的现世享乐一点美与和谐，在刹那间体会永久，是日本之“象征的文化”里的一种代表艺术。关于这一件事，徐先生一定已有透彻巧妙的解说，不必再来多嘴，我现在所想说的，只是我个人的很平常的喝茶罢了。

喝茶以绿茶为正宗。红茶已经没有什么意味，何况又加糖与牛奶。葛辛（George Gissing）的《草堂随笔》（Private Papers of Henry Ryecroft）确是很有趣味的书，但冬之卷里说及饮茶，以为英国家庭里下午的红茶与黄油面包是一日中最大的乐事，中国人饮茶已历千百年，未必能领略此种乐趣与实益的万分之一，则我殊不以为然。红茶带“土斯”未始不可吃，但这只是当饭，在肚饥时食之而已；我的所谓喝茶，却是在喝清茶，在赏鉴其色与香与味，意未必在止渴，自然更不在果腹了。中国古昔曾吃过煎茶及抹茶，现在所用的都是泡茶，冈仓觉三在《茶之书》（Book of Tea，1919）里很巧妙地称之曰“自然主义的茶”，所以我们所重的即在这自然之妙味。中国人上茶馆去，左一碗右一碗的喝了半天，好像是刚从沙漠里回来的样子，颇合于我的喝茶的意思（听说闽粤有所谓吃工夫茶者自然也有道理），只可惜近来太是洋场化，失了本意，其结果成为饭馆子之流，只在乡村间还保存一点古风，惟是屋宇器具简陋万分，或者但可称为颇有喝茶之意，而未可许为已得喝茶之道也。

喝茶当于瓦屋纸窗之下，清泉绿茶，用素雅的陶瓷茶具，同二三人共饮，得半日之闲，可抵十年的尘梦。喝茶之后，再去继续修各人的胜业，无论为名为利，都无不可，但偶然的片刻优游乃正亦断不可少。中国喝茶时多吃瓜子，我觉得不很适宜，喝茶时可吃的东西应当是清淡的“茶食”。中国的茶食却变了“满汉饽饽”，其性质与“阿阿兜”相差无

儿，不是喝茶时所吃的东西了。日本的点心虽是豆米的成品，但那优雅的形色，朴素的味道，很合于茶食的资格，如各色的“羊羹”（据上田恭辅氏考据，说是出于中国唐时的羊肝饼），尤有特殊的风味。江南茶馆中有一种“干丝”，用豆腐干切成细丝，加姜丝酱油，重汤炖热，上浇麻油，出以供客，其利益为“堂倌”所独有。豆腐干中本有一种“茶干”，今变而为丝，亦颇与茶相宜。在南京时常食此品，据云有某寺方丈所制为最，虽也曾尝试，却已忘记，所记得者乃只是下关的江天阁而已。学生们的习惯，平常“干丝”既出，大抵不即食，等到麻油再加，开水重换之后，始行举箸，最为合式。因为一到即罄，次碗继至，不遑应酬，否则麻油三浇，旋即撤去，怒形于色，未免使客人不欢而散，茶意都消了。

吾乡昌安门外有一处地方，名三脚桥（实在并无三脚，乃是三出，因为一桥而跨三叉的河上也），其地有豆腐店曰周德和者，制茶干最有名。寻常的豆腐干方约寸半，厚三分，值钱二文，周德和的价值相同，小而且薄，几及一半，黝黑坚实，如紫檀片。我家距三脚桥有步行两小时的路程，故殊不易得，但能吃到油炸者而已。每天有人挑担设炉镬，沿街叫卖，其词曰：

辣酱辣，麻油炸，
红酱搽，辣酱拓：
周德和格五香油炸豆腐干。

其制法如上所述，以竹丝插其末端，每枚值三文。豆腐干大小如周德和，而甚柔软，大约系常品，惟经过这样烹调，虽然不是茶食之一，却也不失为一种好豆食。——豆腐的确也是极好的佳妙的食品，可以有种种的变化，惟在西洋不会被领解，正如茶一般。

日本用茶淘饭，名曰“茶渍”，

以腌菜及“泽庵”（即福建的黄土萝卜，日本泽庵法师始传此法，盖从中国传去）等为佐，很有清淡而甘香的风味。中国人未尝不这样吃，惟其原因，非由穷困即为节省，殆少有故意往清茶淡饭中寻其固有之味者，此所以为可惜也。

（一九二四年十二月）

胡适

作者简介

胡适（1891—1962），安徽绩溪人，现代思想家、文学家、哲学家，被誉为『中国新诗的第一人』，新文化运动的重要代表人物。主要作品有《中国哲学史大纲》《尝试集》《胡适文存》等。

我的母亲

【导读】

《我的母亲》是一篇自传体散文。胡适的母亲冯顺弟是旧社会传统的母亲形象，她宁可自己遭受困窘，也要供胡适读书，处处为儿子着想，是一位非常开明的母亲。作者回忆了母亲对自己的教育、关心以及与家人和睦相处的过程，展示了母亲对自己的爱和母亲善良、宽容、有刚气的性格特征，表达了作者对母亲的感激和怀念之情。

我小时候身体弱，不能跟着野蛮的孩子们一块玩。我母亲也不准我和他们乱跑乱跳。小时不曾养成活泼游戏的习惯，无论在什么地方，我总是文绉绉的。所以家乡老辈都说我“像个先生样子”，遂叫我做“穈先生”。这个绰号叫出去之后，人都知道三先生的小儿子叫做穈先生了。既有“先生”之名，我不能不装出点“先生”样子，更不能跟着顽童们“野”了。有一天，我在我家八字门口和一班孩子“掷铜钱”，一位老辈走过，见了我，笑道：“穈先生也掷铜钱吗？”我听了羞愧得面红耳热，觉得太失了“先生”的身份！

大人们鼓励我装先生样子，我也没有嬉戏的能力和习惯，又因为我确是喜欢看书，所以我一生可算是不曾享过儿童游戏的生活。每年秋天，我的庶祖母同我到田里去“监割”（顶好的田，水旱无扰，收成最好，佃户每约田主来监割，打下谷子，两家平分），我总是坐在小树下看小说。十一二岁时，我稍活泼一点，居然和一群同学组织了一个戏剧班，做了一些木刀竹枪，借得了几副假胡须，就在村口田里做戏。我做的往往是诸葛亮、刘备一类的文角儿；只有一次我做史文恭，被花荣一箭从椅子上射倒下去，这算是我最活泼的玩艺儿了。

我在这九年（1895—1904）之中，只学得了读书写字两件事。在文字和思想的方面，不能不算是打了一点底子。但别的方面都没有发展的机会。有一次我们村里“当朋”（八都凡五村，称为“五朋”，每年一村轮着做太子会，名为“当朋”）筹备太子会，有人提议要派我加入前村的昆腔队里学习吹笙或吹笛。族里长辈反对，说我年纪太小，不能跟着太子会走遍五朋。于是我便失掉了这学习音乐的唯一机会。三十年来，我不曾拿过乐器，也全不懂音乐；究竟我有没有一点学音乐的天资，我至今还不知道。至于学图画，更是不可能的事。我常常用竹纸蒙在小说书的石印绘像上，摹画书上的英雄美人。有一天，被先生看见了，挨了一顿大骂，抽屉里的图画都被搜出撕毁了。于是我又失掉了学做画家的机会。

但这九年的生活，除了读书看书之外，究竟给了我一点做人的训练。在这一点上，我的恩师就是我的慈母。

每天天刚亮时，我母亲便把我喊醒，叫我披衣坐起。我从不知道她醒来坐了多久了。她看我清醒了，便对我说昨天我做错了什么事，说错了什么话，要我认错，要我用功读书。有时候她对我说父亲的种种好处，她说："你总要踏上你老子的脚步。我一生只晓得这一个完全的人，你要学他，不要跌他的股。”（跌股便是丢脸，出丑。）她说到伤心处，往往掉下泪来。到天大明时，她才把我的衣服穿好，催我去上早学。学堂门上的锁匙放在先生家里；我先到学堂门口一望，便跑到先生家里去敲门。先生家里有人把锁匙从门缝里递出来，我拿了跑回去，开了门，坐下念生书。十天之中，总有八九天我是第一个去开学堂门的。等到先生来了，我背了生书，才回家吃早饭。

我母亲管束我最严，她是慈母兼任严父。但她从来不在别人面前骂我一句，打我一下，我做错了事，她只对我一望，我看见了她的严厉眼光，就吓住了。犯的事小，她等到第二天早晨我眠醒时才教训我。犯的事大，她等到晚上人静时，关了房门，先责备我，然后行罚，或跪罚，或拧我的肉。无论怎样重罚，总不许我哭出声音来。她教训儿子不是借此出气叫别人听的。

有一个初秋的傍晚，我吃了晚饭，在门口玩，身上只穿着一件单背心。这时候我母亲的妹子玉英姨母在我家住，她怕我冷了，拿了一件小衫出来叫我穿上。我不肯穿，她说："穿上吧，凉了。"我随口回答："娘（凉）什么！老子都不老子呀。"我刚说了这句话，一抬头，看见母亲从家里走出，我赶快把小衫穿上。但她已听见这句轻薄的话了。晚上人静后，她罚我跪下，重重地责罚了一顿。她说：“你没了老子，是多么得意的事！好用来说嘴！”她气得坐着发抖，也不许我上床去睡。我跪着哭，用手擦眼泪，不知擦进了什么微菌，后来足足害了一年多的眼翳病。医来医去，总医不好。我母亲心里又悔又急，听说眼翳可以用舌头舔去，有一夜她把我叫醒，她真用舌头舔我的病眼。这是我的严师，我的慈母。

我母亲二十三岁做了寡妇，又是当家的后母。这种生活的痛苦，我的笨笔写不出一万分之一二。家中财政本不宽裕，全靠二哥在上海经营调度。大哥从小就是败子，吸鸦片烟，赌博，钱到手就光，光了就回家打主意，见了香炉便拿出去卖，捞着锡茶壶便拿出去押。我母亲几次邀了本家长辈来，给他定下每月用费的数目。但他总不够用，到处都欠下烟债赌债。每年除夕我家中总有一大群讨债的，每人一盏灯笼，坐在大厅上不肯去。大哥早已避出去了。大厅的两排椅子上满满的都是灯笼和债主。我母亲走进走出，料理年夜饭，谢灶神，压岁钱等事，只当做不曾看见这一群人。到了近半夜，快要“封门”了，我母亲才走后门出去，央一位邻舍本家到我家来，每一家债户开发一点钱。

做好做歹的，这一群讨债的才一个一个提着灯笼走出去。一会儿，大哥敲门回来了。我母亲从不骂他一句。并且因为是新年，她脸上从不露出一点怒色。这样的过年，我过了六七次。

大嫂是个最无能而又最不懂事的人，二嫂是个很能干而气量很窄小的人。她们常常闹意见，只因为我母亲的和气榜样，她们还不曾有公然相骂相打的事。她们闹气时，只是不说话，不答话，把脸放下来，叫人难看；二嫂生气时，脸色变青，更是怕人。她们对我母亲闹气时，也是如此。我起初全不懂得这一套，后来也渐渐懂得看人的脸色了。我渐渐明白，世间最可厌恶的事莫如一张生气的脸，世间最下流的事莫如把生气的脸摆给旁人看。这比打骂还难受。

我母亲的气量大，性子好，又因为做了后母后婆，她更事事留心，事事格外容忍。大哥的女儿比我只小一岁，她的饮食衣料总是和我的一样。我和她有小争执，总是我吃亏，母亲总是责备我，要我事事让她。后来大嫂二嫂都生了儿子了，她们生气时便打骂孩子来出气，一面打，一面用尖刻有刺的话骂给别人听。我母亲只装做听不见。有时候，她实在忍不住了，便悄悄走出门去，或到左邻立大嫂家去坐一会，或走后门到后邻度嫂家去闲谈。她从不和两个嫂子吵一句嘴。

每个嫂子一生气，往往十天半个月不歇，天天走进走出，板着脸，咬着嘴，打骂小孩子出气。我母亲只忍耐着，忍到实在不可再忍的一天，她也有她的法子。这一天的天明时，她就不起床，轻轻地哭一场。她不骂一个人，只哭她的丈夫，哭她自己苦命，留不住她丈夫来照管她。她先哭时，声音很低，渐渐哭出声来。我醒了起来劝她，她不肯住。这时候，我总听见前堂（二嫂住前堂东房）或后堂（大嫂住后堂西房）有一扇房门开了，一个嫂子走出房向厨房走去。不多一会，那位嫂子来敲我们的房门了。

我开了房门，她走进来，捧着一碗热茶，送到我母亲床前，劝她止哭，请她喝口热茶。我母亲慢慢停住哭声，伸手接了茶碗。那位嫂子站着劝一会，才退出去。没有一句话提到什么人，也没有一个字提到这十天半个月来的气脸，然而各人心里明白，泡茶进来的嫂子总是那十天半个月来闹气的人。奇怪得很，这一哭之后，至少有一两个月的太平清静日子。

我母亲待人最仁慈，最温和，从来没有一句伤人感情的话。但她有时候也很有刚气，不受一点人格上的侮辱。我家五叔是个无正业的浪人，有一天在烟馆里发牢骚，说我母亲家中有事请某人帮忙，大概总有什么好处给他。这句话传到了我母亲耳朵里，她气得大哭，请了几位本家来，把五叔喊来，她当面质问他，她给了某人什么好处。直到五叔当众认错赔罪，她才罢休。

我在我母亲的教训之下住了九年，受了她的极大极深的影响。我十四岁（其实只有十二岁零两三个月）就离开她了，在这广漠的人海里独自混了二十多年，没有一个人管束过我。如果我学得了一丝一毫的好脾气，如果我学得了一点点待人接物的和气，如果我能宽恕人，体谅人，——我都得感谢我的慈母。

许地山

作者简介

许地山（1893—1941），名赞堃，字地山，笔名落华生，祖籍广东揭阳，现代作家、学者。他一生创作的文学作品多以闽、台、粤三省和东南亚、印度为背景，主要著作有《空山灵雨》《缀网劳蛛》《危巢坠简》《印度文学》，译著有《太阳底下降》《孟加拉民间故事》等。

落花生

【导读】

《落花生》是一篇叙事散文。全文按照种花生、收花生、吃花生、议花生的顺序逐层深入，最后生发到做人的主题，从而赋予了“落花生”人文内涵。作者紧扣花生的“有用”品格这个中心，逐步深入，揭示了花生不图虚名、默默奉献的品格，说明人要做有用的人，不要做只讲体面而对别人没有好处的人。

我们屋后有半亩隙地。母亲说："让它荒芜着怪可惜，既然你们那么爱吃花生，就辟来做花生园罢。"我们几姐弟和几个小丫头都很喜欢——买种的买种，动土的动土，灌园的灌园；过不了几个月，居然收获了！

妈妈说："今晚我们可以做一个收获节，也请你们爹爹来尝尝我们的新花生，如何？"我们都答应了。母亲把花生做成好几样的食品，还吩咐这节期要在园里的茅亭举行。

那晚上的天色不大好，可是爹爹也到来，实在很难得！爹爹说："你们爱吃花生么？"

我们都争着答应："爱！"

“谁能把花生的好处说出来？”

姊姊说：“花生的气味很美。”

哥哥说：“花生可以制油。”

我说：“无论何等人都可以用贱价买它来吃，都喜欢吃它。这就是它的好处。”

爹爹说：“花生的用处固然很多，但有一样是很可贵的。这小小的豆不像那好看的苹果、桃子、石榴，把它们的果实悬在枝上，鲜红嫩绿的颜色，令人一望而发生羡慕的心。它只把果子埋在地底，等到成熟，才容人把它挖出来。你们偶然看见一棵花生瑟缩地长在地上，不能立刻辨出它有没有果实，非得等到你接触它才能

知道。”

我们都说：“是的。”母亲也点点头。爹爹接下去说：“所以你们要像花生，因为它是有用的，不是伟大、好看的东西。”

我说：“那么，人要做有用的人，不要做伟大、体面的人了。”

爹爹说：“这是我对于你们的希望。”

我们谈到夜阑才散。花生做的食品都吃完了，父亲的话却深深地印在我的心上。

春底林野

【导读】

这篇文章描写的是春季里山野、树林的景色。在作者笔下，山、云、轻风、桃花、小草、云雀、金莺等都是那么富有诗情画意。作者多处运用了比拟的修辞手法，赋予这些花草、动物等以人的感情，人的动作，使它们与人走得更近一层。

春光在万山环抱里，更是泄露得迟。那里的桃花还是开着；漫游的薄云从这峰飞过那峰，有时稍停一会，为的是挡住太阳，教地面的花草在它的荫下避光焰的威吓。

岩下的荫处和山溪的旁边长满了薇蕨和其他凤尾草。红、黄、蓝、紫的小草花点缀在绿茵上头。天中的云雀，林中的金莺，都鼓起它们的舌簧。轻风把它们的声音挤成一片，分送给山中各样有耳无耳的生物。桃花听得入神，禁不住落了几点粉泪，一片一片凝在地上。小草花听得大醉，也和着声音的节拍一会倒，一会起，没有镇定的时候。

林下一班孩子正在那里捡桃花的落瓣哪。他们捡着，清儿忽嚷起来，道："嘎，邕邕来了！"众孩子住了手，都向桃林的尽头盼望。果然邕邕也在那里摘草花。清儿道："我们今天可要试试阿桐的本领了。若是他能办得到，我们都把花瓣穿成一串璎珞围在他身上，封他为大哥如何？"众人都答应了。

阿桐走到邕邕面前，道："我们正等着你来呢。"

阿桐的左手盘在邕邕的脖上，一面走一面说："今天他们要替你办嫁妆，教你做我的妻子。你能做我的妻子么？"邕邕狠视了阿桐一下，回头用手推开他，不许他的手再搭在自己脖上。孩子们都笑得支持不住了。众孩子嚷道：“我们见过邕邕用手推人了！阿桐赢了！”

邕邕从来不会拒绝人，阿桐怎能知道一说那话，就能使她动手呢？是春光的荡漾，把她这种心思泛出来呢？或者，天地之心就是这样呢？你且看：漫游的薄云还是从这峰飞过那峰。你且听：云雀和金莺的歌声还布满了空中和林中。在这万山环抱的桃林中，除那班爱闹的孩子以外，万物把春光领略得心眼都迷蒙了。

郁达夫

作者简介

郁达夫（1896—1945），原名郁文，浙江富阳人，现代作家，新文学团体『创造社』的发起人之一。主要作品有小说《沉沦》《采石矶》《出奔》《春风沉醉的晚上》《她是一个弱女子》，散文集《达夫游记》等。

故都的秋

【导读】

本文是现代散文中描写秋天的名篇。作者紧扣“故都”和“秋”两个词语，描写了故都的秋晨、秋槐、秋蝉、秋雨和秋果，突出了故都之秋“清”“静”“悲凉”的总体特点，表达了作者对故都的思念之情以及一叶知秋的落寞之感。

秋天，无论在什么地方的秋天，总是好的；可是啊，北国的秋，却特别地来得清，来得静，来得悲凉。我的不远千里，要从杭州赶上青岛，更要从青岛赶上北平来的理由，也不过想饱尝一尝这“秋”，这故都的秋味。

江南，秋当然也是有的；但草木凋得慢，空气来得润，天的颜色显得淡，并且又时常多雨而少风；一个人夹在苏州上海杭州，或厦门香港广州的市民中间，混混沌沌地过去，只能感到一点点清凉，秋的味，秋的色，秋的意境与姿态，总看不饱，尝不透，赏玩不到十足。秋并不是名花，也并不是美酒，那一种半开、半醉的状态，在领略秋的过程上，是不合适的。

不逢北国之秋，已将近十年了。

在南方每年到了秋天，总要想起陶然亭的芦花，钓鱼台的柳影，西山的虫唱，玉泉的夜月，潭柘寺的钟声。在北平即使不出门去吧，就是在皇城人海之中，租人家一椽破屋来住着，早晨起来，泡一碗浓茶，向院子一坐，你也能看得到很高很高的碧绿的天色，听得到青天下驯鸽的飞声。从槐树叶底，朝东细数着一丝一丝漏下来的日光，或在破壁腰中，静对着像喇叭似的牵牛花（朝荣）的蓝朵，自然而然地也能够感觉到十分的秋意。说到了牵牛花，我以为以蓝色或白色者为佳，紫黑色次之，淡红者最下。最好，还要在牵牛花底，教长着几根疏疏落落的尖细且长的秋草，使作陪衬。

北国的槐树，也是一种能使人联想起秋来的点缀。像花而又不是花的那一种落蕊，早晨起来，会铺得满地。脚踏上去，声音也没有，气味也没有，只能感出一点点极微细极柔软的触觉。扫街的在树影下一阵扫后，灰土上留下来的一条条扫帚的丝纹，看起来既觉得细腻，又觉得清闲，潜意识下并且还觉得有点儿落寞，古人所说的梧桐一叶而天下知秋的遥想，大约也就在这些深沉的地方。

秋蝉的衰弱的残声，更是北国的特产；因为北平处处全长着树，屋子又低，所以无论在什么地方，都听得见它们的啼唱。在南方是非要上郊外或山上去才听得到的。这嘶叫的秋蝉，在北平可和蟋蟀耗子一样，简直像是家家户户都养在家里的家虫。

还有秋雨哩，北方的秋雨，也似乎比南方的下得奇，下得有味，下得更像样。

在灰沉沉的天底下，忽而来一阵凉风，便息列索落地下起雨来了。一层雨过，云渐渐地卷向了西去，天又青了，太阳又露出脸来了；着着很厚的青布单衣或夹袄的都市闲人，咬着烟管，在雨后的斜桥影里，上桥头树底下去一立，遇见熟人，便会用了缓慢悠闲的声调，微叹着互答着地说：

"唉，天可真凉了——"（这了字念得很高，拖得很长。）

"可不是吗？一层秋雨一层凉啦！"

北方人念阵字，总老像是层字，平平仄仄起来，这念错的歧韵，倒来得正好。

北方的果树，到秋来，也是一种奇景。第一是枣子树；屋角，墙头，茅房边上，灶房门口，它都会一株株地长大起来。像橄榄又像鸽蛋似的这枣子颗儿，在小椭圆形的细叶中间，显出淡绿微黄的颜色的时候，正是秋的全盛时期；等枣树叶落，枣子红完，西北风就要起来了，北方便是尘沙灰土的世界，只有这枣子、柿子、葡萄，成熟到八九分的七八月之交，是北国的清秋的佳日，是一年之中最好也没有的Golden Days。

有些批评家说，中国的文人学士，尤其是诗人，都带着很浓厚的颓废色彩，所以中国的诗文里，颂赞秋的文字特别多。但外国的诗人，又何尝不然？我虽则外国诗文念得不多，也不想开出账来，做一篇秋的诗歌散文钞，但你若去一翻英德法意等诗人的集子，或各国的诗文的Anthology来，总能够看到许多关于秋的歌颂与悲啼。各著名的大诗人的长篇田园诗或四季诗里，也总以关于秋的部分，写得最出色而最有味。足见有感觉的动物，有情趣的人类，对于秋，总是一样地能特别引起深沉、幽远、严厉、萧索的感触来的。不单是诗人，就是被关闭在牢狱里的囚犯，到了秋天，我想也一定会感到一种不能自已的深情；秋之于人，何尝有国别，更何尝有人种阶级的区别呢？不过在中国，文字里有一个“秋士”的成语，读本里又有着很普遍的欧阳子的《秋声》与苏东坡的《赤壁赋》等，就觉得中国的文人，与秋的关系特别深了。可是这秋的深味，尤其是中国的秋的深味，非要在北方，才感受得到底。

南国之秋，当然是也有它的特异的地方的，譬如廿四桥的明月，钱塘江的秋潮，普陀山的凉雾，荔枝湾的残荷，等等，可是色彩不浓，回味不永。比起北国的秋来，正像是黄酒之与白干，稀饭之与馍馍，鲈鱼之与大蟹，黄犬之与骆驼。

秋天，这北国的秋天，若留得住的话，我愿意把寿命的三分之二折去，换得一个三分之一的零头。

一九三四年八月，在北平。

钓台的春昼

【导读】

本文是一篇游记散文。本文以游踪为线索，描写了富春江沿途的山光水色，着重刻画了桐君山和严子陵钓台的风景。作者在寄情山水中，流露出身处乱世的忧思，而贯串全篇的则是对于黑暗现实的愤慨之音。

因为近在咫尺，以为什么时候要去就可以去，我们对于本乡本土的名区胜景，反而往往没有机会去玩，或不容易下一个决心去玩的。正唯其是如此，我对于富春江上的严陵，二十年来，心里虽每在记着，但脚却没有向这一方面走过。一九三一，岁在辛未，暮春三月，春服未成，而中央党帝，似乎又想玩一个秦始皇所玩过的把戏了，我接到了警告，就仓皇离去了寓居。先在江浙附近的穷乡里，游息了几天，偶尔看见了一家扫墓的行舟，乡愁一动，就定下了归计。绕了一个大弯，赶到故乡，却正好还在清明寒食的节前。和家人等去上了几处坟，与许久不曾见过面的亲戚朋友，来往热闹了几天，一种乡居的倦怠，忽而袭上心来了，于是乎我就决心上钓台访一访严子陵的幽居。

钓台去桐庐县城二十余里，桐庐去富阳县治九十里不足，自富阳溯江而上，坐小火轮三小时可达桐庐，再上则须坐帆船了。

我去的那一天，记得是阴晴欲雨的养花天，并且系坐晚班轮去的，船到桐庐，已经是灯火微明的黄昏时候了，不得已就只得在码头近边的一家旅馆的楼上借了一宵宿。

桐庐县城，大约有三里路长，三千多烟灶，一二万居民，地在富春江西北岸，从前是皖浙交通的要道，现在杭江铁路一开，似乎没有一二十年前的繁华热闹了。尤其要使旅客感到萧条的，却是桐君山脚下的那一队花船的失去了踪影。说起桐君山，却是桐庐县的一个接近城市的灵山胜地，山虽不高，但因有仙，自然是灵了。以形势来论，这桐君山，也的确是可以产生出许多口音生硬，别具风韵的桐严嫂来的生龙活脉。地处在桐溪东岸，正当桐溪和富春江合流之所，依依一水，西岸便瞰视着桐庐县市的人家烟树。南面对江，便是十里长洲；唐诗人方干的故居，就在这十里桐洲九里花的花田深处。向西越过桐庐县城，更遥遥对着一排高低不定的青峦，这就是富春山的山子山孙了。东北面山下，是一片桑麻沃地，有一条长蛇似的官道，隐而复现，出没盘曲在桃花杨柳洋槐榆树的中间，绕过一支小岭，便是富阳县的境界，大约去程明道的墓地程坟，总也不过一二十里地的间隔。我的去拜谒桐君，瞻仰道观，就在那一天到桐庐的晚上，是淡云微月，正在作雨的时候。

鱼梁渡头，因为夜渡无人，渡船停在东岸的桐君山下。我从旅馆踱了出来，先在离轮埠不远的渡口停立了几分钟。后来向一位来渡口洗夜饭米的年轻少妇，弓身请问了一回，才得到了渡江的秘诀。她说："你只须高喊两三声，船自会来的。"先谢了她教我的好意，然后以两手围成了播音的喇叭，“喂，喂，渡船请摇过来！”的纵声一喊，果然在半江的黑影当中，船身摇动了。渐摇渐近，五分钟后，我在渡口，却终于听出了咿呀柔橹的声音。时间似乎已经入了酉时的下刻，小市里的群动，这时候都已经静息，自从渡口的那位少妇，在微茫的夜色里，藏去了她那张白团团的面影之后，我独立在江边，不知不觉心里头却兀自感到了一种他乡日暮的悲哀。渡船到岸，船头上起了几声微微的水浪清音，又铜东的一响，我早已跳上了船，渡船也已经掉过头来了。坐在黑影沉沉的舱里，我起先只在静听着柔橹划水的声音，然后却在黑影里看出了一星船家在吸着的长烟管头上的烟火，最后因为被沉默压迫不过，我只好开口说话了："船家！你这样的渡我过去，该给你几个船钱？"我问。"随你先生把几个就是。"船家的说话冗慢幽长，似乎已经带着些睡意了，我就向袋里摸出了两角钱来。"这两角钱，就算是我的渡船钱，请你候我一会，上去烧一次夜香，我是依旧要渡过江来的。"船家的回答，只是恩恩乌乌，幽幽同牛叫似的一种鼻音，然而从继这鼻音而起的两三声轻快的喀声听来，他却似已经在感到满足了，因为我也知道，乡间的义渡，船钱最多也不过是两三枚铜子而已。

到了桐君山下，在山影和树影交掩着的崎岖道上，我上岸走不上几步，就被一块乱石绊倒，滑跌了一次。船家似乎也动了恻隐之心了，一句话也不发，跑将上来，他却突然交给了我一盒火柴。我于感谢了一番他的盛意之后，重整步武，再摸上山去，先是必须点一支火柴走三五步路的，但到得半山，路既就了规律，而微云堆里的半规月色，也朦胧地现出一痕银线来了，所以手里还存着的半盒火柴，就被我藏入了袋里。路是从山的西北，盘曲而上，渐走渐高，半山一到，天也开朗了一点，桐庐县市上的灯光，也星星可数了。更纵目向江心望去，富春江两岸的船上和桐溪合流口停泊着的船尾船头，也看得出一点一点的火来。走过半山，桐君观里的晚祷钟鼓，似乎还没有息尽，耳朵里仿佛听见了几丝木鱼钲钹的残声。走上山顶，先在半途遇着了一道道观外围的女墙，这女墙的栅门，却已经掩上了。在栅门外徘徊了一刻，觉得已经到了此门而不进去，终于是不能满足我这一次暗夜冒险的好奇怪癖的。所以细想了几次，还是决心进去，非进去不可，轻轻用手往里面一推，栅门却呀的一声，早已退向了后方开开了，这门原来是虚掩在那里的。进了栅门，踏着为淡月所映照的石砌平路，向东向南的前走了五六十步，居然走到了道观的大门之外，这两扇朱红漆的大门，不消说是紧闭在那里的。到了此地，我却不想再破门进去了，因为这大门是朝南向着大江开的，门外头是一条一丈来宽的石砌步道，步道的一旁是道观的墙，一旁便是山坡，靠山坡的一面，并且还有一道二尺来高的石墙筑在那里，大约是代替栏杆，防人倾跌下山去的用意，石墙之上，铺的是二三尺宽的青石，在这似石栏又似石凳的墙上，尽可以坐卧游息，饱看桐江和对岸的风景，就是在这里坐它一晚，也很可以，我又何必去打开门来，惊起那些老道的噩梦呢?

空旷的天空里，流涨着的只是些灰白的云，云层缺处，原也看得出半角的天，和一点两点的星，但看起来最饶风趣的，却仍是欲藏还露，将见仍无的那半规月影。这时候江面上似乎起了风，云脚的迁移，更来得迅速了。而低头向江心一看，几多散乱着的船里的灯光，也忽阴忽灭地变换了一变换位置。

这道观大门外的景色，真神奇极了。我当十几年前，在放浪的游程里，曾向瓜州京口一带，消磨过不少的时日。那时觉得果然名不虚传的，确是甘露寺外的江山，而现在到了桐庐，昏夜上这桐君山来一看，又觉得这江山的秀而且静，风景的整而不散，却非那天下第一江山的北固山所可与比拟的了。真也难怪得严子陵，难怪得戴征士，倘使我若能在这样的地方结屋读书，以养天年，那还要什么的高官厚禄，还要什么的浮名虚誉哩？一个人在这桐君观前的石凳上，看看山，看看水，看看城中的灯火和天上的星云，更做做浩无边际的无聊的幻梦，我竟忘记了时刻，忘记了自身，直等到隔江的击柝声传来，向西一看，忽而觉得城中的灯影微茫地减了，才跑也似的走下了山来，渡江奔回了客舍。

第二日侵晨，觉得昨天在桐君观前做过的残梦正还没有续完的时候，窗外面忽而传来了一阵吹角的声音。好梦虽被打破，但因这同吹觱篥似的商音哀咽，却很含着些荒凉的古意，并且晓风残月，杨柳岸边，也正好候船待发，上严陵去；所以心里虽怀着了些儿怨恨，但脸上却只现出了一痕微笑，起来梳洗更衣，叫茶房去雇船去。雇好了一只双桨的渔舟，买就了些酒菜鱼米，就在旅馆前面的码头上上了船，轻轻向江心摇出去的时候，东方的云幕中间，已现出了几丝红晕，有八点多钟了。舟师急得厉害，只在埋怨旅馆的茶房，为什么昨晚不预先告诉，好早一点出发。因为此去就是七里滩头，无风七里，有风七十里，上钓台去玩一趟回来，路程虽则有限，但这几日风雨无常，说不定要走夜路，才回来得了的。

过了桐庐，江心狭窄，浅滩果然多起来了。路上遇着的来往的行舟，数目也是很少，因为早晨吹的角，就是往建德去的快班船的信号，快班船一开，来往于两岸之间的船就不十分多了。两岸全是青青的山，中间是一条清浅的水，有时候过一个沙洲，洲上的桃花菜花，还有许多不晓得名字的白色的花，正在喧闹着春暮，吸引着蜂蝶。我在船头上一口一口地喝着严东关的药酒，指东话西地问着船家，这是什么山？那是什么港？惊叹了半天，称颂了半天，人也觉得倦了，不晓得什么时候，身子却走上了一家水边的酒楼，在和数年不见的几位已经做了党官的朋友高谈阔论。谈论之余，还背诵了一首两三年前曾在同一的情形之下做成的歪诗：

不是尊前爱惜身，
佯狂难免假成真，
曾因酒醉鞭名马，
生怕情多累美人。
劫数东南天作孽，
鸡鸣风雨海扬尘，

悲歌痛哭终何补，
义士纷纷说帝秦。

直到盛筵将散，我酒也不想再喝了，和几位朋友闹得心里各自难堪，连对旁边坐着的两位陪酒的名花都不愿意开口。正在这上下不得的苦闷关头，船家却大声地叫了起来说：

“先生，罗芷过了，钓台就在前面，你醒醒罢，好上山去烧饭吃去。”

擦擦眼睛，整了一整衣服，抬起头来一看，四面的水光山色又忽而变了样子了。清清的一条浅水，比前又窄了几分，四围的山包得格外的紧了，仿佛是前无去路的样子。并且山容峻削，看去觉得格外的瘦格外的高。向天上地下四围看去，只寂寂的看不见一个人类。双桨的摇响，到此似乎也不敢放肆了，钩的一声过后，要好半天才来一个幽幽的回响，静，静，静，身边水上，山下岩头，只沉浸着太古的静，死灭的静，山峡里连飞鸟的影子也看不见半只。前面的所谓钓台山上，只看得见两大个石垒，一间歪斜的亭子，许多纵横芜杂的草木。山腰里的那座祠堂，也只露着些废垣残瓦，屋上面连炊烟都没有一丝半缕，像是好久好久没有人住了的样子。并且天气又来得阴森，早晨曾经露一露脸过的太阳，这时候早已深藏在云堆里了，余下来的只是时有时无从侧面吹来的阴飕飕的半箭儿山风。船靠了山脚，跟着前面背着酒菜鱼米的船夫走上严先生祠堂去的时候，我心里真有点害怕，怕在这荒山里要遇见一个干枯苍老得同丝瓜筋似的严先生的鬼魂。

在祠堂西院的客厅里坐定，和严先生的不知第几代的裔孙谈了几句关于年岁水旱的话后，我的心跳也渐渐儿地镇静下去了，嘱托了他以煮饭烧菜的杂务，我和船家就从断碑乱石中间爬上了钓台。

东西两石垒，高各有二三百尺，离江面约两里来远，东西台相去，只有一二百步，但其间却夹着一条深谷。立在东台，可以看得出罗芷的人家，回头展望来路，风景似乎散漫一点，而一上谢氏的西台，向西望去，则幽谷里的清景，却绝对的不像是在人间了。我虽则没有到过瑞士，但到了西台，朝西一看，立时就想起了曾在照片上看见过的威廉退儿的祠堂。这四山的幽静，这江水的青蓝，简直同在画片上的珂罗版色彩，一色也没有两样，所不同的，就是在这儿的变化更多一点，周围的环境更芜杂不整齐一点而已，但这却是好处，这正是足以代表东方民族性的颓废荒凉的美。

从钓台下来，回到严先生的祠

堂——记得这是洪杨以后严州知府戴槃重建的祠堂——西院里饱啖了一顿酒肉，我觉得有点酩酊微醉了。手拿着以火柴柄制成的牙签，走到东面供着严先生神像的龛前，向四面的破壁上一看，翠墨淋漓，题在那里的，竟多是些俗而不雅的过路高官的手笔。最后到了南面的一块白墙头上，在离屋檐不远的一角高处，却看到了我们的一位新近去世的同乡夏灵峰先生的四句似邵尧夫而又略带感慨的诗句。夏灵峰先生虽则只知崇古，不善处今，但是五十年来，像他那样的顽固自尊的亡清遗老，也的确是没有第二个人。比较起现在的那些官迷财迷的南满尚书和东洋宦婢来，他的经术言行，姑且不必去论它，就是以骨头来称称，我想也要比什么罗三郎郑太郎辈，重到好几百倍。慕贤的心一动，醺人的臭技自然是难熬了，堆起了几张桌椅，借得了一枝破笔，我也在高墙上在夏灵峰先生的脚后放上了一个陈屁，就是在船舱的梦里，也曾微吟过的那一首歪诗。

从墙头上跳将下来，又向龛前天井去走了一圈，觉得酒后的喉咙，有点渴痒了，所以就又走回到了西院，静坐着喝了两碗清茶。在这四大无声，只听见我自己的啾啾喝水的舌音冲击到那座破院的败壁上去的寂静中间，同惊雷似的一响，院后的竹园里却忽而飞出了一声闲长而又有节奏似的鸡啼的声来。同时在门外面歇着的船家，也走进了院门，高声地对我说：

“先生，我们回去罢，已经是吃点心的时候了，你不听见那只公鸡在后山啼么？我们回去罢！”

一九三二年八月在上海写。

一个人在途上

【导读】

1926年端午节，郁达夫五岁的儿子龙儿因患脑膜炎不幸去世。郁达夫本就性格忧郁、感情细腻，又处在一个黑暗、动乱的时代，丧子之痛更加令他不堪忍受。在本文中，郁达夫把儿子患病临死前的景象和往日活泼可爱的情态加以对照，把儿子临死前想念父亲和死后父母对他的思念之情反复渲染，表现了痛失爱子的悲伤之情。

在东车站的长廊下，和女人分开以后，自家又剩了孤伶仃的一个。频年漂泊惯的两口儿，这一回的离散，倒也算不得什么特别。可是端午节那天，龙儿刚死，到这时候北京城里虽已起了秋风，但是计算起来，去儿子的死期，究竟还只有一百来天。在车

座里，稍稍把意识恢复转来的时候，自家就想起了卢骚晚年的作品《孤独散步者的梦想》的头上的几句话：

> 自家除了己身以外，已经没有弟兄，没有邻人，没有朋友，没有社会了。自家在这世上，像这样的，已经成了一个孤独者了。……

然而当年的卢骚还有弃养在孤儿院内的五个儿子，而我自己哩，连一个抚育到五岁的儿子都还抓不住！

离家的远别，本来也只为想养活妻儿。去年在某大学的被逐，是万料不到的事情。其后兵乱迭起，交通阻绝，当寒冬的十月，会病倒在沪上，也是谁也料想不到的。今年二月，好容易到得南方，静息了一年之半，谁知这刚养得出趣的龙儿，又会遭此凶疾的呢？

龙儿的病报，本是在广州得着，匆促北航，到了上海，接连接了几个北京来的电报，换船到天津，已经是旧历的五月初十。到家之夜，一见了门上的白纸条儿，心里已经是跳得慌乱，从苍茫的暮色里赶到哥哥家中，见了衰病的她，因为在大众之前，勉强将感情压住。草草吃了夜饭，上床就寝，把电灯一灭，两人只有紧抱的痛哭，痛哭，痛哭，只是痛哭，气也换不过来，更哪里有说一句话的余裕？

受苦的时间，的确脱煞过去得太悠徐，今年的夏季，只是悲叹的连续。晚上上床，两口儿，哪敢提一句话？可怜这两个迷散的灵心，在电灯灭黑的黝暗里，所摸走的荒路，每会凑集在一条线上，这路的交叉点里，只有一块小小的墓碑，墓碑上只有“龙儿之墓”的四个红字。

妻儿因为在浙江老家内，不能和母亲同住，不得已，而搬往北京当时我在寄食的哥哥家去，是去年的四月中旬。那时候龙儿正长得肥满可爱，一举一动，处处教人欢喜。到了五月初，从某地回京，觉得哥哥家太狭小，就在什刹海的北岸，租定了一间渺小的住宅。夫妻两个，日日和龙儿伴乐，闲时也常在北海的荷花深处，及门前的杨柳荫中带龙儿去走走。这一年的暑假，总算过得快乐，最闲适。

秋风吹叶落的时候，别了龙儿和女人，再上某地大学去为朋友帮忙，当时他们俩还往西车站去送我来哩！这是去年秋晚的事情，想起来还同昨日的情形一样。

过了一月，某地的学校里发生事情，又回京了一次，在什刹海小住了两星期，本来打算不再出京了，然碍于朋友的面子，又不得不于一天寒风刺骨的黄昏，上西车站去乘车。这时候因为怕龙儿要哭，自己和女人，吃过晚饭，便只说要往哥哥家里去，只许他送我们到门口。记得那一天晚上他一个人和老妈子立在门口，等我们俩去了好远，还“爸爸！爸爸！”的叫了好几声。啊啊，这几声惨伤的呼唤，便是我在这世上听到的他叫我的最后的声音。

出京之后，到某地住了一宵，就匆促往上海。接续便染了病，遇了强盗辈的争夺政权，其后赴南方暂住，一直到今年的五月，才返北京。

想起来，龙儿实在是一个填债的儿子，是当乱离困厄的这几年中间，特来安慰我和他娘的愁闷的使者!

自从他在安庆生落地以来，我自己没有一天脱离过苦闷，没有一处安住到五个月以上。我的女人，也和我分担着十字架的重负，只是东西南北地奔波漂泊。然当日夜难安，悲苦得不了的时候，只教他的笑脸一开，女人和我，就可以把一切穷愁，丢在脑后。而今年五月初十待我赶到北京的时候，他的尸体，早已在妙光阁的广谊园地下躺着了。

他的病，说是脑膜炎。自从得病之日起，一直到旧历端午节的午时绝命的时候止，中间经过有一个多月的光景。平时被我们宠坏了的他，听说此番病里，却乖顺得非常。叫他吃药，他就大口地吃，叫他用冰枕，他就很柔顺地躺上。病后还能说话的时候，只问他的娘，“爸爸几时回来？”“爸爸在上海为我定做的小皮鞋，已经做好了没有？”我的女人，于惑乱之余，每幽幽地问他：“龙！你晓得你这一场病，会不会死的？”他老是很不愿意地回答说：“哪儿会死的哩？”据女人含泪地告诉我说，他的谈吐，绝不似一个五岁的小儿。

未病之前一个月的时候，有一天午后他在门口玩耍，看见西面来了一乘马车，马车里坐着一个戴灰白色帽子的青年。他远远看见，就急忙丢下了伴侣，跑进屋里叫他娘出来，说："爸爸回来了，爸爸回来了！"因为我去年离京时所戴的，是一样的一顶白灰呢帽。他娘跟他出来到门前，马车已经过去了，他就死劲地拉住了他娘，哭喊着说："爸爸怎么不家来吓？爸爸怎么不家来吓？"他娘说慰了半天，他还尽是哭着，这也是他娘含泪和我说的。现在回想起来，自己实在不该抛弃了他们，一个人在外面流荡，致使他那小小的灵心，常有这望远思亲的伤痛。

去年六月，搬往什刹海之后，有一次我们在堤上散步，因为他看见了人家的汽车，硬是哭着要坐，被我痛打了一顿。又有一次，也是因为要穿洋服，受了我的毒打。这实在只能怪我做父亲的没有能力，不能做洋服给他穿，雇汽车给他坐。早知他要这样地早死，我就是典当强劫，也应该去弄一点钱来，满足他这点点无邪的欲望。到现在追想起来，实在觉得对他不起，实在是我太无容人之量了。

我女人说，濒死的前五天，在病院里，他连叫了几夜的爸爸。她问他："叫爸爸干什么？"他又不响了，停一会儿，就又再叫起来。到了旧历五月初三日，他已入了昏迷状态，医师替他抽骨髓，他只会直叫一声"干吗？"，喉头的气管，咯咯在抽咽，眼睛只往上吊送，口头流些白沫，然而一口气总不肯断。他娘哭叫几声“龙！龙！”，他的眼角上，就会迸流些眼泪出来。后来他娘看他苦得难过，倒对他说：

“龙，你若是没有命的，就好好的去吧！你是不是想等爸爸回来？就是你爸爸回来，也不过是这样地替你医治罢了。龙！你有什么不了的心愿呢？龙！与其这样地抽咽受苦，你还不如快快地去吧！”

他听了这一段话，眼角上眼泪，更是涌流得厉害。到了旧历端午节的午时，他竟等不着我的回来，终于断气了。

丧葬之后，女人搬往哥哥家里，

暂住了几天。我于五月十日晚上，下车赶到什刹海的寓宅，打门打了半天，没有应声。后来抬头一看，才见了一张告示邮差送信的白纸条。

自从龙儿生病以后，连日夜看护久已倦了的她，又哪里经得起最后的这一个打击？自己当到京之夜，见了她的衰容，见了她的眼泪，又哪里能够不痛哭呢！

在哥哥家里小住了两三天，我因为想追求龙儿生前的遗迹，一定要女人和我仍复搬回什刹海的住宅去住它一两个月。

搬回去那天，一进上屋的门，就见了一张被他玩破的今年正月里的花灯。听说这张花灯，是南城大姨妈送他的，因为他自家烧破了一个窟窿，他还哭过好几次来的。

其次，便是上房里砖上的几堆烧纸钱的痕迹！系当他下殓时烧给他的。

院子里有一架葡萄，两棵枣树，去年采取葡萄、枣子的时候，他站在树下，兜起了大褂，仰头在看树上的我。我摘取一颗，丢入了他的大褂兜里，他的哄笑声，要继续到三五分钟。今年这两棵枣树，结满了青青的枣子，风起的半夜里，老有熟极的枣子辞枝自落。女人和我，睡在床上，有时候且哭且谈，总要到更深人静，方能入睡。在这样的幽幽的谈话中间，最怕听的，就是滴答的坠枣之声。

到京的第二日，和女人去看他的坟墓。先在一家南纸铺里买了许多冥府的钞票，预备去烧送给他。直到到了妙光阁的广谊园茔地门前，她方从呜咽里清醒过来，说："这是钞票，他一个小孩如何用得呢？"就又回车转来，到琉璃厂去买了些有孔的纸钱。她在坟前哭了一阵，把纸钱钞票烧化的时候，却叫着说：

"龙！这一堆是钞票，你收在那里，待长大了的时候再用，要买什么，你先拿这一堆钱去用吧！"

这一天在他的坟上坐着，我们直

到午后七点，太阳平西的时候，才回家来。临走的时候，他娘还哭叫着说：

“龙！龙！你一个人在这里不怕冷静的么？龙！龙！人家若来欺你，你晚上来告诉娘吧！你怎么不想回来了呢？你怎么梦也不来托一个呢？”

箱子里，还有许多散放着的他的小衣服。今年北京的天气，到七月中旬，已经是很冷了。当微凉的早晚，我们俩都想换上几件夹衣，然而因为怕见他旧时的夹衣袍袜，我们俩却尽是一天一天地挨着，谁也不说出口来，说“要换上件夹衫”。

有一次和女人在那里睡午觉，她骤然从床上坐了起来，鞋也不拖，光着袜子，跑上了上房起坐室里，并且更掀帘跑上外面院子里去。我也莫名其妙跟着她跑到外面的时候，只见她在那里四面找寻什么，找寻不着，呆立了一会，她忽然放声哭了起来，并且抱住了我急急地追问说："你听不听见？你听不听见？"哭完之后，她才告诉我说，在半醒半睡的中间，她听见"娘！娘！"地叫了几声，的确是龙儿的声音。她很坚定地说："的确是龙回来了。"

北京的朋友亲戚，为安慰我们起见，今年夏天常请我们俩去吃饭、听戏，她老不愿意和我同去，因为去年的六月，我们无论上哪里去玩，龙儿是常和我们在一处的。

今年的一个暑假，就是这样的，在悲叹和幻梦的中间消逝了。这一回南方来催我就道的信，过于匆促，出发之前，我觉得还有一件大事情没有做了。

中秋节前新搬了家，为修理房屋，部署杂事，就忙了一个星期。出发之前，又因了种种琐事，不能抽出空来，再上龙儿的坟地去探望一回。女人上东车站来送我上车的时候，我心里尽是酸一阵痛一阵地在回念这一件恨事。有好几次想和她说出来，教她于两三日后再往妙光阁去探望一趟，但见了她的憔悴尽的颜色，和苦忍住的凄楚，又终于一句话也没有讲成。

现在去北京远了，去龙儿更远了，自家只一个人，只是孤伶仃的一个人。在这里继续此生中大约是完不了的漂泊。

一九二六年十月五日在上海旅馆内。

苏州烟雨记

【导读】

郁达夫到苏州看望沈君，并游览了这座园林古城。苏州的烟雨总是蒙蒙的，在胸怀国家兴亡的郁达夫的眼中，苏州有一种“颓废美”。作者耳闻目睹了许多的事和景，便感慨“中国人的悠悠的态度，和中国的亡国的悲壮美，在此地也能看得出来”。

一

悠悠的碧落，一天一天地高远起来。清凉的早晚，觉得天寒袖薄，要缝件夹衣，更换单衫。楼头思妇，见了鹅黄的柳色，牵情望远，在绸衾的梦里，每欲奔赴玉门关外去。当这时候，我们若走出户外天空下去，老觉得好像有一件什么重大的物事，被我们忘了似的。可不是么？三伏的暑热，被我们忘掉了哟!

在都市的沉浊的空气中栖息的裸虫!在利欲的市场上吸血的战士!年年岁岁,不知四季的变迁,同鼹鼠似的埋伏在软红尘里的男男女女!你们想发见你们的灵性不想?你们有没有向上更新的念头?你们若欲上空旷的地方,去呼一口自由的空气,一则可以醒醒你们醉生梦死的头脑,二则可以看看那些就快凋谢的青枝绿叶,预藏一个*来春再见之机*,那么请你们跟了我来,Und ich, ich Schnuere Den Sack and wandere,我要去寻访伍子胥吹箫吃食之乡,展拜秦始皇求剑凿穿之墓,并想看看那有名的姑苏台苑哩!

“象以齿毙，膏用明煎”，为人切不可有所专好，因为一有了嗜癖，就不得不为所累。我闲居沪上，半年来既无职业，也无忙事，本来只须有几个买路钱，便是天南地北，也可以悠然独往的，然而实际上却是不然。因为自去年同几个同趣味的朋友，弄了几种我们所爱的文艺刊物出来之后，愚蠢的我们，就不得不天天服海儿克儿斯（Hercules）的苦役了，所以九月三日的早晨，决定和友人沈君，乘车上苏州去的时候，我还因有一篇文字没有交出之故，心里只在怦怦地跳动。

那一天（九月三日）也算是一天清秋的好天气。天上虽没有太阳，然而几块淡青的空处，和西洋女子的碧眼一般，在白云浮荡的中间，常在向我们地上的可怜虫密送秋波。不是雨天，不是晴日，若硬要把这一天的天气分出类来，我不管气象台的先生们笑我不笑我，姑且把它叫风云飞舞，阴晴交让的初秋的一日吧。

这一天的早晨，同乡的沈君，跑上我的寓所来说：

"今天我要上苏州去。"

我从我的屋顶下的房里，看看窗外的天空，听听市上的杂噪，忽而也起了一种怀慕远处之情（Sehusucht nach der Ferne）。九点四十分的时候，我和沈君就摇来摇去地站在三等车中，被机关车搬向苏州去了。

“仙侣同舟！”古人每当行旅的时候，老在心中窃望着这一种艳福。我想人既是动物，无论男女，欲念总不能除，而我既是男人，女人当然是爱的。这一回我和沈君匆促上车，初不料车上的人是那样拥挤的，后来从后面走上了前面，忽在人丛中听出了一种清脆的笑声来。“明眸皓齿的你们这几位女青年，你们可是上苏州去的么？”我见了她们的那一种活泼的样子，真想开口问她们一声，但是三千年的道德观，和见人就生恐惧的我的自卑狂，只使我红了脸，默默地站在她们身边，不过暗暗地闻吸闻吸从她们发上身上口中蒸发出来的香气罢了。我把她们偷看了几眼，心里又长叹了一声：

“啊啊！容颜要美，年纪要轻，更要有钱！”

二

我们同车的几个“仙侣”，好像是什么女学校的学生。她们的活泼的样子——使恶魔讲起来就是轻佻——丰肥的肉体——使恶魔讲起来就是多淫——和烂熟的青春，都是神仙应有的条件，但是只有一件，只有一件事情，使我无论如何也不能把她们当作神仙的眷属看。非但如此，为这一件事情的缘故，我简直不能把她们当作我的同胞看。这是什么呢，这便是她们故意想出风头而用的英文的谈话。假使我是不懂英文的人，那么从她们的绯红的嘴唇里滚出来的叽里咕噜，正可以当作天女的灵言听了，倒能够对她们更加一层敬意。假使我是崇拜英文的人，那么听了她们的话，也可以感得几分亲热。但是我偏偏是一个程度与她们相仿的半通英文而又轻视英文的人，所以我对她们的热意，被她们的谈话一吹几乎吹得冰冷了。世界上的人类，抱着功利主义，受利欲的催眠最深的，我想没有过于英美民族的了。但我们的这几位女同胞，不用《西厢》《牡丹亭》上的说白来表现她们的思想，不把《红楼梦》上言文一致的文字来代替她们的说话，偏偏要选了商人用的这一种有金钱臭味的英语来卖弄风情，是多么杀风景的事情啊！你们即使要用外国文，也应选择那神韵悠扬的法国语，或者更适当一点的就该用半清半俗，薄爱民语（La Langue des *Bohemiens*），何以要用这卑俗的英语呢？啊啊，当现在崇拜黄金的世界，也无怪某某女学堂卒业出来的学生，不愿为正当的中国人的糟糠之室，而愿意自荐枕席于那些英美的下流商人的。我的朋友有一次说："我们中国亡了，倒没有什么可惜，我们中国的女性亡了，却是很可惜的。现在在洋场上作寓公的有钱有势的中国的人物，尤其是外交商界政界的人物，他们的妻女，差不多没有一个不失身于外国的下流流氓的，你看这事伤心不伤心哩！"我是两性问题上的一个国粹保存主义者，最不忍见我国的娇美的女同胞，被那些外国流氓去作践。我的在外国留学时代的游荡，也是本于这主义的一种复仇的心思。

唉唉！风吹水绉，干侬底事，于我何尤。我且探头出去看车窗外的茂茂的原田，青青的草地，和清溪茅舍，丛林旷地吧!

“啊啊，那一道隐隐的飞帆，这大约是苏州河吧!”

我看了那一条深碧的长河，长河彼岸的粘天的短树，和河内的帆船，就叫着问我的同行者沈君，他还没有回答我之先，立在我背后的一位老先生却回答说：

“是的，那是苏州河，你看隐约的中间，不是有一条长堤看得见么！没有这一条堤，风势很大，是不便行舟的。”

我注目一看，果真在河中看出了一条隐约的长堤来。这时候，在东面车窗下坐着的旅客，都纷纷站起来望向窗外去。我把头朝转来一望，也看见了一个汪洋的湖面，起了无数的清波，在那里汹涌。天上黑云遮满了，所以湖面也只似用淡墨涂成的样子。湖的东岸，也有一排矮树，同凸出的雕刻似的，以阴沉灰暗的天空作了背景，在那里作苦闷之状。我不晓是什么理由，硬想把这一排沿湖的列树，断定是白杨之林。

三

车过了阳澄湖，同车的旅客，大家不向车的左右看而注意到车的前面去，我知道苏州就不远了。等苏州城内的一枝尖塔看得出来的时候，几位女学生，也停住了她们的黄金色的英语，说了几句中国话。

“苏州到了！”

“可惜我们不能下去！”

“But we will come in the winter.”

她们操的并不是柔媚的苏州音，大约是南京的学生吧？也许是上北京去的，但是我知道了她们不能同我一道下车，心里却起了一种微微的失望。

“女学生诸君，愿你们自重，愿你们能得着几位金龟佳婿，我要下车去了。”

心里这样的讲了几句，我等着车停之后，就顺着下车的人流，也被他们推来推去地推下了车。

出了车站，马路上站了一忽，我只觉得许多穿长衫的人，路的两旁停着的黄包车，马车，车夫和驴马，都在灰色的空气里混战。跑来跑去的人的叫唤，一个钱两个钱的争执，萧条的道旁的杨柳，黄黄的马路，和在远处看得出来的一道长而且矮的土墙，便是我下车在苏州得着的最初的印象。

湿云低垂下来了。在上海动身时候看得见的几块淡青的天空也被灰色的层云埋没煞了。我仰起头来向天空一望，脸上早接受了两三点冰冷的雨点。

"危险危险，今天的一场冒险，

怕要失败。”

我对在旁边站着的沈君这样讲了一句，就急忙招了几个马车夫来问他们的价钱。

我的脚踏苏州的土地，这原是第一次。沈君虽已来过一二回，但是那还是前清太平时节的故事，他的记忆也很模糊了。并且我这一回来，本来是随人热闹，偶尔发作的一种变态旅行，既无作用，又无目的的，所以马车夫问我“上哪里去？”的时候，我想了半天，只回答了一句“到苏州去！”。究竟沈君是深于世故的人，看了我的不知所措的样子，就不慌不忙地问马车夫说：

“到府门去多少钱？”

好像是老熟的样子。马车夫倒也很公平，第一声只要了三块大洋。我们说太贵，他们就马上让了一块，我们又说太贵，他们又让了五角。我们又试了试说太贵，他们却不让了，所以就在一乘开口马车里坐了进去。

起初看不见的微雨，愈下愈大了，我和沈君坐在马车里，尽在野外的一条马路上横斜地前进。青色的草原，疏淡的树林，蜿蜒的城墙，浅浅的城河，变成这样，变成那样的在我们面前交换。醒人的凉风，休休地吹上我的微热的面上，和嗒嗒的马蹄声，在那里合奏交响乐。我一时忘记了秋雨，忘记了在上海剩下的未了

的工作，并且忘记了半年来失业困穷的我，心里只想在马车上作独脚的跳舞，嘴里就不知不觉地念出了几句独脚跳舞的歌来：

秋在何处，秋在何处？
在蟋蟀的床边，在怨妇楼头的砧杵，
你若要寻秋，你只须去落寞的荒郊行旅，
刺骨的凉风，吹消残暑，
漫漫的田野，刚结成禾黍，
一番雨过，野路牛迹里贮着些儿浅渚，
悠悠的碧落，反映在这

浅渚里容与，

月光下，树林里，萧萧落叶的声音，便是秋的私语。

我把这几句词不像词，新诗不像新诗的东西唱了一回，又向四边看了一回，只见左右都是荒郊，前面只是一条没有尽头的长路，所以心里就害怕起来，怕马车夫要把我们两个人搬到杳无人迹的地方去杀害。探头出去，大声地喝了一声：

“喂！你把我们拖上什么地方去？”

那狡猾的马车夫，突然吃了一惊，噗的从那坐凳上跌下来，他的马一时也惊跳了一阵，幸而他虽跌倒在地下，他的马缰绳，还牢捏着不放，所以马没有逃跑。他一边爬起来，一边对我们说：

“先生！老实说，府门是送不到的，我只能送你们上洋关过去的密度桥上。从密度桥到府门，只有几步路。”

他说的是没有丈夫气的苏州话，我被他这几句柔软的话声一说，心已早放下了，并且看看他那五十来岁的面貌，也不像杀人犯的样子，所以点了一点头，就由他去了。

马车到了密度桥，我们就在微雨里走了下来，上沈君的友人寄寓在那里的葑门内的严衙前去。

四

进了封建时代的古城，经过了几条狭小的街巷，更越过了许多环桥，才寻到了沈君的友人施君的寓所。进了葑门以后，在那些清冷的街上，所得着的印象，我怎么也形容不出来。上海的市场，若说是二十世纪的市场，那么这苏州的一隅，只可以说是十八世纪的古都了。上海的杂乱的情形，若说是一个Busy Port，那么苏州只可以说是一个Sleepy Town了。总之，阊门外的繁华，我未曾见到，专就我于这葑门里一隅的状况看来，我觉得苏州城，竟还是一个浪漫的古都，街上的石块，和人家的建筑，处处的环桥河水和狭小的街衢，没有一件不在那里夸示过去的中国民族的悠悠的态度。这一种美，若硬要用近代语来表现的时候，我想没有比“颓废美”的三字更适当的了。况且那时候天上又飞满了灰黑的湿云，秋雨又在微微地落下。

施君幸而还没有出去，我们一到他住的地方，他就迎了出来，沈君为我们介绍的时候，施君就慢慢地说：

“原来就是郁君么？难得难得，你做的那篇……我已经拜读了，失意人谁能不同声一哭！”

原来施君是我们的同乡，我被他说得有些羞愧了，想把话头转一个方向，所以就问他说：

“施君，你没有事么？我们一同去吃饭吧。”

实际上我那时候，肚里也觉得非常饥饿了。

严衙前附近，都是钟鸣鼎食之家，所以找不出一家菜馆来。没有方法，我们只好进一家名锦帆榭的茶馆，托茶博士去为我们弄些酒菜来吃。因为那时候微雨未止，我们的肚里却响得厉害，想想饿着肚在微雨里奔跑，也不值得，所以就进了那家茶馆——一则也因为这家茶馆的名字不俗——打算坐它一二个钟头，再作第二步计划。

古语说得好，“有志者事竟成！”我们在锦帆榭的清淡的中厅桌上，喝喝酒，说说闲话，一天微雨，竟被我们的意志力，催阻住了。

初到一个名胜的地方，谁也同小孩子一样，不愿意悠悠地坐着的，我一见雨止，就促施君沈君，一同出了茶馆，打算上各处去逛去。从清冷修整狭小的卧龙街一直跑将下去，拐了一个弯，又走了几步，觉得街上的人和两旁的店，渐渐儿地多起来，繁盛起来，苏州城里最多的卖古书、旧货的店铺，一家一家地少了下去，卖近代的商品的店

家,逐渐惹起我的注意来了,施君说:

“玄妙观就要到了,这就是观前街。”

到了玄妙观内,把四面的情形一看,我觉得玄妙观今日的繁华,与我空想中的境状大异。讲热闹赶不上上海午前的小菜场,讲怪异远不及上海城内的城隍庙,走尽了玄妙观的前后,在我脑里深深印入的印象,只有二个,一个是三五个女青年在观前街的一家箫琴铺里买箫,我站到她们身边去对她们呆看了许久,她们也回了我几眼。一个玄妙观门口的一家书馆里,有一位很年轻的学生在那里买我和我朋友共编的杂志。除这两个深刻的印象外，我只觉得玄妙观里的许多茶馆，是苏州人的风雅的趣味的表现。

早晨一早起来，就跑上茶馆去。在那里有天天遇见的熟脸。对于这些熟脸，有妻子的人，觉得比妻子还亲而不狎，没有妻子的人，当然可把茶馆当作家庭，把这些同类当作兄弟了。大热的时候，坐在茶馆里，身上发出来的一阵阵的汗水，可以以口中咽下去的一口口的茶去填补。茶馆内虽则不通空气，但也没有火热的太阳，并且张三李四的家庭内幕和东洋中国的国际闲谈，都可以消去逼人的盛暑。天冷的时候，坐在茶馆里，第一个好处，就是现成的热茶。除茶喝多了，小便的时候要起冷疟之外，吞下几碗刚滚的热茶到肚里，一时却能消渴消寒。贫苦一点的人，更可以借此熬饥。若茶馆主人开通一点，请几位奇形怪状的说书者来说书，风雅的茶客的兴趣，当然更要增加。有几家茶馆里有几个茶客，听说从十几岁的时候坐起，坐到五六十岁死时候止，坐的老是同一个座位，天天上茶馆来一分也不迟，一分也不早，老是在同一个时间。非但如此，有几个人，他自家死的时候，还要把这一个座位写在遗嘱里，要他的儿子天天去坐他那一个遗座。近来百货店的组织法应用到茶业上，茶馆的前头，除香气烹人的“火烧”“锅贴”“包子”“烤山芋”之外，并且有酒有菜，足可使茶客一天不出外而不感得什么缺憾。所以盲目的外国人，你们若要来调查中国的事情，你们只须上茶馆去调查就是，你们要想来管理中国，也须先去征得各茶馆里的茶客的同意，因为中国的国会所代表的，是中国人的劣根性无耻与贪婪，这些茶客所代表的倒是真真的民意哩！

五

出了玄妙观，我们又走了许多路，去逛遂园，遂园在苏州，同我在上海一样，有许多人还不晓得它的存在。

从很狭很小的一个坍败的门口，曲曲折折走尽了几条小弄，我们才到了遂园的中心。苏州的建筑，以我这半日的经验讲来，进门的地方，都是狭窄芜废，走过几条曲巷，才有轩敞华丽的屋宇。我不知这一种方式，还是法国大革命前的民家一样，为避税而想出来的呢？还是为唤醒观者的观听起见，用修辞学上的欲扬先抑的笔法，使能得着一个对称的效力而想出来的？

遂园是一个中国式的庭园，有假山有池水有亭阁，有小桥也有几枝树木。不过各处的坍败的形迹和水上开残的荷花荷叶，同暗淡的天气合作一起，使我感到了一种秋意，使我看出了中国的将来和我自家的凋零的结果。啊！*遂园呀遂园*，我爱你这一种颓唐的情调！

在荷花池上的一个亭子里，喝了一碗茶，走出来的时候，我们在正厅上却遇着了许多穿轻绸绣缎的绅士淑女，静静地坐在那里喝茶咬瓜子，等说书者的到来。我在前面说过的中国人的悠悠的态度，和中国的亡国的悲壮美，在此地也能看得出来。啊啊，可怜我为人在客，否则我也挨到那些皮肤嫩白的太太小姐们的边上去静坐了。

出了遂园，我们因为时间不早，就劝施君回寓。我与沈君在狭长的街上漂流了一会，就决定到虎丘去。

徐志摩

作者简介

徐志摩（1897—1931），原名徐章垿，浙江海宁人，现代诗人、散文家。1921年在英国留学时开始写诗，1922年10月回国。1928年创办《新月》杂志，因此获得『新月派诗人』称号。代表作有诗集《志摩的诗》《翡冷翠的一夜》，散文集《落叶》《巴黎的鳞爪》等。

我所知道的康桥

【导读】

这是一篇洋溢着浓郁抒情气氛的散文。作者描述了他留学英国期间居住的康桥附近的景色，字里行间流露出对康桥的无限爱恋。全文共分四节：前两节介绍写作的动因与经过；后两节是对康桥景色的具体描绘，不仅是作者肉眼所见，更是他的心灵所感。在作者笔下，康桥处处流露着“无限的柔情”，物我融洽无间，情景合而为一。

一

我这一生的周折，大都寻得出感情的线索。不论别的，单说求学。我到英国是为要从罗素。罗素来中国时，我已经在美国。他那不确的死耗传到的时候，我真的出眼泪不够，还做悼诗来了。他没有死，我自然高兴。我摆脱了哥伦比亚大博士衔的引诱，买船票过大西洋，想跟这位二十世纪的福禄泰尔认真念一点书去。谁知一到英国才知道事情变样了：一为他在战时主张和平，二为他离婚，罗素叫康桥给除名了，他原来是Trinity

College的fellow，这一来他fellowship也给取消了。他回英国后就在伦敦住下，夫妻两人卖文章过日子。因此我也不曾遂我从学的始愿。我在伦敦政治经济学院里混了半年，正感着闷想换路走的时候，我认识了狄更生先生。狄更生——Galsworthy Lowes Dickinson——是一个有名的作者，他的《一个中国人通信》（Letters From John Chinaman）与《一个现代聚餐谈话》（A Modern Symposium）两本小册子早得了我的景仰。我第一次会着他是在伦敦国际联盟协会席上，那天林宗孟先生演说，他做主席；第二次是宗孟寓里吃茶，有他。以后我常到他家里去。他看出我的烦闷，劝我到康桥去，他自己是王家学院（Kings College）的fellow。我就写信去问两个学院，回信都说学额早满了，随后还是狄更生先生替我去在他的学院里说好了，给我一个特别生的资格，随意选科听讲。从此黑方巾黑披袍的风光也被我占着了。初起我在离康桥六英里的乡下叫沙士顿地方租了几间小屋住下，同居的有我从前的夫人张幼仪女士与郭虞裳君。每天一早我坐街车（有时骑自行车）上学，到晚回家。这样的生活过了一个春，但我在康桥还只是个陌生人，谁都不认识，康桥的生活，可以说完全不曾尝着，我知道的只是一个图书馆，几个课室，和三两个吃便宜饭的茶食铺子。狄更生常在伦敦或是大陆上，所以也不常见他。那年的秋季我一个人回到康桥，整整有一学年，那时我才有机会接近真正的康桥生活，同时，我也慢慢地“发见”了康桥。我不曾知道过更大的愉快。

二

“单独”是一个耐寻味的现象。我有时想它是任何发见的第一个条件。你要发见你的朋友的“真”，你得有与他单独的机会。你要发见你自己的真，你得给你自己一个单独的机会。你要发见一个地方（地方一样有灵性），你也得有单独玩的机会。我们这一辈子，认真说，能认识几个人？能认识几个地方？我们都是太匆忙，太没有单独的机会。说实话，我连我的本乡都没有什么了解。康桥我要算是有相当交情的，再次许只有新认识的翡冷翠了。啊，那些清晨，那些黄昏，我一个人发痴似的在康桥！绝对的单独。

但一个人要写他最心爱的对象，不论是人是地，是多么使他为难的一个工作？你怕，你怕描坏了它，你怕说过分了恼了它，你怕说太谨慎了辜负了它。我现在想写康桥，也正是这样的心理，我不曾写，我就知道这回是写不好的——况且又是临时逼出来的事情。但我却不能不写，上期预告已经出去了。我想勉强分两节写：一是我所知道的康桥的天然景色，一是我所知道的康桥的学生生活。我今晚只能极简的写些，等以后有兴会时再补。

三

康桥的灵性全在一条河上；康河，我敢说，是全世界最秀丽的一条水。河的名字是葛兰大（Granta），也有叫康河（River Cam）的，许有上下流的区别，我不甚清楚。河身多的是曲折，上游是有名的拜伦潭——“Byron's Pool”——当年拜伦常在那里玩的；有一个老村子叫格兰骞斯德，有一个果子园，你可以躺在累累的桃李树荫下吃茶，花果会掉入你的茶杯，小雀子会到你桌上来啄食，那真是别有一番天地。这是上游；下游是从骞斯德顿下去，河面展开，那是春夏间竞舟的场所。上下河分界处有一个坝筑，水流急得很，在星光下听水声，听近村晚钟声，听河畔倦牛刍草声，是我康桥经验中最神秘的一种：大自然的优美、宁静，调谐在这星光与波光的默契中不期然的淹入了你的性灵。

但康河的精华是在它的中流，著名的“Backs”，这两岸是几个最蜚声的学院的建筑。从上面下来是Pembroke, St. Katharine's, King's, Clare, Trinity, St. John's。最令人流连的一节是克莱亚与王家学院的毗连处，克莱亚的秀丽紧邻着王家教堂（King's Chapel）的宏伟。别的地方尽有更美更庄严的建筑，例如巴黎赛因河的罗浮宫一带，威尼斯的利阿尔多大桥的两岸，翡冷翠维基乌大桥的周遭；但康桥的“Backs”自有它的特长，这不容易用一二个状词来概括，它那脱尽尘埃气的一种清澈秀逸的意境可说是超出了画图而化生了音乐的神味。再没有比这一群建筑更调谐更匀称的了！论画，可比的许只有柯罗（Corot）的田野；论音乐，可比的许只有肖邦（Chopin）的夜曲。就这也不能给你依稀的印象，它给你的美感简直是神灵性的一种。

假如你站在王家学院桥边的那棵大椈树荫下眺望，*右侧面*，隔*着一大方浅草坪*，是我们的校友居（Fellows Building），那年代并不早，但它的妩媚也是不可掩的，它那苍白的石壁上春夏间满缀着艳色的蔷薇在和风中摇颤；更移左是那教堂，森林似的尖阁不可挽的永远指着天空；更左是克莱亚，啊！那不可信的玲珑的方庭，谁说这不是圣克莱亚（St. Clare）的化身，哪一块石上不闪耀着她当年圣洁的精神？在克莱亚后背隐约可辨的是康桥最潢贵最骄纵的三清学院（Trinity），它那临河的图书楼上坐镇着拜伦神采惊人的雕像。

但这时你的注意早已叫克莱亚的三环洞桥魔术似的摄住。你见过西湖白堤上的西泠断桥不是？（可怜它们早已叫代表近代丑恶精神的汽车公司给踩平了，现在它们跟着苍凉的雷峰永远辞别了人间。）你忘不了那桥上斑驳的苍苔，木栅的古色，与那桥拱下泄露的湖光与山色不是？克莱亚并没有那样体面的衬托，它也不比庐山栖贤寺旁的观音桥，上瞰五老的奇峰，下临深潭与飞瀑；它只是怯伶伶的一座三环洞的小桥，它那桥洞间也只掩映着细纹的波鳞与婆娑的树影，它那桥上栉比的小穿阑与阑节顶上双双的白石球，也只是村姑子头上不夸张的香草与野花一类的装饰；但你凝神的看着，更凝神的看着，你再反省你的心境，看还有一丝屑的俗念沾滞不？只要你审美的本能不曾泯灭时，这是你的机会实现纯粹美感的神奇！

但你还得选你赏鉴的时辰。英国的天时与气候是走极端的。冬天是荒谬的坏，逢着连绵的雾盲天，你一定不迟疑的甘愿进地狱本身去试试；春天（英国是几乎没有夏天的）是更荒谬的可爱，尤其是它那四五月间最渐缓最艳丽的黄昏，那才真是寸寸黄金。在康河边上过一个黄昏是一服灵魂的补剂。啊！我那时蜜甜的单独，那时蜜甜的闲暇。一晚又一晚的，只见我出神似的倚在桥阑上向西天凝望：

看一回凝静的桥影，
数一数螺钿的波纹，
我倚暖了石阑的青苔，

青苔凉透了我的心坎；……

还有几句更笨重的怎能仿佛那游丝似轻妙的情景：

难忘七月的黄昏，远树凝寂，

像墨泼的山形，衬出轻柔暝色，

密稠稠，七分鹅黄，三分橘绿，

那妙意只可去秋梦边缘捕捉；……

四

这河身的两岸都是四季常青最葱翠的草坪。从校友居的楼上望去，对岸草场上，不论早晚，永远有十数匹黄牛与白马，胫蹄没在恣蔓的草丛中，从容的在咬嚼，星星的黄花在风中动荡，应和着它们尾鬃的扫拂。桥的两端有斜倚的垂柳与椈荫护住。水是彻底的清澄，深不足四尺，匀匀的长着长条的水草。这岸边的草坪又是我的爱宠，在清朝，在傍晚，我常去这天然的织锦上坐地，有时读书，有时看水；有时仰卧着看天空的行云，有时反仆着搂抱大地的温软。

但河上的风流还不止两岸的秀丽。你得买船去玩。船不止一种：有普通的双桨划船，有轻快的薄皮舟（Canoe），有最别致的长形撑篙船（Punt）。最末的一种是别处不常有的：约莫有二丈长，三尺宽，你站直在船艄上用长竿撑着走的。这撑是一种技术。我手脚太蠢，始终不曾学会。你初起手尝试时，容易把船身横住在河中，东颠西撞的狼狈。英国人是不轻易开口笑人的，但是小心他们不出声的皱眉！也不知有多少次河中本来悠闲的秩序叫我这莽撞的外行给捣乱了。我真的始终不曾学会；

每回我不服输跑去租船再试的时候，有一个白胡子的船家往往带讥讽的对我说："先生，这撑船费劲，天热累人，还是拿个薄皮舟溜溜吧！"我哪里肯听话，长篙子一点就把船撑了开去，结果还是把河身一段段的腰斩了去！

你站在桥上去看人家撑，那多不费劲，多美！尤其在礼拜天有几个专家的女郎，穿一身缟素衣服，裙裾在风前悠悠的飘着，戴一顶宽边的薄纱帽，帽影在水草间颤动，你看她们出桥洞时的姿态，捻起一根竟像没有分量的长竿，只轻轻的，不经心的往波心里一点，身子微微的一蹲，这船身

便波的转出了桥影，翠条鱼似的向前滑了去。她们那敏捷，那闲暇、那轻盈，真是值得歌咏的。

在初夏阳光渐暖时你去买一支小船，划去桥边荫下躺着念你的书或是做你的梦，槐花香在水面上漂浮，鱼群的唼喋声在你的耳边挑逗。或是在初秋的黄昏，近着新月的寒光，望上流僻静处远去。爱热闹的少年们携着他们的女友，在船沿上支着双双的东洋彩纸灯，带着话匣子，船心里用软垫铺着，也开向无人迹处去享他们的野福——谁不爱听那水底翻的音乐在静定的河上描写梦意与春光！

住惯城市的人不易知道季候的变迁。看见叶子掉知道是秋，看见叶子绿知道是春；天冷了装炉子，天热了拆炉子；脱下棉袍，换上夹袍，脱下夹袍，穿上单袍：不过如此罢了。天上星斗的消息，地下泥土里的消息，空中风吹的消息，都不关我们的事。忙着哪，这样那样事情多着，谁耐烦管星星的移转，花草的消长，风云的变幻？同时我们抱怨我们的生活，苦痛，烦闷，拘束，枯燥，谁肯承认做人是快乐？谁不多少间咒诅人生？

但不满意的生活大都是由于自取的。我是一个生命的信仰者，我信生活决不是我们大多数人仅仅从自身经验推得的那样暗惨。我们的病根是在“忘本”。人是自然的产儿，就比枝头的花与鸟是自然的产儿；但我们不幸是文明人，入世深似一天，离自然远似一天。离开了泥土的花草，离开了水的鱼，能快活吗？能生存吗？从大自然，我们取得我们的生命；从大自然，我们应分取得我们继续的滋养。哪一株婆娑的大木没有盘错的根柢深入在无尽藏的地里？我们是永远不能独立的。有幸福是永远不离母亲抚育的孩子，有健康是永远接近自然的人们。不必一定与鹿豕游，不必一定回“洞府”去；为医治我们当前生活的枯窘，只要“不完全遗忘自然”一张轻淡的药方我们的病象就有缓和的希望。在青草里打几个滚，到海水里洗几次浴，到高处去看几次朝霞与晚照——你肩背上的负担就会轻松了去的。

这是极肤浅的道理，当然。但我要没有过过康桥的日子，我就不会有这样的自信。我这一辈子就只那一春，说也可怜，算是不曾虚度。就只那一春，我的生活是自然的，是真愉快的！（虽则碰巧那也是我最感受人生痛苦的时期。）我那时有的是闲暇，有的是自由，有的是绝对单独的机会。说也奇怪，竟像是第一次，我辨认了星月的光明，草的青，花的香，流水的殷勤。我能忘记那初春的睥睨吗?曾经有多少个清晨我独自冒着冷去薄霜铺地的林子里闲步——为听鸟语,为盼朝阳,为寻泥土里渐次苏醒的花草,为体会最微细最神妙的春信。啊,那是新来的画眉在那边凋不尽的青枝上试它的新声!啊,这是第一朵小雪球花挣出了半冻的地面!啊,这不是新来的潮润沾上了寂寞的柳条?

静极了,这朝来水溶溶的大道,只远处牛奶车的铃声,点缀这周遭的沉默。顺着这大道走去,走到尽头,再转入林子里的小径,往烟雾浓密处走去,头顶是交枝的榆荫,透露着漠楞楞的曙色。再往前走去，走尽这林子，当前是平坦的原野，望见了村舍，初青的麦田，更远三两个馒形的小山掩住了一条通道。天边是雾茫茫的，尖尖的黑影是近村的教寺。听，那晓钟和缓的清音。这一带是此邦中部的平原，地形像是海里的轻波，默沉沉的起伏；山岭是望不见的，有的是常青的草原与沃腴的田壤。登那土阜上望去，康桥只是一带茂林，拥戴着几处娉婷的尖阁。妩媚的康河也望不见踪迹，你只能循着那锦带似的林木想象那一流清浅。村舍与树林是这地盘上的棋子，有村舍处有佳荫，有佳荫处有村舍。这早起是看炊烟的时辰：朝雾渐渐的升起，揭开了这灰苍苍的天幕，（最好是微霰后的光景）远近的炊烟，成丝的，成缕的，成卷的，轻快的，迟重的，浓灰的，淡青的，惨白的，在静定的朝气里渐渐的上腾，渐渐的不见，仿佛是朝来人们的祈祷，参差的翳入了天听。朝阳是难得见的，这初春的天气。但它来时是起早人莫大的愉快。顷刻间这田野添深了颜色，一层轻纱似的金粉糁上了这草，这树，这通道，这庄舍。顷刻间这周遭弥漫了清晨富丽的温柔。顷刻间你的心怀也分润了白天诞生的光荣。“春”！这胜利的晴空仿佛在你的耳边私语。“春”！你那快活的灵魂也仿佛在那里回响。

……

伺候着河上的风光，这春来一天有一天的消息。关心石上的苔痕，关心败草里的花鲜，关心这水流的缓急，关心水草的滋长，关心天上的云霞，关心新来的鸟语。怯伶伶的小雪球是探春信的小使。铃兰与香草是欢喜的初声。窈窕的莲馨，玲珑的石水仙，爱热闹的克罗克斯，耐辛苦的蒲公英与雏菊——这时候春光已是烂漫在人间，更不须殷勤问讯。

瑰丽的春放。这是你野游的时期。可爱的路政，这里不比中国，哪一处不是坦荡荡的大道？徒步是一个愉快，但骑自转车是一个更大的愉快，在康桥骑车是普遍的技术；妇人、稚子、老翁，一致享受这双轮舞的快乐。（在康桥听说自转车是不怕人偷的，就为人人都自己有车，没人要偷。）任你选一个方向，任你上一条通道，顺着这带草味的和风，放轮远去，保管你这半天的逍遥是你性灵的补剂。这道上有的是清荫与美草，随地都可以供你休憩。你如爱花，这里多的是锦绣似的草原。你如爱鸟，这里多的是巧啭的鸣禽。你如爱儿童，这乡间到处是可亲的稚子。你如爱人情，这里多的是不嫌远客的乡人，你到处可以“挂单”借宿，有酪浆与嫩薯供你饱餐，有夺目的果鲜恣你尝新。你如爱酒，这乡间每“望”都为你储有上好的新酿，黑啤如太浓，苹果酒姜酒都是供你解渴润肺的。……带一卷书，走十里路，选一块清静地，看天，听鸟，读书，倦了时，和身在草绵绵处寻梦去——你能想象更适情更适性的消遣吗?

陆放翁有一联诗句：“传呼快马迎新月，却上轻舆趁晚凉。”这是做地方官的风流。我在康桥时虽没马骑，没轿子坐，却也有我的风流：我常常在夕阳西晒时骑了车迎着天边扁大的日头直追。日头是追不到的，我没有夸父的荒诞，但晚景的温存却被我这样偷尝了不少。有三两幅画图似的经验至今还是栩栩的留着。只说看夕阳，我们平常只知道登山或是临海，但实际只须辽阔的天际，平地上的晚霞有时也是一样的神奇。有一次我赶到一个地方，手把着一家村庄的篱笆，隔着一大田的麦浪，看西天的变幻。有一次是正冲着一条宽广的大道，过来一大群羊，放草归来的，偌大的太阳在它们后背放射着万缕的金辉，天上却是乌青青的，只剩这不可逼视的威光中的一条大路，一群生物！我心头顿时感着神异性的压迫，我真的跪下了，对着这冉冉渐翳的金光。再有一次是更不可忘的奇景，那是临着一大片望不到头的草原，满开着艳红的罂粟，在青草里亭亭像是万盏的金灯，阳光从褐色云里斜着过来，幻成一种异样的紫色，透明似的不可逼视，刹那间在我迷眩了的视觉中，这草田变成了……不说也罢，说来你们也是不信的！

一别二年多了，康桥，谁知我这思乡的隐忧？也不想别的，我只要那晚钟撼动的黄昏，没遮拦的田野，独自斜倚在软草里，看第一个大星在天边出现！

一九二六年一月十日。

翡冷翠山居闲话

【导读】

这是一篇富有田园牧歌情调的“诗化”小品散文。作者以与隐含读者“你”交谈、说“闲话”的口吻和叙述方式展开写景与抒情，娓娓道来，亲切自然，又似乎迫不及待要与“你”分享这份美景和心情。文中运用了大量排比、对偶句式，将诗的韵律融入散文，而深邃幽远的意境，更使文章增添了浓郁的诗情。

在这里出门散步去，上山或是下山，在一个晴好的五月的向晚，正像是去赴一个美的宴会，比如去一果子园，那边每株树上都是满挂着诗情最秀逸的果实，假如你单是站着看还不满意时，只要你一伸手就可以采取，可以恣尝鲜味，足够你性灵的迷醉。阳光正好暖和，决不过暖；风息是温驯的，而且往往因为他是从繁花的山林里吹度过来，他带来一股幽远的淡香，连着一息滋润的水气，摩挲着你的颜面，轻绕着你的肩腰，就这单纯的呼吸已是无穷的愉快；空气总是明净的，近谷内不生烟，远山上不起霭，那美秀风景的全部正像画片似的露在你的眼前，供你闲暇的鉴赏。

作客山中的妙处，尤在你永不须踌躇你的服色与体态；你不妨摇曳着一头的蓬草，不妨纵容你满腮的苔藓；你爱穿什么就穿什么；扮一个牧童，扮一个渔翁，装一个农夫，装一个走江湖的桀卜闪，装一个猎户；你再不必提心整理你的领结，你尽可以不用领结，给你的颈根与胸膛一半日的自由，你可以拿一条这边颜色的长巾包在你的头上，学一个太平军的头目，或是拜伦那埃及装的姿态；但最要紧的是穿上你最旧的旧鞋，别管他模样不佳，他们是顶可爱的好友，他们承着你的体重却不叫你记起你还有一双脚在你的底下。

这样的玩顶好是不要约伴，我竟想严格的取缔，只许你独身；因为有了伴多少总得叫你分心，尤其是年轻的女伴，那是最危险最专制不过的旅伴，你应得躲避她像你躲避青草里一条美丽的花蛇！平常我们从自己家里走到朋友的家里，或是我们执事的地方，那无非是在同一个大牢里从一间狱室移到另一间狱室去，拘束永远跟着我们，自由永远寻不到我们；但在这春夏间美秀的山中或乡间你要是有机会独身闲逛时，那才是你福星高照的时候，那才是你实际领受，亲口尝味，自由与自在的时候，那才是你肉与灵魂行动一致的时候；朋友们，我们多长一岁年纪往往只是加重我们头上的枷，加紧我们脚胫上的链，我们见小孩子在草里在沙堆里在浅水里打滚作乐，或是看见小猫追他自己的尾巴，何尝没有羡慕的时候，但我们的枷，我们的链永远是制定我们行动的上司！所以只有你单身奔赴大自然的怀抱时，像一个裸体的小孩扑入他母亲的怀抱时，你才知道灵魂的愉快是怎样的，单是活着的快乐是怎样的，单就呼吸单就走道单就张眼看耸耳听的幸福是怎样的。因此你得严格的为己，极端的自私，只许你，体魄与性灵，与自然同在一个脉搏里跳动，同在一个音波里起伏，同在一个神奇的宇宙里自得。我们浑朴的天真是像含羞草似的娇柔，一经同伴的抵触，他就卷了起来，但在澄净的日光下，和风中，他的姿态是自然的，他的生活是无阻碍的。

你一个人漫游的时候，你就会在青草里坐地仰卧，甚至有时打滚，因为草的和暖的颜色自然地唤起你童稚的活泼；在静僻的道上你就会不自主的狂舞，看着你自己的身影幻出种种诡异的变相，因为道旁树木的阴影在他们纡徐的婆娑里暗示你舞蹈的快乐；你也会得信口的歌唱，偶尔记起断片的音调，与你自己随口的小曲，因为树林中的莺燕告诉你春光是应得赞美的；更不必说你的胸襟自然会跟着漫长的山径开拓，你的心地会看着澄蓝的天空静定，你的思想和着山壑间的水声，山罅里的泉响，有时一澄到底的清澈，有时激起成章的波动，流，流，流入凉爽的橄榄林中，流入妩媚的阿诺河去……

并且你不但不须应伴，每逢这样的游行，你也不必带书。书是理想的伴侣，但你应得带书，是在火车上，在你住处的客室里，不是在你独身漫步的时候。什么伟大的深沉的鼓舞的清明的优美的思想的根源不是可以在风籁中，云彩里，山势与地形的起伏里，花草的颜色与香息里寻得？自然是最伟大的一部书，葛德说，在他每一页的字句里我们读得最深奥的消息。并且这书上的文字是人人懂得的；阿尔帕斯与五老峰，雪西里与普陀山，莱茵河与扬子江，梨梦湖与西子湖，建兰与琼花，杭州西溪的芦雪与威尼市夕照的红潮，百灵与夜莺，更不提一般黄的黄麦，一般紫的紫藤，一般青的青草同在大地上生长，同在和风中波动——他们应用的符号是永远一致的，他们的意义是永远明显的，只要你自己心灵上不长疮瘢，眼不盲，耳不塞，这无形迹的最高等教育便永远是你的名分，这不取费的最珍贵的补剂便永远供你的受用；只要你认识了这一部书，你在这世界上寂寞时便不寂寞，穷困时不穷困，苦恼时有安慰，挫折时有鼓励，软弱时有督责，迷失时有南针。

一九二五年七月。

泰山日出

【导读】

1924年，泰戈尔访华前夕，徐志摩应《小说月报》主编郑振铎之请，为《小说月报》的“泰戈尔专号”写颂词，创作了这篇散文。全文紧扣泰山日出的奇伟景观，字字蕴含着欢迎泰戈尔的情思与赞美。

> 振铎来信要我在《小说月报》的“泰戈尔号”上说几句话。我也曾答应了，但这一时游济南游泰山游孔陵，太乐了，一时竟拉不拢心思来做整篇的文字，一直挨到现在期限快到，只得勉强坐下来，把我想得到的话不整齐地写出。

我们在泰山顶上看出太阳。在航过海的人，看太阳从地平线下爬上来，本不是奇事；而且我个人是曾饱饫过江海与印度洋无比的日彩的。但在高山顶上看日出，尤其在泰山顶上，我们无餍的好奇心，当然盼望一种特异的境界，与平原或海上不同的。果然，我们初起时，天还暗沉沉的，西方是一片的铁青，东方些微有些白意，宇宙只是——如用旧词形容——一体莽莽苍苍的。但这是我一面感觉劲烈的晓寒，一面睡眼不曾十分醒豁时约略的印象。等到留心回览时，我不由得大声的狂叫——因为眼前只是一个见所未见的境界。原来昨夜整夜暴风的工程，却砌成一座普遍的云海。除了日观峰与我们所在的玉皇顶以外，东西南北只是平铺着弥漫的云气，在朝旭未露前，宛似无量数厚毳长绒的绵羊，交颈接背的眠着，卷耳与弯角都依稀辨认得出。那时候在这茫茫的云海中，我独自站在雾霭溟濛的小岛上，发生了奇异的幻想——

我躯体无限的长大，脚下的山峦比例我的身量，只是一块拳石；这巨人披着散发，长发在风里像一面墨色的大旗，飒飒的在飘荡。这巨人竖立在大地的顶尖上，仰面向着东方，平拓着一双长臂，在盼望，在迎接，在催促，在默默的叫唤；在崇拜，在祈祷，在流泪——在流久慕未见而将见悲喜交互的热泪……

这泪不是空流的，这默祷不是不生显应的。

巨人的手，指向着东方——

东方有的，在展露的，是什么？

东方有的是瑰丽荣华的色彩，东方有的是伟大普照的光明——出现了，到了，在这里了……

玫瑰汁、葡萄浆、紫荆液、玛瑙精、霜枫叶——大量的染工，在层累的云底工作；无数蜿蜒的鱼龙，爬进了苍白色的云堆。

一方的异彩，揭去了满天的睡意，唤醒了四隅的明霞——光明的神驹，在热奋的驰骋……

云海也活了；眠熟了的兽形涛

澜，又回复了伟大的呼啸，昂头摇尾的向着我们朝露染青的馒形小岛冲洗，激起了四岸的水沫浪花，震荡着这生命的浮礁，似在报告光明与欢欣之临莅……

再看东方——海句力士已经扫荡了他的阻碍，雀屏似的金霞，从无垠的肩上产生，展开在大地的边沿。起……起……用力，用力，纯焰的圆颅，一探再探的跃出了地平，翻登了云背，临照在天空……

歌唱呀，赞美呀，这是东方之复活，这是光明的胜利……

散发祷祝的巨人，他的身彩横亘在无边的云海上，已经渐渐的消翳在普遍的欢欣里；现在他雄浑的颂美的歌声，也已在霞彩变幻中，普彻了四方八隅……

听呀，这普彻的欢声；看呀，这普照的光明！

这是我此时回忆泰山日出时的幻想，亦是我想望泰戈尔来华的颂词。

印度洋上的秋思

【导读】

在这篇记游性诗化意味很浓的散文中，作者极尽想象的翅膀，走遍天涯，写出了一个境界浩大的中秋夜。全文如诗如歌，如梦如画，字里行间，一点一滴都浸润着作者的万千柔情及其脆弱轻灵的气质。全文以“参与这美满的婚姻和丧礼”作结，表现了作者对人生变幻难解的感喟。

昨夜中秋。黄昏时西天挂下一大帘的云母屏，掩住了落日的光潮，将海天一体化成暗蓝色，寂静得如黑衣尼在圣座前默祷。过了一刻，即听得船艄布篷上悉悉索索啜泣起来，低压的云夹着迷蒙的雨色，将海线逼得像湖一般窄，沿边的黑影，也辨认不出是山是云，但涕泪的痕迹，却满布在空中水上。

又是一番秋意！那雨声在急骤之中，有零落萧疏的况味，连着阴沉的气氛，只是在我灵魂的耳畔私语道：“秋！”我原来无欢的心境，抵御不住那样温婉的浸润，也就开放了春夏间所积受的秋思，和此时外来的怨艾构合，产出一个弱的婴儿——“愁”。

天色早已沉黑，雨也已休止。但方才啜泣的云，还疏松地幕在天空，只露着些惨白的微光，预告明月已经装束齐整，专等开幕。同时船烟正在莽莽苍苍地吞吐，筑成一座蟒鳞的长桥，直联及西天尽处，和船轮泛出的一流翠波白沫，上下对照，留恋西来的踪迹。

北天云幕豁处，一颗鲜翠的明星，喜孜孜地先来问探消息；像新嫁妇的侍婢，也穿扮得遍体光艳，但新娘依然姗姗未出。

我小的时候，每于中秋夜，呆坐在楼窗外等看“月华”。若然天上有云雾缭绕，我就替“亮晶晶的月亮”担忧。若然见了鱼鳞似的云彩，我的小心就欣欣怡悦，默祷着月儿快些开花，因为我常听人说只要有“瓦楞”云，就有月华；但在月光放彩以前，我母亲早已逼我去上床，所以月华只是我脑筋里一个不曾实现的想象，直到如今。

现在天上砌满了瓦楞云彩，霎时间引起了我早年许多有趣的记忆——

但我的纯洁的童心，如今哪里去了？

月光有一种神秘的引力，她能使海波咆哮，她能使悲绪生潮。月下的喟息可以结聚成山，月下的情泪可以培畤百亩的畹兰，千茎的紫琳耿。我疑悲哀是人类先天的遗传，否则，何以我们几年不知悲感的时期，有时对着一泻的清辉，也往往凄心滴泪呢？

但我今夜却不曾流泪。不是无泪可滴，也不是文明教育将我最纯洁的本能锄净，却为是感觉了神圣的悲哀，将我理解的好奇心激动，想学契古特白登来解剖这神秘的"眸冷骨累"。冷的智永远是热的情的死仇。他们不能相容的。

但在这样浪漫的月夜，要来练习冷酷的分析，似乎不近人情！所以我的心机一转，重复将锋快的智力剧起，让沉醉的情泪自然流转，听他产生什么音乐；让绻缱的诗魂漫自低回，看他寻出什么梦境。

明月正在云岩中间，周围有一圈黄色的彩晕，一阵阵的轻霭，在她面前扯过。海上几百道起伏的银沟，一齐在微吒凄其的音节，此外不受清辉的波域，在暗中坟坟涨落，不知是怨是慕。

我一面将自己一部分的情感，看入自然界的现象，一面拿着纸笔，痴望着月彩，想从她明洁的辉光里，看出今夜地面上秋思的痕迹，希冀她们在我心里，凝成高洁情绪的菁华。因为她光明的捷足，今夜遍走天涯，人间的恩怨，哪一件不经过她的慧眼呢？

印度的Ganges（埂奇）河边有一座小村落，村外一个榕绒密绣的湖边，坐着一对情醉的男女，他们中间草地上放着一尊古铜香炉，烧着上品的水息，那温柔婉恋的烟篆，沉馥香浓的热气，便是他们爱感的象征——月光从云端里轻俯下来，在那女子脑前的珠串上，水息的烟尾上，印下一个慈吻，微哂，重复登上她的云艇，上前驶去。

一家别院的楼上，窗帘不曾放下，几枝肥满的桐叶正在玻璃上摇曳

斗趣，月光窥见了窗内一张小蚊床上紫纱帐里，安眠着一个安琪儿似的小孩，她轻轻挨进身去，在他温软的眼睫上，嫩桃似的腮上，抚摩了一会。又将她银色的纤指，理齐了他脐圆的额发，蔼然微哂着，又回她的云海去了。

一个失望的诗人，坐在河边一块石头上，满面写着忧郁的神情，他爱人的倩影，在他胸中像河水似的流动，他又不能在失望的渣滓里榨出些微甘液，他张开两手，仰着头，让大慈大悲的月光，那时正在过路，洗沐他泪腺湿肿的眼眶，他似乎感觉到清心的安慰，立即摸出一管笔，在白衣襟上写道：

月光，

你是失望儿的乳娘！

面海一座柴屋窗棂里，望得见屋里的内容：一张小桌上放着半块面包和几条冷肉，晚餐的剩余，窗前几上开着一本家用的《圣经》，炉架上两座点着的炉台，不住地流泪，旁边坐着一个皱面驼腰的老妇人，两眼半闭不闭地落在伏在她膝上啜泣的一个少妇，她的长裙散在地板上像一只大花蝶。老妇人掉头向窗外望，只见远远海涛起伏，和慈祥的月光在拥抱蜜吻，她叹了声气向着斜照在《圣经》上的月彩嗫道："真绝望了！真绝望了！"

她独自在她精雅的书室里，把灯火一齐熄了，倚在窗口一架藤椅上，月光从东墙肩上斜泻下去，笼住她的全身，在花砖上幻出一个窈窕的倩影；她两根垂辫的发梢，她微澹的媚唇，和庭前几茎高峙的玉兰花，都在静谧的月色中微颤。她加她的呼吸，吐出一股幽香，不但邻近的花草，连月儿闻了，也禁不住迷醉，她腮边天然的妙涡，已有好几日不圆满：她瘦损了。

但她在想什么呢？月光，你能否将我的梦魂带去，放在离她三五尺的玉兰花枝上。

威尔斯西境一座矿床附近，有三个工人，口叼着笨重的烟斗，在月光中间坐。他们所能想到的话都已讲完，但这异样的月彩，在他们对面的松林，左首的溪水上，平添了不可言语比说的妩媚，惟有他们工余倦极的眼珠不阖，彼此不约而同今晚较往常多抽了两斗的烟，但他们矿火熏黑、煤块擦黑的面容，表示他们心灵的薄弱，在享乐烟斗以外，虽经秋月溪声的戟刺，也不能有精美情绪之反感。等月影移西一些，他们默默地扑出一斗灰，起身进屋，各自登床睡去。月光从屋背飘眼望进去，只见他们都已睡熟；他们即使有梦，也无非矿内矿外的景色！

月光渡过了爱尔兰海峡，爬上海

尔佛林的高峰，正对着静默的红潭。潭水凝定得像一大块冰，铁青色，四围斜坦的小峰，全都满铺着蟹青和蛋白色的岩片碎石，一株矮树都没有。沿潭间有些丛草，那全体形势，正像一大青碗，现在满盛了清洁的月辉，静极了，草里不闻虫吟，水里不闻鱼跃；只有石缝里潜涧沥淅之声，断续地作响，仿佛一座大教堂里点着一星小火，益发对照出静穆宁寂的境界。月儿在铁色的潭面上，倦倚了半晌，重复拔起她的银舄，过山去了。

昨天船离了新加坡以后，方向从正东改为东北，所以前几天的船艄正对落日，此后“晚霞的工厂”渐渐移到我们船向的左手来了。

昨夜吃过晚饭上甲板的时候，船右一海银波，在犀利之中涵有幽秘的彩色，凄清的表情，引起了我的凝视。那放银光的圆球正挂在你头上，如其起靠着船头仰望。她今夜并不十分鲜艳：她精圆的芳容上似乎轻笼着一层藕灰色的薄纱，轻漾着一种悲喟的音调，轻染着几痕泪化的雾霭。她并不十分鲜艳，然而她素洁温和的光线中，犹之少女浅蓝妙眼的斜瞟，犹之春阳融解在山巅白云反映的嫩色，含有不可解的迷力，媚态，世间凡具有感觉性的人，只要承沐着她的清辉，就发生也是不可理解的反应，引起隐覆的内心境界的紧张，——像琴弦一样，——人生最微妙的情绪，戟震生命所蕴藏高洁名贵创现的冲动。有时在心理状态之前，或于同时，撼动躯体组织，使感觉血液中突起冰流之冰流，嗅神经难禁之酸辛，内藏汹涌之跳动，泪腺之骤热与润湿。那就是秋月兴起的秋思——愁。

昨晚的月色就是秋思的泉源，岂止、直是悲哀幽骚悱怨沉郁的象征，是季候运转的伟剧中最神秘亦最自然的一幕，诗艺界最凄凉亦最微妙的一个消息。

今夜月明人尽望，不知秋思在谁家。

中国字形具有一种独一的妩媚，有几个字的结构，我看来纯是艺术家的匠心：这也是我们国粹之尤粹者之一。譬如“秋”字，已是一个极美的字形；“愁”字更是文字史上有数的杰作，有石开湖晕，风扫松针的妙处，这一群点画的配置，简直经过柯罗的画篆，米佗朗其罗的雕圭，Chopin的神感，像——用一个科学的比喻——原子的结构，将旋转宇宙的大力收缩成一个无形无踪的电核；这十三笔造成的象征，似乎是宇宙和人生悲惨的现象和经验，吁喟和涕泪，所凝成最纯粹精密的结晶，满充了催迷的秘力。你若然有高蒂闲

(Gautier)异超的知感性，定然可以梦到，愁字变形为秋霞黯绿色的通明宝玉，若用银槌轻击之，当吐银色的幽咽电蛇似腾入云天。

我并不是为寻秋意而看月，更不是为觅新愁而访秋月；蓄意沉浸于悲哀的生活，是丹德所不许的。我盖见月而感秋色，因秋窗而拈新愁：人是一簇脆弱而富于反射性的神经！

我重复回到现实的景色，轻裹在云锦之中的秋月，像一个遍体蒙纱的女郎，她那团圆清朗的外貌像新娘，但同时她幂弦的颜色，那是藕灰，她踟躇的行踵，掩泣的痕迹，又使人疑是送丧的丽姝。所以我曾说：

秋月呀,

我不盼望你团圆。

这是秋月的特色,不论她是悬在落日残照边的新镰,与“黄昏晓”竞艳的眉钩,中宵斗没西陲的金碗,星云参差间的银床,以至一轮腴满的中秋,不论盈昃高下,总在原来澄爽明秋之中,遍洒着一种我只能称之为“悲哀的轻霭”,和“传愁的以太”。即使你原来无愁,见此也禁不得沾染那“灰色的音调”,渐渐兴感起来!

秋月呀!

谁禁得起银指尖儿

浪漫地搔爬呵！

不信但看那一海的轻涛，可不是禁不住她玉指的抚摩，在那里低回饮泣呢！就是那：

无聊的云烟，
秋月的美满，
熏暖了飘心冷眼，
也清冷地穿上了轻缟的
衣裳，
来参与这
美满的婚姻和丧礼。

十月六日志摩于大洋之上寻求秋意。

海滩上种花

【导读】

本文是徐志摩在燕京大学附属中学的一篇演说词，通篇语言清新，思维跳跃灵动，感情丰沛。作者通过描述海滩上种花的场景，表达了对生命与希望的赞美，以及对未来的美好期许。

朋友是一种奢华：且不说酒肉势利，那是说不上朋友，真朋友是相知，但相知谈何容易，你要打开人家的心，你先得打开你自己的，你要在你的心里容纳人家的心，你先得把你的心推放到人家的心里去；这真心或真性情的相互的流转，是朋友的秘密，是朋友的快乐。但这是说你内心的力量够得到，性灵的活动有富余，可以随时开放，随时往外流，像山里的泉水，流向容得住你的同情的沟槽；有时你得冒险，你得花本钱，你得抵拼在巉岈的乱石间，触刺的草缝里耐心的寻路，那时候艰难，苦痛，消耗，在在是可能的，在你这水一般灵动，水一般柔顺的寻求同情的心能找到平安欣快以前。

我所以说朋友是奢华，“相知”是宝贝，但得拿真性情的血本去换，去拼。因此我不敢轻易说话，因为我自己知道我的来源有限，十分的谨慎尚且不时有破产的恐惧；我不能随便“花”。前天有几位小朋友来邀我跟你们讲话，他们的恳切折服了我，使我不得不从命，但是小朋友们，说也惭愧，我拿什么来给你们呢？

我最先想来对你们说些孩子话，因为你们都还是孩子。但是那孩子的我到哪里去了？仿佛昨天我还是个孩子，今天不知怎的就变了样。什么是孩子？要不为一点活泼的天真，但天真就比是泥土里的嫩芽，天冷泥土硬就压住了它的生机——这年头问谁去要和暖的春风？

孩子是没了。你记得的只是一个不清切的影子，模糊得很，我这时候想起就像是一个瞎子追念他自己的容貌，一样的记不周全；他即使想急了拿一双手到脸上去印下一个模子来，那模子也是个死的。真的没了。一天在公园里见一个小朋友不提多么活动，一忽儿上山，一忽儿爬树，一忽儿溜冰，一忽儿干草里打滚，要不然就跳着憨笑；我看着羡慕，也想学样，跟他一起玩，但是不能，我是一个大人，身上穿着长袍，心里存着体面，怕招人笑，天生的灵活换来矜持的存心——孩子，孩子是没有的了，有的只是一个年岁与教育蛀空了的躯壳，死僵僵的，不自然的。

我又想找回我们天性里的野人来对你们说话。因为野人也是接近自然的；我前几年过印度时得到极刻心的感想，那里的街道房屋以及土人的体肤容貌，生活的习惯，虽则简，虽则陋，虽则不夸张，却处处与大自然——上面碧蓝的天，火热的阳光，地下焦黄的泥土，高矗的椰树——相调谐，情调，色彩，结构，看来有一种意义的一致，就比是一件完美的艺术的作品。也不知怎的，那天看了他们的街，街上的牛车，赶车的老头露着他的赤光的头颅与紫姜色的圆肚，他们的庙，庙里的圣像与神座前的花，我心里只是不自在，就仿佛这情景是一个熟悉的声音的叫唤，叫你去跟着他，你的灵魂也何尝不活跳跳的想答应一声“好，我来了”，但是不能，又有碍路的挡着你，不许你回复这叫唤声启示给你的自由。困着你的是你的教育；我那时的难受就比是一条蛇摆脱不了困住他的一个硬性的外壳——野人也给压住了，永远出不来。

所以今天站在你们上面的我不再是融会自然的野人，也不是天机活灵的孩子：我只是一个“文明人”，我能说的只是“文明话”。但什么是文明或是堕落？文明人的心里只是种种虚荣的念头，他到处忙不算，到处都得计较成败。我怎么能对着你们不感觉惭愧？不了解自然不仅是我的心，我的话也是的。并且我即使有话说也没法表现，即使有思想也不能使你们了解；内里那点子性灵就比是在一座石壁里牢牢的砌住，一丝光亮都不透，就凭这双眼望见你们，但有什么法子可以传达我的意思给你们，我已经忘却了原来的语言，还有什么话可说的？

但我的小朋友们还是逼着我来说谎（没有话说而勉强说话便是谎）。知识，我不能给；要知识你们得请教教育家去，我这里是没有的。

智慧，更没有了：智慧是地狱里的花果，能进地狱更能出地狱的才采得着智慧，不去地狱的便没有智慧——我是没有的。

我正发窘的时候，来了一个救星——就是我手里这一小幅画，等我来讲道理给你们听。这张画是我的拜年片，一个朋友替我制的。你们看这个小孩子在海边沙滩上独自的玩，赤脚穿着草鞋，右手提着一枝花，使劲把它往沙里栽，左手提着一把浇花的水壶，壶里水点一滴滴的往下掉着。离着小孩不远看得见海里翻动着的波澜。

你们看出了这画的意思没有？在

海砂里种花。在海砂里种花！那小孩这一番种花的热心怕是白费的了。砂碛是养不活鲜花的，这几点淡水是不能帮忙的；也许等不到小孩转身，这一朵小花已经支不住阳光的逼迫，就得交卸他有限的生命，枯萎了去。况且那海水的浪头也快打过来了，海浪冲来时不说这朵小小的花，就是大根的树也怕站不住——所以这花落在海边上是绝望的了，小孩这番力量准是白花的了。

你们一定很能明白这个意思。我的朋友是很聪明的，他拿这画意来比我们一群呆子，乐意在白天里做梦的呆子，满心想在海砂里种花的傻子。

画里的小孩拿着有限的几滴淡水想维持花的生命，我们一群梦人也想在现在比沙漠还要干枯比沙滩更没有生命的社会里，凭着最有限的力量，想下几颗文艺与思想的种子，这不是一样的绝望，一样的傻？想在海砂里种花，想在海砂里种花，多可笑呀！但我的聪明的朋友说，这幅小小画里的意思还不止此；讽刺不是她的目的。她要我们更深一层看。在我们看来海砂里种花是傻气，但在那小孩自己却不觉得。他的思想是单纯的，他的信仰也是单纯的。他知道的是什么？他知道花是可爱的，可爱的东西应得帮助他发长；他平常看见花草都是从地土里长出来的，他看来海砂也只是地，为什么海砂里不能长花他没有想到，也不必想到，他就知道拿花来栽，拿水去浇，只要那花在地上站直了他就欢喜，他就乐，他就会跳他的跳，唱他的唱，来赞美这美丽的生命，以后怎么样，海砂的性质，花的运命，他全管不着！我们知道小孩们怎样的崇拜自然，他的身体虽则小，他的灵魂却是大着，他的衣服也许脏，他的心可是洁净的。这里还有一幅画，这是自然的崇拜，你们看这孩子在月光下跪着拜一朵低头的百合花，这时候他的心与月光一般的清洁，与花一般的美丽，与夜一般的安静。我们可以知道到海边上来种花那孩子的思想与这月下拜花的孩子的思想会得跪下的——单纯、清洁，我们可以想象那一个孩子把花栽好了也是一样来对着花膜拜祈祷——他能把花暂时栽了起来便是他的成功，此外以后怎么样不是他的事情了。

你们看这个象征不仅美，并且有力量；因为它告诉我们单纯的信心是创作的泉源——这单纯的烂漫的天真是最永久最有力量的东西，阳光烧不焦他，狂风吹不倒他，海水冲不了他，黑暗掩不了他——地面上的花朵有被摧残有消灭的时候，但小孩爱花种花这一点“真”却有的是永久的生命。

我们来放远一点看。我们现有的文化只是人类在历史上努力与牺牲的成绩。为什么人们肯努力肯牺牲？因为他们有天生的信心；他们的灵魂认识什么是真什么是善什么是美，虽则他们的肉体与智识有时候会诱惑他们反着方向走路；但只要他们认明一件事情是有永久价值的时候，他们就自然的会得兴奋，不期然的自己牺牲，要在这忽忽变动的声色的世界里，赎出几个永久不变的原则的凭证来。耶稣为什么不怕上十字架？密尔顿何以瞎了眼还要做诗？贝德花芬何以聋了还要制音乐？密佐郎其罗为什么肯积受几个月的潮湿不顾自己的皮肉与靴子连成一片的用心思，为的只是要解决一个小小的美术问题？为什么永远有人到冰洋尽头雪山顶上去探险？为什么科学家肯在显微镜底下或是数目字中间研究一般人眼看不到心想不通的道理消磨他一生的光阴？

为的是这些人道的英雄都有他们不可摇动的信心；像我们在海砂里种花的孩子一样，他们的思想是单纯的——宗教家为善的原则牺牲，科学家为真的原则牺牲，艺术家为美的原则牺牲——这一切牺牲的结果便是我们现有的有限的文化。

你们想想在这地面上做事难道

还不是一样的傻气——这地面还不与海砂一样不容你生根，在这里的事业还不是与鲜花一样的娇嫩？——潮水过来可以冲掉，狂风吹来可以折坏，阳光晒来可以熏焦我们小孩子手里拿着往砂里栽的鲜花，同样的，我们文化的全体还不一样有随时可以冲掉、折坏、熏焦的可能吗？巴比伦的文明现在哪里？澎湃城曾经在地下埋过千百年，克利脱的文明直到最近五六十年间才完全发见。并且有时一件事实体的存在并不能证明他生命的继续。这区区地球的本体就有一千万个毁灭的可能。人们怕死不错，我们怕死人，但最可怕的不是死的死人，是活的死人，单有躯壳生命没有灵性生活是莫大的悲惨；文化也有这种情形，死的文化倒也罢了，最可怜的是勉强喘着气的半死的文化。

你们如其问我要例子，我就不迟疑的回答你说：朋友们，贵国的文化便是一个喘着气的活死人！时候已经很久的了，自从我们最后的几个祖宗为了不变的原则牺牲他们的呼吸与血液，为了不死的生命牺牲他们有限的存在，为了单纯的信心遭受当时人的讪笑与侮辱。时候已经很久的了，自从我们最后听见普遍的声音像潮水似的充满着地面。时候已经很久的了，自从我们最后看见强烈的光明像彗星似的扫掠过地面。时候已经很久的了，自从我们最后为某种主义流过火热的鲜血。时候已经很久的了，自从我们的骨髓里有胆量，我们的说话里有分量。这是一个极伤心的反省！我真不知道这时代犯了什么不可赦的大罪，上帝竟狠心的赏给我们这样恶毒的刑罚？你看看这年头到哪里去找一个完全的男子或是一个完全的女子——你们去看去，这年头哪一个男子不是阳痿！哪一个女子不是鼓胀！要形容我们现在受罪的时期，我们得发明一个比丑更丑比脏更脏比下流更下流比苟且更苟且比懦怯更懦怯的一类生字去！朋友们，真的我心里常常害怕，害怕下回东风带来的不是我们盼望中的春天，不是鲜花青草蝴蝶飞鸟，我怕他带来一个比冬天更枯槁更凄惨更寂寞的死天——因为丑陋的脸子不配穿漂亮的衣服，我们这样丑陋的变态的人心与社会凭什么权利可以问青天要阳光，问地面要青草，问飞鸟要音乐，问花朵要颜色？你问我明天天会不会放亮？我回答说我不知道，竟许不！

归根是我们失去了我们灵性努力的重心，那就是一个单纯的信仰，一点烂漫的童真！不要说到海滩去种花——我们都是聪明人谁愿意做傻瓜去——就是在你自己院子里种花你都懒怕动手哪！最可怕的怀疑的鬼与厌世的黑影已经占住了我们的灵魂！

所以朋友们，你们都是青年，都是春雷声响不曾停止时破绽出来的鲜花，你们再不可堕落了——虽则陷阱的大口满张在你的跟前，你不要怕，你把你的烂漫的天真倒下去，填平了它，再往前走——你们要保持那一点的信心，这里面连着来的就是精力与勇敢与灵感——你们再不怕做小傻瓜，尽量在这人道的海滩边种你的鲜花去——花也许会消灭，但这种花的精神是不烂的！

香小書墨

上架建议：大众读物

ISBN 978-7-5746-0531-2

9 787574 605312 >

定价：60.00元（全4册）

小墨香书·传世美文

明清现当代作品（四）

纸贵满堂 编

朱宝荣 绘

湖南美术出版社
·长沙·

图书在版编目（CIP）数据

传世美文·明清现当代作品 / 纸贵满堂编；朱宝荣绘.--长沙：湖南美术出版社，2025.1.--（小墨香书）.--ISBN 978-7-5746-0531-2

Ⅰ. I212.01

中国国家版本馆CIP数据核字第2024L4W904号

小墨香书

传世美文·明清现当代作品

CHUANSHI MEIWEN · MING-QING XIAN-DANGDAI ZUOPIN

出 版 人：黄　啸
编　　者：纸贵满堂
绘　　者：朱宝荣
责任编辑：范　琳
装帧设计：刘　畅
出版发行：湖南美术出版社（长沙市东二环一段622号）
印　　刷：廊坊市颖新包装装潢有限公司
开　　本：787 mm × 1092 mm　1/96
印　　张：12
版　　次：2025年1月第1版
印　　次：2025年1月第1次印刷
定　　价：60.00元（全4册）

目录

朱自清

作者简介

朱自清（1898—1948），原名自华，江苏扬州人，现代作家、学者。主要作品有散文集《背影》《欧游杂记》，诗文集《踪迹》等。其散文文笔清新，风格淡雅，开创了中国现代散文的先河。

背影

【导读】

《背影》是一篇回忆性的抒情散文。作者以简洁有力的文笔，透过对父亲替他买橘子时在车站的月台爬上攀下时的背影的描写，把父亲对儿子的一腔爱怜之情表现得深刻细腻，真挚感人。作者对于父亲的深切眷念，在追叙之中巧妙地以自己悔恨的情绪加以反衬，使得思念之情格外深沉。

我与父亲不相见已二年余了，我

最不能忘记的是他的背影。

那年冬天，祖母死了，父亲的差使也交卸了，正是祸不单行的日子。我从北京到徐州，打算跟着父亲奔丧回家。到徐州见着父亲，看见满院狼藉的东西，又想起祖母，不禁簌簌地流下眼泪。父亲说："事已如此，不必难过，好在天无绝人之路！"

回家变卖典质，父亲还了亏空；又借钱办了丧事。这些日子，家中光景很是惨淡，一半为了丧事，一半为了父亲赋闲。丧事完毕，父亲要到南京谋事，我也要回北京念书，我们便同行。

到南京时，有朋友约去游逛，勾留了一日；第二日上午便须渡江到浦口，下午上车北去。父亲因为事忙，本已说定不送我，叫旅馆里一个熟识的茶房陪我同去。他再三嘱咐茶房，甚是仔细。但他终于不放心，怕茶房不妥帖；颇踌躇了一会。其实我那年已二十岁，北京已来往过两三次，是没有什么要紧的了。他踌躇了一会，终于决定还是自己送我去。我再三劝他不必去；他只说："不要紧，他们去不好！"

我们过了江，进了车站。我买票，他忙着照看行李。行李太多了，得向脚夫行些小费才可过去。他便又忙着和他们讲价钱。我那时真是聪明过分，总觉他说话不大漂亮，非自己插嘴不可，但他终于讲定了价钱；就送我上车。他给我拣定了靠车门的一张椅子；我将他给我做的紫毛大衣铺好座位。他嘱我路上小心，夜里要警醒些，不要受凉。又嘱托茶房好好照应我。我心里暗笑他的迂；他们只认得钱，托他们只是白托！而且我这样大年纪的人，难道还不能料理自己么？唉，我现在想想，那时真是太聪明了！

我说道："爸爸，你走吧。"他往车外看了看说："我买几个橘子去。你就在此地，不要走动。"我看那边月台的栅栏外有几个卖东西的等着顾客。走到那边月台，须穿过铁道，须跳下去又爬上去。父亲是一个胖子，走过去自然要费事些。我本来要去的，他不肯，只好让他去。我看见他戴着黑布小帽，穿着黑布大马褂，深青布棉袍，蹒跚地走到铁道边，慢慢探身下去，尚不大难。可是他穿过铁道，要爬上那边月台，就不容易了。他用两手攀着上面，两脚再向上缩；他肥胖的身子向左微倾，显出努力的样子，这时我看见他的背影，我的泪很快地流下来了。我赶紧拭干了泪。怕他看见，也怕别人看见。我再向外看时，他已抱了朱红的橘子往回走了。过铁道时，他先将橘子散放在地上，自己慢慢爬下，再抱起橘子走。到这边时，我赶紧去搀他。他和我走到车上，将橘子一股脑儿放在我的皮大衣上。于是扑扑

衣上的泥土，心里很轻松似的。过一会说："我走了，到那边来信！"我望着他走出去。他走了几步，回过头看见我，说："进去吧，里边没人。"等他的背影混入来来往往的人里，再找不着了，我便进来坐下，我的眼泪又来了。

近几年来，父亲和我都是东奔西走，家中光景是一日不如一日。他少年出外谋生，独力支持，做了许多大事。哪知老境却如此颓唐！他触目伤怀，自然情不能自已。情郁于中，自然要发之于外；家庭琐屑便往往触他之怒。他待我渐渐不同往日。但最近两年的不见，他终于忘却我的不好，只是惦记着我，惦记着我的儿子。我北来后，他写了一信给我，信中说道："我身体平安，唯膀子疼痛厉害，举箸提笔，诸多不便，大约大去之期不远矣。"我读到此处，在晶莹的泪光中，又看见那肥胖的、青布棉袍黑布马褂的背影。唉！我不知何时再能与他相见！

1925年10月在北京。

匆匆

【导读】

作者紧扣"匆匆"二字，细腻地刻画了时间流逝的踪迹。全文结构精巧，情景交融，无论是写燕子、杨柳、桃花，还是写太阳，都与“我们的日子为什么一去不复返呢”的感叹融为一体，处处流露出作者对时光流逝的无奈和惋惜。

燕子去了，有再来的时候；杨柳枯了，有再青的时候；桃花谢了，有再开的时候。但是，聪明的，你告诉我，我们的日子为什么一去不复返呢？——是有人偷了他们吧：那是谁？又藏在何处呢？是他们自己逃走了吧：现在又到了哪里呢？

我不知道他们给了我多少日子，但我的手确乎是渐渐空虚了。在默默里算着，八千多日子已经从我手中溜去，像针尖上一滴水滴在大海里，我的日子滴在时间的流里，没有声音，也没有影子。我不禁头涔涔而泪潸潸了。

去的尽管去了，来的尽管来着，去来的中间，又怎样地匆匆呢？早上我起来的时候，小屋里射进两三方斜斜的太阳。太阳他有脚啊，轻轻悄悄地挪移了，我也茫茫然跟着旋转。于是——洗手的时候，日子从水盆里过去；吃饭的时候，日子从饭碗里过去；默默时，便从凝然的双眼前过去；我觉察他去得匆匆了，伸出手遮挽时，他又从遮挽着的手边过去；天黑时，我躺在床上，他便伶伶俐俐地从我身上跨过，从我脚边飞去了；等我睁开眼和太阳再见，这算又溜走了一日；我掩面叹息，但是新来的日子的影儿又开始在叹息里闪过了。

在逃去如飞的日子里，在千门万户的世界里的我能做什么呢？只有徘徊罢了，只有匆匆罢了。在八千多日的匆匆里，除徘徊外，又剩些什么呢？过去的日子如轻烟，被微风吹散了，如薄雾，被初阳蒸融了。我留着些什么痕迹呢？我何曾留着像游丝样的痕迹呢？我赤裸裸来到这世界，转眼间也将赤裸裸地回去吧？但不能平的，为什么偏要白白走这一遭啊？

你聪明的，告诉我，我们的日子为什么一去不复返呢？

1922年3月28日。

荷塘月色

【导读】

作者通过对月下荷塘的描写，营造出“淡淡的喜悦”和“淡淡的哀愁”交织在一起的氛围，含蓄又委婉地抒发了不满现实，渴望自由，想超脱现实而又不能的复杂思想感情。全文构思精巧，语言清新，景物描绘细腻传神，画面感很强。

这几天心里颇不宁静。今晚在院子里坐着乘凉，忽然想起日日走过的荷塘，在这满月的光里，总该另有一番样子吧。月亮渐渐地升高了，墙外马路上孩子们的欢笑，已经听不见了；妻在屋里拍着闰儿，迷迷糊糊地哼着眠歌。我悄悄地披了大衫，带上门出去。

沿着荷塘，是一条曲折的小煤屑路。这是一条幽僻的路；白天也少人走，夜晚更加寂寞。荷塘四面，长着许多树，蓊蓊郁郁的。路的一旁，是些杨柳，和一些不知道名字的树。没有月光的晚上，这路上阴森森的，有些怕人。今晚却很好，虽然月光也还是淡淡的。

路上只我一个人，背着手踱着。这一片天地好像是我的；我也像超出了平常的自己，到了另一世界里。我爱热闹，也爱冷静；爱群居，也爱独处。像今晚上，一个人在这苍茫的月下，什么都可以想，什么都可以不想，便觉是个自由的人。白天里一定要做的事，一定要说的话，现在都可不理。这是独处的妙处，我且受用这无边的荷香月色好了。

曲曲折折的荷塘上面，弥望的是田田的叶子。叶子出水很高，像亭亭的舞女的裙。层层的叶子中间，零星地点缀着些白花，有袅娜地开着的，有羞涩地打着朵儿的；正如一粒粒的明珠，又如碧天里的星星，又如刚出浴的美人。微风过处，送来缕缕清香，仿佛远处高楼上渺茫的歌声似的。这时候叶子与花也有一丝的颤动，像闪电般，霎时传过荷塘的那边去了。叶子本是肩并肩密密地挨着，这便宛然有了一道凝碧的波痕。叶子底下是脉脉的流水，遮住了，不能见一些颜色；而叶子却更见风致了。

月光如流水一般，静静地泻在这一片叶子和花上。薄薄的青雾浮起在荷塘里。叶子和花仿佛在牛乳中洗过一样，又像笼着轻纱的梦。虽然是满月，天上却有一层淡淡的云，所以不能朗照；但我以为这恰是到了好处——酣眠固不可少，小睡也别有风味的。月光是隔了树照过来的，高处丛生的灌木，落下参差的斑驳的黑影，峭楞楞如鬼一般；弯弯的杨柳的稀疏的倩影，却又像是画在荷叶上。塘中的月色并不均匀；但光与影有着和谐的旋律，如梵婀玲上奏着的名曲。

荷塘的四面，远远近近，高高低低都是树，而杨柳最多。这些树将一片荷塘重重围住；只在小路一旁，漏着几段空隙，像是特为月光留下的。树色一例是阴阴的，乍看像一团烟雾；但杨柳的丰姿，便在烟雾里也辨得出。树梢上隐隐约约的是一带远山，只有些大意罢了。树缝里也漏着一两点路灯光，没精打采的，是渴睡人的眼。这时候最热闹的，要数树上的蝉声与水里的蛙声；但热闹是它们的，我什么也没有。

忽然想起采莲的事情来了。采莲是江南的旧俗，似乎很早就有，而六朝时为盛；从诗歌里可以约略知道。采莲的是少年的女子，她们是荡着小船，唱着艳歌去的。采莲人不用说很多，还有看采莲的人。那是一个热闹的季节，也是一个风流的季节。梁元帝《采莲赋》里说得好：

于是妖童媛女，荡舟心许；鹢首徐回，兼传羽杯；棹将移而藻挂，船欲动而萍开。尔其纤腰束素，迁延顾步；夏

> 始春余，叶嫩花初，恐沾裳而浅笑，畏倾船而敛裾。

可见当时嬉游的光景了。这真是有趣的事，可惜我们现在早已无福消受了。

于是又记起《西洲曲》里的句子：

> 采莲南塘秋，莲花过人头；低头弄莲子，莲子清如水。

今晚若有采莲人，这儿的莲花也算得“过人头”了；只不见一些流水的影子，是不行的。这令我到底惦着江南了。——这样想着，猛一抬头，不觉已是自己的门前；轻轻地推门进去，什么声息也没有，妻已睡熟好久了。

1927年7月，北京清华园。

白马湖

【导读】

朱自清曾在浙江上虞白马湖畔的春晖中学执教，白马湖明丽静谧的风光、安闲悠然的生活，在他心中留下了不可磨灭的印象。在这篇文章中，朱自清表达了对白马湖深深的留恋和对过去岁月的追怀。

今天是个下雨的日子。这使我想起了白马湖；因为我第一回到白马湖，正是微风飘萧的春日。

白马湖在甬绍铁道的驿亭站，是个极小极小的乡下地方。在北方说起这个名字，管保一百个人一百个人不知道。但那却是一个不坏的地方。这名字先就是一个不坏的名字。据说从前（宋时？）有个姓周的骑白马入湖仙去，所以有这个名字。这个故事也是一个不坏的故事。假使你乐意搜集，或也可编成一本小书，交北新书局印去。

白马湖并非圆圆的或方方的一个湖。如你所想到的，这是曲曲折折大大小小许多湖的总名。湖水清极了，如你所能想到的，一点儿不含糊像镜子。沿铁路的水，再没有比这里清的，这是公论。遇到旱年的夏季，别处湖里都长了草，这里却还是一清如故。白马湖最大的，也是最好的一个，便是我们住过的屋的门前那一个。那个湖不算小，但湖口让两面的山包抄住了。外面只见微微的碧波而已，想不到有那么大的一片。湖的尽里头，有一个三四十户人家的村落，叫作西徐岙，因为姓徐的多。这村落与外面本是不相通的，村里人要出来得撑船。后来春晖中学在湖边造了房子，这才造了两座玲珑的小木桥，筑起一道煤屑路，直通到驿亭车站。那是窄窄的一条人行路，蜿蜒曲折的，路上虽常不见人，走起来却不见寂寞——尤其在微雨的春天，一个初到的来客，他左顾右盼，是只有觉得热闹的。

春晖中学在湖的最胜处，我们住过的屋也相去不远，是半西式。湖光山色从门里从墙头进来，到我们窗前、桌上。我们几家接连着；丏翁的家最讲究。屋里有名人字画，有古瓷，有铜佛，院子里满种着花。屋子里的陈设又常常变换，给人新鲜的受用。他有这样好的屋子，又是好客如命，我们便不时地上他家里喝老酒。丏翁夫人的烹调也极好，每回总是满满的盘碗拿出来，空空的收回去。白马湖最好的时候是黄昏。湖上的山笼着一层青色的薄雾，在水面映着参差的模糊的影子。水光微微的暗淡，像是一面古铜镜。轻风吹来，有一两缕波纹，但随即平静了。天上偶见几只归鸟，我们看着它们越飞越远，直到不见为止。这个时候便是我们喝酒的时候。我们说话很少；上了灯话才多些，但大家都已微有醉意。是该回家的时候了。若有月光也许还得徘徊一会；若是黑夜，便在暗里摸索醉着回去。

白马湖的春日自然最好。山是青得要滴下来，水是满满的、软软的。小马路的两边，一株间一株地种着小桃与杨柳。小桃上各缀着几朵重瓣的红花，像夜空的疏星。杨柳在暖风里不住地摇曳。在这路上走着，时而听见锐而长的火车的笛声是别有风味的。在春天，不论是晴是雨，是月夜是黑夜，白马湖都好。——雨中田里菜花的颜色最早鲜艳；黑夜虽什么不见，但可静静地受用春天的力量。夏夜也有好处，有月时可以在湖里划小船，四面满是青霭。船上望别的村庄，像是蜃楼海市，浮在水上，迷离惝恍的；有时听见人声或犬吠，大有世外之感。若没有月呢，便在田野里看萤火。那萤火不是一星半点的，如你们在城中所见；那是成千成百的萤火。

一片儿飞出来，像金线网似的，又像耍着许多火绳似的。只有一层使我愤恨。那里水田多，蚊子太多，而且几乎全闪闪烁烁是疟蚊子。我们一家都染了疟病，至今三四年了，还有未断根的。蚊子多足以减少露坐夜谈或划船夜游的兴致，这未免是美中不足了。

离开白马湖是三年前的一个冬日。前一晚“别筵”上，有丏翁与云君。我不能忘记丏翁，那是一个真挚豪爽的朋友。但我也不能忘记云君，我应该这样说，那是一个可爱的——孩子。

七月十四日，北平。

春

【导读】

作者以细腻的笔触，描绘了春天的美丽景象。春草的鲜嫩可爱、春花的绚烂多姿、春风的缠绵温暖、春雨的绵密多情描绘得真切动人，展现了春天的生机与生命力，表达了作者热爱生活，向往未来，追求光明的情怀，给人以激励、鼓舞和力量，催人奋进。

盼望着，盼望着，东风来了，春天的脚步近了。

一切都像刚睡醒的样子，欣欣然张开了眼。山朗润起来了，水涨起来了，太阳的脸红起来了。

小草偷偷地从土里钻出来，嫩嫩的，绿绿的。园子里，田野里，瞧去，一大片一大片满是的。坐着，躺着，打两个滚，踢几脚球，赛几趟跑，捉几回迷藏。风轻悄悄的，草软绵绵的。

桃树、杏树、梨树，你不让我，我不让你，都开满了花赶趟儿。红的像火，粉的像霞，白的像雪。花里带着甜味儿；闭了眼，树上仿佛已经满是桃儿、杏儿、梨儿。花下成千成百的蜜蜂嗡嗡地闹着，大小的蝴蝶飞来飞去。野花遍地是：杂样儿，有名字的，没名字的，散在草丛里，像眼睛、像星星，还眨呀眨的。

“吹面不寒杨柳风”，不错的，像母亲的手抚摸着你。风里带来些新翻的泥土的气息，混着青草味儿，还有各种花的香，都在微微润湿的空气里酝酿。鸟儿将窠巢安在繁花嫩叶当中，高兴起来了，呼朋引伴地卖弄清脆的喉咙，唱出宛转的曲子，与轻风流水应和着。牛背上牧童的短笛，这时候也成天在嘹亮地响。

雨是最寻常的，一下就是三两天。可别恼。看，像牛毛，像花针，像细丝，密密地斜织着，人家屋顶上全笼着一层薄烟。树叶子却绿得发亮，小草也青得逼你的眼。傍晚时候，上灯了，一点点黄晕的光，烘托出一片安静而和平的夜。在乡下，小路上，石桥边，有撑起伞慢慢走着的人；还有地里工作的农夫，披着蓑，戴着笠的。他们的草屋，稀稀疏疏的，在雨里静默着。

天上风筝渐渐多了，地上孩子也多了。城里乡下，家家户户，老老小小，他们也赶趟儿似的，一个个都出来了。舒活舒活筋骨，抖擞抖擞精神，各做各的一份事去。“一年之计在于春”，刚起头儿，有的是工夫，有的是希望。

春天像刚落地的娃娃，从头到脚都是新的，他生长着。

春天像小姑娘，花枝招展的，笑

着，走着。

春天像健壮的青年，有铁一般的胳膊和腰脚，领着我们上前去。

绿

【导读】

《绿》是一篇充满诗意的写景散文。全文以“绿”为文眼，贯穿始终，结构缜密。作者用清新细腻的笔调对梅雨潭的景物进行了细致刻画，表达了对大自然绚丽风光的赞美和追求。

我第二次到仙岩的时候，我惊诧于梅雨潭的绿了。

梅雨潭是一个瀑布潭。仙岩有三个瀑布，梅雨瀑最低。走到山边，便听见哗哗哗哗的声音；抬起头，镶在两条湿湿的黑边儿里的，一带白而发亮的水便呈现于眼前了。我们先到梅雨亭。梅雨亭正对着那条瀑布；坐在亭边，不必仰头，便可见它的全体了。亭下深深的便是梅雨潭。这个亭踞在突出的一角的岩石上，上下都空空儿的；仿佛一只苍鹰展着翼翅浮在天宇中一般。三面都是山，像半个环儿拥着；人如在井底了。这是一个秋季的薄阴的天气。微微的云在我们顶上流着；岩面与草丛都从润湿中透出几分油油的绿意。而瀑布也似乎分外的响了。那瀑布从上面冲下，仿佛已被扯成大小的几绺；不复是一幅整齐而平滑的布。岩上有许多棱角；瀑流经过时作急剧的撞击，便飞花碎玉般乱溅着了。那溅着的水花，晶莹而多芒；远望去，像一朵朵小小的白梅，微雨似的纷纷落着。据说，这就是梅雨潭之所以得名了。但我觉得像杨花，格外确切些。轻风起来时，点点随风飘散，那更是杨花了。——这时偶然有几点送入我们温暖的怀里，便倏地钻了进去，再也寻它不着。

梅雨潭闪闪的绿色招引着我们；我们开始追捉她那离合的神光了。揪着草，攀着乱石，小心探身下去，又

鞠躬过了一个石穹门，便到了汪汪一碧的潭边了。瀑布在襟袖之间；但我的心中已没有瀑布了。我的心随潭水的绿而摇荡。那醉人的绿呀！仿佛一张极大极大的荷叶铺着，满是奇异的绿呀。我想张开两臂抱住她；但这是怎样一个妄想呀。——站在水边，望到那面，居然觉着有些远呢！这平铺着、厚积着的绿，着实可爱。她松松的皱缬着，像少妇拖着的裙幅；她轻轻的摆弄着，像跳动的初恋的处女的心；她滑滑的明亮着，像涂了"明油"一般，有鸡蛋清那样软，那样嫩，令人想着所曾触过的最嫩的皮肤；她又不杂些儿尘滓，宛然一块温润的碧玉，只清清的一色——但你却看不透她！我曾见过北京什刹海拂地的绿杨，脱不了鹅黄的底子，似乎太淡了。我又曾见过杭州虎跑寺近旁高峻而深密的“绿壁”，丛叠着无穷的碧草与绿叶的，那又似乎太浓了。其余呢，西湖的波太明了，秦淮河的也太暗了。可爱的，我将什么来比拟你呢？我怎么比拟得出呢？大约潭是很深的，故能蕴蓄着这样奇异的绿；仿佛蔚蓝的天融了一块在里面似的，这才这般的鲜润呀。——那醉人的绿呀！我若能裁你以为带，我将赠给那轻盈的舞女；她必能临风飘举了。我若能挹你以为眼，我将赠给那善歌的盲妹；她必明眸善睐了。我舍不得你；我怎舍得你呢？我用手拍着你，抚摩着你，如同一个十二三岁的小姑娘。我又掬你入口，便是吻着她了。我送你一个名字，我从此叫你“女儿绿”，好么？

我第二次到仙岩的时候，我不禁惊诧于梅雨潭的绿了。

2月8日，温州作。

扬州的夏日

【导读】

朱自清一生四处漂泊，只有少年时期在扬州十多年的岁月还算比较安定。

因此，朱自清笔下的扬州，实际上是他的第二故乡。本文以游记的形式描写了作者眼中夏日扬州的风土人情，抒发了作者对扬州的热爱之情。

扬州从隋炀帝以来，是诗人文士所称道的地方；称道得多了，称道得久了，一般人便也随声附和起来。直到现在，你若向人提起扬州这个名字，他会点头或摇头说："好地方！好地方！"特别是没去过扬州而念过些唐诗的人，在他心里，扬州真像蜃楼海市一般美丽；他若念过《扬州画舫录》一类书，那更了不得了。但在一个久住扬州像我的人，他却没有那么多美丽的幻想，他的憎恶也许掩住了他的爱好；他也许离开了三四年并不去想它。若是想呢，——你说他想什么？女人；不错，这似乎也有名，但怕不是现在的女人吧？——他也只会想着扬州的夏日，虽然与女人仍然不无关系的。

北方和南方一个大不同，在我看，就是北方无水而南方有。诚然，北方今年大雨，永定河、大清河甚至决了堤防，但这并不能算是有水；北平的三海和颐和园虽然有点儿水，但太平衍了，一览而尽，船又那么笨头笨脑的。有水的仍然是南方。扬州的夏日，好处大半便在水上——有人称为“瘦西湖”，这个名字真是太“瘦”了，假西湖之名以行，“雅得这样俗”，老实说，我是不喜欢的。下船的地方便是护城河，曼衍开去，曲曲折折，直到平山堂——这是你们熟悉的名字——有七八里河道，还有许多杈杈枒枒的支流。这条河其实也没有顶大的好处，只是曲折而有些幽静，和别处不同。

沿河最著名的风景是小金山，法海寺，五亭桥；最远的便是平山堂了。金山你们是知道的，小金山却在水中央。在那里望水最好，看月自然也不错——可是我还不曾有过那样福气。“下河”的人十之九是到这儿的，人不免太多些。法海寺有一个塔，和北海的一样，据说是乾隆皇帝下江南，盐商们连夜督促匠人造成的。法海寺著名的自然是这个塔；但还有一桩，你们猜不着，是红烧猪头。夏天吃红烧猪头，在理论上也许不甚相宜；可是在实际上，挥汗吃着，倒也不坏的。五亭桥如名字所示，是五个亭子的桥。桥是拱形，中一亭最高，两边四亭，参差相称；最宜远看，或看影子，也好。桥洞颇多，乘小船穿来穿去，另有风味。平山堂在蜀冈上。登堂可见江南诸山淡淡的轮廓；“山色有无中”一句话，我看是恰到好处，并不算错。这里游人较少，闲坐在堂上，可以永日。沿路光景，也以闲寂胜。从天宁门或北门下船。蜿蜒的城墙，在水里倒映着苍黝的影子，小船悠然地撑过去，岸上的喧扰像没有似的。

船有三种：大船专供宴游之用，可以打牌。小时候常跟了父亲去，在船里听着谋得利洋行的唱片。现在这样乘船的大概少了吧？其次是“小划子”，真像一瓣西瓜，由一个男人或女人用竹篙撑着。乘的人多了，便可雇两只，前后用小凳子跨着：这也可算得“方舟”了。后来又有一种“洋划”，比大船小，比“小划子”大，上支布篷，可以遮日遮雨。“洋划”渐渐地多，大船渐渐地少，然而“小划子”总是有人要的。这不独因为价钱最贱，也因为它的伶俐。一个人坐在船中，让一个人站在船尾上用竹篙一下一下地撑着，简直是一首唐诗，或一幅山水画。而有些好事的少年，愿意自己撑船，也非“小划子”不行。“小划子”虽然便宜，却也有些分别。譬如说，你们也可想到的，女人撑船总要贵些；姑娘撑的自然更要贵啰。这些撑船的女子，便是有人说过的“瘦西湖上的船娘”。船娘们的故事大概不少，但我不很知道。据说以乱头粗服，风趣天然为胜；中年而有风趣，也仍然算好。可是起初原是逢场作戏，或尚不伤廉惠；以后居然有了价格，便觉意味索然了。

北门外一带，叫作下街，“茶馆”最多，往往一面临河。船行过时，茶客与乘客可以随便招呼说话。船上人若高兴时，也可以向茶馆中要一壶茶，或一两种“小笼点心”，在河中喝着，吃着，谈着。回来时再将茶壶和所谓小笼，连价款一并交给茶馆中人。撑船的都与茶馆相熟，他们不怕你白吃。扬州的小笼点心实在不错：我离开扬州，也走过七八处大大小小的地方，还没有吃过那样好的点心；这其实是值得惦记的。茶馆的地方大致总好，名字也颇有好的，如香影廊，绿杨村，红叶山庄，都是到现在还记得的。绿杨村的幌子，挂在绿杨树上，随风飘展，使人想起“绿杨城郭是扬州”的名句。里面还有小池，丛竹，茅亭，景物最幽。这一带的茶馆布置都历落有致，迥非上海、北平方方正正的茶楼可比。

“下河”总是下午。傍晚回来，在暮霭朦胧中上了岸，将大褂折好搭在腕上，一手微微摇着扇子；这样进了北门或天宁门走回家中。这时候可以念“又得浮生半日闲”那一句诗了。

桨声灯影里的秦淮河

【导读】

本文是朱自清与友人俞平伯同游秦淮河时所作。文中记叙了夏夜在秦淮河上泛舟的见闻和感受，淋漓尽致地描绘出秦淮河不同时间、不同情境的艳丽和风姿，展现了一幅令人缅怀的桨声灯影里的秦淮河图。

一九二三年八月的一晚，我和平伯同游秦淮河；平伯是初泛，我是重来了。我们雇了一只“七板子”，在夕阳已去，皎月方来的时候，便下了船。于是桨声汩——汩，我们开始领略那晃荡着蔷薇色的历史的秦淮河的滋味了。

秦淮河里的船，比北京万甡园、颐和园的船好，比西湖的船好，比扬州瘦西湖的船也好。这几处的船不是觉着笨，就是觉着简陋、局促；都不能引起乘客们的情韵，如秦淮河的船一样。秦淮河的船约略可分为两种：一是大船；一是小船，就是所谓“七板子”。大船舱口阔大，可容二三十人。里面陈设着字画和光洁的红木家具，桌上一律嵌着冰凉的大理石面。窗格雕镂颇细，使人起柔腻之感。窗

格里映着红色蓝色的玻璃；玻璃上有精致的花纹，也颇悦人目。“七板子”规模虽不及大船，但那淡蓝色的栏杆，空敞的舱，也足系人情思。而最出色处却在它的舱前。舱前是甲板上的一部，上面有弧形的顶，两边用疏疏的栏杆支着。里面通常放着两张藤的躺椅。躺下，可以谈天，可以望远，可以顾盼两岸的河房。大船上也有这个，但在小船上更觉清隽罢了。舱前的顶下，一律悬着灯彩；灯的多少，明暗，彩苏的精粗，艳晦，是不一的。但好歹总还你一个灯彩。这灯彩实在是最能勾人的东西。夜幕垂垂地下来时，大小船上都点起灯火。从两重玻璃里映出那辐射着的黄黄的散光，反晕出一片朦胧的烟霭；透过这烟霭，在黯黯的水波里，又逗起缕缕的明漪。在这薄霭和微漪里，听着那悠然的间歇的桨声，谁能不被引入他的美梦去呢？只愁梦太多了，这些大小船儿如何载得起呀？我们这时模模糊糊地谈着明末的秦淮河的艳迹，如《桃花扇》及《板桥杂记》里所载的。我们真神往了。我们仿佛亲见那时华灯映水，画舫凌波的光景了。于是我们的船便成了历史的重载了。我们终于恍然秦淮河的船所以雅丽过于他处，而又有奇异的吸引力的，实在是许多历史的影像使然了。

秦淮河的水是碧阴阴的；看起来厚而不腻，或者是六朝金粉所凝吗？我们初上船的时候，天色还未断黑，那漾漾的柔波是这样恬静、委婉，使我们一面有水阔天空之想，一面又憧憬着纸醉金迷之境了。等到灯火明时，阴阴的变为沉沉了：黯淡的水光，像梦一般；那偶然闪烁着的光芒，就是梦的眼睛了。我们坐在舱前，因了那隆起的顶棚，仿佛总是昂着首向前走着似的；于是飘飘然如御风而行的我们，看着那些自在的湾泊着的船，船里走马灯般的人物，便像是下界一般，迢迢的远了，又像在雾里看花，尽朦朦胧胧的。这时我们已过了利涉桥，望见东关头了。沿路听见断续的歌声：有从沿河的妓楼飘来的，有从河上船里渡来的。我们明知那些歌声，只是些因袭的言词，从生涩的歌喉里机械的发出来的；但它们经了夏夜的微风的吹漾和水波的摇拂，袅娜着到我们耳边的时候，已经不单是她们的歌声，而混着微风和河水的密语了。于是我们不得不被牵惹着，震撼着，相与浮沉于这歌声里了。从东关头转湾，不久就到大中桥。大中桥共有三个桥拱，都很阔大，俨然是三座门儿；使我们觉得我们的船和船里的我们，在桥下过去时，真是太无颜色了。桥砖是深褐色，表明它的历史的长久；但都完好无缺，令人太息于古昔工程的坚美。桥上两旁都是木壁的房子，中间应该有街路？这些房子都破旧了，多年烟熏的迹，遮没了当年的美丽。我想象秦淮河的极盛时，在这样宏阔的桥上，特地盖了房子，必然是髹漆得富富丽丽的；晚间必然是灯火通明的。现在却只剩下一片黑沉沉！但是桥上造着房子，毕竟使我们多少可以想见往日的繁华；这也慰情聊胜无了。过了大中桥，便到了灯月交辉，笙歌彻夜的秦淮河；这才是秦淮河的真面目哩。

大中桥外，顿然空阔，和桥内两岸排着密密的人家的景象大异了。一眼望去，疏疏的林，淡淡的月，衬着蔚蓝的天，颇像荒江野渡光景；那边呢，郁丛丛的，阴森森的，又似乎藏着无边的黑暗：令人几乎不信那是繁华的秦淮河了。但是河中眩晕着的灯光，纵横着的画舫，悠扬着的笛韵，夹着那吱吱的胡琴声，终于使我们认识绿如茵陈酒的秦淮水了。此地天裸露着的多些，故觉夜来得独迟些；从清清的水影里，我们感到的只是薄薄的夜——这正是秦淮河的夜。大中桥外，本来还有一座复成桥，是船夫口中的我们的游踪尽处，或也是秦淮河繁华的尽处了。我的脚曾踏过复成桥的脊，在十三四岁的时候。但是两次游秦淮河，却都不曾见着复成桥的面；明知总在前途的，却常觉得有些虚无缥缈似的。我想，不见倒也好。这时正是盛夏。我们下船后，借着新生的晚凉和河上的微风，暑气已渐渐消散；到了此地，豁然开朗，身子顿然轻了——习习的清风荏苒在面上，手上，衣上，这便又感到了一缕新凉了。南京的日光，大概没有杭州猛烈；西湖的夏夜老是热蓬蓬的，水像沸着一般，秦淮河的水却尽是这样冷冷的绿着。任你人影的憧憧，歌声的扰扰，总像隔着一层薄薄的绿纱面幂似的；它尽是这样静静的，冷冷的绿着。我们出了大中桥，走不上半里路，船夫便将船划到一旁，停了桨由它宕着。他以为那里正是繁华的极点，再过去就是荒凉了；所以让我们多多赏鉴一会儿。他自己却静静的蹲着。他是看惯这光景的了，大约只是一个无可无不可。这无可无不可，无论是升的沉的，总之，都比我们高了。

那时河里热闹极了；船大半泊着，小半在水上穿梭似的来往。停泊着的都在近市的那一边，我们的船自然也夹在其中。因为这边略略的挤，便觉得那边十分的疏了。在每一只船从那边过去时，我们能画出它的轻轻的影和曲曲的波，在我们的心上；这显着是空，且显着是静了。那时处处都是歌声和凄厉的胡琴声，圆润的喉咙，确乎是很少的。但那生涩的，尖脆的调子能使人有少年的，粗率不拘的感觉，也正可快我们的意。况且多少隔开些儿听着，因为想象与渴慕的作美，总觉更有滋味；而竞发的喧嚣，抑扬的不齐，远近的杂沓，和乐器的嘈嘈切切，合成另一意味的谐音，也使我们无所适从，如随着大风而走。这实在因为我们的心枯涩久了，变为脆弱；故偶然润泽一下，便疯狂似的不能自主了。但秦淮河确也腻人。即如船里的人面，无论是和我们一堆儿泊着的，无论是从我们眼前过去的，总是模模糊糊的，甚至渺渺茫茫的；任你张圆了眼睛，揩净了眦垢，也是枉然。这真够人想呢。在我们停泊的地方，灯光原是纷然的；不过这些灯光都是黄而有晕的。黄已经不能明了，再加上了晕，便更不成了。灯愈多，晕就愈甚；在繁星般的黄的交错里，秦淮河仿佛笼上了一团光雾。光芒与雾气腾腾的晕着，什么都只剩了轮廓了；所以人面的详细的曲线，便消失于我们的眼底了。但灯光究竟夺不了那边的月色；灯光是浑的，月色是清的，在混沌的灯光里，渗入了一派清辉，却真是奇迹！那晚月儿已瘦削了两三分。她晚妆才罢，盈盈的上了柳梢头。天是蓝得可爱，仿佛一汪水似的；月儿便更出落得精神了。岸上原有三株两株的垂杨树，淡淡的影子，在水里摇曳着。它们那柔细的枝条浴着月光，就像一支支美人的臂膊，交互的缠着，挽着；又像是月儿披着的发。而月儿偶然也从它们的交叉处偷偷窥看我们，大有小姑娘怕羞的样子。岸上另有几株不知名的老树，光光的立着；在月光里照起来，却又俨然是精神矍铄的老人。远处——快到天际线了，才有一两片白云，亮得现出异彩，像美丽的贝壳一般。白云下便是黑黑的一带轮廓；是一条随意画的不规则的曲线。这一段光景，和河中的风味大异了。但灯与月竟能并存着，交融着，使月成了缠绵的月，灯射着渺渺的灵辉；这正是天之所以厚秦淮河，也正是天之所以厚我们了。

这时却遇着了难解的纠纷。秦淮河上原有一种歌妓，是以歌为业的。从前都在茶舫上，唱些大曲之类。每日午后一时起；什么时候止，却忘记了。晚上照样也有一回。也在黄晕的灯光里。我从前过南京时，曾随着朋友去听过两次。因为茶舫里的人脸太多了，觉得不大适意，终于听不出所以然。前年听说歌妓被取缔了，不知怎的，颇涉想了几次——却想不出什么。这次到南京，先到茶舫上去看看，觉得颇是寂寥，令我无端的怅怅了。不料她们却仍在秦淮河里挣扎着，不料她们竟会纠缠到我们，我于是很张皇了。她们也乘着“七板子”，她们总是坐在舱前的。舱前点着石油汽灯，光亮炫人眼目：坐在下面的，自然是纤毫毕见了——引诱客人们的力量，也便在此了。舱里躲着乐工等人，映着汽灯的余辉蠕动着；他们是永远不被注意的。每船的歌妓大约都是二人；天色一黑，她们的船就在大中桥外往来不息的兜生意。无论行着的船，泊着的船，都要来兜揽的。这都是我后来推想出来的。那晚不知怎样，忽然轮着我们的船了。我们的船好好的停着，一只歌舫划向我们来的；渐渐和我们的船并着了。铄铄的灯光逼得我们皱起了眉头；我们的风尘色全给它托出来了，这使我踧踖不安了。那时一个伙计跨过船来，拿着摊开的歌折，就近塞向我的手里，说："点几出吧！"他跨过来的时候，我们船上似乎有许多眼光跟着。同时相近的别的船上也似乎有许多眼睛炯炯的向我们船上看着。我真窘了！我也装出大方的样子，向歌妓们瞥了一眼，但究竟是不成的！我勉强将那歌折翻了一翻，却不曾看清了几个字；便赶紧递还那伙计，一面不好意思地说："不要，我们……不要。"他便塞给平伯。平伯掉转头去，摇手说："不要！"那人还腻着不走。平伯又回过脸来，摇着头道：

"不要!"于是那人重到我处。我窘着再拒绝了他。他这才有所不屑似的走了。我的心立刻放下,如释了重负一般。我们就开始自白了。

我说我受了道德律的压迫,拒绝了她们;心里似乎很抱歉的。这所谓抱歉,一面对于她们,一面对于我自己。她们于我们虽然没有很奢的希望;但总有些希望的。我们拒绝了她们,无论理由如何充足,却使她们的希望受了伤;这总有几分不作美了。这是我觉得很怅怅的。至于我自己,更有一种不足之感。我这时被四面的歌声诱惑了,降伏了;但是远远的,远远的歌声总仿佛隔着重衣搔痒似的,越搔越搔不着痒处。我于是憧憬着贴耳的妙音了。在歌舫划来时，我的憧憬，变为盼望；我固执地盼望着，有如饥渴。虽然从浅薄的经验里，也能够推知，那贴耳的歌声，将剥去了一切的美妙；但一个平常的人像我的，谁愿凭了理性之力去丑化未来呢？我宁愿自己骗着了。不过我的社会感性是很敏锐的；我的思力能拆穿道德律的西洋镜，而我的感情却终于被它压服着，我于是有所顾忌了，尤其是在众目昭彰的时候。道德律的力，本来是民众赋予的；在民众的面前，自然更显出它的威严了。我这时一面盼望，一面却感到了两重的禁制：一，在通俗的意义上，接近妓者总算一种不正当的行为；二，妓是一种不健全的职业，我们对于她们，应有哀矜勿喜之心，不应赏玩地去听她们的歌。在众目睽睽之下，这两种思想在我心里最为旺盛。她们暂时压倒了我的听歌的盼望，这便成就了我的灰色的拒绝。那时的心实在异常状态中，觉得颇是昏乱。歌舫去了，暂时宁静之后，我的思绪又如潮涌了。她们既被逼得以歌为业，她们的歌必无艺术味的；况她们的身世，我们究竟该同情的。所以拒绝倒也是正办。但这些意思终于不曾撇开我的听歌的盼望。它力量异常坚强；它总想将别的思绪踏在脚下。从这重重的争斗里，我感到了浓厚的不足之感。这不足之感使我的心盘旋不安，起坐都不安宁了。唉！我承认我是一个自私的人！平伯呢，却与我不同。他引周启明先生的诗："因为我有妻子，所以我爱一切的女人；因为我有子女，所以我爱一切的孩子。"他的意思可以见了。他因为推及的同情，爱着那些歌妓，并且尊重着她们，所以拒绝了她们。在这种情形下，他自然以为听歌是对于她们的一种侮辱。但他也是想听歌的，虽然不和我一样。所以在他的心中，当然也有一番小小的争斗；争斗的结果，是同情胜了。至于道德律，在他是没有什么的；因为他很有蔑视一切的倾向，民众的力量在他是不大觉着的。这时他的心意的活动比较简单，又比较松弱，故事后还怡然自若；我却不能了。这里平伯又比我高了。

在我们谈话中间，又来了两只歌舫。伙计照前一样的请我们点戏，我们照前一样的拒绝了。我受了三次窘，心里的不安更甚了。清艳的夜景也为之减色。船夫大约因为要赶第二趟生意，催着我们回去；我们无可无不可的答应了。我们渐渐和那些晕黄的灯光远了，只有些月色冷清清的随着我们的归舟。我们的船竟没个伴儿，秦淮河的夜正长哩！到大中桥近处，才遇着一只来船。这是一只载妓的板船，黑漆漆的没有一点光。船头上坐着一个歌女；暗里看出，白地小花的衫子，黑的下衣。她手里拉着胡琴，口里唱着青衫的调子。她唱得响亮而圆转；当她的船箭一般驶过去时，余音还袅袅的在我们耳际，使我们倾听而向往。想不到在弩末的游踪里，还能领略到这样的清歌！这时船过大中桥了，森森的水影，如黑暗张着巨口，要将我们的船吞了下去。我们回顾那渺渺的黄光，不胜依恋之情；我们感到了寂寞了！这一段地方夜色甚浓，又有两头的灯火招邀着；桥外的灯火不用说了，过了桥另有东关头疏疏的灯火。我们忽然仰头看见依人的素月，不觉深悔归来之早了！走过东关头，有一两只大船湾泊着，又有几只船向我们来着。嚣嚣的一阵歌声人语，仿佛笑我们无伴的孤舟哩。东关头转湾，河上的夜色更浓了；临水的楼上，时时从帘缝里射出一线一线的灯光；仿佛黑暗从酣睡里眨了一眨眼。我们默然的对着，静听那汩——汩的桨声，几乎要入睡了；朦胧里却温寻着适才的繁华的余味。我那不安的心在静里愈显活跃了！这时我们都有了不足之感，而我的更其浓厚。我们却又不愿回去，于是只能由懊悔而怅惘了。船里便满载着怅惘了。直到利涉桥下，微微嘈杂的人声，才使我豁然一惊；那光景却又不同。右岸的河房里，都大开了窗户，里面亮着晃晃的电灯，电灯的光射到水上，蜿蜒曲折，闪闪不息，正如跳舞着的仙女的臂膊。我们的船已在她的臂膊里了；如睡在摇篮里一样，倦了的我们便又入梦了。那电灯下的人物，只觉像蚂蚁一般，更不去萦念。这是最后的梦；可惜是最短的梦！黑暗重复落在我们面前，我们看见傍岸的空船上一星两星的，枯燥无力又摇摇不定的灯光。我们的梦醒了，我们知道就要上岸了；我们心里充满了幻灭的情思。

一九二三年十月十一日作完，于温州。

郑振铎

作者简介

郑振铎（1898—1958），福建长乐人，现代作家、文学评论家、考古学家。主要作品有小说集《家庭的故事》《桂公塘》，散文集《山中杂记》《蛰居散记》，专著《文学大纲》《插图本中国文学史》《中国俗文学史》等。

海燕

【导读】

1927年大革命失败后，郑振铎被迫离开祖国，奔赴欧洲。旅途中，他目击了奋飞翱翔的海燕，触物生情，写下了这篇托物言志的抒情散文。文中既有对故乡的春天和燕子的美好回忆，又有对眼前的海景和海燕的形象描绘，更有个人远涉重洋的离愁的抒发，作者用热烈真实的情感将三者紧密地融合在一起。

乌黑的一身羽毛，光滑漂亮，积

伶积俐，加上一双剪刀似的尾巴，一对劲俊轻快的翅膀，凑成了那样可爱的活泼的一只小燕子。当春间二三月，轻飔微微地吹拂着，如毛的细雨无因地由天上洒落着，千条万条的柔柳，齐舒了它们的黄绿的眼，红的白的黄的花，绿的草，绿的树叶，皆如赶赴市集者似的奔聚而来，形成了烂漫无比的春天时，那些小燕子，那么伶俐可爱的小燕子，便也由南方飞来，加入了这个隽妙无比的春景的图画中，为春光平添了许多的生趣。小燕子带了它的双剪似的尾，在微风细雨中，或在阳光满地时，斜飞于旷亮无比的天空之上，唧的一声，已由这里稻田上，飞到了那边的高柳之下了。再几只却隽逸地在粼粼如縠纹的湖面横掠着，小燕子的剪尾或翼尖，偶沾了水面一下，那小圆晕便一圈一圈地荡漾开去。那边还有飞倦了的几对，闲散地憩息于纤细的电线上——嫩蓝的春天，几支木杆，几痕细线连于杆与杆间，线上停着几个粗而有致的小黑点，那便是燕子。那是多么有趣的一幅图画呀！还有一个个的快乐家庭，他们还特地为我们的小燕子备了一个两个小巢，放在厅梁的最高处，假如这家有了一个匾额，那匾后便是小燕子最好的安巢之所。第一年，小燕子来住了，第二年，我们的小燕子，就是去年的一对，它们还要来住。

“燕子归来寻旧垒。”

还是去年的主，还是去年的宾，他们宾主间是如何的融融泄泄呀！偶然的有几家，小燕子却不来光顾，那便很使主人忧戚，他们邀召不到那么隽逸的嘉宾，每以为自己运命的蹇劣呢。

这便是我们故乡的小燕子，可爱的活泼的小燕子，曾使几多的孩子们欢呼着，注意着，沉醉着，曾使几多的农人、市民们忧戚着，或舒怀地指点着，且曾平添了几多的春色，几多的生趣于我们的春天的小燕子！

如今，离家是几千里！离国是几千里！托身于浮宅之上，奔驰于万顷海涛之间，不料却见着我们的小燕子。

这小燕子，便是我们故乡的那一对，两对么？便是我们今春在故乡所见的那一对，两对么？

见了它们，游子们能不引起了，至少是轻烟似的，一缕两缕的乡愁么？

海水是皎洁无比的蔚蓝色，海波平稳得如春晨的西湖一样，偶有微风，只吹起了绝细绝细的千万个粼粼的小皱纹，这更使照晒于初夏之太阳光之下的、金光灿烂的水面显得温秀可喜。我没有见过那么美的海！天上也是皎洁无比的蔚蓝色，只有几片薄纱似的轻云，平贴于空中，就如一个女郎，穿了绝美的蓝色夏衣，而颈间却围绕了一段绝细绝轻的白纱巾。我没有见过那么美的天空！我们倚在青色的船栏上，默默地望着这绝美的海天；我们一点杂念也没有，我们是被沉醉了，我们是被带入晶莹的天空中了。

就在这时，我们的小燕子，二只，三只，四只，在海上出现了。它们仍是隽逸地从容地在海面上斜掠着，如在小湖面上一样；海水被它的似剪的尾与翼尖一打，也仍是连漾了好几圈圆晕。小小的燕子，浩莽的大海，飞着飞着，不会觉得倦么？不会遇着暴风疾雨么？我们真替它们担心呢！

小燕子却从容地憩着了。它们展开了双翼，身子一落，落在海面上了，

双翼如浮圈似的支持着体重，活是一只乌黑的小水禽，在随波上下地浮着，又安闲，又舒适。海是它们那么安好的家，我们真是想不到。

在故乡，我们还会想象得到我们的小燕子是这样的一个海上英雄么？

海水仍是平贴无波，许多绝小绝小的海鱼，为我们的船所惊动，群向远处窜去；随了它们飞窜着，水面起了一条条的长痕，正如我们当孩子时之用瓦片打水漂在水面所划起的长痕。这小鱼是我们小燕子的粮食么？

小燕子在海面上斜掠着，浮憩着。它们果是我们故乡的小燕子么？

啊，乡愁呀，如轻烟似的乡愁呀！

石湖

【导读】

石湖是太湖的内湾，在苏州城西南，是苏州名胜。郑振铎两次游览石湖后，写下了这篇游记散文。作者将新、旧社会石湖的不同情形进行对比，突出了新社会的新气象。本文语言平实，感情真挚，饱含着作者热爱祖国和劳动人民的深情。

前年从太湖的洞庭东山回苏州，路过石湖。坐的是一只小火轮，一眨眼间，船由窄窄的小水口进入另一个湖。那湖比太湖小得多，水上到处插着蟹簖，围着菱田。同船的人告诉我：“这就是石湖。”我高兴地站起来，到船头四外眺望，尽量欣赏石湖的胜景。见到湖心有一个小岛，岛上还残留着许多东倒西歪的太湖石。我想：“这大概是一座古老的园林的遗迹吧？”

是的，整个石湖原来就是一座大的园林。八百多年前，这里是南宋初期的一位诗人范成大的园林。他的《四时田园杂兴》就是在石湖写的。诗里充溢着江南的田园情趣，我们读它，像亲身到了江南，看到湖光山色，看到一幅淳朴可爱的耕织图。诗里写道：

昼出耘田夜绩麻，
村庄儿女各当家。
童孙未解供耕织，
也傍桑阴学种瓜。

农村里是不会有“闲人”的，连孩子们也不例外。

垂成穑事苦艰难，
忌雨嫌风更怯寒。
笺诉天公休掠剩，
半偿私债半输官。

他住在石湖上，爱那里的风土，爱那里的农民，同情农民被剥削的痛苦。

去年春天，我又到了洞庭东山。这次是走陆路。在一年的时间里，当地农民已经把通往苏州的公路修好了。

在前年，东山的一个合作社里的人告诉我："我们要修汽车路，通到苏州，要迎接拖拉机。"果然，这条公路修好了，到东山不再需要走水路，更不需要花上一天两天的时间了。从苏州出发，只要一个多小时就到了。

我们就走这一条公路去石湖。远远望见渺茫的湖水安静地躺在那里，清风徐来，水波不兴。渐渐地走近了，湖山的胜处也就渐渐地显露出来。有一座破旧的老屋，至少有三进深。我们进去看，前厅还相当完整，后边却很破旧，通过屋顶可以看见青天，满地是破砖碎瓦，墙壁也坍塌了一半。这就是范成大的祠堂，墙壁上还嵌着《四时田园杂兴》的石刻，但已经不是全部了。我们在湖边走着，在不高的山上走着。四周的景物秀丽异常。盈盈的湖水一直荡漾到脚边，却又缓缓地退回去了。像慈母抚拍着将睡未睡的婴儿似的，它轻轻地抚拍着石岸。水里小小的鱼儿，还有顽健的小虾儿，都在眼前游来蹦去。登上山巅，可以望见更远的太湖。那里风帆点点，历历可数。太阳光照在粼粼的湖水上面，闪耀着金光，就像无数的鱼儿在一刹那间齐翻着身。绿色的田野夹杂着黄色的菜花田和紫色的苜蓿田，锦绣般地在脚下展开。

这里的湖水滋养着附近地区的桑麻和水稻，还大有鱼虾之利。劳动人民是喜爱它的，看重它的。陪伴着我们的一位苏州市园林处的负责人说："我们正准备把这一带全部绿化，已经栽下不少树苗了。"

果然有不少各式各样的矮树，上上下下、高高低低地栽种着。我想，不出十年，这里就会成为幽深而整洁的山林了。那位负责人又说："园林处有一个计划，要把整个石湖区修整一番，使它成为一座公园。”当然，这是很有意义的，何况东山一带即将成为工人疗养区，这座石湖公园更有必要建设起来。

他又说：“我们还要好好地保护这一带的名胜古迹，范石湖的祠堂也要修整一下。有了那个有名的诗人的遗迹，石湖不是更加美丽了么？”

事隔一年多，不知石湖公园的建设已经开始了没有。我相信，正像修建苏州到洞庭东山的公路一样，勤劳勇敢的苏州市的人民一定会把石湖公园建设得异常漂亮，引人入胜，来迎接工农劳动模范游览和休养的。

黄昏的观前街

【导读】

在文章开头，作者叙写某一大都市乡村的气息多于城市，又缺少乡村的质朴自然，为下文浓墨重彩地抒写苏州观前街作铺垫，与黄昏时观前街的景色形成反衬；接着写途经苏州而未下车、归家未及三天而被友人拖去逛苏州；再写夫人厌恶苏州和自己也未见得十分喜欢苏州。在正式描写观前街的景色时，作者生动地展示了观前街的狭小、拥挤，突出了游人驯良、亲切、安闲的状态，浸透了作者对观前街深切而独特的感受。全文先抑后扬，引人入胜。

我刚从某一个大都市归来。那一个大都市，说得漂亮些，是乡村的气息较多于城市的。它比城市多了些乡野的荒凉况味，比乡村却又少了些质朴自然的风趣。疏疏的几簇住宅，到处是绿油油的菜圃，是蓬蒿没膝的废园，是池塘半绕的空场，是已生了荒草的瓦砾堆。晚间更是凄凉。太阳刚刚西下，街上的行人便已“寥若晨星”。在街灯如豆的黄光之下，踽踽地独行着，瘦影显得更长了。足音也格外的寂寥。远处野犬，如豹的狂吠着。黑衣的警察，幽灵似的扶枪立着。在前面的重要区域里，仿佛有“站住！”“口号！”的呼叱声。我假如是喜欢都市生活的话，我真不会喜欢到这个地方；我假如是喜欢乡间生活的话，我也不会喜欢到这个所在。我的天！还是趁早走了吧。（不仅是“浩然”，简直是“凛然有归志”了！）

归程经过苏州，想要下去，终于因为舍不得抛弃了车票上的未用尽的一段路资，蹉跎地被火车带过去了。归后不到三天，长个子的樊与矮而美髯的孙，却又拖了我逛苏州去。早知道有这一趟走，还不中途而下，来得便利么？我的太太是最厌恶苏州的，她说舒舒服服地坐在车上，走不了几步，却又要下车过桥了。我也未见得十分喜欢苏州；一来是，走了几趟都买不到什么好书，二来是，住在阊门外，太像上海，而又没有上海的繁华。但这一次，我因为要换换花样，却拖他们住到城里去。不料竟因此而得到了一次永远不曾领略到的苏州景色。

我们跑了几家书铺，天色已经渐渐的黑下来了，樊说："我们找一个地方吃饭吧。"饭馆里是那么样的拥挤，走了两三家，才得到了一张空桌。街上已上了灯。楼窗的外面，行人也是那么样的拥挤。没有一盏灯光不照到几堆子人的，影子也不落在地上，而落在人的身上。我不禁想起了某一个大城市的荒凉情景，说道："这才可算是一个都市！"

这条街是苏州城繁华的中心的观前街。玄妙观是到过苏州的人没有一个不熟悉的；那么粗俗的一个所在，未必有胜于北平的隆福寺，南京的夫子庙，扬州的教场。观前街也是一条到过苏州的人没有一个不曾经过的；那么狭小的一道街，三个人并列走着，便可以不让旁的人走，再加之以没头苍蝇似的乱攒而前的人力车，或箩或桶的一担担的水与蔬菜，混合成了一个道地的中国式的小城市的拥挤与纷乱无秩序的情形。

然而，这一个黄昏时候的观前街，却与白昼大殊。我们在这条街上舒适地散着步，男人，女人，小孩子，老年人，摩肩接踵而过，却不喧哗，也不推拥。我所得的苏州印象，这一次可说是最好。——从前不曾于黄昏时候在观前街散步过。半里多长的一条古式的石板街道，半部车子也没有，你可以安安稳稳地在街心踱方步。灯光耀耀煌煌的，铜的，布的，黑漆金字的市招，密簇簇地排列在你的头上，一举手便可触到了几块。茶食店里的玻璃匣，亮晶晶的在繁灯之下发光，照得匣内的茶食通明的映入行人眼里，似欲伸手招致他们去买几色苏制的糖食带回去。野味店的山鸡野兔，已烹制的，或尚带着皮毛的，都一串一挂地悬在你的眼前——就在你的眼前，那香味直扑到你的鼻上。你在那里，走着，走着。你如走在一所游艺园中。你如在暮春三月，迎神赛会的当儿，挤在人群里，跟着他们跑，兴奋而感到浓趣。你如在你的少小时，大人们在做寿，或娶亲，地上铺着花毯，天上张着锦幔，长随打杂老妈丫头，客人的孩子们，全都穿戴着崭新的衣帽，穿梭似的进进出出，而你在其间，随意的玩耍，随意的奔跑。你白天觉得这条街狭小，在这时，你才觉得这条街狭小得妙。她将你紧压住了，如夜间将自己的手放在心头，做了很刺激的梦；她将你紧紧地拥抱住了，如一个爱人身体的热情的拥抱；她将所有的宝藏，所有的繁华，所有的可引动人的东西，都陈列在你的面前，即在你的眼下，相去不到三尺左右，而别用一种黄昏的灯纱笼罩了起来，使它们更显得隐约而动情，如一位对窗里面的美人，如一位躲于绿帘后的少女。她假如也像别的都市的街道那样的开朗阔大，那么，你便将永远感不到这种亲切的繁华的况味，你便将永远受不到这种紧紧的箍压于你的全身，你的全心的燠暖而温馥的情趣了。你平常觉得这条街闲人太多，过于拥挤，在这时却正显得人多的好处。你看人，人也看你；你的左边是一位时装的小姐，你的右边是几位随了丈夫父亲上城的乡姑，你的前面是一二位步履维艰的道地的苏州老，一二位尖帽薄履的苏式少年，你偶然回过头来，你的眼光却正碰在一位容光射人、衣饰过丽的少奶奶的身上。你的团团转转都是人，都是无关系的无关心的最驯良的人；你可以舒舒适适的踱着方步，一点也不用担心什么。这里没有乘机的偷盗，没有诱人入魔窟的“指导者”，也没有什么电掣风驰、左冲右撞的一切车子。每一个人都是那么安闲地散步着，散步着；川流不息的在走，肩摩踵接地在走，他们永不会猛撞着你身上而过。他们是走得那么安闲，那么小心。你假如偶然过于大意地撞了人，或踏了人的足——那是极不经见的事！他们抬眼望了望你，你对他们点点头，表示歉意，也就算了。大家都感到一种的亲切，一种的无损害，一种的无忧无虑的生活；大家都似躲在一个乐园中，在明月之下，绿林之间，悠闲的微步着，忘记了园外的一切。

那么鳞鳞比比的店房，那么密密接接的市招，那么耀耀煌煌的灯光，那么狭狭小小的街道，竟使你抬起头来，看不见明月，看不见星光，看不见一丝一毫的黑暗的夜天。她使你不知道黑暗，她使你忘记了这是夜间。啊，这样的一个“不夜之城”！

“不夜之城”的巴黎，“不夜之城”的伦敦，你如果要看，你且去歌剧院左近走着，你且去辟加德莱圈散步，准保你不会有一刻半秒的安逸；你得时时刻刻地担心，时时刻刻地提防着，大都市的灾害，是那么多。每个人都是匆匆的走灯似的向前走，你也得匆匆的走；每个人都是紧张着，矜持着，你也自然得会紧张着，矜持着。你假如走惯了黄昏时候的观前街，你在那里准得是吃大苦头，除非你已将老脾气改得一干二净。你假如为店铺中的窗中的陈列品所迷住了，譬如说，你要站住了仔仔细细地看一下，你准得要和后面的人猛碰一下，他必定要诧异地望了望你，虽然嘴里说的是“对不起”。你也得说“对不起”，然而你也饱受了他，以至他们的眼光的奚落。你如走到了歌剧院的阶前，你如走到了那尔逊的像下，你将见斗大的一个个市招或广告牌，闪闪在放光；一片的灯光，映射得半个天空红红的。然而那里却是如此的开朗敞阔，建筑物又是那么的宏伟，人虽拥挤，却是那样的藐小可怜，Taxi 和 Bus 也如小甲虫似的，在一连串地走着。大半个天空是黑漆漆的，几颗星在冷冷地映着眼看人。大都市的荣华终敌不住黑夜的侵袭，你在那里，立了一会，只要一会，你便将完全地领受到夜的凄凉了。像观前街那样的燠暖温馥之感，你是永远得不到的。你在那里是孤零的，是寂寞的，算不定会有什么飞灾横祸光临到你身上,假如你要一个不小心。像在观前街的那么舒适无虑的亲切的感觉，你也是永远不会得到的。

有观前街的燠暖温馥与亲切之感的大都市，我只见到了一个委尼司；即在委尼司的St. Mark广场的左近。那里也是充满了闲人，充满了紧压在你身上的燠暖的情趣的；街道也是那么狭小，也许更要狭，行人也是那么拥挤，也许更要拥挤，灯光也是那么辉辉煌煌的，也许更要辉煌。有人口口声声地称呼苏州为东方的委尼司；别的地方，我看不出，别的时候，我看不出，在黄昏时候的观前街，我却深切地感到了。——虽然观前街少了那么弘丽的Piazza of St. Mark，少了那么轻妙的此奏彼息的乐队。

老舍

作者简介

老舍（1899—1966），原名舒庆春，北京人，现代作家，享有『人民艺术家』的美誉。主要作品有小说《骆驼祥子》《四世同堂》《月牙儿》《我这一辈子》，剧本《龙须沟》《茶馆》等。

想北平

【导读】

《想北平》作于1936年，老舍当时远在山东。1935年，日本帝国主义加紧侵略华北，并迫使国民党政府签订了屈辱的《何梅协定》，接着，“冀察政务委员会”的成立更表明华北危急，北平危急。在这种情况下，作为一个热爱家乡、热爱祖国的知识分子，作者忧心忡忡，想念北平之情也更加强烈，思念里透着对民族命运的深深关切。

设若让我写一本小说，以北平作背景，我不至于害怕，因为我可以捡着我知道的写，而躲开我所不知道的。让我单摆浮搁地讲一套北平，我没办法。北平的地方那么大，事情那么多，我知道的真觉太少了，虽然我生在那里，一直到廿七岁才离开。以名胜说，我没到过陶然亭，这多可笑！以此类推，我所知道的那点只是“我的北平”，而我的北平大概等于牛的一毛。

可是，我真爱北平。这个爱几乎是要说而说不出的。我爱我的母亲，怎样爱？我说不出。在我想做一件事讨她老人家喜欢的时候，我独自微微地笑着；在我想到她的健康而不放心的时候，我欲落泪。言语是不够表现我的心情的，只有独自微笑或落泪才足以把内心揭露在外面一些来。我之爱北平也近乎这个。夸奖这个古城的某一点是容易的，可是那就把北平看得太小了。我所爱的北平不是枝枝节节的一些什么，而是整个儿与我的心灵相粘合的一段历史，一大块地方，多少风景名胜，从雨后什刹海的蜻蜓一直到我梦里的玉泉山的塔影，都积凑到一块，每一小的事件中有个我，我的每一思念中有个北平，这只有说不出而已。

真愿成为诗人，把一切好听好看的字都浸在自己的心血里，像杜鹃似的啼出北平的俊伟。啊！我不是诗人！我将永远道不出我的爱，一种像由音乐与图画所引起的爱。这不但是辜负了北平，也对不住我自己，因为我的最初的知识与印象都得自北平，它是在我的血里，我的性格与脾气里有许多地方是这古城所赐给的。我不能爱上海与天津，因为我心中有个北平。可是我说不出来！

伦敦、巴黎、罗马与堪司坦丁堡，曾被称为欧洲的四大“历史的都城”。我知道一些伦敦的情形，巴黎与罗马只是到过而已，堪司坦丁堡根本没有去过。就伦敦、巴黎、罗马来说，巴黎更近似北平——虽然“近似”两字要拉扯得很远——不过，假使让我“家住巴黎”，我一定会和没有家一样的感到寂苦。巴黎，据我看，还太热闹。自然，那里也有空旷静寂的地方，可是又未免太旷；不像北平那样既复杂而又有个边际，使我能摸着——那长着红酸枣的老城墙！面向着积水滩，背后是城墙，坐在石上看水中的小蝌蚪或苇叶上的嫩蜻蜓，我可以快乐地坐一天，心中完全安适，无所求也无可怕，像小儿安睡在摇篮里。是的，北平也有热闹的地方，但是它和太极拳相似，动中有静。巴黎有许多地方使人疲乏，所以咖啡与酒是必要的，以便刺激；在北平，有温和的香片茶就够了。

论说巴黎的布置已比伦敦、罗马匀调得多了，可是比上北平还差点事儿。北平在人为之中显出自然，几乎是什么地方既不挤得慌，又不太僻静：最小的胡同里的房子也有院子与树，最空旷的地方也离买卖街与住宅区不远。这种分配法可以算——在我的经验中——天下第一了。北平的好处不在处处设备得完全，而在它处处有空儿，可以使人自由的喘气；不在有好些美丽的建筑，而在建筑的四围都有空闲的地方，使它们成为美景。每一个城楼，每一个牌楼，都可以从老远就看见。况且在街上还可以看见北山与西山呢！

好学的、爱古物的人们自然喜欢北平，因为这里书多古物多。我不好学，也没钱买古物。对于物质上，我却喜爱北平的花多菜多果子多。花草是种费钱的玩艺，可是此地的“草花儿”很便宜，而且家家有院子，可以花不多的钱而种一院子花，即使算不了什么，可是到底可爱呀。墙上的牵牛，墙根的靠山竹与草茉莉，是多么省钱省事而也足以招来蝴蝶呀！至于青菜、白菜、扁豆、毛豆角、黄瓜、菠菜等等，大多数是直接由城外担来而送到家门口的。雨后，韭菜叶上还往往带着雨时溅起的泥点。青菜摊子上的红红绿绿几乎有诗似的美丽。果子有不少是由西山与北山来的，西山的沙果、海棠，北山的黑枣、柿子，进了城还带着一层白霜儿呀！哼，美国的橘子包着纸；遇到北平的带霜儿的玉李，还不愧杀！

是的，北平是个都城，而能有好多自己产生的花、菜、水果，这就使人更接近了自然。从它里面说，它没有像伦敦的那些成天冒烟的工厂；从外面说，它紧连着园林、菜圃与农村。采菊东篱下，在这里，确是可以悠然见南山的；大概把“南”字变个“西”或“北”，也没有多少了不得的吧。像我这样的一个贫寒的人，或者只有在北平能享受一点清福了。

好，不再说了吧；要落泪了，真想念北平呀！

济南的冬天

【导读】

《济南的冬天》是一篇诗意盎然的写景散文。文章生动而真切地描写了济南冬天的气候、山水，描绘出一幅度冬如春、美丽如画的景色，抒发了作者对济南的冬天的喜爱，对济南这座城市的热爱，以及热爱大自然，热爱生活，热爱生命的情操。

对于一个在北平住惯的人，像我，冬天要是不刮大风，便觉得是奇迹；济南的冬天是没有风声的。对于一个刚由伦敦回来的人，像我，冬天要能看得见日光，便觉得是怪事；济南的冬天是响晴的。自然，在热带的地方，日光是永远那么毒，响亮的天气反有点叫人害怕。可是，在北中国的冬天，而能有温晴的天气，济南真得算个宝地。

设若单单是有阳光，那也算不了出奇。请闭上眼想：一个老城，有山有水，全在蓝天下很暖和安适地睡着，只等春风来把他们唤醒，这是不是个理想的境界？

小山整把济南围了个圈儿，只有北边缺着点口儿。这一圈小山在冬天特别可爱，好像是把济南放在一个小摇篮里，他们全安静不动地低声地说："你们放心吧，这儿准保暖和。"真的，济南的人们在冬天是面上含笑的。他们一看那些小山，心中便觉得有了着落，有了依靠。他们由天上看到山上，便不觉地想起："明天也许就是春天了吧？这样的温暖，今天夜里山草也许就绿起来了吧？"就是这点幻想不能一时实现，他们也并不着急，因为有这样慈善的冬天，干啥还希望别的呢！

最妙的是下点小雪呀。看吧，山

上的矮松越发的青黑，树尖上顶着一髻儿白花，好像日本看护妇。山尖全白了，给蓝天镶上一道银边。山坡上有的地方雪厚点，有的地方草色还露着；这样，一道儿白，一道儿暗黄，给山们穿上一件带水纹的花衣；看着看着，这件花衣好像被风儿吹动，叫你希望看见一点更美的山的肌肤。等到快日落的时候，微黄的阳光斜射在山腰上，那点薄雪好像忽然害了羞，微微露出点粉色。就是下小雪吧，济南是受不住大雪的，那些小山太秀气！

古老的济南，城内那么狭窄，城外又那么宽敞，山坡上卧着些小村庄，小村庄的房顶上卧着点雪，对，

这是张小水墨画，或者是唐代的名手画的吧。

那水呢，不但不结冰，反倒在绿藻上冒着点热气。水藻真绿，把终年贮蓄的绿色全拿出来了。天儿越晴，水藻越绿，就凭这些绿的精神，水也不忍得冻上；况且那长枝的垂柳还要在水里照个影儿呢。看吧，由澄清的河水慢慢往上看吧，空中，半空中，天上，自上而下全是那么清亮，那么蓝汪汪的，整个的是块空灵的蓝水晶。这块水晶里，包着红屋顶、黄草山，像地毯上的小团花的小灰色树影。

这就是冬天的济南。

养花

【导读】

《养花》是老舍应《文艺报》之约写的一篇散文，其中心是写养花的乐趣，即“有喜有忧，有笑有泪，有花有果，有香有色，既须劳动，又长见识”，语言朴实自然，如同与朋友话家常。整篇文章紧扣中心，结构严谨，层次分明。

我爱花，所以也爱养花。我可还没成为养花专家，因为没有工夫去作研究与试验。我只把养花当作生活中的一种乐趣，花开得大小好坏都不计较，只要开花，我就高兴。在我的小院中，到夏天，满是花草，小猫儿们只好上房去玩耍，地上没有它们的运动场。

花虽多，但无奇花异草。珍贵的花草不易养活，看着一棵好花生病欲死是件难过的事。我不愿时时落泪。北京的气候，对养花来说，不算很好。冬天冷，春天多风，夏天不是干旱就是大雨倾盆；秋天最好，可是忽然会闹霜冻。在这种气候里，想把南方的好花养活，我还没有那么大的本事。因此，我只养些好种易活、自己会奋斗的花草。

不过，尽管花草自己会奋斗，我若置之不理，任其自生自灭，它们多数还是会死了的。我得天天照管它们，像好朋友似的关切它们。一来二去，我摸着一些门道：有的喜阴，就别放在太阳地里；有的喜干，就别多浇水。这是个乐趣，摸住门道，花草养活了，而且三年五载老活着，开花，多么有意思呀！不是乱吹，这就是知识呀！多得些知识，一定不是坏事。

我不是有腿病吗，不但不利于行，也不利于久坐。我不知道花草们受我的照顾，感谢我不感谢；我可得感谢它们。在我工作的时候，我总是写了几十个字，就到院中去看看，浇浇这棵，搬搬那盆，然后回到屋中再写一点，然后再出去。如此循环，把脑力劳动与体力劳动结合到一起，有益身心，胜于吃药。要是赶上狂风暴雨或天气突变哪，就得全家动员，抢救花草，十分紧张。几百盆花，都要很快地抢到屋里去，使人腰酸腿疼，热汗直流。第二天，天气好转，又得把花儿都搬出去，就又一次腰酸腿疼，热汗直流。可是，这多么有意思呀！不劳动，连棵花儿也养不活，这难道不是真理么？

送牛奶的同志，进门就夸“好香”，这使我们全家都感到骄傲。赶到昙花开放的时候，约几位朋友来看看，更有秉烛夜游的神气——昙花总在夜里放蕊。花儿分根了，一棵分为数棵，就赠给朋友们一些；看着友人拿走自己的劳动果实，心里自然特别喜欢。

当然，也有伤心的时候，今年夏天就有这么一回。三百棵菊秧还在地上（没到移入盆中的时候），下了暴雨，邻家的墙倒了下来，菊秧被砸死三十多种，一百多棵！全家人几天都没有笑容！

有喜有忧，有笑有泪，有花有果，有香有色，既须劳动，又长见识，这就是养花的乐趣。

又是一年芳草绿

【导读】

作者以“悲观”经纬全篇，但这里的“悲观”其实是一种超然物外、不为外物所累的生活态度的反映，字里行间洋溢的是盎然的生活情趣。老舍在文中使用具有老北京特色的日常生活语言，增添了生活气息，读来让人感觉亲切、温和，全无生涩、做作之感。

悲观有一样好处，它能叫人把事情都看轻了一些。这个可也就是我的坏处，它不起劲，不积极。您看我挺爱笑不是？因为我悲观。悲观，所以我不能板起面孔，大喊："孤——刘备！"我不能这样。一想到这样，我就要把自己笑毛咕了。看着别人吹胡子瞪眼睛，我从脊梁沟上发麻，非笑不可。我笑别人，因为我看不起自己。别人笑我，我觉得应该；说得天好，我不过是脸上平润一点的猴子。我笑别人，往往招人不愿意；不是别人的量小，而是不像我这样稀松，这样悲观。

我打不起精神去积极地干，这是我的大毛病。可是我不懒，凡是我该做的我总想把它做了，总算得点报酬养活自己与家里的人——往好了说，尽我的本分。我的悲观还没到想自杀的程度，不能不找点事做。有朝一日非死不可呢，那只好死喽，我有什么法儿呢？

这样，你瞧，我是无大志的人。我不想当皇上。最乐观的人才敢做皇上，我没这份胆气。

有人说我很幽默，不敢当。我不懂什么是幽默。假如一定问我，我只能说我觉得自己可笑，别人也可笑；我不比别人高，别人也不比我高。谁都有缺欠，谁都有可笑的地方。我跟谁都说得来，可是他得愿意跟我说；他一定说他是圣人，叫我三跪九叩报门而进，我没这个瘾。我不教训别人，也不听别人的教训。幽默，据我这么想，不是嬉皮笑脸，死不要鼻子。

也不知怎股子劲儿，我成了个写家。我的朋友德成粮店的写账先生也是写家，我跟他同等，并且管他叫二哥。既是个写家，当然得写了。“风格即人”——还是“风格即驴”？——我是怎个人自然写怎样的文章了。于是有人管我叫幽默的写家。我不以这为荣，也不以这为辱。我写我的。卖得出去呢，多得个三块五块的，买什么吃不香呢。卖不出去呢，拉倒，我早知道指着写文章吃饭是不易的事。

稿子寄出去，有时候是肉包子打

狗，一去不回头；连个回信也没有。这，咱只好幽默；多咱见着那个骗子再说，见着他，大概我们俩总有一个笑着去见阎王的，不过，这是不很多见的，要不怎么我还没想自杀呢。常见的事是这个，稿子登出去，酬金就睡着了，睡得还是挺香甜。直到我也睡着了，它忽然来了，仿佛故意吓人玩。数目也惊人，它能使我觉得自己不过值一毛五一斤，比猪肉还便宜呢。这个咱也不说什么，国难期间，大家都得受点苦，人家开铺子的也不容易，掌柜的吃肉，给咱点汤喝，就得念佛。是的，我是不能当皇上，焚书坑掌柜的，咱没那个狠心，你看这个劲儿！不过，有人想坑他们呢，我也不便拦着。

这么一来，可就有许多人看不起我。连好朋友都说："伙计，你也硬正着点，说你是为人类而写作，说你是中国的高尔基；你太泄气了！"真的，我是泄气，我看高尔基的胡子可笑。他老人家那股子自卖自夸的劲儿，打死我也学不来。人类要等着我写文章才变体面了，那恐怕太晚了吧？我老觉得文学是有用的；拉长了说，它比任何东西都有用，都高明。可是往眼前说，它不如一尊高射炮，或一锅饭有用。我不能吆喝我的作品是"人类改造丸"，我也不相信把文学杀死便天下太平。我写就是了。

别人的批评呢？批评是有益处的。我爱批评，它多少给我点益处；即使完全不对，不是还让我笑一笑吗？自己写的时候仿佛是蒸馒头呢，热气腾腾，莫名其妙。及至冷眼人一看，一定看出许多错儿来。我感谢这种指责。说得不对呢，那是他的错儿，不干我的事。我永不驳辩，这似乎是胆儿小；可是也许是我的宽宏大量。我不便往自己脸上贴金。一件事总得由两面瞧，是不是？

对于我自己的作品，我不拿她们当作宝贝。是呀，当写作的时候，我是卖了力气，我想往好了写。可是一个人的天才与经验是有限的，谁也不敢保了老写得好，连荷马也有打盹的时候。有的人呢，每一拿笔便想到自己是但丁，是莎士比亚。这没有什么不可以的，天才须有自信的心。我可不敢这样，我的悲观使我看轻自己。我常想客观的估量估量自己的才力；这不易做到，我究竟不能像别人看我看得那样清楚；好吧，既不能十分看清楚了自己，也就不用装蒜，谦虚是必要的，可是装蒜也大可以不必。

对做人，我也是这样。我不希望自己是个完人，也不故意地招人家的骂。该求朋友的呢，就求；该给朋友做的呢，就做。做得好不好，咱们大家凭良心。所以我很和气，见着谁都能扯一套。可是，初次见面的人，我可是不大爱说话；特别是见着女人，我简直张不开口，我怕说错了话。在家里，我倒不十分怕太太，可是对别的女人老觉着恐慌，我不大明白妇女的心理；要是信口开河的说，我不定说出什么来呢，而妇女又爱挑眼。男人也有许多爱挑眼的，所以初次见面，我不大愿开口。我最不喜辩论，因为红着脖子粗着筋的太不幽默。我最不喜欢好吹腾的人，可并不拒绝与这样的人谈话;我不爱这样的人，但喜欢听他的吹。最好是听着他吹，吹着吹着连他自己也忘了吹到什么地方去，那才有趣。

可喜的是有好几位生朋友都这么说："没见着阁下的时候，总以为阁下有八十多岁了。敢情阁下并不老。"是的，虽然将奔四十的人，我倒还不老。因为对事轻淡，我心中不大藏着计划，做事也无须要手段，所以我能笑，爱笑；天真的笑多少显着年青一些。我悲观，但是不愿老声老气的悲观，那近乎"虎事"。我愿意老年轻轻的，死的时候像朵春花将残似的那样哀而不伤。我就怕什么"权威"咧，"大家"咧，"大师"咧，等等老气横秋的字眼们。我爱小孩，花草，小猫，小狗，小鱼；这些都不"虎事”。偶尔看见个穿小马褂的“小大人”，我能难受半天，特别是那种所谓聪明的孩子，让我难过。比如说，一群小孩都在那儿看变戏法儿，我也在那儿，单会有那么一两个七八岁的小老头说：“这都是假的！”这叫我立刻走开，心里堵上一大块。世界确是更“文明”了，小孩也懂事懂得早了，可是我还愿意大家傻一点，特别是小孩。假若小猫刚生下来就会捕鼠，我就不再养猫，虽然它也许是个神猫。

我不大爱说自己，这多少近乎“吹”。人是不容易看清楚自己的。不过，刚过完了年，心中还慌着，叫我写“人生于世”，实在写不出，所以就近的拿自己当材料。万一将来我不得已而做了皇上呢，这篇东西也许成为史料，等着瞧吧。

我的母亲

【导读】

《我的母亲》是老舍回忆自己的母亲所作的一篇质朴无华、情真意切的散文。全文回忆了母亲一生的经历，母亲的形象跃然纸上，突出表现了母爱的伟大和无私，刻画了母亲那勤劳刻苦、善良宽容、乐于助人、意志坚强的形象。

母亲的娘家是在北平德胜门外，土城儿外边，通大钟寺的大路上的一个小村里。村里一共有四五家人家，都姓马。大家都种点不十分肥美的土地，但是与我同辈的兄弟们，也有当兵的，做木匠的，做泥水匠的，和当巡察的。他们虽然是农家，却养不起牛马，人手不够的时候，妇女便也须下地做活。

对于姥姥家，我只知道上述的一点。外公外婆是什么样子，我就不知道了，因为他们早已去世。至于更远的族系与家史，就更不晓得了；穷人只能顾眼前的衣食，没有功夫谈论什么过去的光荣；“家谱”这字眼，我在幼年就根本没有听说过。

母亲生在农家，所以勤俭诚实，身体也好。这一点事实却极重要，因为假若我没有这样的一位母亲，我之为我恐怕也就要大大的打个折扣了。

母亲出嫁大概是很早，因为我的大姐现在已是六十多岁的老太婆，而我的大外甥女还长我一岁啊。我有三个哥哥，四个姐姐，但能长大成人的，只有大姐、二姐、三姐、三哥与我。我是“老”儿子。生我的时候，母亲已四十一岁，大姐二姐已都出了阁。

由大姐与二姐所嫁入的家庭来推断，在我生下之前，我的家里，大概还马马虎虎的过得去。那时候定婚讲究门当户对，而大姐丈是做小官的，二姐丈也开过一间酒馆，他们都是相当体面的人。

可是，我，我给家庭带来了不幸：我生下来，母亲晕过去半夜，才睁眼看见她的老儿子——感谢大姐，把我揣在怀里，致未冻死。

一岁半，我把父亲“克”死了。兄不到十岁，三姐十二三岁，我才一岁半，全仗母亲独力抚养了。父亲的寡姐跟我们一块儿住，她吸鸦片，她喜摸纸牌，她的脾气极坏。为我们的衣食，母亲要给人家洗衣服，缝补或裁缝衣裳。在我的记忆中，她的手终年是鲜红微肿的。白天，她洗衣服，洗一两大绿瓦盆。她做事永远丝毫也不敷衍，就是屠户们送来的黑如铁的布袜，她也给洗得雪白。晚间，她与三姐抱着一盏油灯，还要缝补衣服，一直到半夜。她终年没有休息，可是在忙碌中她还把院子屋中收拾得清清爽爽。桌椅都是旧的，柜门的铜活久已残缺不全，可是她的手老使破桌面上没有尘土，残破的铜活发着光。院中，父亲遗留下的几盆石榴与夹竹桃，永远会得到应有的浇灌与爱护，年年夏天开许多花。

哥哥似乎没有同我玩耍过。有时候，他去读书；有时候，他去学徒；有时候，他也去卖花生或樱桃之类的小东西。母亲含着泪把他送走，不到两天，又含着泪接他回来。我不明白这都是什么事，而只觉得与他很生疏。与母亲相依为命的是我与三姐。因此，她们做事，我老在后面跟着。她们浇花，我也张罗着取水；她们扫地，我就撮土……从这里，我学得了爱花，爱清洁，守秩序。这些习惯至今还被我保存着。

有客人来，无论手中怎么窘，母亲也要设法弄一点东西去款待。舅父与表哥们往往是自己掏钱买酒肉食，这使她脸上羞得飞红，可是殷勤的给他们温酒做面，又给她一些喜悦。遇上亲友家中有喜丧事，母亲必把大褂洗得干干净净，亲自去贺吊——份礼也许只是两吊小钱。到如今如我的好客的习性，还未全改，尽管生活是这么清苦，因为自幼儿看惯了的事情是不易改掉的。

姑母时常闹脾气。她单在鸡蛋里找骨头。她是我家中的阎王。直到我入中学，她才死去，我可是没有看见母亲反抗过。“没受过婆婆的气，还不受大姑子的吗？命当如此！”母亲在非解释一下不足以平服别人的时候，才这样说。是的，命当如此。母亲活到老，穷到老，辛苦到老，全是命当如此。她最会吃亏。给亲友邻居帮忙，她总跑在前面：她会给婴儿洗三——穷朋友们可以因此少花一笔“请姥姥”钱——她会刮痧，她会给孩子们剃头，她会给少妇们绞脸……凡是她能做的，都有求必应。但是，吵嘴打架，永远没有她。她宁吃亏，不逗气。当姑母死去的时候，母亲似乎把一世的委屈都哭了出来，一直哭到坟地。不知道哪里来的一位侄子，声称有承继权，母亲便一声不响，教他搬走那些破桌烂板凳，而且把姑母养的一只肥母鸡也送给他。

可是，母亲并不软弱。父亲死在庚子闹“拳”的那一年。联军入城，挨家搜索财物鸡鸭，我们被搜两次。母亲拉着哥哥与三姐坐在墙根，等着“鬼子”进门，街门是开着的。“鬼子”进门，一刺刀先把老黄狗刺死，而后入室搜索。他们走后，母亲把破衣箱搬起，才发现了我。假若箱子不空，我早就被压死了。皇上跑了，丈夫死了，鬼子来了，满城是血光火焰，可是母亲不怕，她要在刺刀下，饥荒中，保护着儿女。北平有多少变乱啊，有时候兵变了，街市整条的烧起，火团落在我们院中；有时候内战了，城门紧闭，铺店关门，昼夜响着枪炮。这惊恐，这紧张，再加上一家饮食的筹划，儿女安全的顾虑，岂是一个软弱的老寡妇所能受得起的？可是，在这种时候，母亲的心横起来，她不慌不哭，要从无办法中想出办法来。她的泪会往心中落！这点软而硬的性格，也传给了我。我对一切人与事，都取和平的态度，把吃亏看作当然的。但是，在做人上，我有一定的宗旨与基本的法则，什么事都可将就，而不能超过自己划好的界限。我怕见生人，怕办杂事，怕出头露面；但是到了非我去不可的时候，我便不敢不去，正像我的母亲。从私塾到小学，到中学，我经历过起码有二十位教师吧，其中有给我很大影响的，也有毫无影响的，但是我的真正的教师，把性格传给我的，是我的母亲。母亲并不识字，她给我的是生命的教育。

当我在小学毕了业的时候，亲友一致的愿意我去学手艺，好帮助母亲。我晓得我应当去找饭吃，以减轻母亲的勤劳困苦。可是，我也愿意升学。我偷偷的考入了师范学校——制服、饭食、书籍、宿处，都由学校供给。只有这样，我才敢对母亲说升学的话。入学，要交十元的保证金，这是一笔巨款！母亲作了半个月的难，把这巨款筹到，而后含泪把我送出门去。她不辞劳苦，只要儿子有出息。当我由师范毕业，而被派为小学校校长，母亲与我都一夜不曾合眼。我只说了句："以后，您可以歇一歇了！"她的回答只有一串串的眼泪。我入学

之后，三姐结了婚。母亲对儿女都是一样疼爱的，但是假若她也有点偏爱的话，她应当偏爱三姐，因为自父亲死后，家中一切的事情都是母亲和三姐共同撑持的。三姐是母亲的右手，但是母亲知道这右手必须割去，她不能为自己的便利而耽误了女儿的青春。当花轿来到我们的破门外的时候，母亲的手就和冰一样的凉，脸上没有血色——那是阴历四月，天气很暖，大家都怕她晕过去。可是，她挣扎着，咬着嘴唇，手扶着门框，看花轿徐徐的走去。不久，姑母死了。三姐已出嫁，哥哥不在家，我又住学校，家中只剩母亲自己。她还须自早至晚的操作，可是终日没人和她说一句话。新年到了，正赶上政府倡用阳历，不许过旧年。除夕，我请了两小时的假，由拥挤不堪的街市回到清炉冷灶的家中。母亲笑了。及至听说我还须回校，她愣住了。半天，她才叹出一口气来。到我该走的时候，她递给我一些花生，“去吧，小子！”街上是那么热闹，我却什么也没看见，泪遮迷了我的眼。今天，泪又遮住了我的眼，又想起当日孤独的过那凄惨的除夕的慈母。可是，慈母不会再候盼着我了，她已入了土！

儿女的生命是不依顺着父母所投下的轨道一直前进的，所以老人总免不了伤心。我廿三岁，母亲要我结婚，我不要。我请来三姐给我说情，老母含泪点了头。我爱母亲，但是我给了她最大的打击。时代使我成为逆子。廿七岁，我上了英国。为了自己，我给六十多岁的老母以第二次打击。在她七十大寿的那一天，我还远在异域。那天，据姐姐们后来告诉我，老太太只喝了两口酒，很早的便睡下。她想念她的幼子，而不便说出来。

七七抗战后，我由济南逃出来。北平又像庚子那年似的被鬼子占据了，可是母亲日夜惦念的幼子却跑西南来。母亲怎样想念我，我可以想象得到，可是我不能回去。每逢接到家信，我总不敢马上拆看，我怕，怕，怕，怕有那不祥的消息。人，即使活到八九十岁，有母亲便可以多少还有点孩子气。失了慈母便像花插在瓶子里，虽然还有色有香，却失去了根。有母亲的人，心里是安定的。我怕，怕，怕家信中带来不好的消息，告诉我已是失去了根的花草。

去年一年，我在家信中找不到关于老母的起居情况。我疑虑，害怕。我想象得到，没有不幸，家中念我流亡孤苦，或不忍相告。母亲的生日是在九月，我在八月半写去祝寿的信，算计着会在寿日之前到达。信中嘱咐千万把寿日的详情写来，使我不再疑虑。十二月二十六日，由文化劳军的大会上回来，我接到家信。我不敢拆读。就寝前，我拆开信，母亲已去世一年了！

生命是母亲给我的。我之能长大成人，是母亲的血汗灌养的。我之能成为一个不十分坏的人，是母亲感化的。我的性格，习惯，是母亲传给的。她一世未曾享过一天福，临死还吃的是粗粮。唉！还说什么呢？心痛！心痛！

废名

作者简介

废名（1901—1967），原名冯文炳，湖北黄梅人，现代作家、诗人、小说家，『京派文学』的鼻祖。主要作品有小说《桥》《莫须有先生传》《莫须有先生坐飞机以后》等。

知堂先生

【导读】

废名以自然流畅的笔触，描绘了自己的恩师周作人（知堂先生）。知堂先生在日常生活中始终保持对艺术的一腔热忱，对人对事都持宽容态度，心境和行事不偏不倚，体现了中国传统的“中庸之道”。

林语堂先生来信问我可否写一篇《知堂先生》刊在《今人志》，我是一则以喜，一则以惧。喜者这个题目于我是亲切的，惧则正是陶渊明所云："惧或乖谬，有亏大雅君子之德，所以战战兢兢，若履深薄云尔。"我想我写了可以当面向知堂先生请教，斯又一乐也。这是数日以前的事，一直未能下笔。前天往古槐书屋看平伯，我们谈了好些话，所谈差不多都是对于知堂先生的向往，事后我一想，油然一喜，我同平伯意见完全是一致的，话似乎都说得有意思，我很可惜回来没有把那些谈话都记录下来，那或者比着意写一篇文章要来得中意一点也未可知。我们的归结是这么的一句，知堂先生是一个唯物论者，知堂先生是一个躬行君子。我们从知堂先生可以学得一些道理，日常生活之间我们却学不到他的那个艺术的态度。平伯以一个思索的神气说道："中国历史上曾有像他这样气分的人没有？"我们两人都回答不了。"渐近自然"四个字大约能以形容知堂先生，然而这里一点神秘没有，他好像拿了一本自然教科书做参考。中国的圣经圣传，自古以及如今，都是以治国平天下为己任的，这以外大约没有别的事情可做；唯女子与小孩的问题，又烦恼了不少的风雅之士。我常常从知堂先生的一声不响之中，不知不觉地想起了这许多事，简直有点惶恐。我们很容易陷入流俗而不自知，我们与野蛮的距离有时很难说，而知堂先生之修身齐家，直是以自然为怀，虽欲赞叹之而不可得也。偶然读到《人间世》所载《苦茶庵小文·题魏慰农先生家书后》有云："为父或祖者尽瘁以教养子孙而不责其返报，但冀其历代益以聪强耳，此自然之道，亦人道之至也。"在这个祖宗罪业深重的国家，此知者之言，亦仁者之言也。

我们常不免是抒情的，知堂先生总是合礼，这个态度在以前我尚不懂得。十年以来，他写给我辈的信札，从未有一句教训的调子，未有一句情热的话，后来将今日偶然所保存者再拿起来一看，字里行间，温良恭俭，我是一旦豁然贯通之，其乐等于所学也。在事过情迁之后，私人信札有如此耐观者，此非先生之大德乎。

我常记得当初在《新月杂志》读了他的《志摩纪念》一文，欢喜慨叹，此文篇末有云：“我只能写可有可无的文章，而纪念亡友又不是可以用这种文章来敷衍的，而纪念刊的收稿期又迫切了，不得已还只得写，结果还只能写出一篇可有可无的文章，这使我不得不重又叹息。”无意间流露出来的这一句叹息之声，其所表现的人生之情与礼，在我直是读了一篇寿世的文章。他同死者生平的交谊不是抒情的，而生死之前，至情乃为尽礼。知堂先生待人接物，同他平常作文的习惯，一样的令我感兴趣，他作文向来不打稿子，一遍写起来了，看一看有错字没有，便不再看，算是完卷，因为据他说起稿便不免于重抄，重抄便觉得多无是处，想修改也修改不好，不如一遍写起倒也算了。他对于自己是这样的宽容，对于自己外的一切都是这样的宽容，但这其间的威仪呢，恐怕一点也叫人感觉不到，反而感觉到他的谦虚。然而文章毕竟是天下之事，中国现代的散文，待开始以迄现在，据好些人的闲谈，知堂先生是最能耐读的了。

那天平伯曾说到“感觉”二字，大约如“冷暖自知”之感觉，因为知堂先生的心情与行事都有一个中庸之妙，这到底从哪里来的呢？平伯乃踌躇着说道：“他大约是感觉？”我想这个意思是的，知堂先生的德行，与其说是伦理的，不如说是生物的，有如鸟类之羽毛，鹄不日浴而白，乌不日黔而黑，黑也白也，都是美的，都是卫生的。然而自然无知，人类则自作聪明，人生之健全而同乎自然，非善知识者而能之欤。平伯的话令我记起两件事来，第一我记起七八年前在《语丝》上读到知堂先生的《两个鬼》这一篇文章，当时我尚不甚了然，稍后乃领会其意义，他在这篇文章的开头说：

> 在我们的心头住着Du Daimone，可以说是两个——鬼。我踌躇着说鬼，因为他们并不是人死所化的鬼，也不是宗教上的魔，善神与恶神，善天使与恶天使。他们或者应该说是一种神，但这似乎太尊严一点了，所以还是委屈他们一点称之曰鬼。
>
> 这两个是什么呢？其一是绅士鬼，其二是流氓鬼。据王学的朋友们说人是有什

么良知的，教士说有灵魂，维持公理的学者也说凭着良心，但我觉得似乎都没有这些，有的只是那两个鬼，在那里指挥我的一切的言行。这是一种双头政治，而两个执政还是意见不甚协和的，我却像一个钟摆在这中间摇着。有时候流氓占了优势，我便跟了他去彷徨，什么大街小巷的一切隐秘无不知悉，酗酒、斗殴、辱骂，都不是做不来的，我简直可以成为一个精神上的“破脚骨”。但是在我将真正撤野，如流氓之"开天堂"等的时候，绅士大抵就出来高叫"带住，着即带住！"说也奇怪，流氓平时不怕绅士，到得他将要撒野，一听绅士的吆喝，不知怎的立刻一溜烟地走了。可是他并不走远，只在弄头弄尾探望，他看绅士领了我走，学习对淑女们的谈吐与仪容，渐渐地由说漂亮话而进于摆臭架子，于是他又赶出来大骂云云……

这样的说法，比起古今的道德观念来，实在是一点规矩也没有，却也未必不最近乎事理，是平伯所说的“感觉”，亦是时人所病的“趣味”二字也。

再记起去年我偶尔在一个电影场上看电影，系中国影片，名叫《城市之夜》，一个码头工人的女儿为得要孝顺父亲而去做舞女。我坐在电影场上，看来看去，悟到古今一切的艺术，无论高能的低能的，总而言之都是道德的，因此也就是宣传的，由中国旧戏的脸谱以至于欧洲近代所谓不道德的诗文，人生舞台上原来都是负担着道德之意识。当下我很有点闷窒，大有呼吸新鲜空气之必要。这个新鲜空气，大约就是科学的。于是我想来想去，仿佛自己回答自己，这样的艺术，一直未存在。佛家经典所提出的“业”，很可以做我的理想的艺术的对象，然而他们的说法仍是诗而不是小说，是宣传的而不是记载的，所以是道德的而不是科学的。我原是自己一时糊涂的思想，后来同知堂先生闲谈，他不知道我先有一个成见，听了我的话，他不完全地说道：“科学其实也很道德。”我听了这句话，自己的心事都丢开了，仿佛这一句平易的话说的是知堂先生的道境，他说话的神气真是一点也不费力，令人可亲了。

一九三四年七月。

林徽因

作者简介

林徽因（1904—1955），生于杭州，福建福州人。中国第一位女性建筑学家，被胡适誉为『中国一代才女』。她的主要作品结集为《林徽因诗集》《林徽因文集》，另有小说《九十九度中》，剧本《梅真同他们》等。

纪念志摩去世四周年

【导读】

1935年11月，徐志摩去世四周年时，林徽因写下了这篇《纪念志摩去世四周年》，发表在《大公报》上。作者在表达哀思的同时，客观评价了徐志摩的诗歌成就，赞扬了他充满诗情的一生，称颂了他对美、自由、爱情的追求，赞美了他对世界、对朋友、对诗歌的真诚，并借此表达了自己对人生的独特感悟。

今天是你走脱这世界的四周年！

朋友，我们这次拿什么来纪念你？前两次的用香花感伤地围上你的照片，抑住嗓子底下叹息和悲哽，朋友和朋友无聊地对望着，完成一种纪念的形式，俨然是愚蠢的失败。因为那时那种近于伤感，而又不够宗教庄严的举动，除却点明了你和我们中间的距离，生和死的间隔外，实在没有别的成效；几乎完全不能达到任何真实纪念的意义。

去年今日我意外地由浙南路过你的家乡，在昏沉的夜色里我独立火车门外，凝望着那幽暗的站台，默默地回忆许多不相连续的过往残片，直到生和死间居然幻成一片模糊，人生和火车似的蜿蜒一串疑问在苍茫间奔驰。我想起你的：

> 火车擒住轨，在黑夜里
> 奔：过山，过水，过……

如果那时候我的眼泪曾不自主地溢出睫外，我知道你定会原谅我的。你应当相信我不会向悲哀投降，什么时候我都相信倔强的忠于生的，即使人生如你底下所说：

> 就凭那精窄的两道，算
> 是轨，驮着这份重，梦一般
> 的累赘！

就在那时候我记得火车慢慢地由站台拖出，一程一程地前进，我也随着酸怆的诗意，那“车的呻吟”，“过荒野，过池塘，……过噤口的村庄”，到了第二站——我的一半家乡。

今年又轮到今天这一个日子！世界仍旧一团糟，多少地方是黑云布满着粗筋络往理想的反面猛进，我并不在瞎说，当我写：

信仰只一细炷香，
那点子亮再经不起西风
沙沙的隔着梧桐树吹

朋友，你自己说，如果是你现在

坐在我这位子上，迎着这一窗太阳：眼看着菊花影在墙上描画作态；手臂下倚着两叠今早的报纸；耳朵里不时隐隐地听着朝阳门外“打靶”的枪弹声；意识的，潜意识的，要明白这生和死的谜，你又该写成怎样一首诗来，纪念一个死别的朋友？

此时，我却是完全的一个糊涂！习惯上我说，每桩事都像是造物的意旨，归根都是运命，但我明知道每桩事都有我们自己的影子在里面烙印着！我也知道每一个日子是多少机缘巧合凑拢来拼成的图案，但我也疑问其间的摆布谁是主宰。据我看来：死是悲剧的一章，生则更是一场悲剧的主干！我们这一群剧中的角色自身性格与性格矛盾；理智与情感两不相容；理想与现实当面冲突，侧面或反面激成悲哀。日子一天一天向前转，昨日和昨日堆垒起来混成一片不可避脱的背景，做成我们周遭的墙壁或气氲，那么结实又那么缥缈，使我们每一人站在每一天的每一个时候里都是那么主要，又是那么渺小无能为！

此刻我几乎找不出一句话来说，因为，真的，我只是个完全的糊涂；感到生和死一样的不可解，不可懂。

但是我却要告诉你，虽然四年了你脱离去我们这共同活动的世界，本身停掉参加牵引事体变迁的主力，可是谁也不能否认，你仍立在我们烟涛渺茫的背景里，间接的是一种力量，尤其是在文艺创造的努力和信仰方面。间接的你任凭自然的音韵，颜色，不时的风轻月白，人的无定律的一切情感，悠断悠续地仍然在我们中间继续着生，仍然与我们共同交织着这生的纠纷，继续着生的理想。你并不离我们太远。你的身影永远挂在这里那里，同你生前一样的飘忽，爱在人家不经意时莅止，带来勇气的笑声也总是那么嘹亮，还有，还有经过你热情或焦心苦吟的那些诗，一首一首仍串着许多人的心旋转。

说到你的诗，朋友，我正要正经

的同你再说一些话。你不要不耐烦，这话迟早我们总要说清的。人说盖棺定论，前者早已成了事实，这后者在这四年中，说来叫人难受，我还未曾读到一篇中肯或诚实的论评，虽然对你的赞美和攻讦由你去世后一两周间，就纷纷开始了。但是他们每人手里拿的都不像纯文艺的天平；有的喜欢你的为人；有的疑问你私人的道德；有的单单尊崇你诗中所表现的思想哲学，有的仅喜爱那些软弱的细致的句子，有的每发议论必须牵涉到你的个人生活之合乎规矩方圆，或断言你是轻薄，或引证你是浮奢豪侈！朋友，我知道你从不介意过这些，许多人的浅陋老实或刻薄处你早就领略过一堆，你不止未曾生过气，并且常常表示怜悯同原谅；你的心情永远是那么洁净；头老抬得那么高；胸中老是那么完整的诚挚；臂上老有那么许多不折不挠的勇气。但是现在的情形与以前却稍稍不同，你自己既已不在这里，做你朋友的，眼看着你被误解，曲解，乃至于谩骂，有时真忍不住替你不平。

但你可别误会我心眼儿窄，把不相干的看成重要，我也知道误解曲解谩骂，都是不相干的，但是朋友，我们谁都需要有人了解我们的时候，真了解了我们，即使是痛下针砭，骂着了我们的弱处错处，那整个的我们却因而更增添了意义，一个作家文艺的总成绩更需要一种就文论文，就艺术论艺术的和平判断。

你在《猛虎集》序中说“世界上再没有比写诗更惨的事”，你却并未说明为什么写诗是一桩惨事，现在让我来个注脚好不好？我看一个人一生为着一个愚诚的倾向，把所感受到的复杂的情绪、尝味到的生活，放到自己的理想和信仰的锅炉里烧炼成几句悠扬铿锵的语言（哪怕是几声小唱），来满足他自己本能的艺术的冲动，这本来是个极寻常的事。哪一个地方哪一个时代，都不断有这种人。

轮着做这种人的多半是为着他情感来得比寻常人浓富敏锐，而为着这情感而发生的冲动更是非实际的——或不全是实际的——追求，而需要那种艺术的满足而已。说起来写诗的人的动机多么简单可怜，正是如你序里所说“我们都是受支配的善良的生灵”！虽然有些诗人因为他们的成绩特别高厚旷阔包括了多数人，或整个时代的艺术和思想的冲动，从此便在人中间披上神秘的光圈，使“诗人”两字无形中挂着崇高的色彩。这样使一般努力于用韵文表现或描画人在自然万物相交错时的情绪思想的，便被人的成见看作夸大狂的旗帜，需要同时代人的极冷酷的讥讪和不信任来扑灭它，以挽救人类的尊严和健康。

我承认写诗是惨淡经营，孤立在人中挣扎的勾当，但是因为我知道太清楚了，你在这上面单纯的信仰和诚恳的尝试，为同业者奋斗，卫护他们情感的愚诚，称扬他们艺术的创造，自己从未曾求过虚荣，我觉得你始终是很逍遥舒畅的。如你自己所说“满头血水”你“仍不曾低头”，你自己相信“一点性灵还在那里挣扎”，“还想在实际生活的重重压迫下透出一些声响来”。

简单地说，朋友，你这写诗的动机是坦白不由自主的，你写诗的态度是诚实、勇敢而倔强的。这在讨论你诗的时候，谁都先得明了的。

至于你诗的技巧问题，艺术上的造诣，在这新诗仍在彷徨歧路的尝试期间，谁也不能坚决地论断；不过有一桩事我很想提醒现在讨论新诗的人，新诗之由于无条件无形制宽泛到几乎没有一定的定义时代，转入这讨论外形内容，以至于音节韵脚章句意象组织等艺术技巧问题的时期，即是根据着对这方面努力尝试过的那一些诗，你的头两个诗集子就是供给这些讨论见解最多材料的根据。外国的土话说“马总得放在马车的前面”不是？没有一些尝试的成绩放在那里，理论家是不能老在那里发一堆空头支票的不是？

你自己一向不止在那里倔强地尝试用功，你还曾用尽你所有活泼的热心鼓励别人尝试，鼓励“时代”起来尝试，——这种工作是最犯风头嫌疑的，也只有你胆子大头皮硬顶得下来！我还记得你要印诗集子时我替你捏一把汗，老实说还替你在有文采的老前辈中间难为情过，我也记得我初听到人家找你办《晨报副刊》时我的焦急，但你居然板起个脸抓起两把鼓槌子为文艺吹打开路乃至于扫地，铺鲜花，不顾旧势力的非难，新势力的怀疑，你干你的事，“事在人为，做了再说”那股子劲，以后别处也还很少见。

现在你走了，这些事渐渐在人的记忆中模糊下来，你的诗和文也散漫在各小本集子里，压在有极新鲜的封皮的新书后面，谁说起你来，不是马马虎虎地承认你是过去中一个势力，就是拿能够挑剔看轻你的诗为本事（散文人家很少提到，或许“散文家”没有诗人那么光荣，不值得注意）。朋友，这是没法子的事，我却一点不为此灰心，因为我有我的信仰。

我认为我们这写诗的动机既如前面所说那么简单愚诚，因在某一时，或某一刻敏锐地接触到生活上的锋芒，或偶然地触遇到理想峰巅上云彩星霞，不由得不在我们所习惯的语言中，编缀出一两串近于音乐的句子来，慰藉自己，解放自己，去追求超实际的真美，读诗者的反应一定有一大半也和我们这写诗的一样诚实天真，仅想在我们句子中间由音乐性的愉悦，接触到一些生活的底蕴渗合着美丽的憧憬，把我们的情绪给他们的情绪搭起一座浮桥，把我们的灵感，给他们生活添些新鲜，把我们的痛苦伤心再揉成他们自己忧郁的安慰！

我们的作品会不会再长存下去，就看它们会不会活在那一些我们从来不认识的人，我们作品的读者，散在各时、各处互相不认识的孤单的人的心里，这种事它自己有自己的定律，并不需要我们的关心的。你的诗据我所知道的，它们仍旧在这里浮沉流落，你的影子也就浓淡参差地系在那些诗句中，另一端印在许多不相识人的心里。朋友，你不要过于看轻这种间接的生存，许多热情的人他们会为着你的存在，而加增了生的意识的。伤心的仅是那些你最亲热的朋友们和同兴趣的努力者，你不在他们中间的事实，将要永远是个不能填补的空虚。

你走后大家就提议要为你设立一个“志摩奖金”来继续你鼓励人家

努力诗文的素志，勉强象征你那种对于文艺创造拥护的热心，使不及认得你的青年人永远对你保存着亲热。如果这事你不觉到太寒碜不够热气，我希望你原谅你这些朋友们的苦心，在冥冥之中笑着给我们勇气来做这一些蠢诚的事吧。

一九三五年十一月十九日，北平。

窗子以外

【导读】

1934年，林徽因与梁思成在全国各地考察古建筑，目睹了当时中国社会的贫穷落后，感慨自己所处的书斋生活与外面世界隔绝的程度之深，就好像隔着一扇窗子。于是，林徽因写了这篇散文，表达了自己的忧虑。

话从哪里说起？等到你要说话，什么话都是那样渺茫地找不到个源头。

此刻，就在我眼帘底下坐着是四个乡下人的背影：一个头上包着黯黑的白布，两个褪色的蓝布，又一个光头。他们支起膝盖，半蹲半坐的，在溪沿的短墙上休息。每人手里一件简单的东西：一个是白木棒，一个篮子，那两个在树荫底下我看不清楚。

无疑地他们已经走了许多路，再过一刻，抽完一筒旱烟以后，是还要走许多路的。兰花烟的香味频频随着微风，袭到我官觉上来，模糊中还有几段山西梆子的声调，虽然他们坐的地方是在我廊子的铁纱窗以外。

铁纱窗以外，话可不就在这里了。永远是窗子以外，不是铁纱窗就是玻璃窗，总而言之，窗子以外！

所有的活动的颜色声音，生的滋味，全在那里的，你并不是不能看到，只不过是永远地在你窗子以外罢了。多少百里的平原土地，多少区域的起伏的山峦，昨天由窗子外映进你的眼帘，那是多少生命日夜在活动着的所在；每一根青的什么麦黍，都有人流过汗；每一粒黄的什么米粟，都有人吃去；其间还有的是周折，是热闹，是紧张！可是你则并不一定能看见，因为那所有的周折，热闹，紧张，全都在你窗子以外展演着。

在家里罢，你坐在书房里，窗子以外的景物本就有限。那里两树马缨，几棵丁香；榆叶梅横出疯杈的一大枝；海棠因为缺乏阳光，每年只开个两三朵——叶子上满是虫蚁吃的创痕，还卷着一点焦黄的边；廊子幽秀地开着扇子式，六边形的格子窗，透过外院的日光，外院的杂音。什么送煤的来了，偶然你看到一个两个被煤炭染成黔黑的脸；什么米送到了，一个人掮着一大口袋在背上，慢慢踱过屏门；还有自来水、电灯、电话公司来收账的，胸口斜挂着皮口袋，手里推着一辆自行车；更有时厨子来个朋友了，满脸的笑容，“好呀，好呀”地走进门房；什么赵妈的丈夫来拿钱了，那是每月一号一点都不差的，早来了你就听到两个人嘟嘟哝哝争吵的声浪。那里不是没有颜色，声音，生的一切活动，只是他们和你总隔个窗子，——扇子式的，六边形的，纱的，玻璃的！

你气闷了把笔一搁说，这叫作什么生活！你站起来，穿上不能算太贵的鞋袜，但这双鞋和袜的价钱也就比——想它做什么，反正有人每月的工资，一定只有这价钱的一半乃至于更少。你出去雇洋车了，拉车的嘴里讨的价钱当然是要比例价高得多，难道你就傻子似的答应下来？不，不，三十二子，拉就拉，不拉，拉倒！心里也明白，如果真要充内行，你就该说，二十六子，拉就拉——但是你好意思争？

车开始辗动了，世界仍然在你窗子以外。长长的一条胡同，一个个大门紧紧地关着。就是有开的，那也只是露出一角，隐约可以看到里面有南瓜棚子，底下一个女的，坐在小凳上缝缝做做的；另一个，抓住还不能走路的小孩子，伸出头来喊那过路卖白菜的。至于白菜是多少钱一斤，那你是听不见了，车子早已拉得老远，并且你也无需乎知道的。在你每月费用之中，伙食是一定占去若干的。在那一笔伙食费里，白菜又是多么小的一个数。难道你知道了门口卖的白菜多少钱一斤，你真把你哭丧着脸的厨子叫来申斥一顿，告诉他每一斤白菜他多开了你一个“大子儿”？

车越走越远了，前面正碰着粪车，立刻你拿出手绢来，皱着眉，把鼻子蒙得紧紧地，心里不知怨谁好。怨天做的事太古怪，好好的美丽的稻麦却需要粪来浇！怨乡下人太不怕臭，不怕脏，发明那么两个篮子，放在鼻前手车上，推着慢慢走！你怨市里行政人员不认真办事，如此脏臭不卫生的旧习不能改良，十余年来对这粪车难道真无办法？为着强烈的臭气隔着你窗子还不够远，因此你想到社会卫生事业如何还办不好。

路渐渐好起来，前面墙高高的是个大衙门。这里你简直不止隔个窗子，这一带高高的墙是不通风的。你不懂里面有多少办事员，办的都是什么事；多少浓眉大眼的，对着乡下人做买卖的吆喝诈取；多少个又是脸黄黄的可怜虫，混半碗饭分给一家子吃。自欺欺人，里面天天演的到底是什么把戏？但是如果里面真有两三个人拼了命在那里奋斗，为许多人争一点便利和公道，你也无从知道！

到了热闹的大街了，你仍然像在特别包厢里看戏一样，本身不曾也不必参加那出戏；倚在栏杆上，你在审美的领略，你有的是一片闲暇。但是如果这里洋车夫问你在哪里下来，你会吃一惊，仓卒不知所答。生活所最必需的你并不缺乏什么，你这出来就也是不必需的活动。

偶一抬头，看到街心和对街铺子前面那些人，他们都是急急忙忙地，在时间金钱的限制下采办他们生活所必需的。两个女人手忙脚乱地在监督着店里的伙计称秤。二斤四两，二斤四两的什么东西，且不必去管，反正由那两个女人的认真的神气上面看去，必是非同小可，性命交关的货物。并且如果称得少一点时，那两个女人为那点吃亏的分量必定感到重大的痛苦；如果称得多时，那伙计又知道这年头那损失在东家方面真不能算小。于是那两边的争持是热烈的，必需的，大家声音都高一点；女人脸上呈块红色，头发披下了一缕，又用手抓上去；伙计则维持着客气，口里嚷着："错不了，错不了！"

热烈的，必需的，在车马纷纭

的街心里，忽然由你车边冲出来两个人；男的，女的，各各提起两脚快跑，这又是干什么的，你心想，电车正在拐大弯。那两人原就追着电车，由轨道旁边擦过去，一边追着，一边向电车上卖票的说话。电车是不容易赶的，你在洋车上真不禁替那街心里奔走赶车的担心。但是你也知道如果这趟没赶上，他们就可以在街旁站个半点来钟，那些宁可盼穿秋水不雇洋车的人，也就是因为他们的生活而必需计较和节省到洋车同电车价钱上那相差的数目。

此刻洋车跑得很快，你心里继续着疑问你出来的目的，到底采办一些什么必需的货物。眼看着男男女女挤在市场里面，门首出来一个进去一个，手里都是持着包包裹裹，里边虽然不会全是他们当日所必需的，但是如果当中夹着一盒稍微奢侈的物品，则亦必是他们生活中间闪着亮光的一个愉快！你不是听见那人说么？里面草帽，一块八毛五，贵倒贵点，可是“真不赖”！他提一提帽盒向着打招呼的朋友，他摸一摸他那剃得光整的脑袋，微笑充满了他全个脸。那时那一点迸射着光闪的愉快，当然地归属于他享受，没有一点疑问，因为天知道，这一年中他多少次地克己省俭，使他赚来这一次美满的、大胆的奢侈！

那点子奢侈在那人身上所发生的喜悦，在你身上却完全失掉作用，没有闪一星星亮光的希望！你想，整年整月你所花费的，和你那窗子以外的周围生活程度一比较，严格算来，可不都是非常靡费的用途？每奢侈一次，你心上只有多难过一次。所以车子经过的那些玻璃窗口，只有使你更惶恐，更空洞，更怀疑，前后彷徨不着边际。并且看了店里那些形形色色的货物，除非你真是傻子，难道不晓得它们多半是由哪一国工厂里制造出来的！奢侈是不能给你愉快的，它只有要加增你的戒惧烦恼。每一尺好看点的纱料，每一件新鲜点的工艺品！

你诅咒着城市生活，不自然的城市生活！检点行装说，走了，走了，这沉闷没有生气的生活，实在受不了，我要换个样子过活去。健康的旅行既可以看看山水古刹的名胜，又可以知道点内地纯朴的人情风俗。走了，走了，天气还不算太坏，就是走他一个月六礼拜也是值得的。

没想到不管你走到哪里，你永远免不了坐在窗子以内的。不错，许多时髦的学者常常骄傲地带上“考察”的神气，架上科学的眼镜，偶然走到哪里一个陌生的地方瞭望，但那无形中的窗子是仍然存在的。不信，你检查他们的行李，有谁不带着罐头食品，帆布床，以及别的证明你还在你窗子以内的种种零星用品，你再摸一摸他们的皮包，那里短不了有些钞票。一到一个地方，你有的是一个提梁的小小世界。不管你的窗子朝向哪里望，所看到的多半则仍是在你窗子以外，隔层玻璃，或是铁纱！隐隐约约你看到一些颜色，听到一些声音。如果你私下满足了，那也没有什么，只是千万别高兴起说什么接触了，认识了若干事物人情，天知道那是罪过！洋鬼子们的一些浅薄，千万学不得。

你是仍然坐在窗子以内的，不是火车的窗子，汽车的窗子，就是客栈逆旅的窗子，再不然就是你自己无形中习惯的窗子，把你搁在里面。接触和认识实在谈不到，得天独厚的闲暇生活先不容你。一样是旅行，如果你背上掮的不是照相机而是一点做买卖的小血本，你就需要全副的精神来走路：你得留神投宿的地方；你得计算一路上每吃一次烧饼和几颗沙果的钱；遇着同行战战兢兢地打招呼，互相捧出诚意，遇着困难时好互相关照帮忙。到了一个地方你是真带着整个血肉的身体到处碰运气，紧张的境遇不容你不奋斗，不与其他奋斗的血和肉的接触，直到经验使得你认识。

前日公共汽车里一列辛苦的脸，那些谈话，里面就有很多生活的分量。陕西过来做生意的老头和那旁坐的一股客气，是不得已的；由交城下车的客人执着红粉包纸烟递到汽车行管事手里也是有多少理由的；穿棉背心的老太婆默默地挟住一个蓝布包袱，一个钱包，是在用尽她的全副本领的。果然到了冀村，她错过站头，还亏别个客人替她要求车夫，将汽车退行两里路，她还不大相信地望着那村站，口里噜苏着这地方和上次如何两样了。开车的一面发牢骚一面爬到车顶替老太婆拿行李。经验使得他有一种涵养，行旅中少不了有认不得路的老太太，这个道理全世界是一样的，伦敦警察之所以特别和蔼，也是从迷路的老太太孩子们身上得来的。

话说了这许多，你仍然在廊子底下坐着，窗外送来溪流的喧响，兰花烟气味早已消失，四个乡下人这时候当已到了上流“庆和义”磨坊前面。昨天那里磨坊的伙计很好笑地满脸挂着面粉，让你看着磨坊的构造；坊下的木轮，屋里旋转着的石碾，又在高低的院落里，来回看你所不经见的农具在日影下列着。院中一棵老槐、一丛鲜艳的杂花、一条曲曲折折引水的沟渠，伙计和气地说闲话。他用着山西口音，告诉你，那里一年可出五千多包的面粉，每包的价钱两块多钱。又说这十几年来，这一带因为山水忽然少了，磨坊关闭了多少家，外国人都把那些磨坊租去做他们避暑的别墅。惭愧的你说，你就是住在一个磨坊里面。他脸上堆起微笑，让面粉一星星在日光下映着，说认得认得，原来你所租的磨坊主人，一个外国牧师，待这村子极和气，乡下人和他还都有好感情。

这真是难得了，并且好感的由来还有实证。就是那一天早上你无意中出去探古寻胜，这一省山明水秀，古刹寺院动不动就是宋辽的原物。走到山上一个小村的关帝庙里，看到一个铁铎，刻着万历年号，原来是万历赐这村里庆成王的后人的，不知怎样流落到卖古董的手里。七年前让这牧师买去，晚上打着玩，嘹亮的钟声被村人听到，急忙赶来打听，要凑原价买回，情辞恳切。说起这是他们吕姓的祖传宝物，决不能让它流落出境，这牧师于是真个把铁铎还了他们，从此便在关帝庙神前供着。

这样一来你的窗子前面便展开了一张浪漫的图画，打动了你的好奇，管它是隔一层或两层窗子，你也忍不住要打听点底细，怎么明庆成王的后人会姓吕？这下子文章便长了。

如果你的祖宗是皇帝的嫡亲弟弟，你是不会，也不愿忘掉的。据说庆成王是永乐的弟弟，这赵庄村里的人都是他的后代。不过就是因为他们记得太清楚了，另一朝的皇帝都有些老大不放心，雍正间诏命他们改姓，由姓朱改为姓吕，但是他们还有用二十字排行的方法，使得他们不会弄错他们是这一脉子孙。

这样一来你就有点心跳了，昨天你雇来那打水洗衣服的不也是赵庄村来的，并且还姓吕！果然那土头土脑圆脸大眼的少年是个皇裔贵族，真是有失尊敬了。那么这村子一定穷不了，但事实上则不见得。

田亩一片，年年收成也不坏。家家户户门口有特种围墙，像个小小堡垒——当时防匪用的。屋子里面有大漆衣柜衣箱，柜门上白铜擦得亮亮；炕上棉被红红绿绿也颇鲜艳。可是据说关帝庙里已有四年没有唱戏了，虽然戏台还高巍巍地对着正殿。村子这几年穷了，有一位王孙告诉你，唱戏太花钱，尤其是上边使钱。这里到底是隔个窗子，你不懂了，一样年年好收成，为什么这几年村子穷了，只模模糊糊听到什么军队驻了三年多等，更不懂是，村子向上一年辛苦后的娱乐，关帝庙里唱唱戏，得上面使钱？既然隔个窗子听不明白，你就通气点别尽管问了。

隔着一个窗子你还想明白多少

事？昨天雇来吕姓倒水，今天又学洋鬼子东逛西逛，跑到下面养有鸡羊、上面挂有武魁匾额的人家，让他们用你不懂得的乡音招呼你吃茶，炕上坐，坐了半天出到门口，和那送客的女人周旋客气了一回，才恍然大悟，她就是替你倒脏水洗衣裳的吕姓王孙的妈，前晚上还送饼到你家来过！

这里你迷糊了。算了算了！你简直老老实实地坐在你窗子里得了，窗子以外的事，你看了多少也是枉然，大半你是不明白，也不会明白的。

李广田

作者简介

李广田（1906—1968），山东邹平人，现代散文家、诗人。主要作品有散文集《画廊集》《银狐集》《圈外》《回声》《雀蓑集》《日边随笔》，短篇小说集《金坛子》等。

山之子

【导读】

这是一篇以人物为中心的记叙散文，写的是泰山上一位普通的山民，一个哑巴，他纯朴善良、勇敢刚毅，富有冒险精神，并且以自己悲壮惊险的身世和职业为傲。作者通过这样一个象征形象，表现出劳动人民如泰山一样崇高伟大的民族精神与民族气概。

住在“中天门”的“泰山旅馆”里，我们每天得有方便，在“快活三里”目送来往的香客。

自“岱宗坊”至“中天门”，恰好是登绝顶的山路之一半。“斗母宫”以下尚近于平坦，久于登山的人说那一段就是平川大道。自“斗母官”以上至“中天门”，则步步向上，逐渐陡险，尤其是“峰回路转”以上，初次登山的人就以为已经陡险到无以复加了。尤其妙处，则在于“南天门”和“绝顶”均为“中天门”的山头所遮蔽，在“中天门”下边的人往往误认“中天门”为“南天门”，于是心里想道这可好了，已经登峰造极了，及至费了很大的力气攀到“中天门”时，猛然抬头，才知道从此上去却仍有一半更陡险的盘路待登，登山人不能不仰面兴叹了。然而紧接着就是“快活三里”，于是登山人就说这是神的意思，不能不坐下来休息，且向神明致最诚的敬意。

由“中天门”北折而下行，曰“倒三盘”，以下就是二三里的平路。那条山路不但很平，而且完全不见什么石块在脚下坷坷绊绊，使上山的人有难言的轻快之感。且随处是小桥流水，破屋丛花，鸡鸣犬吠，人语相闻。山家妇女多做着针织在松柏树下打坐，孩子们常赤着结实的身子在草丛里睡眠。这哪里是登山呢，简直是回到自己的村落中了。虽然这里也有几家卖酒食的，然而那只是做另一些有钱人的买卖，至于乡下香客，他们的办法却更饶有佳趣。他们三个一帮，五个一团，他们用一只大柳条篮子携着他们的盛宴：有白酒，有茶叶，有煎饼，有咸菜，有已经劈得很细的干木柴，一把红铜的烧心壶，而“快活三里”又为他们备一个“快活泉”。这泉子就在“快活三里”的中间，在几树松柏荫下，由一处石崖下流出，注入一个小小的石潭，水极清冽，味亦颇甘，周有磐石，恰好作了他们的几筵。黎明出发，到此正是早饭时辰，于是他们就在这儿用过早饭，休息掉一身辛苦，收拾柳筐，呼喝着重望“南天门”攀登而上了。我们则乐得看这些乡下人朴实的面孔，听他们以土音说乡下事情，讲山中故事，更羡慕从他们柳篮内送出来的好酒香。自然，我们还得看山，看山岭把我们绕了一周，好像把我们放在盆底，而头上又有青翠的天空作盖。看东面山崖上的流泉，听活活泉声，看北面绝顶上的人影，又有白云从山后飞过，叫我们疑心山雨欲来。更看西面的一道深谷，看银雾从谷中升起，又把诸山缠绕。我们是为看山而来的，我们看山然而我们却忘记了是在看山。

等到下午两三点钟左右，是香客们下山的时候了。他们已把他们的心事告诉给神明，他们已把一年来的罪过在神前取得了宽恕，于是他们像修完了一桩盛业，他们的脸上带着微笑，他们的心里更非常轻松。而他们的身上也是轻松的，柳篮里空了，酒瓶里也空了，他们把应用的东西都打发在山顶上，把余下的煎饼屑，和临出发时带在身上的小洋针、棉花线、小铜元和青色的制钱，也都施舍给了残废的讨乞人。他们从山上带下平安与快乐在他们心里，他们又带来许多好看的百合花在空着的篮里，在头巾里，在用山草结成的包裹里。我们不明白这些百合花是从哪里得来的，而且那么多，叫我们觉得非常稀奇。

我们前后在这里住过十余日，一共接纳了两个小朋友，一名刘兴，一名高立山。我几时遇到高立山总是同他开一次玩笑："高立山，你本来就姓高，你立在山上就更高了。"这样喊着，我们大家一齐笑。

忽然听到两声尖锐的招呼，闻声不见人，使我觉得更好玩。原来那呼声是来自雾中，不过十分钟就看见我那两个小朋友从雾中走来了：刘兴和高立山。高立山这名字使我喜欢。我爱设想，远游人孑然一身，笔立泰山绝顶被天风吹着，图画好看，而画中人却另有一番怆恨。刘兴那孩子使我想起我的弟弟，不但相貌相似，精神也相似，是一个朴实敦厚的孩子。我不见我的弟弟已经很久了。我简直想抱吻面前的刘兴，然而那孩子看见我总是有些畏缩，使我无可如何。

“呀！独个儿在这里不害怕吗？”

我正想同他们打招呼，他们已同声这样喊了。

我很懂得他们这点惊讶。他们总以为我是城市人，而且来自远方，不懂得山里的事情，在这样大雾天里孑然独立，他们就替我担心了。说是担心倒也很亲切，而其中却也有些玩弄我的意味吧，这个就更使我觉得好玩。我在他们面前时常显得很傻，老是问东问西，我向他们打听山花的名字，向他们访问四叶参或何首乌是什么样子，生在什么地方，问石头，问泉水，问风候云雨，问故事传说。他们都能给我一些有趣的回答。于是他们非常骄傲，他们又笑话我少见多怪。

“害怕？有什么可怕呢？”我接着问。

“怕山鬼，怕毒蛇。——怕雾染了你的眼睛，怕雾湿了你的头发。”

他们都哈哈大笑了。笑一阵，又告诉我山鬼和毒蛇的事情。他们说山上深草中藏伏毒蛇，此山毒蛇也并不怎么长大，颜色也并不怎么凶恶，只仿佛是石头颜色，然而它们却极其可怕，因为它们最喜欢追逐行人，而它们又爬得非常迅速，简直如同在草上飞驰，人可以听到沙沙的声音。有人不幸被毒蛇缠住，它至死也不会放松，除非你立刻用镰刀把它割裂，而为毒蛇所啮破的伤痕是永难痊好的，那伤痕将继续糜烂，以至把人烂死为止。这类事情时常为割草人或牧羊人所遭遇。

“毒蛇既到处皆是，为什么我还不曾见过？”

“你不曾见过，不错，你当然不会见到，因为山里的毒蛇白天是不出来的，你早晨起来不看见草叶上的白沫吗？”说这话的是刘兴。

这件证明颇使我信服，因为我曾

见过绿草上许多白沫，我还以为那是牛羊反刍所流的口涎呢。而且尤以一种叶似竹叶的小草上最常见到白沫，我又曾经误认那就是薇一类植物，于是很自然地想起饿死首阳山的两个古人。

高立山却以为刘兴的说明尚不足奇，他更以惊讶的声色告诉道：

“晴天白日固然不出来，像这样大雾天却很容易碰见毒蛇。”

刘兴又仿佛害怕的样子加说道：“不光毒蛇呀，就连山鬼也常常在大雾天出现呢。”

他们说山鬼的样子总看不清，大概就像团团的一个人影儿。山鬼的居处是巉岩之下的深洞里。那些地方当然很少有人敢去，尤其当夜晚或者雾天。原来山鬼也同毒蛇一样，有时候误认大雾为黑夜。打柴的，采药的，有时碰见山鬼，十个有八个就不能逃生，因为山鬼也像水鬼一样，喜欢换替死鬼，遇见生人便推下巉岩或拉入石窟。他们又说常听见山鬼的哭声和呼号声，那声音就好像雾里刮大风。

“你不信吗？”高立山很严肃地想说服我，“我告诉你，哑巴的爹爹和哥哥都是碰到了山鬼，摔死在后山的山涧里。”

他们的声音变得很低，脸色也有些沉郁，他们又向远方的浓雾中送一个眼色，仿佛那看不见的地方就有山鬼。

这话颇引起我的好奇，我向他们打听那个哑子是什么人物。他们说那哑巴就住在上边“升仙坊”一旁的小庙里，他遇见任何人总爱比手划脚地说他的哑巴话。于是我急忙说道：“我知道，我知道，我见过他，我见过他。”这回忆使我喜悦，也使我怅惘。一日清晨，我们欲攀登山之绝顶，爬到“升仙坊”时正看到许多人停下来休息，而那也正是应当休息的地方，因为从此以上，便是最难走的“紧十八盘”了。我们坐下来以后，才知道那些登山人并非只为了休息，同时，他们是正在听一个哑子讲话。一个高大结实的汉子，山之子，正站在“升仙坊”前面峭壁的顶上，以洪朗的声音，以只有他自以能了解的语言，说着一个别人所不能懂的故事，虽然他用了种种动作来作为说明，然而却依然没有人能够懂他。我当然也不懂他，然而我却懂得了另一个故事：泰山的精灵在宣说泰山的伟大，正如石头不能说话，我们却自以为懂得石头的灵心。只要一想起“升仙坊”那个地方，便是一幅绝好的图画了：向上去是“南天门”，“南天门”之上自然是青天一碧，两旁壁立千仞，松柏森森，中间夹一线登天的玉梯，再向下看呢，“浮云连海岱，平野入青徐”，俯视一气，天下就在眼底了。而我们的山之子就笔立在这儿，今天我才知道他是永远住在这里的。我急忙止住两个孩子：“你且慢讲，你且慢讲，我告诉你，我告诉你。”但是我将告诉他们什么呢？我将说那个哑巴在山上说一大篇话却没有人懂他，他好不寂寞呀，他站在峭岩上好不壮观啊，风之晨，雨之夕，“升仙坊”的小庙将是怎样的飘摇呢？至若星月在天，举手可摘，谷风不动，露凝天阶，山之子该有怎样的一山沉默呀！然而我却不能不怀一个闷葫芦，到底那哑巴是说了些什么呢？“高立山，告诉我，他到底是说了些什么呢?”我不能不这样问了。

“说些什么,反正是那一套啦,说他爸爸是因为到山涧采山花摔死的,他的哥哥也一样地摔死在山涧里了。”高立山翻着白眼说。

“就是啦,他们就是被山鬼讨了替代啊,为了采山花。”刘兴又提醒我。

山花?什么山花?两个孩子告诉我:百合花。

两个小孩子就继续告诉我哑巴的故事。泰山后面有一个古涸涧,两面是峭壁,中间是深谷,而在那峭壁上就生满了百合花。自然,那个地方是很少有人攀登的，然而那些自生的红百合实在好看。百合花生得那么繁盛，花开得那么鲜艳，那就是一个百合涧。哑巴的爸爸是一个顶结实勇敢的山汉，他最先发现这个百合涧，他攀到百合涧来采取百合，卖给从乡下来的香客。这是一件非常艰险的工作，攀着乱石，拉着荆棘，悬在陡崖上掘一株百合必须费很大工夫，因此一株百合也卖得一个好价钱。这事情渐渐成为风尚，凡进香人都乐意带百合花下山，于是哑巴的哥哥也随着爸爸做这件事业。然而父子两个都遭了同样的命运：爸爸四十岁时在一个浓雾天里坠入百合涧，做哥哥的到三十岁上又为一阵山风吹下了悬崖。从此这采百合的事业更不敢为别人所尝试，然而我们的山之子，这个哑巴，却已到了可以承继父业的成年，两条人命取得一种特权，如今又轮到了哑巴来占领这百合涧。他也是勇敢而大胆，他也不曾忘记爸爸和哥哥的殉难，然而就正为了爸爸和哥哥的命运，他不得不拾起这以生命为孤注的生涯。他住在“升仙坊”的小庙里，趁香客最多时他去采取百合，他用这方法来奉养他的老母和他的寡嫂。

我很感激两个小孩子告诉我这些故事。刘兴那孩子说完后还显得有些忧郁，那种木讷的样子就更像我的弟弟。雾渐渐收起，却又吹来了山风，我们都觉得有些冷意，我说了“再见”向他们告辞。

天气渐渐冷起来了。山下人还可以穿单衣，住在山上就非有棉衣不行了。又加上多雨多雾，使精神上感到极不舒服。因为我们不曾携带御寒的衣服，就连“快活三里”也不常去了。选一个比较晴朗的日子，我们决定下山。早晨起来就打好了行李，早饭之后就来了轿子。两个抬轿子的并非别人，乃是刘兴的爸爸和高立山的爸爸，这使我们觉得格外放心。跟在轿子后面的是刘兴和高立山，他们是特来给我们送行的。此刻的我简直是在惜别了，我不愿离开这个地方，我不愿离开两个小朋友，尤其是刘兴——我的弟弟。他们的沉默我很懂得，他们也知道，此刻一别就很难有机会相遇了。而且，真巧，为什么一切事情安排得这样巧呢，我们的行李已经搬到轿子上了，我们就要走了，忽然两个孩子招呼道："哑巴，哑巴，哑巴来了！"

不错。正是那个哑巴，我们在"升仙坊"见过他。他已经穿上了小棉袄，他手上携一个大柳筐。我特为看看他的筐里是什么东西，很简单：一把挖土的大铲子，一把刀，一把大剪子。我们都沉默着，哑巴却同别人打开了招呼。两个孩子哑哑地学他说话，旅馆中人大声问他是否下山，他不但哑，而且也聋，同他说话就非大声不行。于是他也就大声哑哑地回答着，并指点着，指点着山下，指点着他的棉袄，又指点着他的筐子，又指点着“南天门”。我们明白他昨天曾下山去，今天早晨刚上来。我同昭都想从这个人身上有所发现，但也不知道要发现些什么。在一阵喧嚷声中，我们的轿子已经抬起来了。两个小朋友送了我们颇长的一段路，等听不见他俩的话声时，我还同他们招手，摇帽子，而我的耳朵里却还仿佛听见那个哑巴的咿咿呀呀。

一九三六年十一月十八日，济南。

花潮

【导读】

《花潮》通过对人们观赏海棠花盛况的描写，表达了作者对美好生活的憧憬和对人们生活改善的欣喜之情。全文语言平易，简洁明了，多用整齐而有变化的短句，较有规律的停顿、抑扬有致的句调，构成一种自然活泼、明快错落的抒情节奏。

昆明有个圆通寺。寺后就是圆通山。从前是一座荒山，现在是一个公园，就叫圆通公园。

公园在山上。有亭，有台，有池，有榭，有花，有树，有鸟，有兽。

后山沿路，有一大片海棠，平时枯枝瘦叶，并不惹人注意，一到三四月间，真是花团锦簇，变成一个花世界。

这几天，天气特别好，花开得也正好，看花的人也就最多。“紫陌红尘拂面来，无人不道看花回。”办公室里，餐厅里，晚会上，道路上，经常听到有人问答：“你去看海棠没有？”“我去过了。”或者说：“我正想去。”到了星期天，道路相逢，多争说圆通山海棠消息。一时之间，几乎形成一种空气，甚至是一种压力，一种诱惑，如果谁没有到圆通山看花，就好像是一大憾事，不得不挤点时间，去凑个热闹。

星期天，我们也去看花。不错，一路同去看花的人可多着哩。进了公园门，步步登上，接踵摩肩，人就更多了。向高处看，隔着密密层层的绿荫，只见一片红云，望不到边际，真是："寺门尚远花光来，漫天锦绣连云开。"这时候，什么苍松呵，翠柏呵，碧梧呵，修竹呵，……都挽不住游人。大家都一口气攀到最高峰，淹没在海棠花的红海里。后山一条大路，两旁，四周，都是海棠。人们坐在花下，走在路上，既望不见花外的青天，也看不见花外还有别的世界。花开得正盛，来早了，还未开

好；来晚了，已经开败，“千朵万朵压枝低”，每棵树都炫耀自己的鼎盛时代，每一朵花都在微风中枝头上颤抖着说出自己的喜悦。“喷云吹雾花无数，一条锦绣游人路”，是的，是一条花巷，一条花街，上天下地都是花，可谓花天花地。可是，这些说法都不行，都不足以说出花的动态。“四厢花影怒于潮”，“四山花影下如潮”，还是“花潮”好。古人写诗真有他的，善于说出要害，说出花的气势。你不要乱跑，静下来，你看那一望无际的花，“如钱塘潮夜澎湃”，有风，花在动，无风，花也潮水一般地动，在阳光照射下，每一个花瓣都有它自己的阴影，就仿佛多少波浪在大海上翻腾，你越看得出神，你就越感到这一片花潮正在向天空向四面八方伸张，好像有一种生命力在不断扩展。而且，你可以听到潮水的声音，谁知道呢，也许是花下的人语声，也许是花丛中蜜蜂嗡嗡声，也许什么地方有黄莺的歌声，还有什么地方送来看花人的琴声，歌声，笑声……，这一切交织在一起，再加上风声，天籁人籁，就如同海上午夜的潮声。大家都是来看花的，可是，这个花到底怎么看法？有人走累了，拣个最好的地方坐下来看，不一会，又感到这里不够好，也许别个地方更好吧，于是站起来，既依依不舍，又满怀向往，慢步移向别处去。多数人都在花下走来走去，这棵树下看看，好，那棵树下看看，也好，伫立在另一棵树下端详一番，更好，看看，想想，再看看，再想想。有人很大方，只是驻足观赏，有人贪心重，伸手牵过一枝花来摇摇，或者干脆翘起鼻子一嗅，再嗅，甚至三嗅。"天公斗巧乃如此，令人一步千徘徊"。人们面对这绮丽的风光，真是徒唤奈何了。

老头儿们看花，一面看，一面自言自语，或者嘴里低吟着什么。老妈妈看花，扶着拐杖，牵着孙孙，很珍惜地折下一朵，簪在自己的发髻上。青年们穿得整整齐齐，干干净净，好像参加什么盛会，不少人已经穿上雪白的衬衫，有的甚至是绸衬衫，有的甚至已是短袖衬衫，好像夏天已经来到他们身上，东张张，西望望，既看花，又看人，阳气得很。青年妇女们，也都打扮得利利落落，很多人都穿着花衣花裙，好像要与花争妍，也有人擦了点胭脂，抹了点口红，显得很突出，可是，在这花世界里，又叫人感到无所谓了。很自然地想起了龚自珍《西郊落花歌》中说的，“如八万四千天女洗脸罢，齐向此地倾胭脂”，真也有点形容过分，反而没有真实感了。小学生们，系着漂亮的红领巾，带着弹弓来了，可是他们并没有射击，即便有鸟，也不射了，被这一片没头没脑的花惊呆了。画家们正调好了颜色对花写生，看花的人又围住了画花的，出神地看画家画花。喜欢照相的人，抱着相机跑来跑去，不知是照花，还是照人，是怕人遮了花，还是怕花遮了人，还是要选一个最好的镜头，使如花的人永远伴着最美的花。有人在花下喝茶，有人在花下弹琴，有人在花下下象棋，有人在花下打桥牌。昆明四季如春，四季有花，可是不管山茶也罢，报春也罢，梅花也罢，杜鹃也罢，都没有海棠这样幸运，有这么多人，这样热热闹闹地来访它，来赏它，这样兴致勃勃地来赶这个开花的季节。还有桃花什么的，目前也还开着，在这附近，就有几树碧桃正开，“猩红鹦绿天人姿,回首夭桃惝失色”,显得冷冷落落地待在一旁,并没有谁去理睬。在这圆通山头,可以看西山和滇池,可以看平林和原野,可是这时候,大家都在看花,什么也顾不得了。

看着看着,实在也有点疲乏,找个地方坐下来休息一下吧,哪里没有人?都是人。坐在一群看花人旁边,无意中听人家谈论,猜想他们大概是哪个学校的文学教师。他们正在吟诗谈诗:

一个道:“泪眼问花花不语,乱红飞过秋千去。”

一个说:“这个不好,哪来的这么些眼泪!”

另一个吟道:“一片花飞减却

春，风飘万点正愁人。”

又一个说：“还是不好，虽然是诗圣的佳句，也不好。”

一个青年人抢过去说：“‘繁枝容易纷纷落，嫩蕊商量细细开’，也是杜甫，好不好？”

一个人回答：“好的，好的，思想健康，说的是新陈代谢。”

一个人不等他说完就接上去：“好是好，还不如龚自珍的‘落红不是无情物，化作春泥更护花’，有辩证观点，乐观精神。”

有一个人一直不说话，人家问他，他说：“天何言哉，四时兴焉，万物生焉，天何言哉。桃李无言，下自成蹊。你们看，海棠并没有说话，可是大家都被吸引来了。”

我也没有说话。想起泰山高处有人在悬崖上刻了四个大字“予欲无言”，其实也甚是多事。

回家的路上，还是听到很多人纷纷议论。

有人说：“今年的花，比去年好，去年，比前年好，解放以前，谈不到。”

有人说：“今天看花好，今夜睡梦好，明天工作好。”

有人说：“明天作文课，给学生出题目，有了办法。”

有人说：“最好早晨来看花，迎风带露的花，会更娇更美。”

有人说："雨天来看花更好，海棠著雨胭脂透，当然不是大雨滂沱，而是斜风细雨。"

有人说："也许月下来看花更好，将是花气氤氲。"

有人说："下星期再来看花，再不来就完了。"

有人说："不怕花落去，明年花更好。"

好一个"明年花更好"。我一面走着，一面听人家说着，自己也默念着这样两句话：

春光似海，
盛世如花。

萧红

作者简介

萧红（1911—1942），原名张迺莹，黑龙江呼兰（今哈尔滨市呼兰区）人，现代女作家。萧红一生命运坎坷，年仅三十一岁便客死香港。主要作品有小说《生死场》《呼兰河传》，散文集《商市街》，长篇组诗《砂粒》等。

蹲在洋车上

【导读】

这篇散文以儿童的视角来观察世界，写得自然、真实、拙朴；同时又用儿童的口吻来讲述故事，充满童趣与纯真。作者把一个天真无邪的儿童的心灵世界袒露于世，以反衬世态人情的冷漠隔绝。

看到了乡巴佬坐洋车，忽然想起一个童年的故事。

当我还是小孩的时候，祖母常常进街。我们并不住在城外，只是离市镇较偏的地方罢了！有一天，祖母她又要进街，她命令我：

“叫你妈妈把斗风给我拿来！”

那时因为我过于娇惯，把舌头故意缩短一些，叫斗篷作斗风，所以祖母学着我，把风字拖得很长。

她知道我最爱惜皮球，每次进街的时候，她问我：

“你要些什么呢？”

“我要皮球。”

“你要多大的呢？”

“我要这样大的。”

我赶快把手臂拱向两面，好像张着的，鹰的翅膀。大家都笑了！祖父轻动着嘴唇，好像要骂我一些什么话，因我的小小的姿势感动了他。

祖母的斗风消失在高烟囱的背后。

等她回来的时候，什么皮球也没带给我，可是我也不追问一声：

“我的皮球呢？”

因为每次她也不带给我；下次祖母再上街的时候，我仍说是要皮球，我是说惯了！我是熟练而惯于作那种姿势。

祖母上街尽是坐马车回来，今天却不是，她睡在仿佛是小槽子里，大概是槽子装置了两个大车轮。非常轻快，雁似的从大门口飞来，一直到房门。在前面挽着的那个人，把祖母停下，我站在玻璃窗里，小小的心灵上，有无限的奇秘冲击着。我以为祖母不会从那里头走出来，我想祖母为什么要被装进槽子里呢？我渐渐惊怕起来，我完全成个呆气的孩子，把头盖顶住玻璃，想尽方法理解我所不能理解的那个从来没有见过的槽子。

很快我领会了！看见祖母从口袋里拿钱给那个人，并且祖母非常兴奋，她说叫着，斗风几乎从她的肩上脱溜下去！

"呵！今天我坐的东洋驴子回来的，那是过于安稳呀！还是头一次呢，我坐过安稳的车了！"

祖父在街上也看见过人们所呼

叫的东洋驴子，妈妈也没有奇怪。只是我，仍旧头皮顶撞在玻璃那儿，我眼看那个驴子从大门口飘飘地不见了！我的心魂被引了去。

等我离开窗子，祖母的斗风已是脱在炕的中央，她嘴里叨叨地讲着她街上所见的新闻。可是我没有留心听，就是给我吃什么糖果之类，我也不会留心吃，只是那样的车子太吸引我了！太捉住我小小的心灵了！

夜晚在灯光里，我们的邻居，刘三奶奶摇闪着走来，我知道又是找祖母来谈天的。所以我稳当当地占了一个位置在桌边。于是我咬起嘴唇来，仿佛大人样能了解一切话语，祖母又讲关于街上所见的新闻，我用心听，我十分费力！

“……那是可笑，真好笑呢！一切人站下瞧，可是那个乡下佬还是不知道笑自己，拉车的回头才知道乡巴佬是蹲在车子的前面，放脚的地方，拉车的问：‘你为什么蹲在这地方？’”

“他说怕拉车的过于吃力，蹲着不是比坐着强吗？比坐在那里不是轻吗？所以没敢坐下……”

邻居的三奶奶，笑得几个残齿完全摆在外面，我也笑了！祖母还说，她感到这个乡巴佬难以形容，她的态度，她用所有的一切字眼，都是引人发笑。

“后来那个乡巴佬，你说怎么

样！他从车上跳下来，拉车的问他为什么跳？他说：‘若是蹲着吗？那还行。坐着，我实在没有那样的钱。’拉车的说：‘坐着，我不多要钱。’那个乡巴佬到底不信这话，从车上搬下他的零碎东西，走了。他走了！”

我听得懂，我觉得费力，我问祖母：

“你说的，那是什么驴子？”

她不懂我的半句话，拍了我的头一下，当时我真是不能记住那样繁复的名词。

过了几天祖母又上街，又是坐驴子回来的，我的心里渐渐羡慕那驴子，也想要坐驴子。

过了两年，六岁了！我的聪明，也

许是我的年岁吧，支持着我使我愈见讨厌我那个皮球，那真是太小，而又太旧了！我不能喜欢黑脸皮球，我爱上邻家孩子手里那个大的；买皮球，好像我的志愿，一天比一天坚决起来。

向祖母说，她答："过几天买吧，你先玩这个吧！"

又向祖父请求，他答："这个还不是很好吗？不是没有出气吗？"

我得知他们的意思是说旧皮球还没有破，不能买新的。于是把皮球在脚下用力捣毁它，任是怎样捣毁，皮球仍是很圆，很鼓。后来到祖父面前让他替我踏破！祖父变了脸色，像是要打我，我跑开了！

从此,我每天表示不满意的样子。

终于一天晴朗的夏日,戴起小草帽来,自己出街去买皮球了!朝向母亲曾领我到过的那家铺子走去,离家不远的时候,我的心志非常光明,能够分辨方向,我知道自己是向北走。过了一会,不然了!太阳我也找不着了!一些些的招牌,依我看来都是一个样,街上的行人好像每个要撞倒我似的,就连马车也好像是旋转着。我不晓得自己走了多远,但我实在疲劳。不能再寻找那家商店;我急切地想回家,可是家也被寻觅不到。我是从哪一条路来的?究竟家是在什么方向?

我忘记一切危险,在街心停住,

我没有哭，把头向天，愿看见太阳。因为平常爸爸不是拿指南针看看太阳就知道或南或北吗？我虽然看了，只见太阳在街路中央，别的什么都不能知道，我无心留意街道，跌倒在阴沟板上面。

“小孩！小心点。”

身边的马车夫驱着车子过去，我想问他我的家在什么地方，他走过了！我昏沉极了！忙问一个路旁的人：

“你知道我的家吗？”

他好像知道我是被丢的孩子，或许那时候我的脸上，有什么急慌的神色，那人跑向路的那边去，把车子拉过来，我知道他是洋车夫，他和我开玩笑一般：

“走吧！坐车回家吧！”

我坐上了车，他问我，总是玩笑一般的：

“小姑娘！家在哪里呀？”

我说：“我们离南河沿不远，我也不知道哪面是南，反正我们南边有河。”

走了一会，我的心渐渐平稳，好像被动荡的一盆水，渐渐静止下来，可是不多一会，我忽然忧愁了！抱怨自己皮球仍是没有买成！从皮球联想到祖母骗我给买皮球的故事，很快又联想到祖母讲的关于乡巴佬坐东洋车的故事。于是我想试一试，怎样可以像个乡巴佬。该怎样蹲法呢？轻轻地从座位滑下来，当我还没有蹲稳当的时节，拉车的回头来：

“你要做什么呀！”

我说：“我要蹲一蹲试试，你答应我蹲吗？”

他看我已经偎在车前放脚的那个地方，于是他向我深深地做了一个鬼脸，嘴里哼着：

“倒好哩！你这个孩子，很会淘气！”

车子跑得不很快，我忘记街上有没有人笑我。车跑到红色的大门楼，我知道家了！我应该起来呀！应该下车呀！不，目的想给祖母一个意外的发笑，等车拉到院心，我仍蹲在那

里，像耍猴人的猴样，一动不动。祖母笑着跑出来了！祖父也是笑！我怕他们不晓得我的意义，我用尖音喊：

“看我！乡巴佬蹲东洋驴子！乡巴佬蹲东洋驴子呀！”

只有妈妈大声骂着我，忽然我怕她要打我，我是偷着上街。

洋车忽然放停，从上面我倒滚下来，不记得被跌伤没有。祖父猛力打了拉车的，说他欺侮小孩，说他不让小孩坐车让蹲在那里。没有给他钱，从院子把他轰出去。

所以后来，无论祖父对我怎样疼爱，心里总是生着隔膜，我不同意他打洋车夫，我问：

"你为什么打他呢？那是我自己愿意蹲着。"

祖父把眼睛斜视一下："有钱的孩子是不受什么气的。"

现在我是廿多岁了！我的祖父死去多年了！在这样的年代中，我没发现一个有钱的人蹲在洋车上；他有钱，他不怕车夫吃力，他自己没拉过车，自己所尝到的，只是被拉着舒服滋味。假若偶尔有钱家的小孩子要蹲在车厢中玩一玩，那么孩子的祖父出来，拉洋车的便要被打。

可是我呢？现在变成个没有钱的孩子了！

一九三四年三月十六日。

鲁迅先生记

【导读】

这是一篇写人的记叙性散文。文章通过描写作者与鲁迅先生、许广平先生的简单对话，寥寥数语就敏锐捕捉到了鲁迅先生许多有灵性的生活细节，使鲁迅先生的形象跃然纸上，表现出鲁迅先生的个性、情趣、魅力、品格气质和人格精神，寄托了作者对鲁迅先生的浓浓思念之情。

鲁迅先生家里的花瓶，好像画

上所见的西洋女子用以取水的瓶子，灰蓝色，有点从瓷釉而自然堆起的纹痕，瓶口的两边，还有两个瓶耳，瓶里种的是几棵万年青。

我第一次看到这花的时候，我就问过：

“这叫什么名字？屋里不生火炉，也不冻死？”

第一次，走进鲁迅家里去，那是近黄昏的时节，而且是个冬天，所以那楼下室稍微有一点暗，同时鲁迅先生的纸烟，当它离开嘴边而停在桌角的地方，那烟纹的卷痕一直升腾到他有一些白丝的发梢那么高。而且再升腾就看不见了。

“这花，叫‘万年青’，永久这样！”他在花瓶旁边的烟灰盒中，抖掉了纸烟上的灰烬，那红的烟火，就越红了，好像一朵小红花似的和他的袖口相距离着。

“这花不怕冻？”以后，我又问过，记不得是在什么时候了。

许先生说：“不怕的，最耐久！”而且她还拿着瓶口给我摇着。

我还看到了那花瓶的底边是一些圆石子，以后，因为熟识了的缘故，我就自己动手看过一两次，又加上这花瓶是常常摆在客厅的黑色长桌上；又加上自己是来自寒带的北方，对于这在四季里都不凋零的植物，总带着一点惊奇。

而现在这“万年青”依旧活着，每次到许先生家去，看到那花，有时仍站在那黑色的长桌子上，有时站在鲁迅先生照像的前面。

花瓶是换了，用一个玻璃瓶装着，看得到淡黄色的须根，站在瓶底。

有时候许先生一面和我们谈论着，一面检查着房中所有的花草。看一看叶子是不是黄了，该剪掉的剪掉，该洒水的洒水，因为不停地动作是她的习惯。有时候就检查着这“万年青”，有时候就谈鲁迅先生，就在他的照像前面谈着，但那感觉，却像谈着古人那么悠远了。

至于那花瓶呢？站在墓地的青草上面去了，而且瓶底已经丢失，虽然丢失了也就让它空空地站在墓边。我所看到的是从春天一直站到秋天；它一直站到邻旁墓头的石榴树开了花而后结成了石榴。

从开炮以后，只有许先生绕道去过一次，别人就没有去过。当然那墓草是长得很高了，而且荒了，还说什么花瓶，恐怕鲁迅先生的瓷半身像也要被荒了的草埋没到他的胸口。

我们在这边，只能写纪念鲁迅先生的文章，而谁去努力剪齐墓上的荒草？我们是越去越远了，但无论多么远，那荒草是总要记在心上的。

杨朔

作者简介

杨朔（1913—1968），原名杨毓瑨，山东蓬莱人，现当代作家，与刘白羽、秦牧并称为『中国当代散文三大家』。主要作品有散文《荔枝蜜》《茶花赋》《雪浪花》，小说《三千里江山》等。

雪浪花

【导读】

本文通过“我”叙述“老泰山”的故事，以雪浪花冲击礁石那种顽强的精神来比拟普通渔民“老泰山”，勾画出“老泰山”勤勤恳恳为大伙服务的形象，热情地赞颂了千千万万普通劳动者为建设新中国表现出的兢兢业业的态度以及百折不挠的斗争精神。

凉秋八月，天气分外清爽。我有时爱坐在海边礁石上，望着潮涨潮落，云起云飞。月亮圆的时候，正涨大潮。瞧那茫茫无边的大海上，滚滚滔滔，一浪高似一浪，撞到礁石上，唰地卷起几丈高的雪浪花，猛力冲激着海边的礁石。那礁石满身都是深沟浅窝，坑坑坎坎的，倒像是块柔软的面团，不知叫谁捏弄成这种怪模怪样。

几个年轻的姑娘赤着脚，提着裙子，嘻嘻哈哈追着浪花玩。想必是初次认识海，一只海鸥，两片贝壳，她们也感到新奇有趣。奇形怪状的礁石自然逃不出她们好奇的眼睛，你听她们议论起来了：礁石硬得跟铁差不多，怎么会变成这样子？是天生的，还是錾子凿的，还是怎的？

“是叫浪花咬的，”一个欢乐的声音从背后插进来。说话的人是个上年纪的渔民，从刚拢岸的渔船跨下来，脱下黄油布衣裤，从从容容晾到礁石上。

有个姑娘听了笑起来：“浪花也没有牙，还会咬？怎么溅到我身上，痛都不痛？咬我一口多有趣。”

老渔民慢条斯理说：“咬你一口就该哭了。别看浪花小，无数浪花集到一起，心齐，又有耐性，就是这样咬啊咬的，咬上几百年，几千年，几万年，哪怕是铁打的江山，也能叫它变个样儿。姑娘们，你们信不信？”

说得妙，里面又含着多么深的人

情世故。我不禁对那老渔民望了几眼。老渔民长得高大结实，留着一把花白胡子。瞧他那眉目神气，就像秋天的高空一样，又清朗，又深沉。老渔民说完话，不等姑娘们搭言，早回到船上，大声说笑着，动手收拾着满船烂银似的新鲜鱼儿。

我向就近一个渔民打听老人是谁，那渔民笑着说："你问他呀，那是我们的老泰山。老人家就有这个脾性，一辈子没养女儿，偏爱拿人当女婿看待。不信你叫他一声老泰山，他不但不生气，反倒摸着胡子乐呢。不过我们叫他老泰山，还有别的缘故。人家从小走南闯北，经的多，见的广，生产队里大事小事，一有难处，都得找他指点，日久天长，老人家就变成大伙依靠的泰山了。”

此后一连几日，变了天，飘飘洒洒落着凉雨，不能出门。这一天晴了，后半晌，我披着一片火红的霞光，从海边散步回来，瞟见休养所院里的苹果树前停着辆独轮小车，小车旁边有个人俯在磨刀石上磨剪刀。那背影有点儿眼熟。走到跟前一看，可不正是老泰山。

我招呼说：“老人家，没出海打鱼么？”

老泰山望了望我笑着说：“嗐，同志，天不好，队里不让咱出海，叫咱歇着。”

我说：“像你这样年纪，多歇歇也是应该的。”

老泰山听了说：“人家都不歇，为什么我就应该多歇着？我一不瘫，二不瞎，叫我坐着吃闲饭，等于骂我。好吧，不让咱出海，咱服从；留在家里，这双手可得服从我。我就织渔网，磨鱼钩，照顾照顾生产队里的果木树，再不就推着小车出来走走，帮人磨磨刀，钻钻磨眼儿，反正能做多少活就做多少活，总得尽我的一份力气。”

“看样子你有六十了吧？”

“哈哈！六十？这辈子别再想那个好时候了——这个年纪啦。”说着老泰山捏起右手的三根指头。

我不禁惊疑说:"你有七十了么?看不出。身板骨还是挺硬朗。"

老泰山说:"嗐,硬朗什么?头四年,秋收扬场,我一连气还能扬它一两千斤谷子。如今不行了,胳臂害过风湿痛病,抬不起来。磨刀磨剪子,胳臂往下使力气,这类活儿还能做。不是胳臂拖累我,前年咱准要求到北京去油漆人民大会堂。"

"你会的手艺可真不少呢。"

"苦人哪,自小东奔西跑的,什么不得干。干的营生多,经历的也古怪。不瞒同志说,三十年前,我还赶过脚呢。"说到这儿,老泰山把剪刀往水罐里蘸了蘸，继续磨着，一面不紧不慢地说："那时候，北戴河跟今天可不一样。一到三伏天，来歇伏的差不多净是蓝眼珠的外国人。有一回，一个外国人看上我的驴。提起我那驴，可是百里挑一：浑身乌黑乌黑，没一根杂毛，四只蹄子可是白的。这有个讲究，叫四蹄踏雪，跑起来，极好的马也追不上。那外国人想雇我的驴去逛东山。我要五块钱，他嫌贵。你嫌贵，我还嫌你胖呢。胖得像条大白熊，别压坏我的驴。讲来讲去，大白熊答应我的价钱，骑着驴逛了半天，欢欢喜喜照数付了脚钱。谁料想隔不几天，警察局来传我，说是有人把我告下了，告我是红胡子，硬抢人家的五块钱。”

老泰山说得有点气促，喘吁吁的，就缓了口气，又磨着剪子说：“我一听气炸了肺。我的驴，你的屁股，爱骑不骑，怎么能诬赖人家是红胡子？赶到警察局一看，大白熊倒轻松，望着我乐得闭不拢嘴。你猜他说什么？他说：你的驴快，我要再雇一趟去秦皇岛，到处找不着你。我就告你。一告，这不是，就把红胡子抓来了。”

我忍不住说：“瞧他多聪明！”

老泰山说：“聪明的还在后头呢，你听着啊。这回倒省事，也不用争，一张口他就给我十五块钱。骑上驴，他拿着根荆条，抽着驴紧跑。我叫他慢着点，他直夸奖我的驴有几步好走，答应回头再加点脚钱。到秦皇岛一个来回，整整一天，累得我那驴浑身湿淋淋的，顺着毛往下滴汗珠——你说叫人心疼不心疼？”

我插问道：“脚钱加了没有？”

老泰山直起腰，狠狠吐了口唾沫说：“见他的鬼！他连一个铜子儿也不给，说是上回你讹诈我五块钱，都包括在内啦，再闹，送你到警察局去。红胡子！红胡子！直骂我是红胡子。”

我气得问：“这个流氓，他是哪国人？”

老泰山说：“不讲你也猜得着。前

几天听广播，美国飞机又偷着闯进咱们家里。三十年前，我亲身吃过他们的亏，这笔账还没算清。要是倒退五十年，我身强力壮，今天我呀——”

休养所的窗口有个妇女探出脸问：“剪子磨好没有？”

老泰山应声说：“好了。”就用大拇指试试剪子刃，大声对我笑着说：“瞧我磨的剪子，多快。你想剪天上的云霞，做一床天大的被，也剪得动。”

西天上正铺着一片金光灿烂的晚霞，把老泰山的脸映得红彤彤的。老人收起磨刀石，放到独轮车上，跟我道了别，推起小车走了几步，又停下，弯腰从路边掐了枝野菊花，插到车上，才又推着车慢慢走了，一直走进火红的霞光里去。他走了，他在海边对几个姑娘讲的话却回到我的心上。我觉得，老泰山恰似一点浪花，跟无数浪花集到一起，形成这个时代的大浪潮，激扬飞溅，早已把旧日的江山变了个样儿，正在勤勤恳恳塑造着人民的江山。

老泰山姓任。问他叫什么名字，他笑笑说："山野之人，值不得留名字。"竟不肯告诉我。

一九六一年。

荔枝蜜

【导读】

本文是一篇抒情散文。作者通过对荔枝蜜的描写，不仅赞美了蜜蜂的无私高尚，结尾还升华到赞颂亿万劳动人民鞠躬尽瘁、死而后已的奉献精神："为自己，为别人，也为后世子孙酿造生活的蜜。"深化了文章的主旨。

花鸟草虫，凡是上得画的，那原物往往也叫人喜爱。蜜蜂是画家的爱物，我却总不大喜欢。说起来可笑，孩子时候，有一回上树掐海棠花，不想叫蜜蜂蜇了一下，痛得我差点儿跌下来。大人告诉我说：蜜蜂轻易不蜇人，准是误以为你要伤害它，才蜇；一蜇，它自己耗尽生命，也活不久了。我听了，觉得那蜜蜂可怜，原谅它了。可是从此以后，每逢看见蜜蜂，感情上疙疙瘩瘩的，总不怎么舒服。

今年四月，我到广东从化温泉小住了几天。那里四围是山，环抱着一潭春水。那又浓又翠的景色，简直是一幅青绿山水画。刚去的当晚，是个阴天，偶尔倚着楼窗一望，奇怪啊，怎么楼前凭空涌起那么多黑黝黝的小山，一重一重的，起伏不断？记得楼前是一片比较平坦的园林，不是山。这到底是什么幻景呢？赶到天明一看，忍不住笑了。原来是满野的荔枝树，一棵连一棵，每棵的叶子都密得不透缝，黑夜看去，可不就像小山似的！

荔枝也许是世上最鲜最美的水果。苏东坡写过这样的诗句："日啖荔枝三百颗，不辞长作岭南人。"可见荔枝的妙处。偏偏我来得不是时候，荔枝刚开花。满树浅黄色的小花，并不出众。新发的嫩叶，颜色淡红，比花倒还中看些。从开花到果子成熟，大约得三个月，看来我是等不及在从化温泉吃鲜荔枝了。

吃鲜荔枝蜜，倒是时候。有人也

许没听说这稀罕物儿吧？从化的荔枝树多得像汪洋大海，开花时节，那蜜蜂满野嘤嘤嗡嗡，忙得忘记早晚，有时趁着月色还采花酿蜜。荔枝蜜的特点是成色纯，养分多。住在温泉的人多半喜欢吃这种蜜，滋养身体。热心肠的同志送给我两瓶。一开瓶子塞儿，就是那么一股甜香；调上半杯一喝，甜香里带着股清气，很有点鲜荔枝的味儿。喝着这样的好蜜，你会觉得生活都是甜的呢。

我不觉动了情，想去看看自己一向不大喜欢的蜜蜂。

荔枝林深处，隐隐露出一角白屋，那是温泉公社的养蜂场，却起了个有趣的名儿，叫“养蜂大厦”。正当十分春色，花开得正闹。一走近“大厦”，只见成群结队的蜜蜂出出进进，飞去飞来，那沸沸扬扬的情景，会使你想：说不定蜜蜂也在赶着建设什么新生活呢。

养蜂员老梁领我走进“大厦”。叫他老梁，其实是个青年，举动挺稳重。大概是老梁想叫我深入一下蜜蜂的生活，他小心地揭开一个木头蜂箱，箱里隔着一排板，板上满是蜜蜂，蠕蠕地爬动。蜂王是黑褐色的，身量特别长，每只工蜂都愿意用自己分泌的王浆来供养它。

老梁赞叹似的轻轻说：“你瞧这

群小东西，多听话！”

我就问道：“像这样一窝蜂，一年能割多少蜜？”

老梁说：“能割几十斤。蜜蜂这东西，最爱劳动。广东天气好，花又多，蜜蜂一年四季都不闲着。酿的蜜多，自己吃的可有限。每回割蜜，留下一点点，够它们吃的就行了。它们从来不争，也不计较什么，还是继续劳动，继续酿蜜，整日整月不辞辛苦……”

我又问道：“这样好蜜，不怕什么东西来糟蹋么？”

老梁说：“怎么不怕？你得提防虫子爬进来，还得提防大黄蜂。大黄蜂这贼最恶，常常落在蜜蜂窝洞口，专干坏事。”

我不觉笑道：“噢！自然界也有侵略者。该怎么对付大黄蜂呢？”

老梁说：“赶！赶不走就打死它。要让它呆在那儿，会咬死蜜蜂的。”

我想起一个问题，就问：“一只蜜蜂能活多久？”

老梁说：“蜂王可以活三年，工蜂最多活六个月。”

我说：“原来寿命这样短。你不是总得往蜂房外边打扫死蜜蜂么？”

老梁摇一摇头说：“从来不用。蜜蜂是很懂事的，活到限数，自己就悄悄死在外边，再也不回来了。”

我的心不禁一颤：多可爱的小生

灵啊！对人无所求，给人的却是极好的东西。蜜蜂是在酿蜜，又是在酿造生活；不是为自己，而是为人类酿造最甜的生活。蜜蜂是渺小的，蜜蜂却又多么高尚啊！

透过荔枝树林，我望着远远的田野，那儿正有农民立在水田里，辛勤地分秧插秧。他们正用劳力建设自己的生活，实际也是在酿蜜——为自己，为别人，也为后世子孙酿造生活的蜜。

这天夜里，我做了个奇怪的梦，梦见自己变成一只小蜜蜂。

一九六〇年。

香小
書墨

上架建议：大众读物

ISBN 978-7-5746-0531-2

9 787574 605312 >

定价：60.00元（全4册）